纪事

2010

C H R O N I C L E

■ 北京日报“纪事”采写组

北京日报报业集团
同心出版社

序

赵靖云

一切历史都是当代史。一切当代史又都需要放在人类古往今来历史的大格局中观照审视，才能认识得愈加清晰。我们说，历史常常要从远处方能更真切地看见，这是因为观山者身在庐山之中，受限于所处地位，不容易得见庐山全貌。而另一方面，置身局外的远观固然可以获得相对超然客观的视角，但因为远，却又不复具有可以抵近观察、触摸鲜活的历史体温之便利。这是个两难。

每一时代的历史，总是体现在无数具体而微的个体命运之中。时过境迁，它也许化为书页上干巴巴的寥寥数语，而在当时，则无不是具体的血肉和悲欢，无不由活生生的人物、故事、细节书写着。

在这意义上，我们相信自己的工作是有价值的。作为新闻记者，我们用自己的方式每天记录历史。记者的任务，不仅是用五彩画笔勾勒时代的宏大轮廓，更是用细致而饱蘸感情的笔触，记录构成这个时代的人和事，给后世留下关于今天的见闻录。同时，我们也试图从新闻与历史的连接点上入手，重访、钩沉、梳理，去努力还原历史事件的情境与场景，再现其中的人物、故事、细节，以期有裨益于今天的人们更深入地了解历史，领悟历史的逻辑和它留赠后来的启示。

收录在这本集子里的24篇纪事，秉承上述宗旨，沿袭《北京日报》“纪事”栏目创办以来一贯的细节化叙事风格，题材方面加大了关注现实的比重，采访与写作上每篇都付出了甚大心力。当然，这些文字并非正式的历史研究，二十几篇文章的容量亦不过以管窥天、以蠡测海，所以，存在局限性是难免的，这一点还要请读者谅解。

（作者为北京日报社总编辑）

目 录
CONTENTS

上篇·录今

下篇・鉴往

上篇★录今

寻找曹操墓

孙文晔

曹操墓找着了！2009 年岁末，河南省文物局在京高调发布了这一消息。

始料未及的是，这一考古成果，不得不面对诸多专家的质疑，近百家媒体的追问，以及民众由惊喜到冷眼旁观的不信任。

消息发布一天后，笔者赶到河南安阳西高穴村，这个曾经寂寂无闻的小村庄，已经成了风暴中心，连村民的表情也变得讳莫如深。关于曹操墓真实性的讨论，正由一个学术事件，逐步演变成纠结着地域、文化、商业利益的口水战。

曹操墓今何在？笔者试图从寻找和认定曹操墓的过程中，一窥端倪。

西高穴村

2009年12月29日，西高穴村已经随着曹操墓出名了，要找到它却并不容易，出租车师傅说“从来没人打车去过那里”，107国道上也没有一个明确的指示牌。

出安阳城，一路向北，到处是笔直的白杨和无垠旷野。田地间，老树昏鸦，野草枯藤，麦苗沉睡在地表过冬，一派肃杀景象。此地便是古邺城西边的高地，一如曹操的诗，慷慨悲凉。

据史料记载，东汉建安九年（公元204年）曹操击破袁绍，攻占邺城（今河北临漳县附近），开始营建邺都，作为他在北方的根据地，著名的铜雀台也修建在此。曹操喜好登高赋诗，想必也常望着这片土地兴叹。

车轮碾起漫天尘土，南水北调工程正修到此处，整个村落如同一个大工地。村前这条柏油路还是2007年才修通的，此前只能开拖拉机进出。

西高穴村村口，竟然堵车了。村头那两个巨大的蓝色大棚，吸引了来自全国各地的记者。“这几天见到的小轿车、记者和老外，比这辈子见到的都多。”正如看热闹的村民所说，随着墓主人被河南省文物局确认为一代枭雄曹操，昔日宁静的西高穴村变成了瞩目的焦点。

2009年12月27日新闻发布会后，该墓真实性很快就被鉴宝专家马未都、盗墓史专家倪方六、历史学家易中天及中国人民大学国学院教授袁济喜质疑，质疑的焦点包括河南省文物局公布的“六大证据”是否充分，现在公布结果是否严谨、科学等等。

此后各方的质疑逐渐增多，民众面对截然不同的观点，由惊喜到迷茫，甚至恶搞，河南省文物局乃至曹操墓的地位也随之急转直下，炒作、经济利益驱使、曹操墓是“周老虎”等评论遍布网络。

质疑声中，当地村民和干部都接受了应对媒体的紧急训练，面对记者提问，他们大多是谨慎地闭口不言，继而微笑着走开。“关于曹操墓，不能（随便）谈。”这是笔者在采访开始后，多次听到的答复。

曹操墓就在村南的高台地上，比村里其他地方都高出至少两三米，大概有20亩左右的面积。20多家媒体的记者，聚集在警戒线外“望墓兴叹”。荷枪实弹的武警告知记者，除非有河南省文物局的批文，否则不能进入墓葬区。

从警戒线外向里眺望，可以看到两个并排的考古现场，2号就是曹操墓，长长的斜坡直探地下。工作人员揭开覆盖在地面上的白色薄膜，露出长约35米、宽约10米的墓道，尽头是一扇拱形墓门，距地表约有15米。

放眼四周，墓地被光秃秃的杨树围绕，贫瘠的黄土地上，哪有什么风水意义上的青山绿水？曹操逝于公元220年正月，也是冬日未尽的时候，大概就是这番景象吧。

曹操为什么选择了这里？考古学家如何发现了这里？单是“西高穴村”的村名就充满悬疑。曹操墓又称高陵、西陵，而这个1800年后的地名，几经变迁，竟然就叫“西高穴”。

今年71岁的许作民老先生说，安阳当地很多村子的名字在宋朝《相州志》中都有全面而准确的记载，至今变化不大，有的只是音同字不同。安丰乡一带的地名很多与曹操有关，从西高穴村向南走出5公里，有个地名叫亮马岗；向正东走7公里左右，就是河北省的习文村、讲武城村，据说是曹操率军驻扎此地后，和部下习文、讲武的地方。

在正在编制的《安丰乡志》中，西高穴村在明朝之前并没有记载，清朝、民国时这里叫做西高榭，现在则是个有700多户、2000多人的大村，村内并没有“曹”姓村民。

鲁潜墓志

大墓外，63岁的徐玉超戴着护耳，站在人群里，和记者们一起从早上观望到下午。

村民们不时开玩笑说，他“中了彩”，连家里“都成了旅游点”，他只憨憨地摆摆手。和其他村民不同，这位前砖厂厂长，是曹操墓发现过程中的关键人物。曹操墓考古发掘队队长潘伟斌曾多次公开表示，多亏徐玉超找到了鲁潜墓志，才确定了曹操墓的方位。

村子附近到处是千沟万壑的黄土堆，多是被小砖窑取土给挖空的。徐玉超过去总是抱怨：“地表下一米的黏土很少能用，土里夹杂着破砖烂瓦，还有三个腿的陶罐，因为败兴，我们都打烂它，也有人卖给文物贩子，10元钱。”不过，就是1998年4月23日开砖厂取土时，他在村西北的一片黄黏土中发现了鲁潜墓志。“一块一尺左右黑不溜秋的石碑，我用铁丝刮了刮，发现上面隐隐约约有些文字。当时觉得比较稀奇，就把这块石碑抱回家了。”

这块墓志埋在地下2米深处，高20.7厘米、宽31.3厘米，魏书志文，共14行126个字。徐玉超到现在还能背得出墓志的关键内容：“（鲁潜）墓在高决桥陌西行1420步，南下去陌170步，故魏武帝陵西北角西行43步，北回至墓明堂250步。”

古文中，“决”通“穴”，高决桥就是高穴桥，墓志明确记载了从魏武帝陵到鲁潜墓的距离。可惜，徐玉超并没有发现墓葬，甚至一丝腐朽的棺木。

墓志志文还写明，墓主为鲁潜，其官至后赵大仆卿都尉，正三品官员，属于朝廷的重臣级别，卒于后赵建武十一年（公元345年），比曹操晚125年。

发现墓志的消息很快就传开，并迅速传到了村外人的耳朵里。隔壁渔洋村的“土博士”龙振山也是其中之一，他找到徐玉超，做了拓片，开始了对曹操墓地的研究。

一拨接一拨的人去他家看，徐玉超觉得这么下去不是个法子，“留着吧，即使卖了也不会有几个钱，还可能犯法”。他把当时在外工作的大儿子找了回来，这个“见过世面”的人，又找到安阳市文物局。

1998年5月14日，该墓志正式交给安阳市文物局，文物局做了一份墓志的拓片，留给徐玉超当纪念。这两天，徐玉超又见到了当年收走石碑

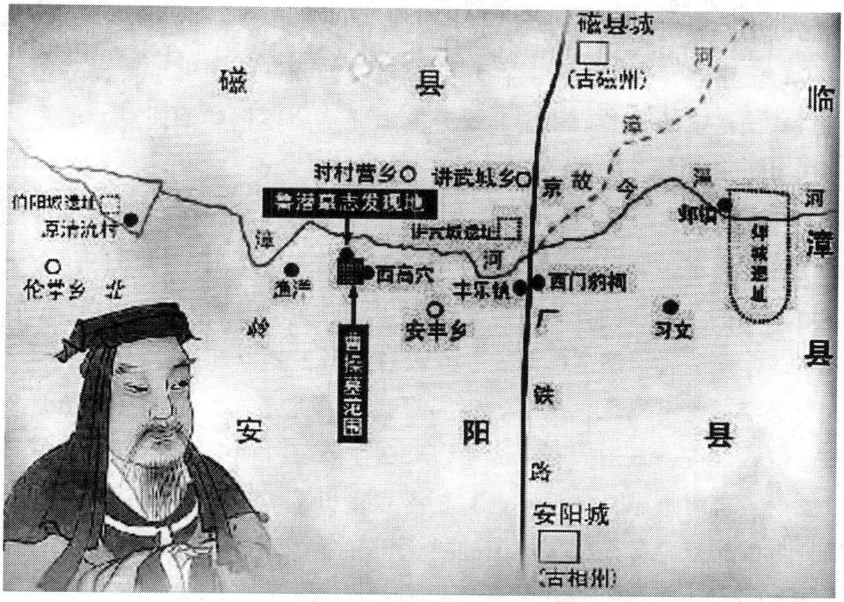

曹操墓周边图

的工作人员，他提起捐献文物应得的奖励，回复是：“申请了，还没批下来。”

西高穴村向西不到一公里就是渔洋村，这个村庄因遍地是“宝”而在当地出名，华夏历史，从殷商到“文革”都能在村里找到相应的历史遗存。渔洋村能够被发现，64 岁的村支书龙振山起了至关重要的作用。不过，他现在最得意的事是“第一个说对曹操墓位置”。

曹操墓发现后，来龙振山家的人络绎不绝，人们走进他家那间 20 多平方米的西厢房，观赏 1000 多件展品。这些文物都是龙振山 30 多年来从田间地头捡回来的，包括新石器时代的卜骨和陶片、商代的陶鬲、战国的鼎壶、汉代的耳杯、东魏的瓦片、北齐的泥像、宋代的瓷片、明代的青花、清代的小盘等等。在斗室里展出的，只是他的 1/3 藏品。

龙振山曾经在《华夏考古》杂志上发表过一篇论文，通过分析《鲁潜墓志》，断定曹操墓应该就在西高穴村附近。这篇文章最早完成于 1999 年，但由于他是个农民，一直没有受到杂志社的重视，修改了 30 多遍后，2003 年才得以发表。

龙振山换算出1420步是1.74公里，他找人用米尺测量了一天，在家里画了一个草图，确定曹操墓在西高穴村西，并据此画出了曹操墓区示意图。与这次认定的曹操墓相比，龙振山画的墓地要稍微偏西北一些，两者误差在500米左右。

2002年，《殷都学刊》第四期还发表了安阳博物馆一位助理馆员的文章，作者是党宁，题目叫做《由“鲁潜墓志”探寻魏武帝陵》，此文十分肯定地表述了曹操墓的具体位置，与现在发现的曹操墓位置相差无几。

不过，这些看似确凿的论文，并没有在考古界得到认可。

专家经过鉴定发现，从墓志碑周身残存的泥土来看，碑石显然是移动过的，也就是说，墓志碑有可能是盗墓贼在盗墓过程中遗弃的。

发现了鲁潜墓志，却没发现有鲁潜墓。以墓志所在地为坐标推论鲁潜墓地，再由此推论曹操墓，推论的推论，显然毫无根基。曹操墓究竟在何处，再次陷入迷局。

不过，鲁潜墓志至少向我们传递了一个信息，在十六国后赵时期，这里就有曹操墓的传说。这块墓志还表明，曹操墓在邺西西门豹祠西原上的区位是不错的。

除夕炮响

刘心长是邯郸历史学会会长，曾出版过专著《曹操墓研究》，他三次到出土鲁潜墓志的地方进行实地勘察，并在2004年撰文，论述了这块墓志尚存的诸多疑点——

曹操墓没有陵，是“因高为墓，不封不树”的，地表没有任何人为标志物，所以墓志记述的曹操陵墓很可能是来自民间传说。

墓志出土的地点在漳河之阴，这是魏晋以后相墓所忌的。按当时已用的青龙、白虎、朱雀、玄武相墓标准，玄武为北，为龟象，为冈丘地貌，西高穴村西北一带不具备这个条件。

另外，曹操曾在这里兴修水利，建天井堰，灌溉条件较好，是较为富饶的地方，与曹操遗命要求葬在“瘠薄之地”的标准不符合。还有，墓志出土的地点北面临靠漳河，不能再埋葬陪葬的诸多公卿大臣列将，这一点也与曹操遗命中让亲信陪葬的要求不符。

尽管被刘心长质疑了，但对盗墓贼而言，如此精确的坐标，真可算是藏宝图。

1998年6月28日的《中国文物报》，对鲁潜墓志的发现进行过报道，并公布了“鲁潜墓志”全文，关于曹操墓最早也最具体的记载就这样被公之于众。

徐玉超说：“发现鲁潜墓志不到半年，就有人上门求购，开价从一开始的300元涨到了3万元。”此后，还有一些手拿洛阳铲的陌生人，在西高穴村附近出没。

所谓洛阳铲，是一种直径约十二三厘米的空心钢管，探头一端被削尖，尺寸稍大，约有15厘米左右。洛阳铲的功能，主要是取土。插进地里后，拔出来看土壤颜色。土壤经年累月，会自然沉淀成5层，是生土。但墓穴边的泥土因为被夯实了，土壤间的颜色界限是被打乱的，是熟土。有经验的盗墓贼，一眼就能分辨出生土和熟土的差别。发现有熟土后，洛阳铲可以用螺丝帽连接加长的方法，一直往深处钻，直到触到墓穴的砖墙。发现砖墙后，洛阳铲还能填装炸药，进行爆破。

据村民讲，曹操墓所在位置之前是个高高的土丘，常年驻扎着徐镇海的砖厂，砖厂挖土造窑，将土丘渐渐挖低，露出熟土——墓葬的夯土层，甚至还有一个大洞，这就让盗墓者给盯上了。

在考古现场，徐镇海的取土点现在仍清晰可见，曹操墓后部西侧，有个约5米的深沟。村长徐焕朝说：“2005年除夕晚上，大家都在放鞭炮。盗墓者也选了这天晚上去放炮。虽然炮声很响，不过大家并没在意。直到人们看见盗洞，才知道有盗墓贼来过了。”

这是近10年来墓穴第一次被开启，盗洞的位置显示出盗墓者的“老到”。盗洞靠近一处断崖，断崖下是一块玉米地，不易被发现。因为砖窑常年取土，挖去了表层泥土，因此，盗墓者只需要炸开约3米的土层，就能触及墓穴的砖墙。

安丰乡派出所披露了这一盗洞的情况："紧邻断崖处一盗洞，直径1米，垂直深度约3.5米处向东呈斜坡状延伸，然后穿透墓室，所有墓室扰乱严重，前室及耳室的规模因现代扰土封无法测量。"

同年，贾振林从异地到安丰乡任党委书记。过完春节，他从徐焕朝那里听说有人盗墓，立即来到5里地外的现场查看。看完后，他一边指示随行的当地派出所进行破案，一边要求村里派人将这一盗墓洞封上。

也就是在过问盗墓时，贾振林第一次听说了"东汉墓"、鲁潜、曹操等历史人物与安丰乡的渊源，空闲时，他特意翻阅了《三国志》、《晋书》等有关记载曹操去世的文献。正史中关于曹操墓址的唯一参照物——曹操临终前所说的西门豹祠，就在安丰乡境内，这让贾振林越来越坚信曹操墓就在安丰乡。

西门豹祠

西门豹祠遗址在曹操墓正西一公里处，现为河南省重点文物保护单位，是安阳县安丰乡丰乐镇村一处临公路的高地。

在现场看到，祠堂早已不存，只留下三四个古碑，其中两个字迹已经湮灭不清。而另两个则为民国和清朝道光年间的。道光二十七年《重修邺二大夫祠记碑》碑文记载：西门豹祠建于北齐天保中，自明弘治年始春秋祭，道光九年祠堂被地震震塌。

眼下，这座南北朝时期的遗址人迹罕至，在冬日里越发荒凉。曹操墓和这座破败的西门豹祠到底是什么关系呢?

西门豹是战国时一个"不信邪"的邺令，他初到邺城时，就发现这里百姓深受"河伯娶妇"的困扰。西门豹把巫婆投入了漳河，又发动百姓开凿了漳河十二渠，使邺城很快成了魏国的重镇。由于西门豹治邺有方，当地人民为他修祠建庙，西门豹祠由此而来。

建安二十三年（公元 218 年），可能是预感到自己寿数将尽，曹操特地颁布了一道《终令》，安排身后之事：“古之葬者必居瘠薄之地，其规西门豹祠西原上为寿陵。”看来，曹操对自己建功立业的邺城有着特殊的感情，更敬仰西门豹治水的英明，希望自己的墓地与西门豹祠比邻。

两年后，这位“乱世之英豪，治世之良材”病逝于洛阳，临终前，他留下《遗令》：“天下尚未安定，未得遵古也。葬毕，皆除服……殓以时服，葬于邺之西冈，与西门豹祠相近。无藏金玉珍宝。”

尤其值得注意的是，无论《终令》还是《遗令》，都提到了“西门豹祠”。因此，只要能确定西门豹祠的位置，曹操墓就八九不离十了。

遗憾的是，到了北齐天保九年（公元 559 年），北齐文宣帝高洋因天旱求雨不灵，毁掉了西门豹祠。到了公元 581 年，隋文帝杨坚更彻底地毁掉了邺城。

历史上有名的邺城再也没有重建，漳河连年泛滥，邺城地面遗迹已极稀少，著名的铜雀三台尚存二台残迹，城垣已荡然无存。西门豹祠虽然不断重修，但已不复是曹魏时期西门豹祠的原址。

在临漳一带，西门豹祠就有多处，安阳、磁县境内，亦有西门豹祠。那么曹操《遗令》所指的西门豹祠，究竟是哪一座呢？北齐以后就没人知道了。

前些年，河北省临漳县文物保管所征集到一个后赵建武六年（公元 340 年，距曹操去世 120 年）的勒柱石刻，上面刻有西门豹大夫刻像，重建时间、面积、官吏参加者等重建西门豹祠的情况。

这一石刻是目前全国唯一一件反映西门豹祠的实物，虽然是介绍后赵时期西门豹祠的，但距曹操去世只有 120 年，其中提到的西门豹祠殿基应是曹魏时西门豹祠旧址。据查，这块石刻就是 20 多年从眼前这个西门豹祠附近一个取土点发现的。勒柱石刻，再次缩小了曹操墓的范围。

刘心长经过多次实地考察，饶有趣味地发现，这一带的村庄名称也似乎与陵墓有关。在这儿，有个村子叫武吉，很似“武帝”的谐音。武吉村的西北不远，是西曹庄村，可能与曹操墓守陵人有关。武吉村东北不远是朝冠村，可能与祭陵整衣冠有关系。2004 年，他撰文提出了“西陵墓田”

的大致范围：河北磁县时村营乡中南部、讲武城乡西部以及河南安阳县安丰乡共大约5平方公里的地面。

这5平方公里位于邺城遗址之西，是地势比较高的黄土塬地貌，漳河水不可能冲决淹没，而古代的引漳水渠亦不能浇灌，现在仍有一些土地难以耕种，符合曹操《遗令》和《终令》中所说“邺之西冈”和“古之葬者，必居瘠薄之地”的特征，也符合“公卿大夫列将有功者，宜陪寿陵，其广为兆域，使足相容”的要求，又是站在城西北的铜雀台上西望墓地的最佳视野。

高手出马

2005年，鲁潜墓志再次走进了专家的视野，这回出手的是“高手中的高手”。

曾担任过河南省文物局局长的常俭传透露，2005年4月，他退休后被安阳市政府聘请为顾问，协助安阳进行殷墟申报世界文化遗产的工作。在协助殷墟“申遗”的空闲期间，他又想起了鲁潜墓志，这个迄今为止关于曹操墓位置最早和最具体的记载。2005年10月份，他和安阳市考古所所长孔德铭等人先后四次赴渔洋村、西门豹祠遗址、甄夫人墓以及河北临漳县的雀台等地进行考察。

在渔洋村龙振山的文物展室里，他发现了一些三国时期的文物，如门钉及瓦当等，不由心里一震。“那么大的门钉和瓦当，这是帝王才能用的东西啊。这一带除了史料上记载的曹操墓，还能是谁?”

龙振山还告诉常俭传，村民在渔洋村东南浇水灌溉时，有的地方渗水严重，怀疑地下有大墓。

考察过后，专家们一致认为，应尽快找到曹操墓，而且是刻不容缓。但是，谁出头担这个风险呢？常俭传说：“反正我也退了，我应该干这个事。”2005年12月12日，常俭传决定以个人名义向省委及其他领导同志写信，建议早日对这一带进行详细的勘测和考古调查。

“我们为什么如此心急呢？因为自鲁潜墓志发现之后，不法分子经常窜到安阳县安丰乡一带进行窥探。由于这里地处两省交界处，行政管理难度很大，文物安全形势非常严峻。再一个是近年来，河北省的一些专家学者也在积极研究寻找曹操墓，我们不早日行动，将来可能会被动。”

这位已经退休的局长，一直把在河南找到帝王墓作为一生的心愿。他在任的时候，主张河南的文化要打“三张牌”——世界文化遗产牌、历史名人牌、历代帝陵牌。这三张牌他已经打出去了两张，龙门石窟、殷墟已成功申报为世界文化遗产，老子故里被认定在河南鹿邑。但最后一张帝陵牌却始终没有打出去。河南省境内的历代帝王陵墓大多被洗劫一空，本来很有希望的许岗大墓尽管规格高，规模大，但由于该墓历史上曾被盗掘，没有文物能证明是韩王陵，最终只能认定是战国大墓。

“从相关资料来看，魏武帝陵应在安丰乡渔洋村东地与西高穴村西地之间，并且当时还应有陵园。”

这回，常俭传能得偿所愿吗？关于曹操墓的一切还仅仅是推理。

专家探墓

2006 年 5 月，当贾振林得知西高穴村的盗洞再次被人打开后，受好奇心的驱使，从 10 多公里外的南水北调工地请来了考古专家潘伟斌。

潘伟斌是河南省考古研究所的副研究员，多年在野外从事一线工作。他主持的安阳固岸东魏北齐墓地挖掘，入选了 2007 年中国考古十大发现。最近 5 年来，他一直配合南水北调工程，进行抢救性发掘。南水北调总干渠从安丰乡的东部经过，考古队也赶来进行抢救性的保护。

“当时没带照明工具，墓里一片漆黑，什么也看不见。”潘伟斌回忆，当时他让村主任徐焕朝用绳子绑着把自己放进盗洞，成了第一个进洞的考古工作者。

刚用相机拍了几张照片，就没电了，他只得在七八分钟后离开了现场。说起这段，潘伟斌有些追悔："虽然时间短，但我可以肯定，前部的墓门是关着的。可发掘时，连墓门都毁了，从墓内被打开了。"

研究墓穴照片后，潘伟斌告诉贾振林："虽然不能确定这就是曹操墓，但从墓地的规模和结构来看，墓穴主人的年代应该是东汉时期的，而且级别很高，至少是王侯一级的。"

"为什么会有这样的初步判断？第一，墓葬结构特殊、规模很大。第二，墓砖的规格厚重，是定制的。第三，因为盗洞已经拆过墓壁，根据墓壁建造的方法，很像我们以前挖掘的汉墓。"

此前两年，潘伟斌曾出版过专著《魏晋南北朝隋陵》，专门研究魏晋南北朝一直到隋的皇帝陵墓。但是，类似的墓葬他只在洛阳邙山上见过一处，那个墓葬也已被多次盗过，没办法确定墓主人的身份。

贾振林赶紧问："现在发掘，行不？"

"不行！"潘伟斌想都没想，因为考古发掘一需政策，二需资金。

采访中，笔者问潘伟斌，难道您不好奇吗？他说他第一次钻进去，就想到了曹操。"但我们的原则是就地保护，没有特殊情况的话，不建议挖掘。"考古这个圈子的人都知道，"挖掘了以后，不如放在原始位置保护得更好。"而且，我国有明确的政策，严格限制发掘帝王陵，定陵的发掘就是个教训。于是，盗洞回填，贾振林嘱咐派出所重点保护，安排日常的巡查。

尽管没有发掘，但潘伟斌却对大墓主人进行了一番考证。2007 年，他在台湾故宫文物月刊上发表了一篇文章，名为《曹操高陵今何在》。

潘伟斌说，按唐代《元和郡县图志》中记载的"魏武帝西陵在县西三十里"，从卫星地图上测量，安丰乡西高穴村墓址就在西门豹祠正西不远处，东距铜雀台约 30 里的地方，位置十分相符。历史上还记载魏文帝曹丕曾从水路上前往祭奠其父亲，沿漳河溯流而上，而西高穴村西不远处的渔洋村就有古渡口，也相吻合。

潘伟斌还考察了鲁潜墓志，并认为鲁潜墓就在此地。"徐玉超带着我们去指认那块墓志发现地，那个地方是一个大坑，比附近地面低六七米，可见已取土多年。我们相信鲁潜墓的位置就在那里，至于为何没有墓，很可能是在砖厂历年取土中被挖掉了。”

经过对历史的分析和考古的印证，潘伟斌把曹操墓的范围一步步缩小，所得结论是，曹操墓就在西高穴。

不过，考古学家的工作如同刑警办案，不管逻辑多么充分，最终还是要看证据。在没发掘出东西前，这里还只能算是“东汉大墓”。

笨贼欺祖

虽然明知此墓非同小可，但由于所在位置比较偏僻，采取的保护性措施不够，这座“东汉大墓”自 2007 年以来，又先后被五拨盗墓贼“光顾”。

“曹操墓中出土的一件画像石是我们追回的第一件文物。”安阳县公安局安丰派出所所长王国平说的这个画像石，上刻船舶、人物等精美图形，线条流畅优美，还刻有“主簿车”、“咸阳令”、“纪梁”、“侍郎”、“侍吏”、“宋王车”等字样，有很高的科学文化研究价值，是认定曹操墓的重要证据。

为了追回这件文物，当地公安机关费尽了周折。

2008 年 2 月，安丰派出所副所长张燕平在摸排中获悉，赵村村民吴某等人曾经盗掘过西高穴村的古墓。传讯后，吴某又交代出其他 11 名涉案人员，并招供说，从古墓中盗出一块雕有精美图案的石碑。在公安机关的劝说下，同案犯把被盗的石碑送到了派出所，并向警方投案自首了。最终，吴某被判了 3 年，缓刑 3 年。

曹操墓火了以后，有媒体采访了吴某，他表情复杂地说，这两天才知道当年盗的是曹操墓。从他描述的经过看，这次盗墓并没什么技术含量：

5 人放哨，6 人入洞。松开手，感觉自己是踩在松紧不一的土上。洞

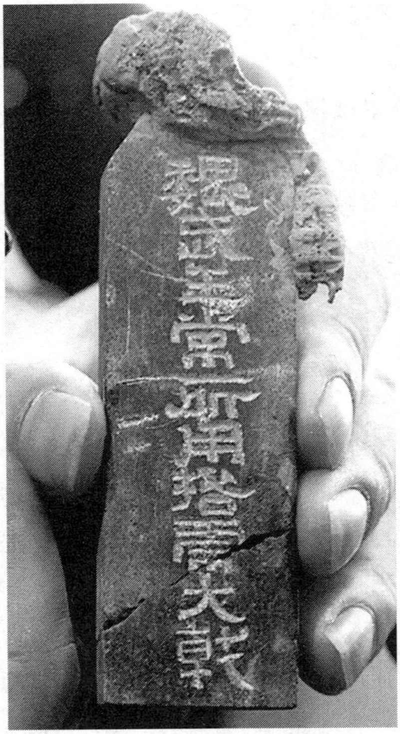

魏武王常所用格虎大戟石牌

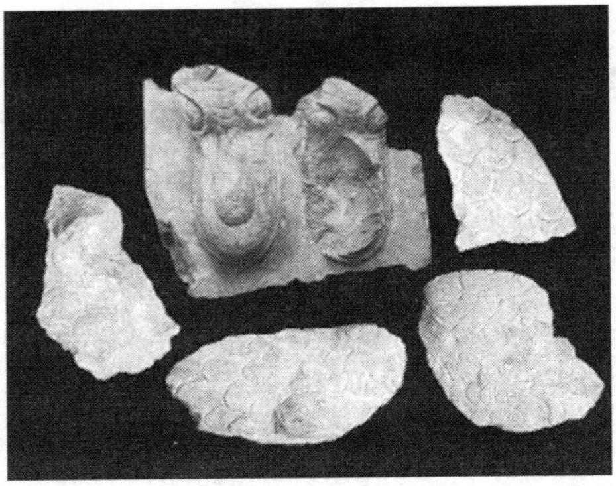

高陵出土的雕龙残块

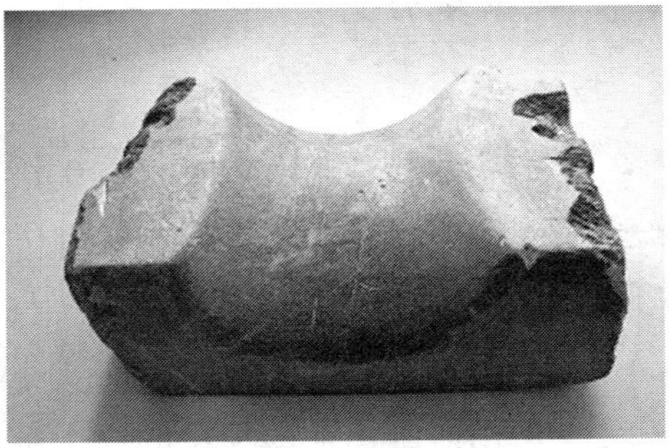

高陵出土的石枕

内积土很深，自己离洞外仅2米多深。在6只手电的晃动下，发现这是一个大的墓穴，各个墓室都早被打通，四处搜寻，除了黄土外别无他物。用铁锨向下挖了挖，一无所获。天快亮了，正相对苦笑时，“哐当”一声响，就这么挖出了上百斤重的画像石。

在盗墓这条产业链上，吴某只是最低级一环，即“下苦”和“腿子”，负责从墓中盗出文物，领取几百元至几千元不等的辛苦钱。雇用他们并为盗掘出资的人叫做“支锅”，通常有一定经济实力，并负责将货物出手。再往上，被称为“掌眼”，都是外来人员，有寻宝和鉴宝的能力。

“这一盗墓团伙是我们打掉的第二批。”王国平说，派出所共破获了5起盗墓案，抓获了38个盗墓贼，他们作案对象都是“东汉墓”。

2008年9月28日晚，派出所值班民警又接到群众举报。王国平安排民警抄近路突然出现在古墓四周。

当时古墓外有两个犯罪嫌疑人在望风，见到民警出现后，拔腿就跑。民警从盗洞口向里一看，4 个盗墓人正在墓中紧张地挖掘着。瓮中捉鳖还能跑了不成？这四个人眼看无路可逃，只好乖乖地揪着绳子被民警拽上来了。

在中国盗墓史上，曹操本人可算是盗墓行当的“祖师爷”，他若看到这些笨贼的猥琐勾当，不知作何感想。

在“建安七子”之一的陈琳所作的檄文里，曹操盗刘武墓有三条特征：盗墓时，曹操亲临现场指挥取宝，这在盗墓名人中是比较少见的。曹操还在军中设置了“发丘中郎将”和“摸金校尉”，专司盗墓。盗墓中“所过隳突，无骸不露”，破坏得很彻底，也是曹操所为。

别看这些现代的盗墓故事并不精彩，远比不上曹操当年盗刘武墓传奇，但那些由盗墓贼们挖出、后被警方追回的文物，却为曹操墓的认定提供了确凿的实物证据。

除了画像石外，警方还追回一块汉代石璧、一块上题刻有“魏武王常所用格虎大戟”字样的石牌和一个上题刻有“魏武王常所用慰项石”字样的石枕。题刻有“魏武王”等字样的石牌和石枕被警方追回前，曾辗转流失在民间，最初被人以各 25 元的价格收购。

为办案需要，警方与河南省文物局鉴定专家联系，邀请专家对这一古墓和文物进行鉴定。省里的专家经过现场勘查后，认为该古墓葬“规模宏大，埋藏较深，结构复杂，建筑考究，结合画像内容，墓主身份应为王侯级别”。

这座“东汉大墓”再度引起了关注，保护难度也就更大了。

墓室求证

2008 年 11 月 6 日，常俭传给安阳市委书记张广志及市长张笑东写了一封信，寻求安阳市政府支持，信中说：“如果一旦发生我的建议失误，而导致您的决策失误，我有勇气向您二位和安阳人民作检讨。”省文物局也主动报请国家文物局批准，力挺对“东汉墓”进行抢救性发掘。

2008年12月12日上午10时，在曹操墓的发掘仪式上，常俭传拿着扩音器，如同祷告一般与墓主人对话：“魏武帝啊，我们今天来挖这个墓，是为了保护您，如果再不挖，就会被盗墓分子盗完了。”

这个讲话是他即兴发挥的，他希望魏武帝曹操在天有灵，会把东西留给考古队。不过，潘伟斌却告诉笔者：“在很长一段时间里，我们内心充满了失望。挖掘了10个月，没有找到有价值的文物。”

考古工作有着严谨的流程，包括钻探、航拍、设计发掘方案、分层清理土层、照相、测绘、编号等等，都有一定之规，这是个漫长的发现过程。2009年4月，他们才发掘到了地下1.7米处，发现了汉代地面及墓道。此后，考古队请专家论证了发掘方案，这才沿着道口1厘米、1厘米地往深处发掘，在离地面15米的地方，终于发现了墓门。

设计者对于墓道的安全措施考虑得非常周密，墓道全部用夯土层层夯筑，墓门为一厚重石门，室门外砌了三道砖墙，总厚度达到1.2米，非常坚固。

常俭传说起10月7日第一次进入墓中的情形：“看到墓内的惨状，当时就想哭。墓主人尸骨散落一地，一个头骨被盗墓贼踢到了墓门口。墓里遗留的矿泉水瓶子上日期有2007年11月的，还有2008年9月的，说明在我们发掘前不久盗墓分子还在疯狂地盗墓。”

可能什么也没有，但潘伟斌还是很兴奋，这比他挖过的任何一座汉墓都要大。“四个侧室全都有石门封闭，墓砖长55厘米，重约50斤，所有的墓砖都是为这个墓专门烧造的。可见这个墓的建造和设计非常讲究。”他想，墓的规格那么高，形式那么复杂，不管是谁的墓，不管能否找到东西，也要把它清理出来，这就是考古成果。

墓室里堆满了淤土，足有3米多高。网筛、水淘，队员不放过一点蛛丝马迹，还是一无所获。这时候，已经过去了10个月。终于，考古队在墓门口找到了一块头骨。“这块头骨，有头盖骨，但下半部分保存得非常不好。”潘伟斌说，至于是不是曹操，得听专家的。

清理侧室后，陆续发现了另外两具女性遗骨，一些陶器和铁器。还发现了一件非常漂亮的铁制铠甲，铠甲呈鱼鳞状，似乎是挂铁甲的架子锈了，掉落下来。这都说明墓的主人应该是一名军事统帅。

但谁能说这个墓就是曹操的呢？

2009 年的第一场雪给他们带来了好运气。

“那一天下午 5 点多，都快下班了，石牌是我亲眼看到从土里挖出来的。”在老考古队员尚金山的考古日记上，赫然记录着：“2009 年 11 月 8 日，扰土里发现残缺石牌，残长 9.5/8.3 厘米，宽 3 厘米，厚 0.6 厘米，上面有一圆孔，上有洞环链，正面刻有‘魏武王常所用’字样，发现地点距前室西壁 3.75 米，距南壁 1.4 米。”

石牌裂成了两块，一块上有个残破的“魏”字，另一块是在两天后才找到的，两者吻合得天衣无缝。当媒体质疑铺天盖地时，尚金山忍不住站出来说：“这是武器的说明标志，就像商品的商标，旁边就是那个武器大戟，只是已经锈得不成样子了。这怎么作假？”

12 月 22 日，考古队又意外地挖到 59 枚小牌，术语里叫“潜册”，潘伟斌说：“实际上这是陪葬品的清单，就是因为发现了这些小牌，把本来确定在 12 月 25 日举办的新闻发布会推迟了两天。”

最终，刻有“魏武王”的石牌共找到了 8 件，其中 7 件均为科学发掘出土。

解密曹操

虽然墓葬被盗严重，但在近一年的时间内，考古队员先后从墓穴中发掘出了 250 余件文物，有铁甲、铁剑、水晶珠、玛瑙珠、石圭、石璧、刻铭石牌等，其中象征墓主身份的 8 件圭形石牌尤为珍贵。

2009 年 12 月 13 日，在国家文物局文物保护与考古司司长关强的陪同下，由中国社科院历史研究所汉魏史专家梁满仓，中国社科院考古研究所博士王明辉，国家文物鉴定委员会委员、河南省文物考古研究所前所长、考古与古文字学专家郝本性等十几位专家组成的专家组再次来到安阳，召开了第二次论证会。郝本性说，专家们认定安阳西高穴东汉墓确为曹操墓，而且看法是非常一致的。“意见这么统一，在以前的考古论证会上，是比较少见的。”

始料未及的是，六大证据一经发布，掀起了全民考古热，网上各种分析连篇累牍，文史专家相继发言。论战中不乏误读，比如有专家说，画像石上画的是“垓下之战”，其实那是“七女复仇”；有专家分析说，墓中两女是投毒而死；但潘伟斌回应：“头盖骨照片一张都没有外泄，专家是怎么看出来的?”

刘庆柱觉得，一些专家的发言不严肃：“提问前应该查一查相关资料再说，不要提外行问题。”他说，安阳曹操墓的证据已经足够，如果是“业内人士”提出异议，就不能说外行话。

中国考古学会理事杜金鹏则把曹操高陵引发的争议称之为“高陵现象”。所谓“高陵现象”有两个层面的东西，即学术研究层面和公众参与层面。他说，学术研究有一个严谨而漫长的学术历程，但公众并不太关注研究过程，希望尽快得到一个结论。

显然，曹操墓已经不仅仅是考古界自己的事，人们正试图重新解读曹操——这个历史人物，“如同一个小姑娘，被随意打扮”太多年了——迫切需要展示其人的“铁证”。

如果这里真是曹操墓，那么曹操生前要求的“薄葬”，确实做到了。历史中，有关“薄葬”的诏令颁布过不少，但真能“薄葬”的帝王却不多，在“薄葬墓”中发掘出土的宝贝也比比皆是。但出土器物已经说明曹操践行了“薄葬”、“不封土”、“无藏金玉”的承诺。“神龟虽寿，犹有竟时。螣蛇乘雾，终为土灰。”正如曹诗中咏叹的，他早就看开了身后事。

如果这里真是曹操墓，还将证明所谓“七十二疑冢”，所谓生性多疑，都是后人杜撰出来的。人们由此产生的曲解和怀疑，也尽可以释然了。“日月之行，若出其中；星汉灿烂，若出其里”，如此宽广的胸怀，才是真曹操。

发掘出的文物中，还有镜台与书案。潘伟斌说："一般墓葬是不随葬书案，也不随葬床，但是他的书案和床都有，这印证了史书上关于曹操'手不释卷'的描述。"

考古学家正在通过历史遗存"还原现场"，潘伟斌一再强调："2 号墓的发掘只是一个开始，历史信息还将滚滚而来。"殷墟发掘前后 80 年，历经几代人，曹操墓的发掘工作又怎么会短？

正在发掘的 1 号墓墓主是谁？安葬在曹操旁的两个女人是什么身份？哪些大臣武将陪葬在曹操身边？曹操有没有头疼病，他的身高体貌什么样？……建安二十五年二月丁卯（公元 220 年 4 月 11 日），曹操葬于"高陵"的故事，其实才刚开头。

潘伟斌半开玩笑地说："还是且听下回分解吧。"

曹操高陵陵园布局已基本搞清，这是一座方形陵园，墓前有广场，呈现出"前朝后殿"式的建筑布局。未来拟在曹操高陵陵园规划建设国家级考古遗址公园，在曹操墓本体上规划建设遗址博物馆。

生命大营救

唐　铮

2010年4月5日，清明。这一天，困在山西省乡宁县王家岭煤矿井底的153名矿工中，115人平安生还。

此时，距3月28日透水事故发生，紧张激烈的生命救援已经展开200多个小时。被困人员在井下八天八夜，已突破生理极限，坚守生存希望；3000多名抢险救援人员日以继夜，抽水20余万立方米。

与死神相争夺，115人成功获救，是井上井下日夜“不抛弃、不放弃”，顽强抗争的结果，更创造了生命的奇迹。

然而，救援成功的喜悦并不能洗净心底的悲伤。截至发稿时，33名工人已经遇难，仍有5人生死难问。救援争分夺秒，但时日旷久，井下生还的可能性逐渐渺茫。

打通“生命通道”

“铛——铛——”

2010年4月2日14时12分，两声敲击声从地下传来，隔着厚厚的岩层，声音微小而沉闷，被轰鸣的钻头声压得几不可闻。

这两下敲击声，让已经忙碌了6天的抢险队员大喜过望。周围的人匆忙停下手里的工作赶过来，但聚拢到一起，又呆立着面面相觑。过了好几分钟，才有一个人紧张而又小心地在钻杆上敲了两下。

“铛——铛——”又是两下敲击声从地下传来。听见这两下回应，现场有人当即痛哭失声：“下面有人，真的有人!”

这是被称为“生命通道”的2号钻孔，垂直长度200米，直径约20厘米。耗费四天四夜打通它，就是为了和地下被困的矿工取得联系。

2号钻孔刚刚打通的时候，从孔洞里猛地喷起一条3米多高的尘柱，笔直冲天，许久不散。离钻孔近的工人都被气流推得倒退了几步，在场的一位专家一拍大腿：“坏了!”

这曾是人们最担心的事情：在透水事故中，水流急速涌入，当流进一端封闭的巷道时，会被巷道里的气压顶住，形成一个个高气压的无水区。如果井下能够有人员存活，那么无水区是他们最好的栖身地。而一旦空气泄漏，就有可能促使水流侵入。因此，在哪里下钻打眼，曾让多名专家反复掂量，大费周章。

“哪场救援，也没有这次这么麻烦。”有过十几年抢险经验的山西焦煤汾西矿业救护大队培训科科长史林福说。按照煤矿的安全生产标准，应该配置井下电话、压风管和洒水除尘的喷淋管，这些设备在遭遇险情时都能成为工人们的救命武器，但王家岭煤矿是一座正在建设中的煤矿，设备搭建还未完成，透水事故发生后，地面和地下完全断了联系。矿下的工人也不是训练有素的矿工，而是应急反应不足的建筑工。遇见大水会怎么办，往哪儿跑，如何营救，全要靠地面上的人拿着图纸一点点比对，一点点“猜”。

此前，经过对图纸的研究，专家组认为在距离2号钻孔20米左右的一处高地最有可能形成这种无水区，于是确定了2号钻孔的位置。在这里下钻，一是为了和地下的工人们取得联系，二是为了将空气传到井下。

没想到，这条“生命通道”首先钻透了地下原本封闭的气压层，会不会是好心办了坏事呢？

幸好，两下敲击声，让人们悬着的心稍微放下了一点。

更大的惊喜还在后面，现场人员开始往回拉钻杆。当钻头露出地面时，上面赫然缠绕着一根铁丝，这根铁丝紧紧地绕在钻头上，两端还拧成麻花状，明显是人为的。

18厘米长、8毫米直径的铁丝，想牢牢绑在钻头上并不容易。下面不但有人，而且他们还能活动，还有体力。这根平常被扔在路边都不会有人看第二眼的铁丝，引起了救援现场的一片沸腾。

“如果能听见，就再敲两声！”趴在地上，救援队员任建国声嘶力竭地向着钻孔大喊，等待良久，地下却悄无声息。

井下传来生命的气息

其实，在任建国大喊的时候，46岁的河南信阳籍矿工龚长中还在继续敲着钻孔旁边的岩壁，但地面上已经听不见了。此时，龚长中手里的铁管换成了木棒，威力大减。

事实证明，专家们的预先估算完全准确。躲在一片干燥的高地上，龚长中和工友们忽然听见不远处有钻头轰鸣的声音：“来救我们了！”

听见钻头的声音越来越近，龚长中坐不住了。他根据声音的方位，蹚过齐腰深的脏水，一路摸索过去，没过多远就看见了钻杆，他当即捡起身边的铁管，用尽全力敲了两下。

听见上面的回音，龚长中又敲了两下。铁管碰钻杆，金属相击，一星光芒一瞬而过，虽然短暂晦暗，但在伸手不见五指的矿井下，仍然格外显眼。火星是瓦斯的大敌，看见这点光芒，龚长中害怕了。他又换了一根木棒，继续用力敲，可是动静太小，上面听不见。

这时，龚长中发现了一根铁丝，他又捡了一个小铁盒，在一张纸条上草草写下几个字："送点吃的给我们"，再加上队友写的"把电话放下来"，"现井下困百余人，望速救"等字条，放进铁盒，用铁丝缠了几圈固定在钻杆上。

地面上的救援队员并没有看见这个铁盒，它在钻杆拉升的过程中被卡在了中途，铁盒里的字条更无从得见，但那根铁丝，已经足够带给他们希望。

这时，龚长中觉得一个人远离大家有点危险，又重新凫回高地，也将生命的希望带了回去。

听说地下传来生命迹象时，山西省委书记张宝顺正在现场检查排水进度。他当即带着抢险指挥部总指挥、山西省副省长陈川平到达2号钻孔。这时，救援人员正准备往矿井输送东西。

"别让钻头太往下，一点点来。"陈川平看到钻杆顶端放置着纸笔和食物，他怕钻杆向下伸得太长，会打湿这些东西，赶紧嘱咐。

一封简短的信，被塞在空矿泉水瓶子里，拴在钻头上。信里写道："亲爱的工友们：中共中央、国务院和全国人民时刻都在关注你们的安危；省委、省政府领导正在现场指挥抢险工作。人们都为你们传递的生命信息万分高兴，都在争分夺秒、全力以赴救援。你们一定要坚定信心，坚持到底！坚持就是胜利！"

附近的医院迅速配好了营养液：生理盐水、葡萄糖，加一点点钾、钠，分装成200毫升一袋的小袋，拴在钻杆上，往下传递。

尽管已经钻透了岩层，井下的气压仍然高于井上，营养液根本送不进去，还没向下送多久，就被压力顶在了钻杆中间。

钻杆被抽上来，营养液换成玻璃瓶装，用绳子拴住往下送。一瓶、两瓶……人们贴着地面喊："吃的，给你们送吃的了。"带着期盼，带着泪水，拳头大的钻孔四周，声浪激荡起阵阵粉尘。

毫无声息！

接着，救援人员向井下传送防爆电话，希望听到被困人员的声音或生命迹象，山西省省长王君手持电话苦等了45分钟，听筒内却一片寂静。在撤回的过程中，电话被卡在岩土中途，上不来也下不去。

电话联系不上，营养液也有可能根本没有送到工人手里，怎么办？

“还得加紧排水，进人，尽快进人！”陈川平皱着眉头，急了。

排水是第一要务

排水，这是自透水事故发生以来一直在做着的事情。

事故发生后的第3个小时，王家岭矿的透水原因已经查明。作为国家、山西省重点项目，正在建设的王家岭煤矿要从地面打一条约为25°的斜坡，缓慢插入地下，再在主巷道左右打无数条小巷道，逐步形成梯状开采格局。

地处山西临汾市乡宁县与运城市河津市交界处的王家岭煤矿，又有其特殊性——这个煤矿处在半山腰，从王家岭开凿，主要是为了将来通过地下与10公里外的河津煤矿联通，建立一个庞大的“地下王宫”。

对一片已经开采多年的矿区来讲，要建造这个“地下王宫”显然有很多需要逾越的屏障。被层层山峦包围的王家岭煤矿，附近的多个山坳有明显的开采痕迹，这为悲剧的产生埋下伏笔。

3月28日13时10分许，14名工友不小心挖穿了头顶上的一个废弃煤矿，常年淤积在废煤矿里的水像水库泄洪一般，瞬间涌了出来，咆哮地四处流窜。这种水被叫做“小窑老空水”，积存时间长，属于“死水”，酸度大、水味儿发涩，通常会伴随有害气体涌出。

透水事故发生后，山西省迅速成立了抢险救援指挥部。3月28日晚，透水事故发生后的第6个小时，排水救人、通风救人、科学救人的救援方案已经制定出台并立刻执行。

事故发生的12小时内，来自汾西煤矿、阳煤集团等11个单位的30多支救援队陆续赶来了，33台大型水泵，4000米钢管也被运达现场。

山西省安全生产委员会办公室副主任刘德政说，王家岭矿是个U形矿，两头高，中间低。救援人员抽水的位置在井口，中间有一条长达500多米的低洼积水巷道。正是这条巷道挡住了部分被困人员逃生，也挡住了救援人员下井。只有先排出这个地段的水，才能打通救援通道。

排水的进度直接决定着救援进度。然而，排水进度的缓慢，远远超过了人们事先的估计。

王家岭煤矿是口正在建设中的斜井，运送水泵、管道等排水设施的巷道长达600多米，倾角25°，一般人下井时都要小心翼翼地侧着身走。地下水压大，地势又高低不平，电缆、变压器、水泵都要进入，其中最重的泵近14吨，下井难度极大。

排水要钻孔，打钻要产生火花，而王家岭矿是高瓦斯地质构造，一旦操作失误，极易引发瓦斯爆炸，因此井下用电需极其谨慎，如果为了防止瓦斯爆炸而被迫停电，就不得不延长救援时间。这个因素也严重影响了救援进度。

更为复杂的是，突发的大水瞬间涌出，使施工机械和垃圾快速堆积，造成地下情况复杂。拆装泵、运输、接管、测量瓦斯浓度等交叉作业，又使空间进一步变得狭小。

初步测算，井下积水达13万～14万立方米，而截至3月31日，每小时的排水量还不足1000立方米。涓涓细流，和人们焦虑的心情形成了鲜明的对比。

拆！救援指挥部当即决定，把水泵拆散了扛到井下重新组装。

14吨多重，3米多宽的大型水泵被拆成五六截，8个工人肩挑背扛地往井下送。坑洼不平的巷道上，满地是煤泥、散乱的工程机械和杂物，25°的斜坡，前面的人站着，后面的人半蹲半跪一步步往下搓着小碎步走。

送到井下，接泵工早就拿着焊枪做好了准备，迅速组装、焊接……每条抽水管道都是一节节焊接或拧接上的，每接一节大约需要15分钟。

同时，经过短暂而紧张的磋商，救援专家组决定打通两个钻孔。1 号钻孔直穿两条巷道，将积水向更深的地下导引；2 号钻孔用来畅通空气，并争取由此和井下沟通。

首次救援无功而返

从事故发生以来，井下的排水泵一直在增加，而不为人知的是，排水方案也历经几次修改。

在透水事故发生后的第 10 个小时，山西焦煤汾西矿业集团董事长翟红就带着一支 46 人的抢险队伍赶到了现场。此后的 30 多个小时，翟红一直和工人们奋战在第一线。

在此过程中，排水方案和技术几经修改。

刚开始，指挥部打算在井下铺设 10 英寸的排水管线。“在总回风巷，运行一个 8 英寸的管道设施应该比较方便。”翟红当即提出了新的方案，“10 英寸管道太重，不方便；6 英寸管道太细，不出水。”

救援队员正在抢运排水水泵

实践证明，这个决定是正确的。8英寸直径的管道，每根6米长，几百斤重，要五六个人才能扛下井。10英寸的管道已经近千斤，需要七八个人才能扛下去，而曲折逼仄的巷道根本没有操作空间。8英寸，是介于抽水速度和安装速度之间的最好选择。

翟红说，在排水方案的设计上，他曾经和技术人员对现场进行勘察。“因为井下条件比较复杂，有上坡和下坡，又因为这次排水的特殊性，不光要排水，还要追上水跑，因为水面在不断下降。”

随后，指挥部又下达一个方案：“提供一个800千瓦大水泵进行抽水。”对此，翟红又提出了新点子：“经过勘察，我们认为在现场不固定的条件下，这样大的水泵，一方面是安装起来比较困难，再者就是没有办法移动。”

随后，翟红提出了自己设计的方案：“接8英寸管道很难，接一根至少需要一个小时，有时甚至两个小时。我们换成6英寸软管，换管时间就缩短了。同时，用两台潜水泵交替向前移动，两根6英寸管道连接一根8英寸管道，每个每小时有200立方米流量，两个就是每小时400立方米流量。”

后来，这个方案被证明具有科学性：两台水泵可以交替不停地排水，如果水位下降，水泵需要移动的话，先移动一台，另一台开着，也不会过于影响进度。这种排水方法，出水源源不断，进度非常明显。

“这是工人师傅在实践过程中创造的专利排水法。”山西省委书记张宝顺在多次会议和讲话中称赞说，这种排水方法“是山西焦煤汾西矿业集团的专利”。

这种方法立即在全部工作面推广使用。在水泵组装的第三天，排水量从每小时650立方米增至近2000立方米。几十台水泵在十几个工作面同时发出轰鸣，将地下积水源源不断地抽到井上。

为了加快进度，50多名专家多次下井勘探，3月30日，四种办法并行的排水方案出台：地下排——往比积水巷道更低的地方井下直排；侧面排——横向打通3个钻孔，连接与积水巷道相邻150米的一条空置巷道，平行排水；井口排——从两个巷道入口安装水泵往地面排；地上排——钻垂直钻孔直接抽水。

1号钻孔已被打通，一部分积水向更深的地下涌动，也分散了排水的压力。

终于，在进一步抽水降低水位后，4月3日下午，由4名“蛙人”与7名矿山救援大队的队员组成的先锋小组第一次下水搜寻，试图打通井下被困人员与井上救援的生命线。

然而，在经历了三四个小时的努力后，先锋小组并未达到预期目标。而仪器探测的井下生命迹象也一度消失。根据先锋小组出井后的汇报，井下能见度极低，只有大约四五米的距离。瓦斯含量和一氧化碳含量虽然正常，但空气中含氧量并不高，只有不到20%。

几名“蛙人”先后下井，四周漆黑，能见度很低，巷道内到处都是淤泥、皮带、钢筋。“蛙人”只能摸着巷道墙壁，蹚着水走，才走10多米，水越来越深，只好返回。

正常环境下，“蛙人”可在水库底潜水作业两小时，在水质恶劣的复杂环境中只能工作一个小时左右，但井下器械、电线等锐利东西多，容易刺破潜水服，无法实现井下潜水。

指挥部又请来了中科院沈阳自动化所的水下机器人。这个能够在海洋里大展身手的救生能手，却在井下遇到了同样的问题：水质浑浊，路程太长，机器人不能下水操作。

第一次下井援救失败，对已经奋战了五天五夜的抢险队员们来说无疑是当头一棒。满身泥泞的抢险队员们轮班在食堂吃饭，没有人说一句话，房间里的空气压抑得吓人。

食堂大厅里放着一台电视，兀自哇啦哇啦地叫闹着。电视里正放着一部搞笑的电视剧，男主角的口头禅是一个笑点——带着浓厚方言的“必须的”。随着剧情的进展，一遍遍重复。这时，一个救援队员突然站起来，咬着牙大声说了句：“必须的！”摔下碗，一抹嘴，扭头就走。很多人也随着他站起来，大踏步走出去，重新投入紧张的抢险救援。

生命之光在晃动

34 岁的李国宇自打透水后就没打算能活着出去。躺在一个废弃的煤厢里，四周都是散发着霉臭味的脏水，煤厢在污水里不停轻轻晃动，晃得人心里一刻也不安宁。

能躺在这个煤厢里，已经是件幸运的事了。透水的时候，来不及做出任何反应的李国宇被大水卷带着一路向外，幸好巷道壁上有根突出的铁丝挂住了他的衣服。整整三天三夜，李国宇就靠着这根突出 20 多厘米的铁丝才活了下来。他把衣服系成一个环，缠绕在铁丝上，自己坐在上面。尽管他尽量抬高双腿，膝盖以下还是一直都泡在污浊的水里。

三天后，一个煤厢漂了过来，给李国宇提供了一个干燥一点的安身之处。煤厢里还有 4 个一起漂流的工友，5 个人躺在煤厢里，随水漂荡，静默等待。

这时，李国宇的双腿早已在污水中泡得肿胀、溃烂。两条腿上不断溃疡，而且溃疡面越来越大，疼痛难忍，李国宇忍不住大哭起来。身边的工友们安慰着李国宇。“你想想看，煤厢怎么会自己漂过来呢?”一位年纪最大的工友说，“这肯定是外面在抽水，在想法子救我们。”

不知何时是等待的尽头。有位工友带了块十几块钱的电子表，但井下分不清黑夜和白天，时间一分一秒地滑过去，显得格外漫长。

转折，发生在 4 月 4 日 22 时。

这时，距离事故发生已经过去了 7 天。井上的排水现场已排水 13. 2 万立方米，水位下降 10. 2 米，透水巷道最低处的顶板已露出水面。水位越来越低，标志着下井救人的条件初步具备，生命的通道越来越亮堂。

4 日晚间 10 时 50 分，井下救援阶段正式展开，10 个救援分队共计 100 余人陆续下井展开搜救。用于救援的 5 只皮划艇被运送至井下，100 多辆救护车在现场待命。

这时，潞安集团救护大队队员郝喜庆已经在井下工作了近12个小时。作为王家岭矿井回风巷搜救小组中的安全监控人员，郝喜庆负责监测有害气体含量、观察水面下降情况，保证小组人员的安全。

已经到了交班时间，郝喜庆这组该准备升井了。22时20分，郝喜庆最后看了看表，用矿灯照向巷道深处，准备在交班之前再看看巷道里面的情况。矿灯雪白的光芒投射进黝黑的巷道，和此前的很多天一样，巷道里依旧漆黑一片。

正当郝喜庆关闭矿灯，准备回身升井时，巷道深处隐约有亮光闪了一闪。“是不是有亮光?”郝喜庆用力揉了揉自己的眼睛，赶紧问身边的队友。“是不是我眼睛的问题?”他再次用手中的矿灯向巷道里晃了晃，对面又闪过一线光明。

“没错，是矿灯的光亮!”巷道里一闪一闪的光亮终于让郝喜庆确定了，巷道里有人。“我看到了，巷道里有被困的兄弟，巷道里有被困的兄弟，他们还活着。他们还活着!”搜救小组的人一起欢呼。

郝喜庆迅速起身跑向50米外的联系电话，拨出早已熟记于心的救护协调组电话号码8000：“报告，发现了被困的矿工兄弟。”

这个消息，让整个救援现场沸腾了。

山西省省长王君迅速跑到电话旁：“是有人吗?真的有人吗?”工作人员回忆，当时王君的声音带着抑制不住的颤音，握着话筒的手也在颤抖。

由于距离被困地点还有上百米的距离，没有办法确定被困人员的具体情况。考虑到郝喜庆已经在井下搜救超过了12小时，救援指挥部要求郝喜庆立即升井休息，换另一支队伍下井。

9人率先获救

潞安集团救援队中队长王凯和山西焦煤集团汾西矿业救援队中队长王

根生，迅速带着自己的队伍到达了现场。

下井前，王凯在口罩上粘了一大块乌黑的膏药，药味刺鼻，熏人欲呕。他已经工作了十几个小时，刚刚在一个多小时之前升井，就又被派到一线。膏药，是为了让自己保持清醒。

站在巷道的最末端，眼前是一片乌黑浑浊的脏水。王根生用力屏住呼吸，四下一片安静。他听见自己的心脏在喉咙深处强烈地跳动，一下，又一下……

王根生点亮矿灯，手腕一转，用灯光划出了一个圆圈；几秒钟后，污水对面也如法炮制地划出了一个圆圈。打开、关掉、再打开、再关掉……王根生又做了一个矿灯三亮三灭的动作；对面，灯光照样三亮三熄。

"真的有人!"几十名救援人员在井下相互拥抱，手紧紧地握在一起，搜救队的矿灯齐刷刷地亮了起来。

此前，曾经有过几次报告发现井下亮光的情况，但当救援人员费尽千辛万苦接近发现区域时，却只是捡到一件带着反光条的工作服。而用灯光进行呼应，肯定是有人才能做出的行为。

两只皮划艇被迅速推下水，王根生和王凯相继跳了上去，一路用力划行。"你们在哪儿？我们来救你了。"焦急的喊声在巷道中回响，有点沉闷，回声变得嗡嗡厚重。

回应喊声的，是一道道不停晃动的灯光。冲着灯光的方向，救援队员用尽全力划着橡皮筏，巷道里的水被打得像烧沸了一样。

由于这条巷道呈25°的向下斜坡，划行了几十米后，水面距离巷道顶部的空间越来越小，皮划艇上的人根本就坐不起来，大家只好蜷缩在皮划艇里，一手拨水，一手扶着巷道壁艰难前行。

划行了近百米后，水面和顶板间的距离越来越窄，只余下20厘米左右的距离，皮划艇再也过不去了。不远处，翘首期盼的工友情绪开始不稳定，呼救的声音在水面上此起彼伏。

王根生拔开皮划艇的塞子，放掉了一部分气，瘪了的皮划艇东倒西歪地又前进了三四米，水面距离顶板只有十几厘米的距离，近在咫尺，却再也过不去了。

水的尽头，是两个浮在水面上的煤厢，一个煤厢中有4个人，另一个煤厢中蜷缩着5名工友。这时，两个煤厢距离皮划艇只有不到10米，原本躺坐在煤厢里的工人们纷纷摇摇晃晃地站起身来，两边的矿灯打出一道道相互交流的光柱。

王根生一猛子扎进了深达5米的积水，三下两下游到对面，把住煤厢的边，用力一撑，就跳了进去。王凯也拖着3个救生圈、2件救生衣游了过来。

煤厢里的工人一把抓住王根生："我们能出去不能？"又黑又脏的脸上已经看不出任何表情，但问话焦灼而急促。"只要我们能进来，就能带你们出去！"王根生斩钉截铁地回答。

救援队员给工人们套上救生衣，小心地把他们放进水里，一手护住，另一只手奋力划水向前。1个、2个、3个……9名工人先后被轻放在皮艇上，一步步走向生的希望。

李国宇是最费力的一个，他双腿溃烂，自己已经不能走动。王根生俯下身去，把李国宇扛在自己肩上，背着他游了出来。等到了皮划艇上，李国宇突然清醒，迟疑地问："我被救出来了吗？"在得到确认后，他长出一口气："给我点吃的吧。"

历经3个多小时，往返14趟，9名工人被抬到担架上，盖上棉被和眼罩，护送升井。这时，是4月5日深夜0时50分，距离事故发生已经超过了180个小时。

井口爆发出雷鸣般的掌声。好几名救援队员一屁股坐在地上，眼泪不受控制地涌了出来。9辆救护车早已在井口待命。"转弯时慢点，直行的时候少刹车。"救援队员小声地嘱咐道。来自临汾的司机陈师傅说："这些就不用交待了，我会把车开得稳稳的，人命关天啊。"

山西铝厂医院和河津市人民医院已经腾出了病房，准备好了最强的医疗团队。每一名工人都由5名医疗人员组成的护理组专门诊断治疗。细心的护士在病房里整齐地码好一排金黄的橙子，在每个橙子上都画上绽放的笑脸："等他们一摘眼罩，看到的一切，都带着笑容。"

106 人重返井上

救出 9 个人，完全在人们的预料之外。这 9 个人所处的巷道是低洼点，原本专家估计没有生还迹象。但这条巷道是独头巷道，透水事故发生时，巷道中封闭的空气阻止了水流的继续侵入，两个顺水漂流的煤厢则成了保护遇险工人的“诺亚方舟”。

无意间收获的巨大惊喜，给奋战了八天八夜的救援者以巨大的鼓励。一班班交替作业的抢险队员倚坐在巨大的水泵旁，脸上带着一种极度疲劳之后的轻松。水泵不停地把积水不断抽上来，水位 1 厘米、1 厘米地下降，井下皮划艇的数量增加到了 6 条。队员们随时待命。

如果说，此前发现的 9 个人是无意所得，那么后续的这 106 人则有着明确的目标，就是轨道大巷。

井下的平均海拔高度是 570 米左右，而沿着轨道大巷，原本向下的巷道转而一路向上，最高点的海拔高度能够达到 586 米。这里，是人们避难的最好场所。另外，轨道大巷距离 2 号钻孔只有几十米的距离，存在生还者的可能性很大。

终于，4 月 5 日上午 10 时，轨道大巷的巷口从积水中露了出来。

轨道大巷是主巷道，横断面超过 6 米，可以容纳 4 条皮划艇同时往返。

山西焦煤西山煤电救护大队队员孟全福带领一支突击队下水搜寻，越往前划，头顶上越开阔，空气越充足。但是，水下各种被毁设施很多，救护队员不得不派一个人用棍子清理障碍物。再往前走，杂物越来越多，皮划艇已不能前行，孟全福只能让两名救护队员爬上传送皮带往巷道深处继续搜寻。他们一边艰难地行走，一边喊话：“有人没有？”没有回应声。

在走过一片水面下了皮带再往前走时，忽然，救护队员张金发现地上有很多脚印，于是，他再度大喊：“有没有人？”

“有！”张金话音刚落，就听见一个无精打采的声音回答，十几盏矿灯同时晃动起来。

张金和队友们赶紧跑过去，看见许多矿工或坐着或躺着。一名被困工人问：“你们是救护人员吗?”

情绪激动的张金赶紧回答：“是!”

话音刚落，被困工人的矿灯全亮了。一名工人激动地说：“你们可来了，我们一直在等着你们啊!”很多被困人员开始放声大哭。

“看着这么大片的灯光，心里一下子就亮堂了。”救援队员任建国回忆说。

接下来的救援顺理成章，救援队员跳上对岸，把一个个工人小心地放在皮划艇上，划到对岸，早已有等候多时的担架，护送工人升井。

5 日 11 时 20 分，第二批获救工人中 4 人出井。

得知井下发现大批工人，汾西矿业救护大队长陈永生立刻带着两个小队赶过去。到了现场，刚好有条皮划艇空着，陈永生立即跳了上去。

划到对岸，陈永生使劲招手：“上来，快上来。”一下子上来 4 个，他扭身往回划，却划不动，只好说：“先下去一个吧，我一会儿还来。”回忆起来，陈永生不好意思地笑了：“太着急了，恨不得一船把所有人都接出去。”

就这样，陈永生往返了 7 趟，一共接出来 22 名工人。

在接到第三船的时候，陈永生问：“你们一共多少人?”“70 多个吧。”“可能有四五十人。”“30 多个吧。”船上的三个人回答了三种答案。

事实上，他们在黑暗中也不确定同伴有多少。虽然处在同一片高地上，但工人们二三十人、三五十人，散落在不同的支巷。

程全中的获救颇有几分戏剧性，他正打着震天响的呼噜，突然被人推了几下：“醒醒，来救你出去了。”程全中一骨碌坐起身来，揉了揉眼，眼前是一个全身污泥的人，衣服上的反光条在黑暗中有点刺眼。他有点不相信，用力在自己脸上打了两下：“疼，我能出去了。”

皮筏往返，4 个小时中，不断有矿工升井。直到救援队员在对岸反复查找，确认高地上所有工人都已经获救。井上传来消息：升井的一共有 106 名，获救总数达到了 115 人。

这时，是4月5日下午3时40分。

这是一个令人振奋的数字。当即，美联社用“中国的奇迹”为题，发出了消息。

然而，在抢险指挥部，没有人表现出过多的兴奋。人们还在忙碌，井下还有38名被困人员。只要还有一线生还的希望，就不能放弃。

井下顽强抗争

坐在皮划艇上，陈永生和一名获救工人说着话：“你们在井下都吃些什么？”这名获救工人一伸手，陈永生看见了一截四五厘米长的树皮。

陈永生要下了这截树皮留作纪念。随着获救工人们的叙述，他们在井下的生活一点一滴地展现出来。原来，在井上争分夺秒地展开生死营救之时，在一片死寂的井下，人们也从未放弃努力。生命的意志力，在漆黑一片的危地，爆发出了最强烈的力量。

透水的时候，36处普二队队长王纪明带领的施工队所在巷道的水位不断上涨。“不能在这里等死，得想想办法。”王纪明和安全检查员等人简单地商量了一下，马上决定用施工用的炸药炸开巷道，打通邻近的一个巷道。

隔壁的巷道距离王纪明的队伍有20多米的距离，地势更高，相对更安全。炸开巷道当然有危险，不知道隔壁巷道的情况，也不知道有没有瓦斯泄漏。“炸不炸？”王纪明和安全检查员交换了一下眼神，“拼了！”

“轰！轰！”随着一声声爆炸，一块块石块掉落下来，工人们急忙清理被炸掉的石块。“通了！通了！”

从炸开的狭缝钻过去，王纪明带领的施工队和困在另一个巷道的50人会合了。大家又一起向更高的工作面走，这里空气充足，也相对干燥。为等待营救创造了必要的条件。

普四队的工人则自己改造了井下的风力泵，用风力泵往外排水。他们用井下的风筒做筏子，先用风筒布把风筒两边扎起来，然后把网片和风筒绑在一起，两个人小心地坐上去，筏子还能漂浮在水上，成功了。

工人们一连做了七八个这样的筏子。水位一阵高、一阵低。当水位略低的时候，就用铁锹划着向外走，最远的时候划了有50多米，可是走着走着，前面巷道里的水都漫到了顶，只好退回来。

8天之内，他们试了许多次，从没有放弃过。在面对死亡之际，生命的顽强远超过人们的想象。

饮水是最大的问题。人们用头盔接满脏水，沉淀许久后撇最上面的一层喝：“不能大口喝，实在渴得不行的时候，用嘴唇舔一舔。”但即使沉淀了，水也脏臭得无法入口，有人宁可用头盔接了自己的尿留着，“至少能保证没有毒”。

食物也是大问题。一名姓薛的矿工成了大家的幸运儿。他有胃痛的老毛病，每次下井时都会带一两个面包。这两个小面包被撕成片，碾成末，每个人都分到了一点碎渣。平时舍不得吃，实在饿得不行了，就捻一点碎渣放在嘴里含着。就这样，两个小面包，分给全队30多人吃了两三天。

井下用来搭棚子的木头，成为很多人宝贵的食物。有人发现了一种吃法，将木头在水里泡软，再啃着吃，或者在头盔里打成树浆，和水一起吞进肚里。

当救援人员发现这106人时，多数人都保持着清醒的神志。河津市人民医院心理医生罗锦绣分析，人们聚集在一起，彼此打气，彼此支持，是他们能够支撑下来的重要原因。“如果人少一点，悲观情绪蔓延开来，很难说情况会怎样。”

普通的矿灯只能持续8个小时的时间，而在被困了八天八夜之后，井下工人还能有充足的电源。这是因为工人们自发地将矿灯收集起来，不到最需要的时候轻易不开。

随着时间的推移，水位摇摇晃晃地不断下降，工人们越发平静而有信心。“我们知道上面在救我们，我们能做的，就是保存体力，随时准备配合他们。”工人李根奇说。

生命的拷问

4月5日下午17时，来自四川省中江县古店乡的杨志接到了一个陌生的电话，话筒里传来的却是一个熟悉的声音。打来电话的正是父亲杨光万。周围声音嘈杂轰鸣，杨光万的声音微弱疲惫："我今天起来了。"

只是短短一句话，但在苦候多日的亲人们心里，却如同他从阴间回到了人世。

营救仍在继续展开。目前最可能仍有生还希望的，是井下的两处高地，分别被命名为1号区域和2号区域。然而，情况不容乐观，下降的水位提升了瓦斯泄漏的危险，积水也越来越难抽了。4月8日，多台泥浆泵被运到抢险现场，下井组装。

尤其是1号区域，与老窑水连通，3月28日，正是这一区域的14名工人不小心钻穿了巷顶煤窑，发生透水事故。截至昨天，1号区域的排水总量已超过28万立方米，是当初预计的2倍多。其中1号搜救区排水总量达到近6万立方米，是当初预计的近4倍。抽了这么多天的水，1号搜救区800米左右的巷道水位斜长仅下降280米。

截至11日上午，2号区域已经搜救完毕，1号区域仍不具备搜救条件。抢险救援人员又找到了4具遇难者的遗体，遇难人数上升至33人。目前仍有5人被困井下，生死未卜。现场救援人员表示，由于时间过长，被困人员生还希望不大。

随着救援进入最后关头，事故的调查工作也随即展开。抢险救援指挥部新闻发言人刘德政10日晚间证实，指挥部已要求生产经营单位按照事故调查的要求，做好有关准备。"特别是一些基础资料、基本情况要实事求是。"

据中煤集团一建27队的一位工人回忆，透水早有预兆。在事发前三天，巷道内弥漫雾气，两边的煤板脱落，挖出来的煤和土微微湿润，这些现象都证明了矿里有水。工人们在3月25日就向矿方报告了这些情况，但没有引起重视，矿方仍要求工人加紧进度，赶工期。

在中煤集团一建公司山西临汾碟子沟项目部会议室的墙上，“勇争第一”四个大金字特别扎眼。公司对于各个施工单位实行“进尺考核制”，掘进的多了受奖，少了则会受罚，王家岭矿难抢险总指挥、山西省副省长陈川平说：“王家岭矿难就坏在这个‘勇争第一’上。”

而在3月30日，国家安全监管总局、国家煤矿安监局的一份通报显示，透水事故有人祸因素。矿井在施工过程中没有落实探放水措施，施工安全措施不落实等问题。另外，为了赶工期、赶进度，当班安排14个掘进队同时作业，作业人员过度集中，也造成遇险人数众多。

虽然事故发生后的援救过程感天动地，但种种事实说明，这本是一场不应发生的灾难。如果，对于生命价值的推崇，不仅仅被用于矿难的救援，而是在生产环节上，就建立对生命的制度性关爱，“血煤”的悲剧就不会一次次在现实中重演。

不发生矿难，永远比矿难的成功救援更重要。无论骨肉离散的逝者、侥幸生还的生者，还是几天几夜不眠不休实施营救的救援队员，都在等待着将事故原因追查到底。这不仅是予生者一个交代，也是还逝者一份尊严。

东方之冠

——世博会中国馆设计始末

侯健美

有人说，它像商周时期的青铜器，借喻国之重器、鼎盛中华；有人说，它像古时论两称斤的斗，取意天下粮仓、富庶百姓；还有人说，它像古人头上的冠帽，故此得名“东方之冠”。而且，既有评论说它雄浑威仪，体现了国家气度，也有观点认为，它太过庄严，有损亲和。

但不管人们如何议论，这座层叠出挑的红色倒锥形建筑已然耸立在上海浦江东岸，古朴大气，静静地期待着绽放的一刻。

在设计者看来，它不仅仅是上海世博园里的中国馆，也不仅仅是一座能引来世人关注的建筑。它更像一个在国家重大建筑上发言、亮相的机会，是中国建筑界的一次集体展示。在西方建筑师独领风骚的今天，这样的机会尤为难得、尤为可贵。

中国建筑师的机会

站在上海浦东世博集团大楼（现为世博局办公楼）楼顶，朝黄浦江方向望去，何镜堂心里很不平静。

天气晴好，视野极佳，何镜堂能够清楚地看到浦江两岸、卢浦大桥和南浦大桥之间有两块空地，一大一小，隔江相望。根据国家已经批复的建设规划，那里将成为2010年上海世博会的举办地。作为华南理工大学建筑设计研究院院长，何镜堂对纵览两岸的园区规划赞赏不已，他深信，这片总面积达到5.28平方公里的广阔空间足以让建筑设计师们大展拳脚。

不过，兴奋之余，何镜堂也有一丝忧虑。规划区内，平整土地才刚开始，大片的老厂房、居民楼尚未拆除，十几辆推土机在高低不平的荒头滩地上往来奔忙。当时已是2007年4月，距上海世博会召开仅剩下三年多的时间，规划面积如此之大，能否如期完工？跟建筑打了一辈子交道的何镜堂，确实有点犯嘀咕。而眼下，最要紧的是赶紧拿出中国馆的设计方案。年近七旬的何镜堂就是为此从广州赶到了上海，与近百位国内同行一起，参加由建设部、世博集团和中国建设学会三方举办的中国馆设计招标会。

时任世博集团世博项目部副总经理的施建培对那段忙忙碌碌的岁月记忆犹新。“我们花了两年时间进行前期规划，初步确定了一轴（世博轴）四馆（中国馆、主题馆、世博中心、世博文化中心）作为永久性建筑。到2006年底，中国馆的各项规划指标都已确定下来。”在规划书里，中国馆分成国家馆和地区馆两部分，国家馆承担国家层面的展示任务，将作为永久陈列；地区馆将为31个省市自治区提供展区，世博会后辟为商业展览中心。

与此同时，世博集团提出了一个极为大胆的创意——向全球华人公开征集中国馆设计方案。直至今天，接受记者采访的建筑界人士依然对当初这个打破常规的做法称道不已。要知道，中国近几年兴建的标志性建筑大多由国外的建筑设计师主揽，中国人即便参与，也只能以联合设计者的身份出现。其中况味，建筑界内部感触最深。所以，中国馆设计征集方案一传开，中国建筑界立刻还以最积极、热忱的响应。发布会一下子来了100多位，建筑界有影响的人物悉数到场。

发布会结束后，与会人员都被请上楼顶，世博园总规划师、同济大学建筑与城市规划学院院长吴志强指着浦江两岸的园区预留地，向大家描绘了三年后的景象。何镜堂特意朝紧邻黄浦江、位于视觉中心位置的地方多看了几眼，按照吴志强的说法，那里正是中国馆的所在地。而在当时，那里还有一座4层高的楼房尚未拆完，是上钢三厂的老厂房。

作为建筑学院士，何镜堂被大家推举出来，在会场上表了个态：“对中国建筑界而言，这是个机遇，也是一份沉甸甸的历史责任。”

何镜堂深知这份责任的重量。中国馆第一次出现在世博会上，是在1876年的费城。与其叫“馆”，不过是800多平方米的一处展区而已，展区前面设置有木质牌楼，上书“大清国”字样。此后，简化的传统建筑式样一直是世博会上中国馆的主流，直到近年才有所改变。但中国馆始终被当成一项展示工程，大多由展览设计师操刀主理。这一回则不同，中国馆真正被视作一座建筑，将由建筑设计师主持。历史上不乏超乎想象、影响深远的世博建筑，如巴黎的埃菲尔铁塔、布鲁塞尔的原子球馆、西雅图的太空针塔等等。在中国本土举办的世博会上，中国馆将以何种姿态亮相？意义显然超出了建筑本身。

何镜堂也知道，上海方面的决定冒了不小的风险。这些年来，人们已经越来越习惯、接受乃至欣赏国外建筑设计师的作品，直接邀请知名国外建筑师来设计似乎把握大些、风险小些，但历史决定为中国建筑师留下机会。有鉴于此，何镜堂下决心搞出点名堂。

344 件作品装了两卡车

广州，五山路附近一处别致的工作室里，灯光常常彻夜不息。何镜堂率领的团队正全力以赴。

碰头会每隔几天开一次，大家畅所欲言。人人都同意应当设计一座有中国味道的建筑，却从未达成任何统一的意见。中国文化悠久博大，可供选择的意向实在太多，戏剧、书法、绘画、器皿、园林、四合院……但拿出任何一件似乎也无法代表中国。一个月时间在不断的否定与争论中飞逝而过，眼瞅着离招标截止日期只剩了三个星期。何镜堂不得不将团队成员一分为三，人少了，争议自然少些，可以迅速着手。

“别的馆限高 24 米，而中国馆可以做到 60 米，拿到规划书之后，我的第一反应是一定要利用这个高度。”倪阳说。所以，他让四根方形立柱架起一个平面空间，相邻的两根立柱之间仿佛一扇橱窗，契合“展示”之意，取名“四面橱窗”。倪阳至今仍保存着这一稿的设计草图。

设计要求有 2 万平方米的展陈面积，一层平面空间显然达不到要求，倪阳又在顶部继续加了几层。展陈面积倒是上去了，可变成了“大脑袋”、“小短腿”的造型，显得头重脚轻，美感顿失。为了平衡，也不知谁出的主意，大伙把顶部“削”成倒锥形，使外檐出挑，后来又增加了具有层叠搭接感的木构架作为外立面装饰。颜色是一早就确定下来的红色，大家毫无异议。

倪阳左看右看，觉得挺满意。“架空升起，有种昂扬振奋的精神，层层出挑，显得强劲有力。”至于设计出来的造型到底像什么，倪阳倒没多想，“当时反倒是在追求一种不确定感，不想把它定义成某种东西。”为了强化这种含蓄、隐约的现代气质，倪阳又在建筑之外设计了一个水幕立面，仿佛一个半透明的盒子包裹着一枚精巧的红色芯核。不过最后这一笔差点使这个设计与中国馆失之交臂。这是后话，暂且不提。

大伙忙忙叨叨地做好三维模型、做好效果图和设计文本，赶在截稿之前，送到了上海世博集团负责招标的办公室。那阵子，招标办公室忙得不可开交，工作人员接听了近千个电话，接待了几百名访客，都是来咨询的。全球华人设计招标，尽管没有前人的经验可资借鉴，却换来无数热情的参与和支持。从年近九旬的老者到稚气未脱的学童都送来了自己的作品，有位上门送稿的老人，特意穿了一身唐装，以表心情。全国各大建筑设计学院、研究院、规模较大的设计公司当时几乎都在忙这一件事，热情颇高。

6 月 15 日，截稿前最后一天。一大早，交稿队伍就在办公室外排起了长龙，有人捧着设计文本，有人搬着建筑模型。办公室的门直到夜里 12 点才关上，一天之内总共收到 270 多份设计方案，厚厚的文本堆了几十米高。办公室原先估计能有一二百件就很不错了，最后一共收到 344 份设计方案，分别来自中国内地、港台地区和欧美等。点一点，大陆有名望的建筑师设计团队差不多到齐了，单清华大学就送交了十几个方案。

第二天一早，两辆大卡车载着 344 件设计作品从浦东运往浦西的评审现场，当天是个周六，但全公司的人都跑来帮忙。344 件作品被小心翼翼地卸下、摊开，热热闹闹地铺满了一间会议大厅。大家仔细拆封、登记，为每件作品编号，以保证盲选。不过，把这堆满一地的文本、模型都拿到评审会上显然不可行，工作人员于是想出个便捷的法子。大家对每件作品的设计图进行了翻拍，做成幻灯，这样就方便了评审。大厅一旁，上海市公证人员见证了整个过程。

即将展开的评审一共三轮。头一轮是从 344 件作品中选出 20 件，第二轮再从 20 件中选出 8 件，最后一轮再从 8 件中推举 3 件，供有关部门抉择。

落选设计捡回来

程泰宁老先生成为头一轮评委中唯一一位两院院士，其实很偶然。

出于回避的考虑，建筑界多位院士都无法担任首轮评审的评委。程泰宁原本也打算参与投标，却在召集团队开会的头两天突然病倒，住院两周，无奈错过了机会。“没准儿是老天准备把另外一项任务交给我。”老人半开玩笑地聊起了话题。

第一轮评审同样循序渐进，从344件选出100件，再选出50件，最后剩下20件。一件件设计作品在投影幕上依次闪现，风格迥异、各有千秋。评委们面前摆着选票，看到欣赏的作品，就在与之相应的编号下打钩。因为一时有事抽不开身，等程泰宁赶到评审现场时，作品已经被删掉了294件，老人只参与了前20名的投票。

说句实在话，票是投了，前20名也选出来了，但程泰宁总觉得欠点什么，他隐约觉着找不到一个特别鲜亮、特别有意思的设计来。带着心底的一丝遗憾，10天之后，程泰宁又参加了第二轮评审会。因为许多单位和个人的作品在首轮中被淘汰，评委选择有了更多的可能性，所以第二轮的评委换了一大半，其中好几位都有院士头衔。这一轮将从20件作品中选出8个。

由于作品数量大幅减少，第二轮的评审更加审慎、细致。20个候选方案的设计图被贴在靠墙展板上，一溜儿排开。这轮评审也给了评委们充分品评、讨论、交换意见的时间。每个人都明白这轮评选草率不得，选出来的8个方案将被进一步修改和深化，直接影响到最后的结果。更何况，8个方案各有所长、各有特色。有的简洁大方、功能布局合理；有的线条优美、现代感强；有的取材于中国山水，有的借鉴了传统的如意结，还有的从树叶漂浮于水面上获得了灵感，不认真看看、仔细想想还真难以决断和选择。讨论开始之前，评委们大多在翻看20件作品的设计文本，也有人在展板前面走过来、踱过去，每张图纸都得瞧上半天。心急的，已经三三两两地在小范围内议论起来。

程泰宁却有点特立独行。“因为我参加过上一轮的评审，对这些作品比较了解和熟悉，就没在上面花更多时间。”老人解释说。他一个人溜达到会议室的一角，那里的桌子上摆着几厚摞设计文本。工作人员介绍说，那些是已经落选的设计，如有兴趣也可以翻翻。

文本按20～50名、50～100名及100名以后的顺序分门别类地码放

中国器。(八强入围作品。华南理工大学建筑设计研究院设计。)

着。程泰宁参与过50名进20名的评选，所以他一伸手，就从排在50名之后的设计看起。老人心里其实有个若隐若现的期待：没准儿能碰上个让自己眼前一亮的作品。

还真就让他碰上了

“第一眼看见它，我就感觉跟其他设计明显不同。我一直觉得，世博园里的各个国家馆肯定是五光十色、光怪陆离，我们的中国馆恰恰应该反其道而行之，要大气、要庄重、要镇得住。”程泰宁看上的这个设计，大胆使用了鲜艳的红色，层叠挑高，倒锥体造型雄浑古朴，极富中国气息。唯一遗憾的是，外面罩了一层帘幕，仅从效果图上看，模模糊糊，特色不彰。老人估计，这便是它落选的重要原因。因为在首轮评审中，评委们只看到了做成幻灯片的效果图，绝没有时间和精力把两卡车的资料全看一遍。

毕竟是对评审对象有所触动，程泰宁对自己的想法也没有十足的把握。他赶紧招呼了几位评委一起来把关，大家一致建议程泰宁在随后开始的讨论会上推荐一下。受到这个启发，又有评委从已经落选的方案里，挑了一些出来。最后，只有程泰宁的推荐获得了通过，足见第一轮的评审大体还是合理的。

讨论时，程泰宁道出这样一番见解："中国建筑界有种被西方文化裹挟的倾向，西方的建筑艺术注重形式，以怪异、新奇的陌生感为美，这与中国传统审美倾向并不一致。"而他推举的这个设计与西方的新奇、怪异很不一样，一看就是中国的东西。

结果，从落选纸堆里淘出来的方案获得评委全票赞成，以最高得票数进入最后一轮的角逐。这样的峰回路转，不禁使人联想起悉尼歌剧院的诞生。1957年，233份设计参与了"悉尼歌剧院"的设计竞标。美国建筑大师沙里宁对业已选出的10个方案无一满意，却在遭淘汰的方案中找出了丹麦建筑师约恩·伍重那份只有寥寥几笔的设计方案，结果正如沙里宁的预言，悉尼歌剧院成了"伟大非凡的超群创作"。程泰宁很希望这个失而复得的方案也能蟾宫折桂并被世人认可。

评审结束，设计者名单也随之公布出来。程泰宁一看，自己推举的方案上设计者署名——倪阳。

难以取舍的两个方案

尽管该设计的基本品质获得肯定，评委仍对华南理工大学的方案提了不少意见，如国家馆入口空间过于局促，斜坡式的展室空间不符合展览要求，馆内垂直交通的布置也欠合理；特别是建筑造型的形式感虽强，但意向稍弱，提炼仍觉不够；建筑里面的构件尺寸过大，缺乏对比，肌理显得过于简单……第三轮投票在8月中旬，此前的一个月时间里，所有入选方案都将进行修改与深化设计。

对于设计师而言，修改的难度也许并不亚于最初设计。后者可以随意挥洒，前者却常常得根据大众审美、功能需要及专家和领导的意见做出妥协，其中并没有是非对错，只是观念和思考角度不同而已。

倪阳说，他们取消了罩在外面的幕帘，以使作品看上去更加清晰、震撼，但原本想要的隐约、含蓄的气质便没有了；入口处由原来的缓坡式设计改成了大步级，75 级大台阶烘托出国家馆的气势与庄严，可亲民性或许就差了一些；顶部实体部分原本是中空的，造型更轻巧，但考虑到展陈的需要和便捷，也不得不改为一体。

8 个方案修改、深化的过程中，招标组织者之一、世博集团的相关人员也没闲着，他们在上海、广州、深圳、北京等地来回奔波，与 8 个方案的设计者一家家沟通。施建培印象最深的一次是，他们一早由上海飞到广州，与华南理工大学的设计师见面，之后驱车 3 个钟头，去会深圳设计院的人，下午五六点钟直飞北京，那里还有清华大学和北京建筑设计研究院的人正等着他们。

前 8 名里，清华有两个方案入选，建筑系教授张利率队设计的作品是其中之一。施建培解释说："最初设计只有框架，我们需要将更细致的要求尽快告诉设计人员，对于中国馆，我们做了大量的前期规划和论证，我们了解得更多，也知道到底想要什么，到底需要什么。"

这话一点没错。在跟张利会面的过程中，施建培一针见血地告诉张利："你的设计好是好，但中国味儿没出来，我们需要一个有中国特质的东西，一看就得是中国的。"果然，此番修改之后，张利等人的设计方案气象一新。

张利也对施建培等人的到访印象很深。对于他提出的困难，施建培的回答毫不客气："不困难找你们干吗？如果给你们带来困难，我们也不道歉。"在不懈努力下，8 个方案一点点脱胎换骨。当程泰宁作为第三轮评委再次见到这些方案时，他眼前一亮，立马知道一场激烈的角逐不可避免。

第三轮，也就是最后一轮评审在 8 月 17 日、18 日两天进行。头一天由设计者陈述，第二天是评委们闭门讨论、投票。何镜堂带着华南理工大学的设计团队提前一天赶到了上海，为了做好几分钟的陈述，白发苍苍的老人对着宾馆房间的镜子演练了一下午，整个晚上都没睡好。老人自己都说，这么一大把年纪，可真是不容易。

评委们同样不容易，8个方案各具其美，却要从中排出个一二三，闭门讨论的热度可想而知。有人觉得华南理工大的方案展陈不方便，造型太过中国，略显压抑，却也有人认为它好，好就好在中国味道浓；有人说清华张利等人的设计形象一般，冲击力不够，缺乏力度，但也有人就是看中它的平和，认为结构简单，展览方便。

大家都明白，这座建筑不仅代表着国家形象，也代表着中国建筑界的理念和水平，所以人人坚持己见，不愿妥协。吵到白热化的时候，有位老院士大动肝火："我就喜欢这个，你们不选，我可就走了。"弄得组织者哭笑不得，各位评委的责任意识和重视程度由此可见一斑。

投票结果充分印证了讨论时的态势。华南理工大学的设计与清华张利等人的设计得票最高，但票数相同，不分伯仲。这或许是组织者最不愿看到的结果，却也没有别的办法。于是，两个方案以及仅以一票之差屈居其后的北京建筑设计院的方案被一并提交上去，请有关部门来决断。

合起来，行不行?

对投票结果最感意外的，或许是清华大学建筑系教授张利本人。因为他觉着，在8个方案的原设计中，就属他们的方案最干巴、最中性、最缺乏动人的形象，他们原本只设计了一个"L"形的建筑，简简单单。不过，简单亦有简单的道理。

"决定参赛之后，大家分头琢磨，一周之后开会，每人提出一个方案。"张利记得，交上来的方案里以圆形建筑居多，"说明多数人都会选择具有中心感的圆形"。张利却想反其道而行之，"能不能不做这种中心化、雕塑化的建筑，摆脱纪念性的形象思维，转而从城市和功能的角度去考虑问题?"他很想试一试，就算不能中标，好歹也表达了一种与众不同的想法和思维。

张利把想法一说，团队里有人赞成，有人反对。反对的人意见很明确，这是兵行险招、脱离实际，既然不打算中标，何苦费这个心力？只好靠集体投票来决定，结果，赞成的人数略多，反对者不说话了。张利就势提出“三个转变”：中心式转向发散式，圆形转向方形，纪念性转向功能性。两周以后，方案上交，文本中这样介绍它的优点：方案设计以方正规则的几何单元创作出简洁美观的建筑造型艺术，同时实现展览建筑空间利用率最优化的功能需求。

方案的点睛之笔其实出现在方案闯进八强后的深化修改阶段。听了上海方面的建议，张利一下子想到了九叠篆。“这是一种特殊的篆字，源起于隋，兴盛于宋，多用于印章镌刻。”张利说。九叠篆的字体折叠堆曲、布局匀称、端庄且不失华美，古韵悠悠。它还有一个特点令设计师欢喜不已，九叠篆可以有五叠、六叠，也可多达九叠、十叠，每个字的笔画折叠多少并无一定之规。这便留下足够的设计空间，设计师既可以尽情施展，摇曳生出最美的纹样，又可以随需应变，将各种建筑构件置于曲曲弯弯的笔画之间，既满足了功能需要，又无损美感，可谓一举两得。张利创造性地将九叠篆用在“L”形建筑外表面，作为装饰纹样，最终成为方案胜出的关键。施建培后来用了两个字来形容这一改动——惊艳。

但麻烦来了，两套方案各有千秋，得票又是一样，该如何取舍？倪阳他们先是听说，上海方面比较倾向清华的设计，因为功能性强，便于会后利用，且施工难度较小。离世博会开幕只剩下900天了，施工难易程度显然已成为有关部门不得不考虑的因素。后来又听说，两套方案可能都被放弃，而采用紧随其后的北京建筑设计院的方案。种种传闻其实并未得到证实，但足以说明最终决断时的纠结。

僵持不下之时，有关方面提了个建议，能否将华南理工大学与清华大学的两套方案合二为一，成立联合设计团队？组织试一试的任务，还是落在了世博集团的头上。有关人员一听，立马犯了愁。施建培说，搞建筑设计的人大多个性较强，重视个人想法，一般难以合作。更何况，两套方案均已完全成型，但理念与风格迥异，很多方面甚至截然对立。在建筑历史

镌刻时空·铭记中国。（八强入围作品。北京清华安地建筑设计顾问有限责任公司、上海建筑设计研究院设计。）

上，也绝少听说不同理念合作成功的范例，合作者还属一南一北。再者，剩下的时间也不多了，设计再拿不出来，势将影响开工建设。这个责任，恐怕谁也担待不起。

试一试，能成功吗？

合！

第一次见面的情景，倪阳和张利都还记得。

当晚，张利抵达上海已是夜里11点钟，但心里放不下，他还是硬着头皮敲开了倪阳的房门。两人一直谈到深夜3点，谈到后来，倪阳的嗓子都哑了。对于合作方案，两人没有得出明确结论，倒都发现对方是那种可以合作的人。张利评价倪阳，坦率、直接、有一说一。"倪阳跟我说，我们不该回避纪念性。因为中国馆本身绝不仅仅是个会展中心，它的特殊，不容忽视。"张利后来想想，觉着对方的话还是有一定道理的。

但张利没提的，倪阳记得。"头回见面，多多少少有点抵触，话里话外有点拧巴，其实都是怕失去自我。再说，谁也不是代表个人，背后都站着一个团队。”倪阳说。刚开始的合作亦是如此，抵触情绪，就连施建培这样的“局外人”都感觉得到，“饭都是各吃各的”。

事后回过头来看，何镜堂提出的“现场设计”在两支队伍融合之初起了重要作用。正是他建议，京粤两地的设计人员在上海集合，一起工作。既便于沟通交流，又便于产生合作的土壤。果不其然，一两周磨合下来，大家亲近了许多，吃饭时彼此招呼，讨论时的火药味儿自然也少了许多。第一稿出来之后，两个团队基本合二为一。施建培他们一看，有门！立刻成立了以何镜堂为总设计师，张利、倪阳以及上海设计建筑研究院一位负责人为副总设计师的联合设计团队。

施建培一再感慨，多亏双方领头的建筑师为人随和，处事低调。张利说，何镜堂资历深、名望高，又有院士身份，如果何老拒绝合作，完全可以。“我当时接到了清华大学吴良镛先生的电话，和我商量，希望由我牵头成立联合设计团队。”何镜堂说，他们搞过很多建筑，但这个不同。中国馆建得怎么样，是全社会关注的事情，若能联合起来，群策群力，当然是好事，所以他一口答应下来，半点没犹豫。

做好了南边的工作，吴良镛、李道增等清华建筑系的元老又在张利离京赴沪之前好一通嘱咐：这是国家使命，既不是为个人，也不是为清华，年轻人要珍惜机会，谦虚一点，肯定有发挥作用的地方。这就是中国建筑界的老前辈，他们深知中国馆对中国和中国建筑界的意义，虽然没有亲自参与设计，但依然以自己的经验和影响力为中国馆的诞生倾尽心力。

合作已不成问题，接下来就是设计方案的融合了。大体思路是有的，以华南理工大的设计为国家馆，地方馆以清华方面的设计为主。设计人员很自然地想到，国家馆居中，“L”形的地方馆围在底部。效果图一出来，怎么看都别扭，好像两座并不融合的建筑被生生捏在了一起。第二稿时，地方馆被设计成平台的形制，国家馆居于平台之上，显得有主有次，融合效果更好，也顺眼多了。后来又有意见提出，国家馆朝向不合理，入口朝西，最好“转”一下，改成正南正北，也与近旁的世博轴平行。这样一来，又有许多新的改动，尤其是对地方馆的造型影响更大，原有的“L”

形不得不被放弃。

建筑上的事儿，说起来三言两语，但牵一发动全身，实际操作起来都是海量工程。这还只是两次较大改动，其他细节上的变化更是难以计数。一面修改，一面制作材料、向有关方面汇报，之后再继续修改，设计人员夜以继日，足足忙乎了一个月。2007 年 9 月 24 日，上海世博会组委会会议上，中国馆的设计方案终于获得通过。因为中国位于亚洲东部，上海位于中国东部，形似斗冠的中国馆由此得名“东方之冠”。

当年 12 月 18 日，中国馆破土动工。此前，设计方案又经过了一系列的深化与优化。盯着建筑工人打下第一根钢桩，何镜堂轻轻舒了一口气，觉着建筑设计上的主要问题应该都解决了。

寻找“中国红”

转眼，一年过去。2008 年 12 月 31 日，一根长 9 米、重 1.5 吨的封顶钢梁被高高吊起，稳稳地安装在 69.9 米的最高位置上，中国馆主体结构顺利封顶。现场的建筑工人个个喜笑颜开，但中国馆总设计师何镜堂却乐不起来。他知道，在建筑的外表面，他们遇上了相当棘手的问题。

“中国馆的外立面采用红色，我们叫它‘中国红’。真到施工时，我们才发现，红色有很多种，究竟哪种才是‘中国红’，没人说得清。一小块红色很好看，但在这么大体量的建筑上通体使用红色，谁也没做过。”何镜堂说，他们希望不论白天、黑夜、晴天、阴天、远看、近看，外立面的红色都要看着舒坦、看着顺眼。这里其实牵涉两个问题，一是材料，二是颜色。设计人员最初提出了 4 种备选材料，金属、玻璃、块材以及其他新型材料。结果，块材太碎，玻璃反光，新材料也没有好的，便选定了金属铝材。

事情却还没完，材料只能保证颜色不走样，到底使用什么颜色，才是关键。兜了一圈，问题又回到起点：不同明度、不同艳度、不同色相的红色能有上千种，哪种颜色才是“中国红”？何镜堂他们想到了故宫的红、想到了天安门的红、想到了国旗的红，但往上一刷，似乎都不对味儿，看上去既单调又死板。大家有点急眼了，有人甚至拍出一包中华牌香烟说，实在不行就用它吧。事实上，烟盒上的红色偏紫，依然不是大家想要的。

主体结构封顶已经两个多月了，颜色方案却迟迟定不下来。一堆钢筋铁骨纵横交错，光秃秃地立在工地上，仿佛一处遭到破坏的建筑，绝望而悲凉，冷冰冰地横亘在每个人的心头。谁承想，以前最不受重视的颜色问题，眼下居然成了最大的拦路虎。无奈之下，设计团队开始向外界求助，有人推荐了中国美术学院副院长宋建明，说他是中国首个色彩研究中心的创始人。何镜堂这才知道，国内还有专门针对色彩的研究机构。

建筑与美术同属艺术范畴，虽有共通之处，但毕竟隔行如隔山。那天开会之前，宋建明没有着急进去，而是在中国馆的外面站了许久，电话中他已得知自己即将面对的挑战。作为旁边城市生命馆的艺术总监，宋建明其实不止一次地从中国馆工地上经过，不止一次打量过中国馆的风姿，但他从没想过，这座庞然大物的未来将掌握在他的手里。世博局局长丁浩在会上询问需要多长时间，宋建明回答：“两个月吧。”丁浩说：“我们已经没有退路了，我给你一个星期。”

任务的难度，宋建明比任何人都清楚。红色是中国人日常生活中最常见的颜色，但也是最难于把握的颜色。红色对人眼的压迫和刺激最大，大面积红色会对人的视生理、视心理形成强烈干预，极易产生不舒服的感觉。宋建明与颜色打交道多年，他知道，将几种红色混合使用便有望解决这个问题。事后证明，他的想法是对的。中国馆内外一共使用了七种红：外四、内三，内外有别，和而不同。当然，现在面临的问题是必须找到一种合适的红色作为主色调，其他的红色以之为准调一下深浅即可。在宋建明心中，作为主色调的红应该“沉着而不失艳丽，温暖又带着正气”。但红色种类那么多，明艳度哪怕只相差一毫厘，在大体量建筑上便会相去千里。怎么找？

宋建明调头赶回杭州，当晚就把任务布置下去。一组人在电脑上建模，生成模拟色；一组人拿泡沫塑料做出模型，谁有兴趣都可以刷几笔，试试感觉；剩下的一组人四处购买红色颜料和实物，他们跑遍了杭州城所有的文具店，扛回的红颜料、红纸卷装了好几大箱。但大家找出或调出的红色不是太冷、就是太热；不是太飘、就是太艳；不是太偏、就是太板。

最后关头，宋建明在画板前坐了下来，把朱红、大红、深红、赭红、土红、橘红、橘黄、中黄、白等八九种颜色全挤到调色板上。他拿起画刀，以刀代笔，静静地、慢慢地调了起来，朱红多了再加点深红，颜色发黑就再加点大红。画布上的色块一点点接近他心中的感觉。终于，多年的经验告诉他：成了！就是这种红！千挑万选也找不到的红色，却靠最基本的油画功底捕捉到了。

2010 年 2 月 8 日，中国馆正式竣工，何镜堂作为总设计师被请上了主席台。老人感慨万千，做了一辈子建筑，这个是最难的。设计方案刚出来时，各方争议很大，年轻人觉得太保守，上岁数的人又觉得不够传统。幸运的是，随着建筑一点点露出真容，质疑声反倒一点点小下去。上海市一位主要领导在接受媒体采访时说，中国馆真是越看越爱看，越看越觉得好。

2010 年 4 月 20 日，上海世博园开始投入试运营。当世博园的大门徐徐开启，入园者第一眼所见，定是那一抹亮丽的“中国红”。

海地悲歌

孙文晔

看七尺男儿落泪实在让人心痛，更何况是一群坚毅刚劲的男人。

2010 年 5 月 7 日，在滇池畔的墓园里，93 名头戴蓝盔的维和警察终于压抑不住，大放悲声。“政委，钟哥，和姐，我们回来了，平安地回来了！”他们呼喊着，但少了李钦、钟荐勤、和志虹的回应，这次从海地荣归，无比苦涩。

2010 年 1 月 12 日，125 名维和防暴队队员共同经历了生命中最漫长的一天。这一天，海地遭遇了历史上 200 年不遇的地震，将一切都震得粉碎；这一天，8 位亲密的战友被埋在冰冷的瓦砾下，生死难测；这一天，中国参与联合国维和行动整整 10 年。

笔者试图在支离破碎的叙述中，记录这闪烁着人性光辉的一天。

海地，狂欢日

海地时间2010年1月11日午后，北京时间1月12日凌晨。

时差真奇妙，太阳早已经划过了东方，但在地球另一边，加勒比海岛国还正当午，从北京到海地，时间总要被减去13个小时。

此刻，中国第八支赴海地维和防暴队营地内，难得地安静下来。

海地常年平均温度高达40℃，地表最高温度可达50℃，这两天还算凉快，也有30℃多。没有任务的队员正在营房里午睡，有些人甚至没脱防暴靴就倒头睡下了。前一天，是让队员们精神高度紧张的海地狂欢夜，难怪他们这么疲惫。

正如宣传官钟荐勤在日记中写的："海地天气热，人也热情四溢，不管遇上什么大小节日，往往是通过跳舞和音乐来宣泄的，维和警察的勤务往往就是经常在音乐会的外围警戒，防止暴力发生。"

从2010年1月10日到2月的最后一周止，每周日晚，都是海地人的传统节日——狂欢节。在这个动荡的国家，几十万的群众走上街头进行狂欢并游行，非法武装分子肯定会乘机而动，搞出煽动和破坏活动，这让联合国海地稳定特派团（简称"联海团"）年年如临大敌。

尽管如此，还是发生了一系列暴力事件。2008年，在狂欢预演现场发生了武装分子袭击游行人员的事件，有10人被砍伤。2009年狂欢节，又是1人死亡、540余人受伤。

形势严峻，联海团命令所有防暴队警力力保狂欢节安全，还提出了"行动期间面对挑衅保持低姿态和最大的忍耐"的要求。中国防暴队的任务更为艰巨：在执行正常勤务的同时，还得派出25名警力，在狂欢节4个主要入口守护。

10日晚，队员们驾驶着两辆装甲车准时到达执勤区域，为狂欢人群提供安全保障，也起到震慑犯罪的作用。半夜，危险排查得差不多了，队员们一边吃着方便面，一边欣赏着这个只有在海地才能见到的场面：

闪着绿色激光的彩车从热闹的人群中驶过。人们不分男女老少身上都涂满油彩，涌上街头观看彩车游行和表演，最后索性跟着音乐欢快地跳起舞蹈。数十万人一起狂舞，好不壮观。

这才仅仅是狂欢节的序幕。有队员问钟荐勤："钟 Sir，这里的人连肚子都填不饱，怎么还能通宵达旦地狂欢呢，这可是大的体力活儿呀。"钟荐勤顾不上答话，只是任"咔嚓"声响成一片。

"不要放下机器，不要落下任何东西，镜头是补不回来的。"钟 Sir 一边拍一边对爱好摄影的防爆手王闻传授心得。他说得没错，有些镜头是补不回来的，谁能想到这就是个只有开场没有闭幕的狂欢节。

一夜辛劳，有的队员却顾不上补觉，忙起营地的内务来。1 月 13 日将是第八支赴海地维和警察防暴队接受"和平勋章"的大日子。授勋对防暴队员们来说，就好比博士生戴上博士帽。为此，他们准备了整整一个月。

11 日下午，李钦带领小队以上领导检查营区卫生，"每走上 10 余米，就要停一停，看一看。从咖啡屋到菜地，从菜地到营房，用了半个多小时，才把整个营地巡视一遍。他说，这八亩半的营地都是我们亲手建设

中国赴海地维和防暴警察首次与美军联合执行太子港巡逻任务

的，应该在营地每个角落都照两张照片。”第一小队指导员李治全记得这次检查的每个细节。

“政委说，我们的营地很漂亮，是各国驻海地维和部队、警察防暴队中最漂亮的，没有哪个能跟我们比。”执勤官包梦琼记得，李钦让她拿着纸和笔记下每一个不合格的小地方，还对这个怕晒的姑娘下了个“不得离开我3米”的“命令”。不过，包梦琼为了躲太阳，仍然故意落在了队尾，这让她至今抱憾。“早知道有这样的永别，我一定紧紧地跟着他，不放过一分一秒。”

十年，纪念日

海地时间1月11日傍晚，李钦走访了印度防暴队，而执行武装巡逻的第四战斗小队扑灭了一起火灾。

与此同时，北京时间1月12日清晨，公安部工作组的朱晓平、郭宝山、王树林、李晓明一行乘机出发，飞往美国，他们将在那里转机，前往海地首都太子港。

对郭宝山来说，这次飞行有着特别的意义。

2000年1月12日，他亲自将15名中国维和警察送上了飞往东帝汶的班机，这是中国警察第一次走出国门执行联合国维和任务。

从海军转业到公安部，郭宝山就职于公安部国际合作局的前身——公安部外事局。从那时起，他就密切关注着世界各地的维和行动。2000年，郭宝山终于如愿，把中国警察推向了国际维和前沿，去展示中国警察的风采。

转眼10年，2010年1月12日，恰好是中国警察参加联合国维和行动的10周年纪念日。选在这一天出发究竟是刻意安排还是天意？可以想见，郭宝山在飞越太平洋时，一定思绪万千。

10年来，我国已向东帝汶、阿富汗、科索沃、海地等7个地区派遣维和警察1569人次，向海地派遣防暴队8支1000人次。他们中间不少人是参加二次、三次维和，甚至是四次、五次维和。驻扎在海地的第八支维和防暴队，125名队员全都是第二次执行维和任务，或者是两次以上赴海地执行维和任务。

1月12日这一天，就有189名中国维和警察在东帝汶、利比里亚、苏丹、海地任务区执行任务。

作为公安部国际合作局分管维和工作的副局长，对千余名维和警察，郭宝山基本上都能叫出名字，每每有人回国，他都尽可能陪他们吃顿饭、喝点酒。

让郭宝山欣慰的是，此前，中国维和警察一直保持着零伤亡的纪录。和平年代，人们很难想象战火纷飞的场景，但这却是每一个维和警察必须面对的，他们身穿防弹衣，24小时枪不离身。在真刀真枪的环境中，这一纪录是多么可贵！

在零伤亡背后，是维和警察精湛的专业素养和业务技能，要知道他们都是从近200万中国警察中挑选出来的精英。

赵化宇，2006年首次参加公安部组织的维和海选，就从近千名参选民警中脱颖而出。此后，又经历了多次培训和考试，终于在2009年9月25日第三次通过维和甄选、电话面试之后顺利登上前往海地的航班。

李晓明的英语好到让国外同行吃惊，雅思考试考了7.5分。在东帝汶的一年时间里，为东帝汶警察体系制定出多个远期发展规划，并因工作成绩突出，受到联合国维和警察总警监的嘉奖表彰，还获得联合国和平一级勋章。

就是为了这群可爱的人，已经60岁的郭宝山登上了去海地的飞机。临走前还跟下属说，要去好好看望一下这支队伍。言外之意，这可能是他最后一次到海地去看望战友了。可不，他7月份就要退休了，这是最后一班岗。

老伴说，郭宝山在出发前把家里所有事情都处理妥帖了：冰箱里贮藏了足够的菜，屋里屋外打扫干净，就连小狗的趾甲都剪了。

电话，言未尽

海地时间1月12日上午，北京时间1月13日午夜。

那天晚上，徐宏像往常一样接到了丈夫钟荐勤从海地打来的电话。钟荐勤告诉妻子，他正准备和政委、刘队长等人一起去机场迎接公安部工作组。

钟荐勤还说，明天要授勋，工作组来了以后，还要到各个执勤点上看望执勤人员，要召集大家开会、座谈。这些事情，他都得跟着，照相、摄像，这几天会很忙，有可能顾不上往家里打电话了。

夫妻俩聊天，话题当然会转到女儿身上。他问徐宏："现在是国内什么时间？"

徐宏说："是1月12号，哦，不，再过几分钟，就是1月13日了。"

钟荐勤"喔"了一声："那我们还是同一天，再过5天，熊宝宝就满7个月了。"

女儿是6月17日出生的，刚好比钟荐勤奔赴海地晚了4天，他总把自己还没见过面的女儿叫做"熊宝宝"。

钟荐勤的QQ头像是个大大的熊，名称是"钟 Sir"，下面的签名是"Miss Bear"，意思是"熊丫头"。他还特地在海地买了"三只熊"——熊爸爸、熊妈妈和熊丫头，那是亲亲密密的一家子，最大的一只熊身上，还穿着一件蓝色的中国维和警察制服。这个礼物，他早就在电话里跟妻子炫耀过了，还说，这是自己送给女儿的第一件礼物。

这个时候，徐宏听到电话里隐约有人喊"钟 Sir"，她想，他该出发了。果然，钟荐勤匆匆说了句"出发了，再见"，就挂断了电话。

半小时后，李钦家的电话铃响了，女儿一把抓起电话，果然是老爸熟悉的声音："丫头，睡了没？"女儿故意说："早睡了，你也不早打来。"电话那头传来嘿嘿的笑声。

李钦没告诉丫头，昨天凌晨2时到7时，第六战斗小队在海地的红色警戒高危地区参加了联海团的联合清剿行动，他的对讲机一直开着，睡了还不到4个小时。

他跟女儿说，明天联海团要给中国防暴队授勋，作为中国防暴队的最高指挥官，在授勋仪式上，他将有一个发言。这个发言需要用中文念一遍，再用英文念一遍。

“要不，我用英文念一遍你听听，听听老爸的发音准不准。”李钦知道，即将高考、一心想当外交官的女儿，功课中最棒的就是英语。

“长不长，太长就算了。”“不长不长，就三五分钟。”李钦竟然央告起女儿来了。

“那你快点。”儿女情长，英雄气短，得到女儿的准许，李钦才开始朗诵。

“怎么样?”“还行。”电话那头又嘿嘿地笑了。

女儿问：“完了?”李钦说：“还有两段，我没练熟。”

就在这时，电话断了。女儿拿着电话，发了一会儿呆，这不是老爸的风格呀，虽说他不爱说“再见”，但总要说个“See you（回见）”的。

没人知道电话为什么断了，按照时间推测，李钦应该在去机场的路上了。

QQ图标闪烁，和志虹上线了。

这段日子，和志虹所在的云南昆明边检站正忙着评先进。和志虹任教导员的执勤业务二科，是组织的重点培养对象，三年里两次参加维和、在海地任联络官的她，当然是重点“宣传对象”之一。

因为时差关系，负责外宣的尹文静熬到半夜，用QQ向和志虹要材料。收到照片后，尹文静习惯性地敲了两个字“再见”，然后离开了办公室。

第二天，她才看见界面上有一句和志虹的回复，那是一个笑脸和一句话：“我不想和你们说再见!”

“我不想和你们说再见!”这是和志虹留给朋友和亲人的最后一句话。

机场，喜相逢

海地时间1月12日13时，北京时间1月13日凌晨。

公安部工作组乘坐的航班降落在太子港机场，他们飞了20个小时，飞过了大半个地球，竟然又从白天飞到了白天。降落海地，好像有人偷走了时间一般，又回到1月12日，回到了纪念日。

郭宝山给老伴发送了一通短信“安抵海地，勿念”，而后跟着公安部装备财务局局长朱晓平走下了舷梯。白了一半的板寸，笔直的腰板，十足的军人气度，让人想起他开的玩笑：“我是公安部最有魅力的男人。”

英雄间，最是惺惺相惜。他刚下飞机，就被自己最亲密、最信任、最喜爱的战友和兄弟给抱住了，不用说，自然是李钦。

别看在女儿面前英雄气短，李钦绝对是全国公安边防部队里的传奇人物。关于他，最神的一个故事是“智擒大毒枭韩永万”，李钦在湄公河上飞舟漂流了整整300公里，与驾驶着直升机的毒枭抢时间，最终在老挝将其抓获。

云南边防都知道，李钦豪气干云，把队伍交给他，带出的队伍也有一股子豪气、一股子霸气。看看此时端着摄像机的钟荐勤，那架势就像一只骄傲的公鸡。

营地里，普洱茶香，他们来不及叙旧，就谈上了工作。维和警察工作处的李晓明干事早就打过招呼了：作为全国公安的“总军需官”、“总粮草官”，晓平局长是个“工作狂”，每次出差，都是下了飞机带着行李直奔会场。

快过年了，朱晓平带队的公安部工作组，给维和防暴队带来了战友的问候、亲人的问候。这批维和队员本应该于2010年2月回国，但在“联海团”的建议下，回国的日子拖后了，最后定于2010年4月30日回国。

2004年以来，中国已经累计向海地任务区派遣了1000人次的防暴警察。第八支维和防暴队撤回国后，我国将暂停向海地派驻防暴警察。或许，他们将成为派驻海地的最后一批中国维和警察。

一会儿，朱晓平一行将就中国参与海地维和事务的相关事宜，以及营地交接善后的问题，与联合国驻海地的最高官员会谈。他们还将参加授勋，见证中国警察参与维和行动10周年之际的荣耀。

接机、欢迎仪式、用餐、参观营地……下飞机才一个半小时，朱晓平一行又马不停蹄地出发了，与联海团高官的会谈时间就定在当日16时。

15时，三辆标有联合国“UN”字样的汽车从营地出发了，首先开出的是辆丰田越野车，副队长杨天宇随车引导，前卫警戒；第二辆丰田中巴为贵宾车，队长刘建宏负责公安部工作组领导的安全；最后驶出的是护卫车，由三分队队长负责后卫警戒。

前后警戒并不为过，在局势动荡的海地，联海团总部也不是个太平的地方。上一次李钦拜会联海团最高长官就遇上了群众骚乱，差点儿发生被数千人围攻的情形。

海地，强震时

海地时间1月12日16时，北京时间1月13日5时。

车队抵达联海团总部，李钦政委现场指示：刘建宏队长、杨天宇副队长率8名防暴队员及3名驾驶员按预案，散布于大楼四周，现场警戒。

钟荐勤跳下车，临走前仍继续着刚才的话题，他拍着帅小伙王闻的肩膀说：“像我似的，早点结婚，要个小孩，真是太幸福了。”

而后，他跑到联海团大门前，摄像机记录了如下镜头：

中国公安部装备财务局局长朱晓平、国际合作局副局长郭宝山、装备财务局调研员王树林、国际合作局维和警察工作处主任科员李晓明、中国第七支赴海地维和民事警察队队长赵化宇、第八支维和防暴队政委李钦、联络官和志虹鱼贯进入联海团大门。

16时03分，朱晓平一行进入联海团代理总警监道格拉斯办公室。16时27分，他们在道格拉斯的陪同下，朝联合国秘书长特别代表安纳比办公室走去。

王闻到联海团内上厕所，恰好看见他们，钟荐勤站在俯瞰大堂的过道上，向哥们儿伸出右手食指和中指，酷酷地比划了个“V”字。

王闻一直后悔，没有用随身带着的卡片机，记录下这张笑脸。

联海团大楼402房间是安纳比的办公室兼会议室，面积40平方米。房间最深处摆放着安纳比的办公桌，写字台前方，是一个长方形的会议桌。

宾主落座，会谈开始。长桌边，一侧坐着中国代表，一侧坐着联合国代表。王树林和钟荐勤坐在门边。王树林举着照相机，钟荐勤稳稳地端着摄像机，谁也没注意悬在头顶上的一根大梁。

16时53分，海地发生里氏7.3级地震，震中位于太子港西南约16公里处，震源深度约10公里。一阵晃动，联海团大楼在10秒钟之内完全坍塌了。

“我就在停车场，坐在前卫车里等政委下楼。突然，车上下抖起来，抖得相当厉害。”防暴队副队长杨天宇说。他赶紧下车，抬头一看，眼前的联海团总部大楼正在左右摇晃。然后，地面被狠狠震了一下，大楼“轰”地一下整体坍塌了。

“有点像爆炸，然后白烟冒出来，什么都看不清楚，到处是灰尘，白色的石灰粉。”防暴队三分队九小队副小队长王业华说。

“我先用对讲机大声呼叫：‘队员都安全吗？都安全吗？’外面的队员们集合到一起，全都在，但是楼里的人被埋在废墟内。”杨天宇神色焦虑，仿佛又回到那一天。

救人！救人！冒着余震，他们拼命往废墟上跑。

杨天宇说，一站到废墟上，心都凉了。“我看到五楼、四楼、三楼全都挤扁在一起，一点空间都没有。我大叫：‘政委！政委！’我朝队员喊：‘赶快拿手电！’我用手电照，拿石头敲，可是我只听见里面有动静，知道脚底下还有人活着，却一点办法也没有。”

地上七层地下三层的大楼已经“压缩”成了两层，所有的钢筋水泥都已经被震得粉碎，即便如此，他们仍然愿意相信：402 办公室不过是倾斜了，还会留出点空隙让 8 个兄弟活下来。

在海地，队员们对着废墟不停地喊，不停地用对讲机呼叫，所有的人都盼望着奇迹。

在北京，在昆明，黎明的晨曦即将来临，他们的父母兄弟、妻子儿女还酣梦未醒。如果这只是一场噩梦，该有多好。

“李钦，请指示！”

地震发生时，李治全正在营地布置授勋仪式会场。他望着彩旗、条幅、展板，露出了满意的笑容，“这本该是营地最漂亮的时候”，但在顷刻间，一个月来的心血都毁了。他没有跑向门口，而是冲向指挥中心。“那里还有小姑娘在值班。”天花板在眼前掉落，屋里没人，他这才返回头，冲出了门。

包梦琼送走政委一行，收拾好接待室，刚小憩半个小时左右，床突然开始剧烈摇动。她大喊了一声：“地震了！”随即与杨彬迅速穿好衣服冲出一号仓库，站在外面的，还有几名地震时正在洗澡的队员，他们披着浴巾，惊魂未定。

刚刚能站稳，李治全就吹响了紧急集合哨，全体队员集结到了二号门前的空旷地带。这些身经百战的防暴队员，越是紧急情况，越沉稳迅速。

幸好，所有营地人员都很安全，但在外执行任务的 34 人却没消息。

一会儿，在联海团总部的刘建宏大队长和营地联系上了，他用对讲机询问了营地情况，但只字未提总部大楼倒塌一事。

队员们早已经察觉出不对劲了，怎么没有政委的声音？两赴海地，他们太了解李钦的风格了。在防暴队，李钦每天总是第一个起床，最后一个休息；他的对讲机 24 小时开着，遇有紧急情况，常常是值班的指挥中心还没有回答，他的声音已经在对讲机中响起；他是队里的主心骨，他永远都镇定自若。现在，队员们最需要他的指示。

随着时间一分一秒过去，对讲机里始终没有传来那熟悉而坚定有力的声音，队员们开始担忧，猜测，却没人敢把这猜测说出来。

他们把对讲机紧紧地贴在耳旁，一分钟、两分钟……营地里所有的应急物资都搬出来了，还是没有李钦的声音。前方三分队分队长赵峰的一句“我们这里情况很麻烦”让他们心如刀绞，队员们默默地全副武装，随时准备出发。

在国家城堡执行武装巡逻的第四战斗小队上午刚处置了一起持枪抢劫案，仅用3个小时就追捕到了嫌疑犯，并缴获左轮手枪1支，子弹10发。

下午，他们又前往海地选举委员会进行定点驻守。刘利辉是队里的防爆手，对炸弹性能最为了解。强震来袭，一股强大的气流扑面而来，车子不停地波动，他的第一反应是遭遇恐怖袭击了。“就在我的前方，一座学校轰然倒下，里面的学生正在上课。我想找掩体准备还击，但大地仍在晃动，我这才反应过来，是地震了。”

繁华的街道瞬间变成了人间地狱。人们举着血淋淋的手臂，惊慌失措地奔跑，道路两边的建筑物坍塌得一片狼藉。队员们立即开始疏导人群，把慌乱的海地人往空旷处集中，用双手搬开压在市民身上的大石头。

半小时过去了，对讲机里仍然没有李钦的声音，“出事了，一定是出事了。”他们紧急撤回营地，原本20分钟的车程，足足走了3个多小时。

回忆地震，第三战斗小队的和晓君不禁倒吸一口凉气：“轰隆”一声，他们身后依山而立的房屋连同山石一起倒塌了，如果巡逻车慢一步，很可能被滚石冲下悬崖。

对讲机里突然传来“政委——政委——”的呼喊，这是他们此刻最想联系的人，他们默默地等待着回音，但那熟悉的声音没有响起。天色渐黑，还飘着细雨，第三小队和他们解救的中兴公司员工都被困山区。

政委，你在哪里？防暴队员迫切需要你的指令！

这双臂膀的力量——中国赴海地维和警察防暴队政委李钦

战友，不放弃！

海地时间1月12日17时30分。北京时间1月13日凌晨6时30分。

对讲机里传来刘大队长“准备记录”的指示。包梦琼赶紧蹲下，以膝盖为桌，在电筒光的照射下开始了记录。当她听到“所在楼房倒塌，伤亡情况不明”时，终于泪如雨下。

队员们再也克制不住，冲进临时指挥中心，纷纷要把亲爱的战友赶紧抢救出来。然而，军令如山，现在还不是他们出发的时候。

此时，海地仍余震不断，电力系统被完全破坏，入夜后的太子港陷入一片漆黑。到处是房倒屋塌，人们拥挤在道路上，不知该向谁求助。在联海团大楼前，各国防暴队队员都在手挖肩扛，但没有大型挖掘机，那些巨大的混凝土块，完全岿然不动。

已经不能再有任何伤亡了！防暴队员被命令留守营地，等待通知。这对他们来说，是何等的煎熬！

平日里，“Leave no man behind”——电影《黑鹰坠落》里的一句台词——时时挂在战斗队员的嘴上。这句话直译为“别让一个人掉队”，但钟荐勤把它翻译成“不抛弃”或者“团结就是战斗力”。

钟荐勤的日记里，描写了电影里的一个画面：洁白的沙滩，湛蓝的海水，美国大兵抱着步枪在直升机上俯瞰着下面骚乱的人群，建筑的废墟，那场景就如同今日太子港。

此时，我们能为战友做点什么？这样的焦虑，尤其折磨着站在联海团废墟上的刘建宏队长、杨天宇副队长和11名战斗队员。

“有时候一静下来，脑海里全都是那些场景。那天在废墟上，我知道政委他们就在我脚底下。但是，那些石头根本搬不动。我抡起大锤，拼命砸，但人的力量实在太小了。”二分队五小队副小队长邓学海说，悲痛充斥着他的头脑，麻痹着他的思想，直至没有了感受，没有了认知，没有了判断。忙碌、忙碌、忙碌……丧失了血肉感知的营救仍然不能减少一丝一毫的悲伤。

“我坐在那堆水泥上，眼泪都流干了。我想我怎么这么没用。地震来的时候，这房子就能这么脆弱，‘轰’一下全倒了；可我们敲的时候，却怎么敲也敲不动。”说到这儿，邓学海嘴角开始颤抖了。

冷静！一定要冷静！副队长杨天宇平日跟在李钦身边，最受言传身教。他想起上一次生死存亡的时刻，李钦乘坐的大装甲车几乎被突如其来的洪水给淹没了，但他只是淡定地给杨天宇打了个电话，说了句“找联海团的人一起上来救援”，没表现出一丝惊慌。

“如果政委在，他一定是最冷静的一个人。”杨天宇定了定神，随刘建宏队长带领队员投入了救援。“先救活的”，他们循着声音，用铲挖、手刨，先后从废墟中救出了9名联合国人员，挖出了3具遗体。

在这个惊魂未定的时刻，王闻做了件不可思议的事，他拿出卡片机记录下了这一切。“钟哥不在，应该有人接替他的工作。”王闻觉得自己必须做这件事，因为钟哥说过，“有些镜头是补不回来的”。

这时，他才知道，做一个忠实的记录者有多难。现场，血肉模糊，但他不能哭；同伴，伤心欲绝，但他要强忍悲痛，拿稳机器。最痛苦的是，回到营地后，他还得对这些材料进行剪辑、编辑，及时传回国内。那些最残酷的场面，他不知道看了多少回。

“我一遍遍告诉自己，这是钟哥的工作，我要帮他完成。我以为我已经麻木了，直到心理医生来到营地，我才真正地失声痛哭，我才知道这个噩梦不会醒。”王闻的眼睛看着远方，也许那些画面仍然在他眼前晃动。

“倒下的，是我！”

早上6时半，尹莉像往常一样边听收音机，边给女儿准备早饭。广播里说，海地那边发生了地震。

二次出征前，李钦用开玩笑的口气对他的妻子尹莉说：“老尹同志，我又去海地了，和上次一样，是玩真刀真枪的，你要有点心理准备，要是

中国国际救援队挖掘出一具中方失踪人员遗体

有人倒下，肯定是我。”

在给女儿写的两封信中，他都提到同样的一段话：“我脑子里想的，就是怎样圆满完成组织交给我的任务，把每个队员都平平安安地带回家，如果有什么不幸，我一定是第一个牺牲的。”

尹莉和女儿都不信，她们觉得李钦是九死一生的福将。

听了广播，她连忙给李钦打电话，又给云南边防总队指挥中心打电话。他们告诉她，李钦到联海团开会去了。“也许是去讨论震后工作吧。”尹莉松了口气，坐在公交车上，她给平时比较熟悉的队员家属打电话，安慰他们说：“都联系上了，营地没事。”

尹莉不知道，此时形势已经异常严峻。

云南边防总队虽然已经通过卫星电话与营地建立了联系，但防暴队营地与地震时正在执行任务的三个战斗小组，以及前往联海团的公安部工作组都失去了联系。

中央指示，要想方设法营救被埋人员。

在北京，专业搜救人员、医疗救护人员和地震专家组成的国际救援队已经开始集结，60 人的救灾小队将于当天 20 时 30 分飞赴海地。从地震发生到抵达联海团大楼废墟，他们只用了 34 个小时，仅比美国救援队晚了半个小时。

在海地营地，防暴队队员已经做好了徒步前往联海团大楼的准备，只待余震稍息，命令一下，就为了解救自己的兄弟舍命一搏。

快点，再快点，救援紧锣密鼓，但在这样的大灾大难面前，个人乃至整个防暴队的力量都显得如此渺小。

徐宏盯着电视等待，她记起钟荐勤第一次参加维和回来说：“回国的感觉真好，出门再也不用穿戴防弹头盔和防弹衣了。”第二次参加维和还未归来，钟荐勤已经憧憬着告诉她：“回国的感觉真好，可以一手抱妻子，一手抱孩子。”

这一次，接他们回家的路实在太长。大营救历时 92 个小时，人们才再次见到了 8 位中国警官。

“7 点 16 分，挖出第二具遗体，疑似钟荐勤。”

“10 点，现场挖出一具遗体，疑似政委，其身下还抱着一具身体，目前正在挖掘。”

“12 点，现场挖掘出疑似和志虹的遗体。”

海地时间 1 月 15 日，值勤官们记下了一个个让人痛心的消息。

牺牲，多壮志

砸碎的桌子、椅子、电话……逐渐暴露在瓦砾中。废墟下的场景，让人们又回到了 1 月 12 日 16 时 53 分，地震发生的那一刻。

最先发现的是照相机和摄像机，录像资料显示，直到地震发生的那一刻，钟荐勤仍在摄像。一阵抖动，摄像机脱手了。

他怎么会让摄像机脱手呢？在枪林弹雨的莱卡，图像里突然子弹横飞，人们纷纷寻找掩体躲藏，但钟荐勤拍摄的画面没有丝毫动摇，显然，他根本没有躲。在一次通过一个危险路段时，钟荐勤身背冲锋枪，右手拿手枪，但肩膀上的摄像机仍在工作。

这一次，他的摄像机脱手了。这个身手矫健的男人，试图顺势躲到桌子下面，这也许让他躲过了致命一击。但是，废墟下面没有空气，他的脸憋得紫青。在那短暂的一刻，他一定在想他的女儿，他的妻子。为了维和，妻子怀上孩子的时候已经 33 岁了，而那个让他日思夜想的小宝宝，还没来得及看上一眼，抱上一抱。

一根巨大的横梁压在李钦、朱晓平、和志虹身上。把政委抱出来的那一刻，李钦的驾驶员蔡德志几近昏厥，队员李卫红又冲上去，和他一起抱住了李钦的遗体。

防暴队员们把李钦的遗体抱出来之后发现，在他张开双臂的身下，还保护着郭宝山。

数日以后，一个参加救援的队员深情写道：

2月5日，在海地首都太子港联海团总部废墟中举行的追思仪式上，中国赴海地维和警察防暴队与中国医疗防疫救护队队员向烈士默哀。

我们的李钦政委，他仿佛是一尊匍匐前进的雕像，静静地伏在地上，从容镇定而充满着力量。他的双腿用力地蹬着大地，而他的双臂却紧紧地掩护着一位同志。

可以想象，强震来袭，天崩地裂，大厦倾倒之际，李钦一定是跃起身来，张开双臂，扑向身边的战友，将战友紧紧地护卫在身下。

他以为他的肩膀足够宽广，自己的双臂足够有力，就算他死了，被自己压在身下的战友，也一定能够活下去。

云南边防战士悼念维和牺牲的英烈

2010年5月7日，在滇池畔的墓园里，93名头戴蓝盔的维和警察终于压抑不住，大放悲声。

“政委，钟哥，和姐，我们回来了，平安地回来了！”他们呼喊着，但少了李钦、钟荐勤、和志虹的回应，这次从海地荣归，无比苦涩。

告别的时候，他们哽咽着唱起了歌：“自豪吧，中国蓝盔，我的肩上扛着人类的和平……”

这让笔者想起二次出征前，一位记者援引影片《黑鹰坠落》中的台词采访队员纪恩瑞：“你们又一次去维和，觉得自己很英雄吗？”

纪恩瑞说：“我们之所以选择维和，是在为祖国赢得荣誉的同时，也把和平生活的希望带给仍处于动乱中的人们，让他们感觉不孤独，让他们在极度困苦之中不要泯灭了对生活的勇气和信心。”

最后的崇菜

唐　铮

崇文门外，那座单体穹顶建筑物曾是北京人不可或缺的“菜篮子”，而今，它已谢幕，同时宣告着北京曾经的“四大菜市场”全部匿迹消踪。

无论2010年5月重开的新崇菜，还是蜷居在东四路口的朝内菜市场，早已不复当年的风貌，却依然牵动着人们心底深埋的记忆。

34年，时间呼啸而过。作为“四大菜市场”中最后一个离场的，崇菜的几代从业者曾为了追赶时代变化，一直在做着不懈的努力。然而，这些努力，终究敌不过岁月的碾压。

虽说是历史的必然，但毕竟难辞伤感。

闭店当天，近万名顾客将货品几乎全部买光，连柜台上的价签都被摘去做了纪念。

只因，这是人们心目中最后的崇菜。

“看上去像个剧场”

从门口的脚手架下俯身钻进来，环视宽广敞亮的工地，李海根有点两眼发直。

这是1975年秋天，李海根被叫来参加关于崇文门菜市场照明方案的讨论会。站了几年柜台，李海根自认对商业建筑“还有点感知”，但站在工程现场，还是被这个壮观的营业大厅震住了。

16米的挑高，要把脖子仰到发酸才能望到弧形优美的穹顶。1700多平方米的营业面积，人们站在屋里说话时都能够听见回声。“这么宽，柜台该怎么摆?”李海根在心里反复合计，双手比画了半天，也想不出答案。

这座大楼，结束了崇文区没有综合大菜市场的历史。

1965年，因修筑地铁，崇文门的城楼、箭楼等一组建筑被逐一拆除。到上世纪70年代中期，曾经的瓮城月墙还是一片空地。如何利用，成了一个课题。

当时，在四大城区里，东城区有东单和朝内两家菜市场，西城区有西单菜市场，宣武区有西河沿菜市场，只有崇文区没有自己的综合大菜市场，周边百姓只能跑到很远的地方去买菜，不方便。

于是，一锤定音!

1975年初，崇文门菜市场破土动工。它的门牌号，是响当当的“崇文门外大街1号”。

北京建筑设计院拿出了一个气派的设计方案——全程无支架的穹顶开阔宽大，和穹顶相接的正面，是直向东方的一面玻璃墙。每天清晨，一轮耀眼的太阳就会映射在玻璃上，为整座菜市场罩上一层灿烂的日光。

当李海根走出工地，工人们还在里里外外地忙着，几个住在附近的居民经过时驻足观望。“瞅这样子，多气派!”“这八成是个体育馆吧。”“备不住是个剧院。”人们七嘴八舌地议论着。

听着他们的议论，李海根心里不禁升腾出一种自豪感。因为他知道，这里不是剧院，也不是体育馆，而是一座正在兴建的菜市场，而自己以后就将在这里工作。

1976 年 3 月 1 日，崇文门菜市场正式开业。根据规划，最初的崇文门菜市场承担着崇文区廊房一条、二条、三条 2200 户居民的凭证副食供应。

那天清早，菜市场还没开门，门前已经排起了长长的队伍。而当人们走进这座菜市场时，赞叹声此起彼伏。32 米长的进深，却只分列了 4 个柜台。过道宽阔，装满大白菜的卡车可以直接开进菜场，轰隆隆地把整车的大白菜直接卸在柜台上。十几米的挑高使得菜场通风极佳，其他菜市场弥漫的那种鱼虾臭味、烂菜叶子味儿都变得不再明显。哪怕排在队伍里再久，也不需要捂着鼻子。

在熙熙攘攘的人群中间，李海根跑前跑后，忙个不停。当时崇菜的员工，是从崇文区 13 家基层店抽调的年轻骨干，个个身强力壮，撮起满满一秤盘子菜，哗地倒进顾客的尼龙网兜里，一气儿做完，脸不红气不喘。

在这样一个漂亮的菜市场里工作，从心情到动作，都透着股喜气。

副市长“走后门”

从开业第一天开始，崇菜的热闹劲就一直没变过。

老北京人好编个顺口溜，有时用来挤对别人，有时用来排遣自己。自打崇菜开业以来，京城百姓调侃的口头语又多了一条：“嫌没劲哪？火车头有劲。嫌人少啊？崇文门菜市场人多。”

加班加点，对崇菜的员工来说是家常便饭，谁让自家的生意太火呢？

在别的商场，到了营业时间，售货员从屋里把门打开就行了。但在崇菜却改了章程，菜市场从没有直接开门迎客的时候。

每天一早，天刚蒙蒙亮的时候，崇菜门口就拥了近百人。要是赶上过年过节的时候，还得再翻倍。人太多了，一拥而入总怕发生危险。每天都得先由工作人员在门外把人群组织成几条长队，才敢打开大门迎客。

有的货连10分钟都不到就卖光了，多数是“一天一咣当”。这是时常挂在李庆江嘴边的话。从开业到现在，从售货员变成董事长，李庆江的大半生都是在崇菜度过的。崇菜的商品，总是一早来货，到晚上就卖得净光净。

运货、卸货，这种在其他菜场一周才出现一次的活计，崇菜员工却要每天如此。最辛苦的是运送冻肉。30斤一包的大冰索，用大铁钩子钩着拖进屋里。一个大小伙子半蹲下身子，反穿军大衣，满怀抱着，“咚”的一声扔进温水池里，水池子里须臾间就漂起一层冰花。等捞出来的时候，冰全化了，外层的肉已经被泡得发白发胀，这时，就可以上架了。

顾客们早就围在四周。看起来疲疲沓沓、毫无卖相的解冻肉，一刀下去，露出鲜红的内瓤，立时就让人有了精神头。“我要这块。”“从这边切两毛钱的给我。”一双双手迅速地伸过来，化肉的速度，远远比不上卖肉的速度快。

火爆的，不仅是崇菜一家。崇菜和西单、朝内、东单这三个在上世纪50年代初就已经很火的菜市场，并列为北京的“四大菜市场”，每家的生意都不错。

历史最悠久的要数1917年成立的东单菜市场。当时，东交民巷一带居住着不少外国人，这使得早期的东单菜市场除了经营一般菜蔬食品以外，还有大量舶来品。上世纪50年代初，东单菜市场成了国营菜市场，品种齐全丰富。菜市场旁边是早点铺，买菜的人可以先在早点铺里吃饱了再买菜。买完菜累了，也可以进铺子歇歇脚。

建于1956年的西单菜市场则有着得天独厚的地理位置。当时，北京的商业设施并不发达，而西单地区却集中了首都影院、长安大戏院、鸿宾楼饭庄、西单剧场、天福号、劝业场、西单百货商场等各种商业场所。小两口儿出门都愿意来这里，既逛了街，又可以买菜捎回家，一举两得。

1953年开业的朝内菜市场在老外交部的斜对面。早先是糖市，每年腊月廿三祭灶前，从朝阳门菜市场到朝阳门城楼，大街两边摆满了卖糖瓜的货摊。上世纪50年代初拓宽马路时，政府盖了大棚，把小商小贩都迁到了朝内大街的万历桥胡同附近，逐渐发展成了大菜市场。

这几家菜市场，都有着悠久的排队历史。日常时候就经常客流盈满。每逢过年过节，更是人头攒动。

作为最后建成、也是体量最大的菜市场，崇菜和另三家相比，购物环境更好，货品也齐全。当年的北京人有这么一句话，“年前崇菜转一圈，烟酒茶糖全备齐”。

“天南地北的特产，没有他们没有的。”曾住在花市的苏奶奶说，来自四川的她第一次在北京买到做米酒的酒药是在崇菜，第一次买到做杏仁豆腐的琼脂是在崇菜，连四川细菜豌豆尖，当时也只有在崇菜才能买到。

开业的第二年，有位主管副市长在节前巡视京城商场情况，可到了崇菜门口，被购物长龙顶在菜市场门外，好半天都没能进来。最后，还是崇菜的经理从工作通道招了招手，把这位副市长领了进来：“您趁早儿还是走后门吧。”

不过，话说回来，当时北京的商业机构，掰着手指头数来数去也就那么几家，谁不是火得一塌糊涂呢？百货大楼开业当天，光顾客挤丢了的鞋就捡了两箩筐。而在西单商场柜台前，为防止拥挤专门装了护栏，钢筋有手指头那么粗，可没过多久还是被挤得变了形。

寒冬腊月彻夜排队等着买冬储大白菜，逢年过节四九城转悠，就为了挑到稍微宽一点的冻带鱼。在那些物质匮乏的日子里，京城仅有的几家大菜市场就成了民生市井的象征。活色生香的菜品，填满了人们的胃，也承载着人们的精神生活。

“卖大号”风波

伴随着崇菜成长的，并非总是一帆风顺的坦途。

1985年9月，王月芬调到崇菜当总经理时，380多名员工心里已经低沉了一年多。有人说，崇菜再也搞不好了。也有人说，我们已经臭到家了。

组建崇文门菜市场时，1971年返城的知青占了大多数。这些人看上去调皮捣蛋，但没有思想包袱，头脑活，敢做事。这一度成为支撑崇文门菜市场发展的原动力。

开业以来，崇菜不少做法都走在市场前沿。当时人们手里不宽裕，买肉多是买几毛钱的，只为沾沾荤腥。大肉组就发明了一招：前台卖货，后台加工。把成块的肉切成两毛钱、三毛钱的一小条，放在一个个小盘子里。顾客挑中哪块，售货员反手把盘子往油纸上一扣，直接交钱走人。既方便快捷，顾客的选择余地也更大。

1979年“五一”节前夕，崇菜柜台上又多了新品种：半成品拼盘。几条肉丝，几根粗粗择洗过的蔬菜，搭配好，放在一个个小盘子里，样子特别好看，回家稍微清洗一下就能直接下锅。这种在今天看来再平常不过的配菜做法，在当时可是新鲜玩意儿。再加上拼盘菜不需要肉票，虽说稍微贵一点，还是有不少顾客踊跃买回去尝鲜。

这些从五毛钱到一块钱不等的半成品拼盘，是崇菜的售货员下班后连夜赶制出来的。虽然辛苦，但利润却高出了不少，还广受好评。

曾经繁荣的崇文门菜市场

这些新鲜的做法，一步步让崇菜在顾客心里有了更好的口碑，不过，这种敢想敢干的步伐，一旦走在了时代的前面，也会酿成祸事。

1983 年，正处于从计划经济向商品经济转型之初，以往严格的凭证按人分配的副食品供应体制已经逐渐有所松动，所有凭本购买的商品都开始可以在市场上现金议价交易。

当时，崇菜除了保证周边 2200 户居民的定量供给外，也在长期的经营中与其他城市建立了不少联系。通过和供应商的良好关系，崇菜总是能拿到一些议价的粉丝、带鱼、啤酒乃至白糖，而这些货品在其他不少城市还是紧缺品。

脑子活的崇菜人开始琢磨了：如果用手里多出来的货品，去其他地方换成别的，不就能让菜市场的品种更丰富多样吗？他们找到了河南安阳的一家副食品公司，那里盛产的腐竹在北京正好是紧俏货，双方一拍即合。

夜晚闭店之后，崇菜的后门不时会出现这样的景象——一辆辆运货车停在门外，一箱箱货物被搬上搬下。

这一幕被细心的新闻单位发现了。当年 8 月上旬，《经济日报》和新华社的记者连夜蹲守在崇菜门口，一辆辆数门前停靠的车辆，一箱箱数搬上搬下的货物。记者们怀疑崇菜是在“卖大号”——把配给物资倒卖出去，为商店牟取私利，却让百姓买不到生活必需品。在物质短缺时代，这是一个很大的罪名。

新闻见报，一时如冷水滴进热油锅，沸反一片。

几乎所有中央和北京的新闻单位都对“卖大号”的崇文门菜市场大加挞伐，胡耀邦亲自做出批示，要求北京市政府严肃调查处理。市政府派驻的工作组全面接管了菜市场的经营管理工作。10 月中旬，工作组根据账面记录，查出全年 1 ~ 7 月，崇菜向外埠和非北京市供应单位“卖大号”30 多万元。几位负责人被勒令停职反省，员工们个个垂头丧气。

然而，经过将近一年的细致调查，工作组最终确认，崇菜并没有什么违法乱纪的行为，而是合乎改革方向的。如议价粉丝，是北京市用收购的议价粮加工制作的，产量大，在本市供过于求，成批销往外地是允许的，仅这一项的金额就达 13 万多元。又如啤酒是夏季畅销、冬季滞销的商品，崇文门菜市场在淡季把啤酒销往外地或本市机关团体单位，不违反计划供应政策。对这些正常经营活动，今后要鼓励和坚持。

1984 年 5 月 9 日，中央和北京多家媒体登出了一则消息——崇文门菜市场违反商品供应政策问题已查清，确有违背商品供应政策和物价政策的错误，但也有相当大一部分外销和非计划供应商品符合搞活商品流通的政策。至此，崇菜上下员工背了一年多的包袱终于被卸掉了。

"卖大号"的指责，只能是短缺经济时代的特定产物。而四大菜市场能够以货品丰富誉满四方，也多少沾了些在计划体制下商品调拨的光。

就在崇菜员工迷失在"卖大号"的指责中时，北京商业领域悄悄发生了一些变化。只是这变化在当时如此微小，几乎不会有什么人注意到。

1983 年初，全中国第一家超市在海淀区三里河附近开业，它只有不到 200 平方米，还比不上一个居民区的副食店大。货品也很单一，只有蔬菜和肉食两种，由超市自己包装，包装袋上只有价格，没有商品名称和分量。对着一大坨带冰碴的冻肉，普通人根本分不清这是鸡肉还是猪肉。更要命的是价格，因为都是议价商品，比不远处的菜市场起码贵出一成。绝大多数人好奇地进来转一圈，马上就咋着舌头逃出去了，真正出手购买的几乎都是外国人。

所有人都不会想到，这种当时看起来不起眼的超市，竟会在若干年后，激起零售商业翻天覆地的变化。

开南菜北运先河

1986 年初春，北京天气依然料峭，岭南却已春暖花开。

崇菜的柜台上出现了海南椰子糖、珠江牌啤酒，这些新奇货品成为京城百姓春节时购货的"新宠"，它们都是用粉丝、带鱼等商品交换过来，再大大方方摆上柜台的。没有谁再指责这种方式是"卖大号"了。

这时，在广东化州，一队崇菜员工出现在市蔬菜公司。当递出盖着

“崇文门菜市场”红章的介绍信时，张维模在周边人的目光注视下，显得有点另类。

张维模一行，给崇菜的历史上又添了新的一笔辉煌——崇菜成为北京第一个南菜北运的菜市场。新中国成立以来，跨省的采购主体一直是各省市蔬菜公司，像崇菜这样一个菜市场单打独斗地出外采购，在当时还是独一份儿。那时候的张维模，被大伙儿叫做“菜牙子”。一把蒜苗，他抓在手里掂掂，放在鼻下闻闻，就能确定产地，划分出等级。

在化州，张维模一行采购到了黄瓜、韭菜、西红柿、柿子椒这些在北方冬天看不到的蔬菜。等运回北京，在零下十几度的气温下，看着顾客们排着大队购买平素夏秋才能吃到的新鲜蔬菜，员工们都觉得非常自豪。

沿着蔬菜成熟的时间线，收一趟菜要转大半个中国。

从12月份起，在厦门收购元旦和春节的时令蔬菜；3月，去海南、湛江；4月到昆明、武汉；5月去四川；等从四川回来，北京、山东、河北的菜刚好下市。稍微秋凉一点，又该忙活这一年的冬储大白菜了。

去越远的地方买菜，越考验人。5月从四川往北京拉豌豆尖、蒜苗的时候，天气已经逐渐热起来。订菜、订车皮的同时还得去订购冰块。深夜开始装车，把菜铺满六七十厘米，再镇上一层50多厘米厚的冰块，然后再铺一层菜。这样反复几次，装满一个车皮。

冰块的厚度大有讲究。太厚了不成，温度过低，菜就会被冻伤，没法卖。太薄了也不成，如果还没到目的地冰块就已经化光了，一车菜就会腐败烂掉。只有厚薄恰到好处，让逐渐融化的冰水一点点浸润着冰下的蔬菜，等到目的地时，冰也基本上化光了，蔬菜在冰水浇灌下依然娇嫩新鲜，才算是大功告成。出省买菜，绝对是件辛苦活。选菜购菜、申请车皮、订购冰块……每个环节紧紧相扣，差一步都不行。

空运荔枝，是继南菜北运之后崇菜的又一个创举。

谁都知道水果比蔬菜更娇嫩，更难保存。可是，崇菜就想到了要采购南方水果，而且一上来就认准了极易变质的荔枝。

用火车运肯定是不行，可空运的费用又太高。王月芬想到了一个主意：找部队。

当时，从北京到广东不时会有部队的运输机进行军事演练。从北京出发的时候，飞机上装满了物资，但飞回的时候却是空的。崇菜找到了军区领导，商谈好用回程飞机上运送荔枝。运费比想象中低廉得多，一公斤只有五毛钱。

等到鲜灵灵的荔枝摆上柜台，12 块钱一斤的价格能买好几斤猪肉，多数人只能少买点尝尝鲜，但这种全京城独一份儿的骄傲，又一次落在了崇菜人心里。2010 年 5 月 28 日，在崇菜新店开业的时候，促销海报上最醒目的位置，就留给了红润带露的妃子笑荔枝——时隔 20 多年，崇菜人依旧记得当年的骄傲。

几番创新，崇菜已经在京城颇有口碑，不少老百姓都说："要是到崇菜买不到的东西，可着北京城也就不用再找了。"

想法子让崇菜像个家

1989 年，王月芬和几个同事站在菜市场的过道，目光逡巡，盯着来往顾客的衣着打扮。他们打算给菜市场换个样子。

十几年过去了，崇菜的顶棚已经显出陈旧，漆色斑驳。更不满意的是，这颜色不讨喜。可能当初设计师打算追求的是一种"天高云淡"的效果，天蓝色是主要色调，一些梁柱则是白色的。但是，崇菜的穹顶原本就高，再配上蓝白相间的顶子，显得太硬气，不好看。

选什么颜色好呢？当时不像现在有诸多的建筑色板可以挑选。大家众目相对，谁也说不出个所以然。干脆，就从顾客的衣服上找灵感。

虽然崇菜里人流来来往往，但几个小时过去了，没一个顺眼的。眼瞅着就下午一点多了，一群人谁都没吃饭，光顾着四下里打量。忽然，一个吃着棒棒糖的小姑娘跃入眼帘，她一路蹦蹦跳跳，身上粉红色的裙子也随之一颠一颠。

"这色儿好看吗？"

“好看！”大伙的眼睛一齐都亮了，就用它了。

高高的脚手架一直搭到天花板顶端，可日常营业还不能停。漆刷到哪儿，哪儿的柜台就往旁边让一让位。等到淡淡的粉红色飘满崇菜高旷的穹顶，近400个员工站在过道里齐齐仰望，有人率先鼓起掌来，随即掌声连成一片。

虽说只是一个小小的改变，但它使得崇菜变得柔和了。“越看越觉得温暖。”有人说，“像个家。”

这正是崇菜在那段时间里最主要的目标——像个家。

在水产组，贴着一张详细的操作规程。卖水产品之前要把水沥干净，冰冻的水产要把冰彻底敲掉。柜台里叫卖的海参、鱿鱼、贝尖等干货，可以免费为顾客发好。如果有顾客拿来自己家的海产干货，也可以按照等级和比例免费换成已经发好了的。

“送货上门”开始推行。每逢周日，崇菜员工就骑着板车走遍周边的大街小巷，把顾客订购了的商品送到家里。

退换货制度逐渐周全。有位顾客在崇菜买了只烧鸡，吃到一半发现鸡嗉子没拿掉，可他当时急着出差，就把吃了一半的鸡扔在家里。一个星期后回来，抱着试试看的心态找到崇菜，没想到干净利索地就退了货。

变革的动力，一是来自崇菜自身市场位置的改变，二是来自不断发展变化中的市场压力。

1987年，崇菜脱离副食品公司，成了自负盈亏的企业。转制后的第二天，银行就找上门来：“原先贷款的担保主体是副食品公司，现在双方脱钩了，崇菜的贷款得马上还。”

王月芬一听就蒙了：“那我们自己担保成不成？用全崇菜380人的项上人头。”王月芬说得大义凛然，格外庄重，但对方听得哭笑不得。

最终，菜市场大楼作为担保物，抵押给了银行。这成了压在崇菜身上实实在在的压力，必须从实际中找到新的赢利点，才能化解这些压力。

当年年末，崇菜两侧耳房就被各架上了一个广告牌，对外招租，一年能赚进好几万块钱。这些脑筋，如果不是被扔进了市场这片大海中，怎么会转得起来？

商场之间的人情味

感受到市场压力的不仅崇菜一家。

崇菜改造完成后没几天，西单菜市场的经理就带着业务骨干们参观来了，他们是冲着崇菜的电子显示屏来的。

虽说立起来还没几天，这块电子显示屏的名气已经传遍了北京的商业界。一提起来，大伙儿都知道崇菜新装了块显示屏，有十几米宽，特别打眼，一进门就看得见。

如果用现在的眼光看，这块显示屏简直可以用粗陋来形容，几十万个简单的发光二极管，每天打出商品的名称。可二极管极易损坏，有时早上还全须全尾的商品名称，晚上就少了一划，甚至没了半边。但它依然是个新鲜玩意儿，顾客走进门，一抬头就能看见显示屏上的字。往往是显示屏上打出什么商品名，柜台上这种商品就卖得特别快。只可惜，西单菜市场成立的时间早，没有改造安装电子显示屏的条件。左右打量了半天，西单菜市场的经理怅然若失地走了。

与此同时，朝内菜市场开辟了自选商品区，东单菜市场划出了一块经营场所分给进口商品。四家在计划经济时代享有得天独厚条件的菜市场，纷纷在商品经济年代寻求自我突破的发展新路。

四家菜市场之间的交流变得日益频繁。哪家有了什么新招数，其他三家都会赶快上门“取经”，而对方也会几不挟私地倾囊以授。“回想起来，那真是个值得留恋的年代。”李庆江回忆说。

当时，北京还没有那么多宽阔的街道、川流不息的车辆和熙熙攘攘的人群。全北京数得上号的商业机构也就那么几家，大伙儿就像个大家庭，谁有了什么新举措，马上就会传遍各家。“不像现在，商场虽多，但各忙各的，各扫门前雪。”商场经营者间人情味的逐渐淡薄，某种程度上反映的是商业形态的改变。

的确，当时间走到1989年，四大菜市场的地位不再得天独厚。便利市民的“菜篮子工程”已经开展了几年，各种菜市场、便民店逐渐星罗棋布。1988年，新发地批发市场建立，菜蔬零售已然放开，冬储大白菜不再受宠。

物质逐渐丰富，市民的选择日益增加，这也让过去高高在上的菜市场顿悟，固守老路已经行不通了，必须要求新求变。

“顾客总是对的”

一打开笼子，几十条蛇就全都立起来，咝咝地游动着，鲜红的蛇信吞进吐出，透着几分狰狞。

这已经不是杨翠玲第一次杀蛇了，但每次打开蛇笼，她还是忍不住要打个激灵。

四周早就围满了人，好奇地等着看。从容地戴上一只手套，杨翠玲从笼子里拽出一条蛇来。“必须得死死捏住它的头，让它的嘴不能动弹，否则，蛇反身冲腕子上就是一口，得肿好几天。”

嘴被捏紧了的蛇，把信子吐到最长。湿腻冰冷的身子盘绕在杨翠玲胳膊上，往里绞，力气大得吓人。直到头被剪掉了，身子还死死地缠着，得一圈圈地摘下来，再褪去蛇皮。

1990年，崇菜引进了活蛇，这又是个新鲜玩意儿。不过，老北京人敢吃蛇的还是不多，来买的大多是一些广东客。

对于一家有着上千平方米营业场所的菜市场来说，这似乎是一个小小的改变——只是在过去的禽肉组加几个蛇笼，占不了多大地方。但一个值得玩味的背后因素是：崇菜开始不仅仅是北京人的后厨房了。

彼时，由广东北上的商业潮，正席卷着古老的京城。北京电视制作中心拍的电视剧里，凡商人必西装革履，拿一部大哥大，操着半熟的普通话大讲生意经。

这一年，也是奢侈品进入北京市场的第一年。

当年8月，国贸商城开始营业。4个月后，赛特购物中心开张。赛特购物中心开业之初，货架上的价格着实令北京人大吃一惊：瑞士劳力士手表每只15.5万元，德国万宝龙水笔每支售价7900元，广东潮州产的抽纱刺绣台布100万元整……当年，不少消费者光临赛特的原动力之一，就是看看天文数字背后的东西是个啥模样。

现在，布局略显拥挤的赛特已经算不上什么奢侈品消费场所了，但当时率先出现的品牌专卖“店中店”和现代化的购物体验，在北京商业仍是从无到有的第一步。

也是在这一年，“顾客”一词逐渐被“消费者”所取代。

崇菜仍然坚持着“顾客”这一老称呼。1991年，他们提出了一个响亮的口号——顾客总是对的。

这个口号显得有些绝对。李庆江还记得，为了这个口号的“出炉”，他和时任总经理雷国秀整整研究了一周。这一口号公布后，面对少数故意刁难的顾客、无理由退换货的顾客、“加塞儿”被销售员劝阻而破口大骂的顾客，不少销售人员都受了很大委屈，为此，崇菜专门做出决定，对于这种“打不还手”、“骂不还口”的销售人员，在事情调查清楚后可授予“服务委屈奖”，奖金为30元到50元不等。

同样坚守的还有质量。1992年底，国家取消了居民凭票购买猪肉的政策，也不再保证各大菜市场的货源。一时间注水肉、死猪肉充斥市场。为了让北京市民吃上放心肉，崇菜到山东、河南、四川等十几个省市的肉联厂考察猪肉的货源。一度，崇菜的进货价（每500克7.65元），比当时的市场零售价（每500克7.5元）还要高，虽然一个月就得亏损十几万元，但“放心肉”的美名却从此传开了。

“当时老百姓有这么一句话：别的肉馅买回家要放水，而崇文门菜市场的肉馅买回家要掺水。”李庆江说，“那时，我们每天都能销售两三吨的猪肉，节假日能卖10多吨。”

崇菜的坚持被很多顾客记在心里。2010年5月16日闭店当天，崇菜准备了比平时多一倍的肉馅，却依然供不应求。在长队中，一位老顾客说出了大伙儿的心声："现在到哪儿都能买到好肉馅，但在那个全北京就信得过崇菜的年代，是没什么能够替代的。"

万变中的不变

突如其来，1993 年的一把火，烧塌了北京延续多年的商业格局。

当年 8 月 12 日，隆福大厦 5900 平方米建筑付之一炬，直接经济损失 2100 万元。火灾之后，曾经与百货大楼、东安市场和西单商场齐名为"四大商场"的隆福大厦，虽屡经修整，已是风光不再。

那些曾经在计划经济时代呼风唤雨的商场，纷纷在变革中感受着阵痛。

同年年底，随着王府井大街改造，东安市场停业，与香港新鸿基地产有限公司合资在原址兴建新东安市场大厦。随后，东单菜市场随着整个东单二条一起被拆除，原址上建起了如今的东方新天地。这一年，朝内菜市场的位置也被改建成百货商场。

四大菜市场与四大商场，已各去其二。

没过多久，西单菜市场也被拆除。在原址上，先是成了喜气洋洋的婚纱一条街，而今，那里已经建成一座时尚味十足的现代化大商场。而百货大楼和西单商场，则挣扎在"传统味"和"时尚味"的定位转型中。阜外、建外、复兴门……一处处商圈拔地兴起。从千人一店到琳琅满目，北京人的购物口味越来越挑了。

改变的，不仅仅是越来越丰富的商品种类，还有人们的购物习惯。

即使对于上了年纪的人来说，自选商场也不是什么新鲜事了。曾经封闭的柜台一个个被打开，人们可以走进商品中间自由挑选。拿件衣服在身上比划比划，或者干脆走进试衣间试穿一下。成堆的蔬菜水果水灵灵地摆成金字塔形，自己挑好一兜再去结账，既省心又方便。哪怕挑选得再精细，也不用隔着柜台看售货员的脸色。

只有崇菜，仍然保留着老菜场的气氛。作为四大菜市场中硕果仅存的一家，以不变的柜台式销售，静静地迎接新世纪的来临。

既然货品已不再一枝独秀，借以吸引人则是崇菜浓浓的人情味。在“70后”的记忆里，在“80后”的记忆里，崇菜是香喷喷的电烤羊肉串、酸甜的冰糖葫芦和沁凉的瓷瓶酸奶；在“90后”的记忆里，是软乎乎的煎饼、热腾腾的包子，是父母不在家时几块钱就能吃饱吃好的凉皮、冷面、家常便饭。

2002年初，崇菜多了些特殊的顾客。他们不买东西，也不看货架，只是在柜台间转来转去。这些人是物美公司专门请来的商业专家，通过蹲点考量、缜密测算，专家们得出了结果：不能把崇菜改为超市，如果改了，预期的盈利额度还不如现在。

这也正是李庆江坚持的观点。当年2月，崇菜以股份制形式与物美一并成立崇文门菜市场物美综合超市有限公司。联手之初，物美曾提出将崇菜改成现代化大超市，却被李庆江一口拒绝。

李庆江主要基于两方面的考虑：一来，30多年了，“面对面”的售货形式是崇菜老员工所熟悉的；二来，对于来崇文门菜市场的老顾客而言，很多人只是无目的的逛逛，也许只为和熟悉的店员说个话，或者对曾经闻名一时的四大菜市场感到新奇，但他们却多数不会空手而归。如果改为超市，可能很多人就不来了。

与李庆江的分析相符的是，不少老顾客的来信雪片一样飞来：“听说你们要改造？千万别变啊！”

虽然，人员分配更合理、物流配送更现代的商业连锁超市已经成为当时的主流业态，而保持着柜台式经营的崇菜却依然人声鼎沸，成为以现代商业理论难以解释的“神话”。

在李庆江看来，其中的道理很简单——超市的自主采购方式，从原来购物时人和人的交流，变成由顾客直接从货架上选择商品。便利的同时，情感逐渐淡薄。

对于伴随崇文门菜市场成长的几辈人来说，超市总让他们觉得少了点什么，也许是生活中那份琐碎温馨的记忆，也许是和相熟售货员闲谈几句的亲切。老北京们总是愿意带着逛街的心情来崇菜遛遛，在这嘈杂、豁亮的大集市中，找到在超市里难以感受到的温暖、亲切。

对这份情结，崇菜售货员侯国玲打了个比方——就像是我20多年前吃到的喜糖味儿。

1983年，站大肉柜台的侯国玲年轻力壮，服务态度也热情，遇见顾客总爱多聊几句。有位大妈总到他那里买肉馅，一来二去就熟悉起来了。每次过来，两人都要闲扯几句。有天偶尔聊到大妈家有个姑娘还待字闺中，侯国玲突然一拍脑袋：“我们街坊有个小伙子不错，要不让他们处处试试?”

没想到，一来二去的，两人还真就成了。没过多久，侯国玲接到了大妈专程送来的一包喜糖，还破例在上班时间抽了两口喜烟。

2010年5月28日，新崇菜开业。一群老顾客从四面八方赶来，在柜台里寻找熟悉的面孔。人们怀念的，是那种在柜台前购物的感觉，是那种阡陌交通、鸡犬相闻的温情，是那种旧有的，人和人之间的情感沟通。这是当时的商业的味道，当时的生活的味道。即使再高的现代化程度，再丰富的商品，也是无法代替的。

经营了34个年头的崇文门菜市场挂出了搬家的横幅

人们的怀念，是对过往岁月的莫大尊重。

不过，过去单一的百货商场业态，过去物质匮乏年代人们被压抑得近乎可怜的需求欲望，过去土布灰蓝、整齐划一的生活方式，随着光阴的推移、观念的进步，注定会改变。

虽然一直以崇菜总经理的身份作为自己一生中最大的骄傲，王月芬也坦承自己早就习惯了到超市去买东西。毕竟，在开阔的货架中任意挑选，比隔着一座柜台问东问西，要方便自在得多。

只是，当不久前有亲戚送来了一大包干鱿鱼，王月芬才不由得想起，在偌大一座京城，尽管商品应有尽有，却不再有哪个地方，能够一边聊着天，一边帮顾客把这些干货换成发好的水产。

时间总是兀自向前走着，不顾及人们留存着多少记忆，多少怀念。

水淹广安

董少东

2010年7月21日，笔者到达四川广安时，洪水刚刚退去。站在广安老城的东门码头，渠江就在脚下流淌。江水浑浊，水流平缓。

“当年，小平就是从这个码头登船走出广安，离乡求学的。”广安人不分老幼，都爱这样亲切地称呼生于斯的邓小平同志，浓重的四川口音透着骄傲与自豪。

作为伟人故里的广安，这一次被全国所关注，却是因为一场163年未遇的特大洪水。

广安老城滨江大道就在笔者身后，亦是渠江防洪大堤。直立而上的大坝比码头高出10余米，逼人昂头仰视。

很难想象，就在一天前，这条滨江大道居然在渠江水面7米以下。广安老城，顿成泽国。

“163 年未遇”

2010 年 7 月 21 日，笔者上午到达广安时，被洪水蹂躏的广安老城仍是满目疮痍。

广安老城区的道路，都覆盖着厚厚的一层泥浆。路旁的商铺招牌沾满污渍，失去了往日的光鲜。洪水在所有建筑的外立面都留下了清晰的浸泡痕迹，不少三楼的窗户都水平印上了几道泥水线。

广安老城几乎所有的建筑底商，都在这次特大洪水中遭受重创。

店铺的地面上，洪水遗留的泥浆足有一寸厚。商户们从消火栓上接出水枪，对着店面哗哗猛冲。店铺门口，晾晒着各种被水浸泡过的物品，桌椅、货架、商品散乱地摆放一地。

麻柳湾市场是老城规模最大的菜市场，很多商户提前将蔬菜搬到了二楼，结果统统被洪水席卷一空。

在滨江大道南北段交界路口，几十张桌椅摆在一家火锅店的门口，椅子的海绵垫被水泡得发胀，还在滴滴答答地落着水。几个工人拆开一个空调柜机，直接用水枪冲洗着里面的泥沙。

火锅店老板一脸无奈地告诉笔者：“投资了 30 多万元，200 平方米的商铺装饰一新，7 月 15 日才开张，开业三天就被这场大水彻底洗白。”

一些服饰店干脆把被水浸泡的货物打折出售。褶皱的衣物用清水漂洗一下，还没晾干就胡乱堆在货柜上，每件只要十几元乃至几元。摆出来的鞋子，有些上面还残留着黄褐色的泥浆，几乎只卖原价的 1/3……

滨江大道上，碗口粗的行道树齐刷刷地向一侧倾倒，树冠上挂着满是污泥的塑料袋、烂布头和破渔网，路灯七零八落地插在地上。当地人说，这些全是被洪水冲刷所致。但是没有人看得见树木是如何倒下的——洪水最大时，把树顶全部淹没，洪水退去后就是这样一副惨状。

渠江，此刻就伏在滨江大道路面以下十几米的河道内。除了江水还没有褪去黄褐色的污浊，渠江又恢复了往日的温顺，仿佛广安老城的那一片狼藉，与它毫无瓜葛。

25.81米！7月19日广安遭遇特大洪水的最高洪峰水位，广安有水文记录的163年以来遭遇的最大洪水。

很多媒体当天在报道这次大洪水时，用了“163年一遇”的标题。广安区防汛指挥部主任杨开德说：“这个提法是不科学的。‘多少年一遇’是说某种规模洪水的重现概率，不可能得出163这么有整有零的数字，而且这次大洪水，也超出了我们对渠江洪水重现概率计算的范围。我们当时给出的结论是‘163年未遇’。”

从今年上溯163年，时间点是1847年。那是广安有水文记录的最早年份，水位达24.88米。这个数据并非直接来自记录，而是上世纪80年代水文工作者考证出来的。

据民国初年的《广安州新志》载：“清道光二十七年丁未秋，八月十四日，渠江水涨至州坡……漂没人畜房屋无算，十五日水退。十八日复涨，较前低五尺。”

这样的记载是无法得出具体水位数据的，不过，广安当地有个习惯，就是给一些特大洪水的水位位置立碑以“记其异”。水文工作者根据史料的记载找到了石碑，由此找到了广安历史上最大的一次洪水记录。

这个记录在“7·19大水”之后被改写。

标尺最高水位23.5米

标明大洪水水位的习惯，在现代的广安仍然保留着，不过不再是立碑，而是设水文标尺，不少建筑的外墙和电线杆上都画着鲜明的刻度和数字。底部起始点不一，但最上端都是23.5米。在这个刻度旁，往往还要用红字标明“7·7大洪水水位”——那是2007年7月7日，新中国成立以来广安老城遭遇的最大洪水水位。

在广安区防汛指挥部提供的资料里，“7·7大洪水”就已经被定义为“百年一遇特大洪水”。3年后的7月，又一场“163年未遇”的特大洪水侵袭广安老城，水位比“百年一遇”的标准足足高了2米多。

广安防汛指挥部给出的洪峰水位数据，实际上并不符合我们通常所说的“水位”概念。水位，一般指某处水面相对于海平面的海拔高程。而广安人所说的“水位”，则是特指渠江的水上涨了多少米。

就像广安人浓重的口音一样，他们定义的“水位”，也是一个更容易让当地人理解的“方言”。杨开德说，按照严谨的表述方式，“7·19大洪水”的水位应该在25.81米之前加上一个前缀——比基准水位212.38米超出25.81米，也就是238.19米。

基准水位的数据，来自渠江枯水期的最低水位。多数时间温顺平和的渠江，水位也就比这个基准点高一二米。“你和一个广安的普通人说‘洪峰将超过238米’，他可能完全没有概念。但是你要说‘洪峰将超过25米’，他的反应肯定是‘老天，好大的水哟’。”杨开德说。

这种特有的水位记法，早已在广安约定俗成，原因就在于广安老城上千年的历史中，渠江一直就是条不受节制的蛟龙，隔三差五地就要进城里走一圈。以近40年的统计资料来看，渠江洪水超过15米的年份就有21年，洪水涨幅达20米以上的竟然多达10年。

渠江的走势大体上是自北向南，而紧贴着广安老城的河段却走了个“U”字形：江水自北而来，抵达广安城边后改向东流，到城东后又有一小段折向北，随后向东南而下，最终汇入嘉陵江。渠江流向的一个直接结果是，一旦发生大洪水，水流按照惯性将直冲广安城。更为致命的是，广安老城处在一片低洼地之中。

广安老城地处川东，属丘陵地貌，北临渠江，东西南三面皆是高地。从上世纪90年代开始，广安城区向南部发展，逐渐形成了新城、老城两大城市片区。笔者初到广安，沿着主干道广门路进入广安老城。从新城的高岩到老城的新南门，距离不过1公里多，却是一个坡度超过30°的大陡坡。站在高岩的路口，就可以俯视到老城绝大部分建筑的屋顶。

广安老城，就像是个大簸箕一样，对着渠江门户大开。

7 月 19 日，靠近渠江一带的广安老城区街道一片汪洋。

近年来，渠江的脾气越来越难以捉摸。从 1988 年到 1998 年，整整 10 年的时间，渠江静如处子，没有发生一次洪水。从 1999 年到 2009 年的 10 年，渠江又变得桀骜不驯，把广安老城淹了八遭，并在 2007 年创造了新中国成立以来的广安最大洪水纪录。那场大洪水淹至广安老城临街建筑的二楼，损失空前。23.5 米的水位，也自此成了广安老城防汛预案的高限。

谁也没有想到，23.5 米会那么轻易地就被新的大洪水淹到了水面以下。

“能超的，全都超了！”

预警在 7 月 14 日就发出了。

中央气象台发布的暴雨橙色预警覆盖了湘赣皖川陕等十几个区域，强降雨预报图上，四川被标志大雨级别的浅蓝色所覆盖。川东那一小块标志暴雨的深蓝，仿佛是一滴没有化开的墨渍。

那一片深蓝，覆盖的刚好是渠江上游。

渠江由巴河和州河汇聚而成，这两条河分别来自广安以北的巴中和达州。川东的崇山峻岭就是这两条河的流域范围。它们一东一西，穿越险峻的大巴山，在达州市三汇镇汇成一处，即为渠江。

广安防汛部门的神经被绷紧了。

川东的降雨从7月10日就开始下起来了，云团在川东打转，雨水断断续续，时大时小。不同级别的雨情预警已经发了几次，但都没有形成洪水。这一次会不会又是“狼来了”？但没有人敢掉以轻心。

广安的防汛主要就是防备上游来水。每次上游的巴河、州河流域降雨，当地水文监测部门都要向广安发布实时的雨量数据，以预测渠江水量。其中最为关键的，就是巴河、州河汇流处的三汇水文站的流量监测。

在广安区水务局防汛会商室的门背后，贴着一张“渠县三汇、广安城区洪水关系图”。经过数十年的数据汇总，当地水文部门已经将三汇和广安城区的水位关系形成了细致的对比关系。

广安区水务局水利股副股长蒋秋指着这张表给笔者详细讲解。三汇水文站实测洪水水位数据，那么这次洪水到达广安城区时水位是多高？多长时间能到达？在此表中一查便知。

其中一条曲线是洪水传递时间。三汇的水位越高，则洪水流速越快，到达广安城区的时间也就越短。“真正形成威胁广安老城的洪水时，从三汇到广安就只有10个小时左右。”蒋秋说，“这是留给广安做最后防范的10个小时。”

7月16日，“狼”真的来了！

暴雨首先在巴中市倾盆而下。根据达州水情分中心监测系统监测，7月16日6时至17日8时，巴中市境内巴河流域面平均雨量273毫米，最大点暴雨量达到惊人的533毫米——超过0.5米！

17日2时开始，暴雨中心转而向东，移动至达州市境内。州河流域平均雨量216.7毫米，最大点暴雨同样超过半米——502.5毫米！

洪水在暴雨降下的数小时后形成，顺着险峻的大巴山，沿着蜿蜒的巴河、州河奔腾而下，势如千军万马。

达州水文局值班室的电话铃声响成一片。从15日就开始在值班室坐镇指挥、两天未眠的达州水文局局长吴敏，此时毫无困意，不断出现在他面前的，是一个个令人心惊的数字。

雨量惊人，洪水水位惊人，渠江水系24个水文站全线告急！水位还在不断飞涨！“超警戒水位、超保证水位、超设站以来纪录、超历史纪录……能超的，全都超了！”吴敏说。

各项数据在达州水文局汇总，当即传达给渠江下游各州市的防汛指挥部。

广安市区两级防汛指挥部是从17日3时开始接收到雨情通报的。最先收到的巴河流域雨情就让杨开德很是紧张，“这样的大雨，广安洪水在所难免。”

17日上午11时许，达州水文局依据雨情和流域分析，向广安发出了第一份24小时洪水预警：“渠江广安城区段将于18日12时出现洪峰，涨水约为18.8米。”

“18.8米，意味着广安老城将部分被淹。”广安区委区政府正在召开的旅游招商专题办公会，因杨开德送来的洪水预警而中断。

广安区委书记蒋英胜和区长李永平头碰头商量了一下，随后打断了一位与会者的发言，招商会转为防汛紧急专题会，安排部署防汛工作。除了在场的与会者，接到紧急通知的各相关单位负责人匆忙赶至广安区政府会议室。

会议一直开到当天下午2时才散，午饭时间也被取消。

广安老城启动防洪应急预案。

5条短信

对广安这样一个频遭洪水洗礼的城市来说，各种防洪预案是相当完备的。而那些早已习惯了“三年一小涨，五年一大涨”的老城区居民们，在最初获知预测洪峰水位为18.8米时，甚至并不以为意。

2010年5月份，广安区防汛办印制了一个防汛绿皮书，老城区的居民几乎人手一册。洪峰多高将淹没到哪里，上面一一都有对应。

“18.8 米，最多是淹到一层台阶吧。”广安老城新南门一家超市的老板说，“结果龟儿子把二层都淹喽！”他的手中正在刷洗着满是泥污的货架，解恨似的把水喷得水花四溅。

虽然刚接到洪水通告时并不在意，但他还是听从街道干部的劝告，把货物都从一层搬到了二层。没想到最终还是没能躲过洪水，损失惨重。

广安防汛部门向市民通报洪水预警、组织防汛转移的方式是全方位的。电视台、广播滚动播放着“抗洪抢险一号通告”，设置在建筑物楼顶的大喇叭高声提醒着市民做好各种防范；戴着红袖标、手拿高音喇叭的社区工作人员则在挨家挨户地通知。

广安区浓洄街道办事处党工委书记陈加良在 17 日的 14 时 48 分接到了区防汛办群发的短信：“预计渠江广安城区段将于 18 日 12 时出现洪峰，涨水约为 18.8 米。”

这条短信还没看完，手里的手机就震动起来，区防汛办紧急通知他去开会。会上，区领导下了死命令：确保没有人员伤亡。

大会开完，陈加良立即召集辖区的 6 个社区分派任务。很快，150 名

7 月 18 日，被洪水围困的广安区群众正在紧急疏散。

工作人员和60名“党员先锋突击队”队员组成防汛宣传队。

18.8米水位，老城区淹没的主要是地下室。宣传队主要是通知地下商场和地下停车场的业主，赶紧把东西搬到地上。

晚上22时19分，当了一下午宣传员的陈加良才吃过晚饭，正准备上床睡觉，手机短信又来了：“预计18日18时出现洪峰，涨水约20米。”

“20米就肯定会淹过滨江大道了。”陈加良说，“当时我心里就有点打鼓，这次的洪水看来不会小。”

210人的宣传队又被紧急召集起来。这一次，是要通知所有的一层商户和住户向高处转移。

“呼呼呼!”“红袖标”重重地拍打着滨江大道旁一层的商铺。已经熟睡的人们被惊醒，刚刚归于沉静的老城区又开始忙乱起来。

大道另一侧的渠江，仍在安静地流淌着。漆黑的江面映射着滨江大道的灯影婆娑，流水轻拍着码头，水声若有若无，洪水似乎还很遥远。

深夜2时，确信通知到了所有的一层商户和住户后，陈加良带领大伙回到办公室。按照防洪预案：洪峰超过20米以后，所有工作人员就得全部待岗。

18日早晨5时44分，手机“嘀”的一声，把蜷在沙发上半梦半醒的陈加良惊了起来。抗洪抢险第三次通告，预测洪峰高度又提高了2米——老城区大部分的一楼将涌进洪水。在办公室里睡得东倒西歪的防汛队员们被拽了起来。

天灰蒙蒙的，正飘着雨，一群人睡眼惺忪地来到街上拿起扩音器大吼，这次通知的范围上升到龙头街、柑子园街和文庙街等地势中等的片区。

一夜之间，渠江水位陡涨10余米，几乎与滨江大道持平了。昔日温顺的渠江此时已发起狂来，江面比平时宽了四五倍，翻滚着浊浪，滚滚而下。“发大洪水时，渠江的水声很闷，好像被什么东西包裹着，轰隆隆的闷雷一样。”陈加良说，“这种声音听起来特别可怕。”

渠江的水位已经比老城区还要高了。原本是从城区向渠江排水的下水道，现在起了反作用。浑浊的洪水从滨江大道下面的排水管道绕过了堤防，忽忽上涌，汹涌如趵突泉。

江边的滨江大道，已经被驻守的武警抗洪官兵拉起了警戒线。让陈加良又气又急的是，警戒线边居然围拢着大量的市民，很有“闲情逸致”地欣赏着壮观的洪水。

“都什么时候了还看洪水？赶快转移！”陈加良冲着人群大吼。

飞快上涨的洪水比陈加良的劝说更有效力。不到半小时，水位蹿升几十厘米，漫过了滨江大道，逼着人们向高处躲避。

洪水漫城了……

9时37分，抗洪抢险第四号通告发出，预测最高洪水水位将达到23.2米。

18日下午，广安老城区主要道路全部被洪水淹没，城区一楼全面进水，水深1米以上。正坐着冲锋舟在老城区巡查救援的陈加良，收到了区防汛办发的第五条短信：“洪峰将达到24.1米。”

陈加良蒙了：“2007年的那次洪水，洪峰也才23.5米！当时整个老城区，简直就是一片汪洋……这次的洪水还要淹到哪里哟？”

水位标尺

18日下午，第五号抗洪抢险通告发出，杨开德心下一沉。他很清楚，这次的洪灾损失必然惨重。

此前的几次洪水预警发出后，广安老城启动了高效率的防汛准备。截至18日下午4时，全城可能被水淹没地区的10余万人已经全部转移，或撤出老城区，或从建筑低层转移到高层。

但是，财产物资的转移是按照建筑一层被淹没的预测设防的，绝大多数商铺只是把货物搬到了二层。而现在，洪水注定会淹到那里。人员已经转移，老城全面进水后已经禁止人员进入。只能眼睁睁地看着洪水将老城吞噬。

这次洪水会涨到多高？杨开德心里也开始发慌。2007年的那次百年不遇特大洪水，区防汛办发出的洪水预警也不过才进行了三次修正。而现在，竟然已经密集地修正了五次。

与洪峰预测水位一同提升的，是抗洪抢险通告签发人的级别。前三次是广安区水务局局长金建国，第四次是主管水利防汛的副区长侯仁禄，第五次之后，则是区长李永平。杨开德的心中仍然忐忑着，直觉或者经验告诉他，第五次也不会是最后一次。

桌子上的对讲机刺刺啦啦地响着，广安老城各个水位监测点在不停地上报着实际水位数字。此前预测的洪峰水位一次次被打破，忧虑挂在每个人的脸上。

广安区防汛指挥部水情监测组组长庹云成带着蒋秋等 6 个人，在东门码头的水位监测点轮流值班。水位标尺就在滨江大道的坝体上。

17 日 9 时 30 分开始记录的第一个水位数据是 4.5 米，此后每半个小时上报一次。

蒋秋说，水位是从 17 日傍晚开始上涨的，以每小时接近 1 米的速度飞快蹿升。到 18 日早晨 9 时 30 分，水位就已经达到了第一次预测的 18.8 米。

滨江大道上的标尺很快就会没顶。离此最近的另一个标尺在一根电线杆上，最高水位标注到了“7·7 大洪水”的 23.5 米。

从排水管道涌进城区道路的积水已经没膝，水情监测组的几个人蹚着水，借用了正对水位标尺的一家茶楼。茶楼的主人早已撤出，一位 60 多岁的老人在二楼看守着财物。

洪水尚未漫上茶楼的台阶，但那也就是一二个小时的事情。几个人把一楼仅剩的几张桌子搬到窗前，坐在桌子上，用望远镜盯着 20 米开外的水位标尺。和见惯了洪水淹城的广安老城居民一样，水情监测组的几个人此时并没把已经漫过滨江大道的洪水太当回事。

18 日中午，蒋秋驾着冲锋舟去接庹云成的班。水位已经超过 20 米，茶楼的一层被淹了一半，门外就是一片滔滔大水。水面逐渐逼近了茶桌拼成的观测台，庹云成端坐桌面，对着门外冲锋舟上的蒋秋还笑着吟了句毛主席诗词，“不管风吹浪打，胜似闲庭信步”。话音刚落，冲锋舟一个急停，激起的浪花恰好拍到了桌面上，把庹云成的裤子弄湿了一大片，惹得几个人哈哈大笑。

很快，他们就没有了这份玩笑的兴致。水位上涨得太快了，等几个人反应过来一楼可能会被完全淹没时，他们不得不跳下齐胸深的洪水，爬到二楼。

19日凌晨1时许，已经交班回到单位的蒋秋，又接到了庹云成的电话："快找个标尺，找些绳子，到监测点来。"

"用那些做啥子?"

"水已经到了23米，标尺马上就不够用了。"电话那头的庹云成声音都变了调。

蒋秋赶忙找来一根两米长的标尺，驾着冲锋舟飞奔监测点。接着电线杆上的"7·7大水水位"刻度，把标尺绑在了上面。

茶楼的二楼都已经进水了。看守茶楼的老人看到来了冲锋舟，强烈要求搭船离开，"不敢在这里停喽，我这辈子还没见过这么大的水哩。"

夜色笼罩下的广安漆黑一片。只有洪水闷雷一样流动的声音。

不时有一道强光划破夜色，从茶楼直射水位标尺，那是水情监测组的强光手电。望远镜里，强光手电照射的光斑明亮刺眼。水面荡漾着，1厘米、1厘米地漫过标尺的刻度。

被水围困的日子

康国忠的家就在滨江大道旁一座居民楼的五层。阳台正对渠江，迤逦的江景尽收眼底。而19日一早，推开窗户看到的，却是漫天的大水。

广安老城遭遇洪水时，三层以上住户是不要求转移疏散的。只有一二层的商户、住户和平房居民，需要到新城区投亲靠友，很多人甚至就在本楼的高层邻居家暂避。

康国忠这样的高层住户，绝大多数都有被洪水困在家里两三天的经验，即便是2007年那次百年不遇的大洪水，他们也是"不惊不慌地就过来了”。而这一次，眼前的景象把康国忠也惊呆了。

滨江大道在前一天早晨就被淹没了。此时，连道路上的树木和路灯都已不见，放眼望去，四下都是浑浊的洪水，水面就在脚下，在楼和楼之间汹涌澎湃。“往窗外看出去，心都凉了半截。这哪里是洪水嘛，分明就是大海，我们就像住在船上。”康国忠说。

洪水进城之后，广安老城就全城断电了。入夜，洪水漫灌的广安老城一片漆黑死寂，只有抗洪部队的官兵驾着冲锋舟在老城中穿梭，巡视救援。嗡嗡的马达声由远及近，又渐行渐远。

一条冲锋舟载着广安区委机关干部王俊青，前往市中心的广安区中医院。由于洪水来势凶猛，屡屡突破预期，中医院已被水困成孤岛，248 名住院病人还没有得到及时转移。王俊青去过不知多少次广安区中医院，从来没有像这次一样乘船进入。

挂号大厅的门敞开着，水面已经快到门框上沿。王俊青一行人俯下身子，冲锋舟直接开进了大厅，停在了楼梯边。门诊楼的二层楼道，堆满了医疗设备和桌椅。转上三层，楼道间是排成一列的病床，输液瓶就挂在床头支架上。医院的负责人说，十几个需要特护的病人已经转院。一层、二层病房的住院病人，也已经全部安全转移到三层以上。医院已经启动了备用电源，200 多名医生护士全部在岗。这座被水围困的孤岛仍在坚强地运转。

一个简短的现场办公会，协调完中医院的各项抗洪保障之后，医院领导提醒王俊青，大水快封住医院大门了，请尽快乘船离开。

果然，冲锋舟从挂号大厅驶出时，王俊青虽尽力压低身子，还是被门框蹭了后背一下。

出了中医院不远，就是广安老城主要商业街南新街。洪水已经淹到了临街商铺的二楼，水面上漂着各种各样的包装袋。高大的行道树，只剩树冠还在水面之上，枝杈划着冲锋舟的船体，唰唰作响。

按照防汛预案，南新街的商户在 18 日就被疏散了。没有人发现，南门超市的老板肖文华还独守着自己的超市没有离开。

这是南新街最大的一家超市，已有 10 年历史。10 年间曾三次遭遇洪水，肖文华每次都将货物搬上二楼，安然度汛。

这一次也不例外，搬完货物，肖文华让超市的员工各自回家，自己却偷偷留了下来。街道干部、防汛部队几次乘着冲锋舟沿街巡查，他都躲在货架后。

“我留下来就想防备万一。洪水要是涨大了，我还能抢出些货来。”肖文华解释说。

但洪水根本没给肖文华留出抢救货物的时间。他看着洪水以让人惊讶的速度上涨，很快就由一楼向二楼蔓延。他慌乱地把堆在地上的货物一个劲儿地往货架上放，随后又不得不把底层的货架清空，再往上堆。

水位最高的时候，洪水漫过了在二楼人的胸口，肖文华彻底放弃了，呆坐在楼梯上，看着货架上的货物被洪水冲散，随后又被黄褐色的洪水带出窗外，越漂越远……

水退了

19 日凌晨 2 时 30 分，渠江广安段洪水水位达到了 23. 5 米，追平了 2007 年百年不遇大洪水的纪录。此后，每 1 厘米的上涨，都在创造着新的“历史最高水位”。

19 日中午 1 时，水位上涨到了 25. 31 米。水情监测组借用的茶楼二楼又被淹到一半，几个人不得不爬到了二楼房顶的露台上。

绑在电线杆上的临时标尺眼看又要没顶了，拼接起来的 25. 5 米最大测量水位，还是不够用。蒋秋等人又从防汛指挥部调来了一根标尺，再一次绑在电线杆上。

破纪录的滔滔洪水面前，广安已经毫无还手之力。蒋秋等人能做的，就是监测、汇报、等待，等待着最高洪峰水位的出现，然后，等待洪水自己慢慢退去。

绑在电线杆上的第二根水位标尺也开始浸水了。

19 日晚 8 时，蒋秋上报了监测到的水位：25. 81 米。随后，他慎重地

一名消防官兵将孩子从救援船上抱下来

补充了一句："水位已经维持一段时间没有变化。"这是他们一直在等待的时刻，水位稳定住了，说明发狂的渠江很可能用完了最后的力气。

晚 9 时，洪水水位变为 25.79 米，洪水开始退却了。

接到通报的杨开德，此时已经 50 多个小时没有合眼了。他形容自己当时的心情就是"一块大石落了地。尽管这块石头出乎预料的大，但砸下来就算是踏实了"。他终于在汛情通告中可以加上一句："洪水正在缓慢消退。"

洪水消退的速度并不缓慢，甚至可以说迅速。到 20 日下午 6 时，洪峰到达之后仅仅 22 小时，渠江水位就下降了 20 余米，回到了 5.45 米的平常水位。

水退人进。23 万转移疏散的老城居民陆续返回家园，收拾洪水留下的一片狼藉。

屡屡被洪水侵袭的广安老城，洪峰过后的清淤已成全城习惯。18 日洪水还在上涨之时，全面清淤的预案就已制定完成。洪水退去的同时，公安、消防、武警、民兵预备役及干部群众近万人开始了全城的清淤防疫。

洒水车对着路面喷射水花，冲得泥水奔流。清洁人员跟着泥水挥舞竹笤帚，不让淤泥堆积。挖掘机的轰鸣声、铁锹刮走泥浆发出的嘎嘎声，充斥着广安市老城区。

7 月 24 日，广安老城区清淤工作结束，全城恢复供电，沿街铺面部分开始营业。洪水洗礼后的广安老城重现往日生机。

广安是改革开放总设计师邓小平的家乡，在这场 163 年以来最大的洪峰冲击中，小平故居是否安然?

广安区委宣传部部长刘昌杰说，小平故居位于广安市广安区协兴镇牌坊村，距广安城区7公里，与广安市城南片区地势处在同等高度，距离广安市洪水淹没地区的垂直高度有50多米，这次特大洪水对小平故居不会有任何威胁。

洪水困局

“此次洪水来得特别凶，变化特别快，范围特别广，难度特别大，成灾特别重……”广安区政府发布的灾情统计，连用几个“特别”来定义此次渠江特大洪水的性质。

面对这场163年以来最大洪水，“及时转移安置23万群众，无一伤亡”无疑是防汛抗洪的最大胜利。但是，损失仍是巨大的。广安区政府统计，此次特大洪水使广安城区和49个乡镇（街道）48万余人受灾，共造成直接经济损失33.58亿元。

损失，不能完全归咎于此次洪灾的超常规模。渠江洪水，一直就是广安老城无法摆脱的梦魇。上世纪90年代，广安新城向南部高地发展，究其原因，一方面是老城发展空间有限，另一方面不能不联系到老城的水灾频频。

广安老城与洪水博弈的历史中，似乎总是在“水进人退、水退人进”的拉锯战，很少能够见到像“死守大坝”、“封堵决口”那样激烈的直接对抗。洪水当前，广安为何未做抵抗就直接“撤退”?

对此，广安区防汛办主任杨开德的解释是“守不住”。他说，渠江洪峰是典型的山区洪水，最大特点是“陡涨陡落”。就以这次特大洪水来说，上涨最快时达到每小时近1米。现有的任何临时加高加固堤坝的方法，都追不上这样的洪水上涨速度，对广安的防洪来说基本是“无用功”。

这是不是说明广安的防洪标准太低，根本抵御不了洪水?

“现在广安老城滨江大道是按照20年一遇的防洪标准设计的，从广安的城市规模来说已经不低，理论上20米的洪水都能防住。”杨开德说，“但这样的标准对广安是否恰当，很难说。”

原因还在于渠江的“陡涨陡落”。洪水来得快，去得也快。假设滨江大道再往上提高3米，发生今年这样的大洪水，水淹老城仍不可避免，但退水时就被堤防挡住了，洪水完全从老城退出就不止20小时了。洪水浸城的时间越长，带来的损失也就越大。

广安老城的堤防，既要能防洪水陡涨，还要能让洪水陡落，这是广安防洪的两难困境。平衡点在哪里？至少目前还没有确切答案。

对这样短时间的大洪水，目前最切实可行的防汛对策就是增强水情预测的精确度。广安市目前已经在筹划购买一台价值千万元的水文智能分析系统。

在防御这次163年以来最大洪水的过程中，广安区防汛指挥部连续发布了7次预警，洪峰预测数据被一次次提高。对此，各方褒贬不一。有人肯定，及时、详细的预警最大限度地降低了人员伤亡和财产损失；亦有人批评，预警更改太频繁，差距太大，让人无所适从。

杨开德说，广安城区抗洪抢险通告的洪峰预测，主要依据是上游降水量、降水持续时间、流域面积等条件，分析出到达广安的水位、时间和流量等。“这一次的雨下得有点邪，老天爷的脾气真是没法捉摸！总体感觉就是暴雨在渠江上游东一榔头、西一棒子，断断续续一直下到了19日上午。我们做出的预警只能根据实发的降雨，对24小时以后进行初测，进行12小时后的精测。”

总体来看，洪峰预警还是比较准确的，比如第一次预警的18.8米，只是到来时间比预测提前了2个小时。最终预测的最高洪峰为25.3米，实际为25.81米，相差不大。

但是，杨开德也坦言，6次修改预警数据，让防汛指挥部承担了巨大压力：“如果预测的洪峰比真实的洪峰高，老百姓就感觉白白被折腾，政府要挨骂。如果预测的洪峰值比真实的低，准备没跟上，就会给老百姓带来很大的财产损失，政府也要挨骂。”

在这次的大洪水中，不少市民是按照前两三次的预警水位设防。而预警修改后，应对的措施没有跟上，由此造成了损失，也有人因此打电话到防汛办“骂娘”。

“我们不能因为怕挨骂就不发布预警了。”杨开德说，“这次大洪水很多情况是预料之外的，但是我们应对的方法却都在预案之中，这才确保了无一伤亡。预警是启动预案的钥匙，有备才能无患!”

伏火记

——大连“7·16”油管爆炸事件纪实

黄加佳

2010年7月30日，笔者到达“7·16”大连输油管道爆炸现场时，距事故发生已过去整整两周。

火灾中被烧塌了半边的103号储油罐，保持着奇异的姿势矗立原地。工程车在现场进进出出，工人们正忙着拆除烧毁的输油管道。浓烟虽然早已散去，但方圆几公里的房子、路面都被落下的油污染得斑斑点点，随处可见蹲在地上奋力擦洗油渍的工人。不远处的新港码头已经恢复了油船靠泊，曾被原油污染的海域也重现湛蓝。一切似乎又恢复了往日的宁静。

说到不久前的这起事故，大连人的语气并不沉重，他们更关心的是清污、环境、事故调查等后续事宜。只有消防员和专业人士知道，这座城市刚刚与死神擦肩而过。

“2012”提前来了？

7月16日18时，刚吃过晚饭的大连边防检查站新港分站政委陈志刚正在操场上散步。忽然“嘭”的一声巨响，陈志刚觉得好像被人向前推了一把。“开始我还以为地震了呢！回头一看，油库着火了。”

陈志刚所在的大连边防检查站新港分站，离爆炸现场仅仅200米远，爆炸引起的巨大冲击波把边防站的窗户震得粉碎，几扇关着的门，连门框都震掉了。陈志刚看到，操场上落满了油污，一条白色的小狗浑身粘满黑色油渍，跑来跑去。此时，罐区上空已浓烟滚滚，烟由白变黑，伴着浓烈的汽油味，呼呼地往营区里灌。

开小卖部的韩大姐，吃过晚饭正坐在院子里乘凉，爆炸的巨响把她的小杂货铺震得直忽悠。隔壁小饭馆的老板娘，一边嚷嚷着“地震了”，一边从屋里跑出来。可很快她们发现并不是地震，而是罐区爆炸了。

“升起一朵大蘑菇云，底下是一个大白柱，上面是黑色的。”韩大姐用手比划着，向笔者描述当时的情景。由于距罐区还有四五公里，而且隔着山，她并没有看到火光，但不一会儿滚滚的黑烟就下来了。

“我知道那里面都是储油罐，可是我一点都不害怕。咱们这么大国家，还能处理不了这事儿?”凭着对政府的信心，开始韩大姐一点都不惊慌，但不久，陆陆续续有人从罐区方向跑过来。

“他们说，你们别看热闹了，管线爆炸了，一会儿油罐炸了就太危险了！赶紧走吧!”韩大姐感到了一丝紧张。看着大家都走了，他们也赶紧开车往外走。“家里喂的小鸡、狗崽儿，啥都没带，全扔下了。”

此时，韩大姐看到消防车一辆接一辆从她门前呼啸而过。

由于爆炸地点就在辖区之内，大连消防支队开发区大队最先接到了报警。“报警人说，罐区管线爆炸着火，直接威胁旁边的10万立方米储油罐。”一听这话，接警的开发区大队炮台山中队指导员王国开心里咯噔一下。对于大连新港保税区油库，王国开再熟悉不过，自从兴建伊始，那里就是他们的重点防护单位。

发生事故的大连中石油国际储运有限公司保税区油库，分一、二两期，总储量 185 万立方米，共有 3 个 5 万立方米原油罐和 17 个 10 万立方米原油罐，着火的 103 号罐便是其中之一。在它的北侧是即将建成的国储油公司罐区，共有 30 个 10 万立方米原油罐；南侧是居民区、港区单位和办公用房等附属建筑；东侧为总储量 132.45 万立方米的大连港罐区，有 12 个 10 万立方米原油罐，更要命的是那里还有 51 个储存着甲苯、二甲苯等易燃易爆有毒化工原料的储罐。

王国开深知这里一旦发生火情就是大灾。几分钟后，炮台山中队 25 名消防员，开着 5 辆消防车一路风驰电掣地赶往火场。

与此同时，正在大连支队值班的指挥员郑春生也接到了指挥调度中心的电话。“调度中心让我调 10 台大功率泡沫车和 10 台大水罐车。”一听调度中心的要求，郑春生就明白将有一场硬仗要打。

“别说 10 万立方米储油罐爆炸，会引起链条反应，就是那 51 个二甲苯罐，只要爆 1 个，我们现场的扑救人员全得中毒身亡。那里离大连市区直

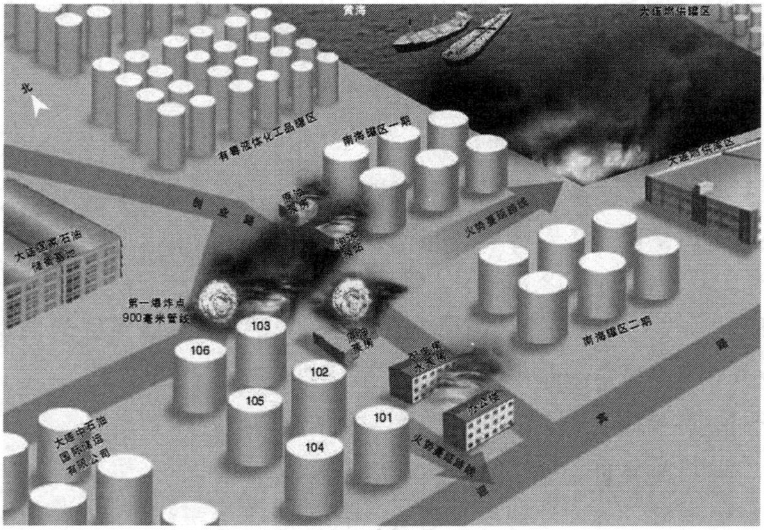

火场示意图

线距离只有五六公里，毒气一旦飘过去，整个儿大连都将变成一座死城。不是危言耸听，当时我觉得这可能是世界的一个灾难日。”说到此处，郑春生一脸严肃。

离火灾现场越来越近，郑春生的这种预感便越来越强烈。距火场几公里时，四周已浓烟滚滚，让人喘不过气来。那时天还大亮，但浓烟下能见度只有 20 米左右，消防员们不得不打开车灯。郑春生把手伸出窗外，发现手臂上全是灰尘。此时，当地公安人员已经开始疏散方圆 10 公里范围内的群众，大批居民和油库工作人员朝着火场相反的方向奔去。看着不远处火光冲天的现场，郑春生甚至觉得，也许今天他将无法活着走出火场。

“当时，我的心情很复杂。我想，难道说‘2012’提前来了吗?”

差一步我们就“化”了

18 时 19 分，大连消防支队开发区大队下辖的三个中队——大孤山中队、海青中队和炮台山中队先后到达火灾现场。此时，最先赶到的大连港集团油品码头公司消防队面对猛烈的火舌已无还手之力。

据事后调查，火灾首先由 103 号罐北侧的 900 毫米输油管道爆炸引起。900 毫米输油管瞬间引爆了并列的 700 毫米管道，原油从两个直径将近 1 米的管道中带着火焰喷射而出，与它们紧邻的 103 号罐很快便起火了。

源源不断的油从管线中喷出，流到哪儿，哪儿就是一片火海。消防员们赶到时，已形成了 500 多平方米的地面流淌火。此时，103 号罐旁边的 101 号至 106 号，5 个 10 万立方米储油罐，岌岌可危。103 号罐东侧的原油泵房，已经身陷火海，与它一路之隔的南海罐区 42 号、37 号两个 10 万立方米原油罐也受到威胁，再往北就是更可怕的危险化学品储罐群了。

“管道里油气混杂，压力很大，火焰已经蹿到几十米高了!”眼前的一幕让王国开惊呆了，入伍 10 多年来，这是他看到的最恐怖的现场。

开发区大队大队长李永峰意识到，单靠他们大队这 70 多号人和十几台

消防队员与火舌搏斗

消防车，无论如何也制服不了大火，他们唯一能做的是控制流淌火，等待大部队的增援。

在李永峰的布置下，大孤山中队在103号罐西侧堵截，以防火势向西蔓延；炮台山中队在103号罐东侧用两支泡沫枪堵截流淌火向东蔓延；海青中队堵截流淌火向103号罐的南侧和东侧蔓延，以确保103号罐罐体和东侧战线的安全。

在堵截地面流淌火的同时，李永峰还分兵一路保护103号罐东边的原油泵房和配电房。由于爆炸，罐区已全面停电，原本矗立在103罐附近、用于消防的高大水罐，已经成了摆设。但李永峰琢磨，如果电力恢复，这几个大水罐不是还能派上用场吗？无论如何，要把电力设备保存下来。

但消防员们很快发现自己处在非常不利的地势中。“现场是北高南低、西高东低，我们正好在103号罐的东南角作战，是仰攻。”火借风势已经蹿升至几十米高，再加上从低往高喷射泡沫，消防员们更加吃力，他们感到喷射出去的泡沫如石沉大海。

消防员们觉得火越救越大，手中的泡沫和水也渐渐供应不上了。18时45分，就在李永峰他们渐渐吃不住劲时，大连消防支队128辆消防车和1000多名消防官兵从四面八方赶到现场。

大连消防支队总指挥丛树印在火场做了部署。李永峰负责原油泵房、配电室和南海罐区中部，灭火高工邵天福负责103号罐区西部；郑春生死守危险化学品罐区。

两周后，当笔者站在火灾现场时看到，罐区道路狭窄，只能容上下两排车道。王国开说，由于空间有限，始终只能有一辆消防车在最前面的火场作战，其他增援部队只能站在远处用水炮辅助冷却罐体。

地上密布的输油管线，把几十个储油罐串联起来，滚烫的原油在地下涌动着，达到350℃便会自燃。“地沟里的油一爆炸，井盖满天飞，也不知道它会落到哪儿!”郑春生感到自己像闯进了雷区，只能护住头脸跑“S”形，躲避着不期而至的井盖。

“我看到一个井盖被炸得一半翻成了90°角。还有一块不知从哪儿炸来的铁皮，后来6个消防员才把它抬走。”王国开说。此时，他发现燃烧的103号罐北侧外皮，软塌塌地折了下来。

21时左右，王国开正在全神贯注地与火魔搏斗时，忽然听见腰间的步话器传来大队长李永峰的叫喊声：“赶紧撤!”

“我们刚跑出去十几米远，身后的油泵房就爆炸了。”王国开和同组的战士们被强大的冲击波扔出三四米远，只见身后的不锈钢水枪、水炮已化为灰烬。“火从我们头上扑过去。差一步，我们都得‘化’了！新港消防队的一辆消防车就没抢出来，整个儿给烧化了。多亏李大队让我们提前撤了!”提起这次最大规模的爆炸，王国开至今心有余悸。

李永峰是怎么知道泵房要爆炸的呢？“油泵房里有大量的油，我忽然发现它的声音不对了，‘刺刺刺’的响，火的颜色也不对了，原来是红色的，突然变白了，而且管线来回乱动，这就说明要爆炸了。”凭着丰富的经验，李永峰带战士们躲过了一劫。

“他半月板有伤，跑得最慢，当时我急得直骂他。”李永峰指着王国开笑着说，“事后我想，他是在断后，确保战士们全出来他才出来。”

“大队长不是骂，那是急的。”王国开说。一同出生入死的经历，让他们异常默契。

“这么大的火，能让我的兄弟们都活着出来，就是我最大的心愿。比得多少奖，立多少功都强。”说到此处，李永峰这个身经百战的汉子，眼圈红了。

关一个阀门要拧8万圈

从地图上可以看出，着火的罐区处在南北向的创业路和东西向的迎宾路交叉口西南角。大爆炸把消防员从103罐附近推到了迎宾路上，几个小时坚守的阵地，瞬间失守。

此时，大火已经烧到创业路东边。郑春生发现，他负责的南海罐区42号和37号储油罐，保温层已经烧得脱落，剧毒的化学品罐区就在一步之遥。

化学品罐一旦爆炸，在场的所有消防人员无一能够幸免。大连消防支队灭火高工邵天福被总指挥丛树印派到这里指挥灭火。接到火警电话时，邵天福正在与老战友聚会，饭刚吃了一口，就被支队调到了火场。

“临走时，老战友们还说，你赶快回来啊！我们等着你！”可是邵天福知道，罐区着火能不能活着回来都不好说。邵天福车里常年备着消防服，只要有火情跳上车就走，大连大大小小的火场都少不了他。此时，总指挥把老将邵天福派到化学品罐区，足见对他的信任。

可面对此时的熊熊大火，即便是有35年战斗经验的邵天福也有些束手无策。37号罐的隔热层已经脱落，里面是满满10万吨原油，火再往北二三米，就是那51个化学品罐。邵天福说，正常情况下这里有50多种有毒化学品，那天罐区并没装满，即便这样也有16种有毒气体。

就在大连消防支队就要撑不住时，距离大连最近的营口市公安消防支队8台消防车、42名消防官兵及时赶到。此后，辽宁省12个市和辽油、辽化的专职消防队，200多台消防车、1000多名官兵赶到了火场。泡沫有了，水有了，邵天福提着的心放下了。

此时已经失守的103罐附近阵地并不乐观。为了阻止原油蔓延，丛树印调来了推土车和水泥浇灌车，试图用水泥和土筑起一道堤坝，防止原油乱流。从当时拍下的电视画面中可以看到，消防员们手持泡沫枪为水泥车杀出一条通路，水泥车冲进去把水泥洒到路中央，赶紧往后撤，大火追着水泥车呼呼扑来。与大火进行了几个回合的拉锯战后，一道半米高的水泥堤坝浇筑起来，到处乱窜的原油被控制在一个相对较小的范围内。

李永峰带领着他的兄弟们把阵地一点一点地向前推进。大火炙烤后，沥青路面已经成了稀软的“沼泽地”。“我们每走一步，脚上都像挂着一个铅球似的。沥青路面温度太高，为了不把水带烧坏，战士们只好扛着水带向前走。”李永峰说。

经过几个小时的奋战，被大爆炸夺去的阵地又被消防员们夺回来了。可油还在源源不断地涌出，顺着 3 米多深、6 米多宽的地下排污沟向海边流去。虽然，火灾现场距离海边还有一二公里，但很快海面就形成了一片 400×600 米的火场。此时，郑春生被派往海上与辽宁海事局一起进行海上灭火。

油汩汩地往外涌，刚扑灭的火，转眼又被点燃。火场总指挥丛树印意识到，如果不切断原油泄漏的来路，大火将无法控制。关阀门，成为灭火的唯一出路。

油罐的阀门是电动的，当时罐区早已停电，无法电动关门。咨询了罐区技术人员之后，消防员们决定尝试手动关门。这个任务落到了大连消防支队特勤大队二中队指导员桑武身上。桑武身着一身亮银色的防火隔热服，带领两名队员，钻进了浓烟滚滚的 106 号罐附近。

油罐的阀门在罐体之外，类似一个方向盘，如果电动关门只要 30 秒就能关上。可桑武没想到，手动关门却关了 3 个小时。

“开始罐区技术人员说，顺时针拧，顶多半个小时就能关上。”可桑武拧了十几分钟竟然连一点感觉都没有，“每拧 80 圈，螺丝才下去一扣，关一个阀门要拧 8 万圈。”桑武说，事后他才知道，根本没人尝试过手动关门，工作人员也没有经验。

大火已经烧到距阀门三五米远，附近的输油管和排污井还不时发生着爆炸，炙热的气浪烘烤着桑武和队员们。浓烟中，即便近在眼前，他们也看不见面前的阀门。眼看大火扑来，跟着他们上来的罐区技术人员已经撤走，可桑武和队员们却心无旁骛地转动着手中的阀门。

3 个小时后，106 罐和 102 罐的阀门终于关上了，火势也有了趋缓的迹象。此时，指挥部从大连供电公司调来的发电车也赶到了，101、104 和 105 号罐的阀门很快关上了。

为什么不早调发电车关阀门呢？桑武解释说，现场油气弥漫，接电源有可能产生火星，引起爆炸。直到凌晨 4 时多，火势趋缓，发电车才有可能发挥作用。

着火罐区几个油罐阀门都关上了，火势终于得到了控制。17 日 8 时 20 分，辽宁省消防总队总队长王路之下令：发起总攻。

远程灌海水

17 日上午 10 时，大连市政府召开新闻发布会，宣布大连新港输油管道爆炸现场储油罐的所有阀门全部关闭，火势基本扑灭。

邵天福解释说，火势控制住是指流淌火被扑灭，四周的储油罐和有毒化学品罐的威胁也被解除了，着火的 103 罐形成了稳定燃烧，不会再威胁别的油罐。

此时，原本 22 米高的 103 罐北侧已经被烧塌到离地不过 3 米，油罐里的油还在熊熊燃烧。老让它这么烧着也不是办法呀！邵天福筹划着怎样才能扑灭 103 罐的大火。

“103 号罐顶部有一圈泡沫发生器，如果油罐着火，泡沫发生器可以往里灌泡沫灭火。”陪同笔者在现场采访的王国开指着已经被烧毁的 103 罐说。可着火后，罐区断电了，泡沫发生器都成了摆设。

当时，邵天福首先想到能不能把泡沫管道接到这些泡沫发生器上，往里灌泡沫灭火。可他发现 103 罐烧塌的部分折回来正好盖在罐底的油面上，泡沫怎么也打不进罐体里。无奈，只好另寻出路。

“103 罐是一个浮顶罐，也就是说，罐顶可以根据罐中油量多少上下浮动。能不能让消防员站到罐顶上，直接往罐里打泡沫呢？”邵天福用茶杯盖做道具解释道。

邵天福的方案让笔者吃了一惊，脚下是熊熊燃烧的油罐，油罐中是滚烫的原油，人要站到油罐上面去灭火，想想这场面就让人胆寒，而郑春生却真的带领 4 个攻坚小组，搭着梯子爬上了 103 号罐的浮顶。

“103 罐已经烧了十几个小时了，我们不知道浮顶是不是已经烧软了，万一人上去，浮顶塌了，救都没法救。”郑春生他们爬上梯子，先做了一下试验，确定浮顶能承受得住，才慢慢爬上去。队员们手持 4 门泡沫炮，顺着缝隙不间断地往罐里灌泡沫。

几个小时过去了，火就是不灭。指挥作战的邵天福有点儿坐不住了。“我让他们停止往罐里打泡沫，全下来。那时候水和泡沫都告急了，万一其他地方再死灰复燃，那我们就被动了。”

103 罐还在烧，看样子只能等罐里的余油都耗尽了，大火才能停止。可罐区到处都是易燃易爆物，就算一点火星儿都可能再次引起大火，等着 103 罐自己熄灭风险太大。此时，邵天福又想到一个办法——灌水。“通过灌顶的泡沫发生器，往里灌水，水灌到一定程度把空气挤没了，火不自然就灭了吗?”

邵天福之所以能想到灌水这招，全仗着大连消防支队有全国唯一一套远程供水系统。郑春生向笔者介绍，远程供水系统可以从 6 公里外的海面上不间断地抽水供应火场。普通的消防车顶多也就能装 20 吨水，可远程供

被烧毁的 103 号油罐

水系统每分钟就能抽1.8万升水。“远程供水系统这回是第一次应用到实战，确实发挥了很大功效。”郑春生说。

水源源不断地从海中抽上来，灌进103号罐，邵天福惊喜地发现，火渐渐地灭了。就在胜利在望时，悲剧发生了——大连支队战勤保障大队远程供水编队分队长张良牺牲了。

邵天福说，本来远程供水系统的浮艇泵扔到海上就能自动抽水，但原油泄漏到海里，再加上周围的海藻杂物，一会儿就把浮艇泵给堵了。虽然供水编队的战士们向当地渔民借来渔网，在浮艇泵四周围了一圈，过滤杂物，但浮艇泵吸力太大，一会儿油污和水藻就把进水口给堵了。张良他们不得不每隔一段时间便下水清理杂物。悲剧就这样发生了……

战友从指尖滑落

张良牺牲不久，一组触目惊心的照片开始在网络上疯传。7月20日上午8时多，一位浙江摄影师在南海港岸边摄影，忽然他发现竟然有两个人在漆黑的海面上游动。334秒，68张照片，摄影师记录下张良生命的最后时刻。

8时25分48秒，第一张照片中，张良左手在海中挥舞着匕首，旁边是战友韩晓雄。

从第一张照片开始，到8时28分56秒，摄影师共拍了36张照片。照片中，张良用一把长约30厘米的匕首，不断挑开浮艇泵中的油污和杂物。

8时28分58秒，张良手指着远处，示意韩晓雄将水泵推向海的深处。大连消防支队战勤大队教导员郑占宏后来猜测，南海港的水下地形多变，有的深达数十米，有的又浅得只没过人的腰。为了能抽取足够多的水，张良可能想把浮艇泵推到大海深处。

8时30分26秒的照片中，张良好像被什么力量裹挟住了，整个人脱离了浮艇泵。这时，原本拉住浮艇泵的韩晓雄看见张良脱手，反身冲向他。

8时30分52秒的照片中，海面上只露出张良和韩晓雄，两个小小的头。

8时31分2秒，郑占宏张开双臂，冲向海中的张良，此时的张良张大了嘴巴，似乎在呼喊什么。随后的照片中，郑占宏不断用手划开黑油，韩晓雄不断地将张良托举出水面，可张良的头已两次沉入油层。

张良的头已经没入海面，韩晓雄还死死地抓住他的一只手，并试图转移给郑占宏。但第一次交接失败了，第二次韩晓雄又一次将张良的手举出水面。

8时31分22秒，张良的手缓缓沉入漆黑的油面……

事后，郑占宏曾对媒体这样说："油太滑了，我握到了他的手，很滑抓不住，我又搂到他的头，还是往下滑。"

最熟悉的亲人从指尖滑过，而自己却无能为力，这种感觉让郑占宏痛不欲生。站在岸边见证了这一切的摄影师，同样陷入了自责。在接受媒体采访时，他不断地提到自己本该去救人，而不是拍照。但事实上，人们都知道，面对无情的灾难，人力有时太过渺小。

15个小时基本控制一个10万立方米油罐大火，无一人伤亡，这是一个奇迹。当消防员们正准备庆祝时，张良的牺牲却为这个光辉的胜利，加上了一个悲伤的底色。

"太可惜了，他今年才25岁，刚刚登记。20日那天，他原本是要去拍婚纱照的……"郑春生一脸凄然。

不能进公海，不能进渤海

油库大火被扑灭了，人们最关心的是泄漏到海里的原油怎么办？美丽的海滨城市大连，还能不能继续美丽？

其实，在消防局接到火警的同时，辽宁海事局大连市海上搜救中心，也接到了新港海事处的报警电话。当天正在值班的海上搜救中心值班主任宁伟说："当时，新港码头停靠着14条船，我们的首要任务是把它们疏散到临时锚地去。"

新港码头停靠的大多是油船，如果大火烧到海上，引起这些靠泊油船的燃烧爆炸，那可不是闹着玩儿的。

原油在陆地上泄漏、起火归环保和消防部门管，一旦泄漏到海上，就是海事局的职权范围了。17日一早，海面上的大火刚刚被扑灭，辽宁海事局危管防污处韩俊松便与同事登上海巡船前往出事海域察看污染情况。船接近出事地点，烟渐渐大起来，船上的人都喘不过气来。韩俊松看看海面，泄漏的原油把附近海域都染成了黑色，浮油足有三四十厘米厚。海风吹过，乌黑发亮的污油表面泛起皱褶，海巡船驶过激起一片黑色的浪花。

以前，辽宁海事局处理的都是个别油船泄漏，像这次这么大的污染事故，他们也是第一次遇到。韩俊松感到了问题的严重。"幸亏我们及时在附近海域铺设了围油栏，才没让原油污染得更厉害。"

辽宁海事局党工部主任罗钟山告诉笔者，事故当晚，辽宁海事局就组织工作人员在附近海域铺设了25公里长的围油栏。"火势太大，我们铺的三圈围油栏都给烧了。"罗钟山说。

17日一早，中央就做出指示："决不能让油污流向公海和渤海"。罗钟山解释说，渤海是内海，自净能力很弱，海水循环一次需要40多年，而且渤海水更深、浪更大，受潮汐影响更大，清污难度也更大。

"不能流进公海自然是考虑到国际影响。再一个就是不能污染附近的海滨浴场和公园，我们在这些敏感部位都派重兵把守，一旦发现油星立刻就清走。"罗钟山说。

为了堵截油污，辽宁海事局在附近海域铺设了六道围油栏，调集了50多艘专业清污船和7台最先进的吸油机。除此之外，他们还动用了空中力量。3架直升机始终在受污染附近海域盘旋，通过直升机拍回的画面，指挥中心一旦发现污染海域，便立即组织清污力量前往。

罗钟山说，目前他们采用的清污方法主要有三种，专业的吸油船、吸油毡和喷洒消油剂。韩俊松解释说，吸油毡对油污的吸附能力很强，1公斤吸油毡能吸25公斤原油。至于喷洒消油剂会不会对大海产生二次污染，韩俊松说，大可不必担心。消油剂主要是将油分解为微小的颗粒，利用海水的自净功能、生物降解等多种途径，解决海面油污问题。

“一桶油多少钱还没定呢。”

虽然调动了上海、天津等城市的专业清污船，但面对大规模的海面污染，辽宁海事局还是感到有些力不从心。调动渔船，发动全民清污，成为打胜这场清污大战的关键。

7月19日起，大连渔业部门调集了2000多艘渔船参与大连湾、辽渔码头和金石滩等重点区域的清污工作。

7月底，当笔者到大连采访时，大连海面的清污工作已经基本结束，海滨浴场重新人声鼎沸，海面基本上看不到清污的渔船。几经寻找，才在事故发生地不远处看到一块写有“大连海洋渔业局、环保局清污指挥部”的路牌，顺着路牌，才找到仍有渔民在进行清污作业的金山水产码头。

码头上停泊着一艘巨大的轮船，几艘刚刚收工的小渔船停在岸边，地上是一层厚厚的油污，走在上面又粘又滑。笔者到达这里时，正值中午，渔民们正仨一群俩一伙地坐在板凳上吃饭。虽然每人都穿了厚厚的胶鞋和防水裤，但渔民们一个个都像在油污中涮过一遭似的，满身满脸都黑乎乎的。

从金石滩赶来的荣东水产赵场长告诉笔者，清污基本上结束了，他们目前做点扫尾工作，附近也就这一个码头还收油。“一听说政府号召渔船清污，我们就来了。”赵场长说，场里一共有10条船，这回他带来5条船，每条船上有2名船员。

如何清污，赵场长自然不在行。不过事先海事的工作人员们都简单教了教，比如怎么收放吸油毡之类的。但赵场长说，其实用水舀子直接舀就行，他们刚来时这里浮油很厚，几舀子下去就能装一桶。不过，干的时间长了也有人感觉不舒服。赵场长说，他只下过一次海，回来以后胳膊上就起了焦黄焦黄的一块皮癣，好几天才下去。“干这活儿，不容易啊！”赵场长感慨道。

那么，回收一桶油能给多少报酬呢？赵场长说：“听说一桶油给300元，我们已经收了七八百桶了。”

赵场长又说：“咳！主要还是为了这片海嘛！别说政府还给钱，就算不给钱我们也得来啊！咱还能发国难财吗？”

此话确实不虚，他的养殖场就在附近，主要养殖鱼、虾、贝类和裙带菜。要说海面污染，受影响最大的数属他们这些靠海为生的人，至于这次原油污染到底会给自己带来多大损失，赵场长心里也没底。

参加清污的渔船受到原油污染，如果开回去，会使干净的海面遭到二次污染，所以渔政部门打算回收这些渔船统一处理，并对渔民进行理赔。

笔者致电大连市海洋渔业局询问相关政策，一位负责宣传的工作人员婉拒了采访。不过，当问到渔民们回收一桶油能给多少钱，受污渔船如何理赔的问题时，这名工作人员明确地说：“现在清污还没结束，一桶油给多少钱也没定呢。等清污结束了，我们会向公众公开这些信息的。”

“我收到了500斤头发！”

这些天，除了海事和渔政部门，大连环保志愿者协会主任唐在林也忙得不亦乐乎。自从事故发生那天起，唐在林就没闲着。由于早年曾供职于化工企业，唐在林知道原油泄漏入海对海洋环境和海岸线的危害。他第一时间就在网上发帖，倡议全国热爱海洋的人捐献麻袋、草帘子、大麦秸秆、玉米皮和头发等对油污有吸附能力的东西。

“今年5月墨西哥湾漏油事件中，美国人捐赠了大量的头发，结果证明头发在吸附油污方面功效很大——一公斤可以吸附8升油。”唐在林说。

帖子发出以后，立即在网友中引起强烈反响，许多媒体纷纷转载。上海的准妈妈王华也在报纸上看到征集头发的消息。“宝宝马上就要来了，7月1日，我刚把头发给剪了。”王华说。由于从小到大基本上没剪过头发，王华不舍得扔，把头发收了起来。得知头发可以吸附油污，她立刻把这些又黑又亮的长发，快递到了大连。

“就这么几天，我收到了500斤头发！”看着从全国各地寄来的头发，唐在林非常感动。唐在林说，他们像做灌肠一样，把捐来的头发塞进长筒袜中，再一个个连起来放到海中吸油，效果非常不错。

就在笔者采访唐在林的前一天，大连环保志愿者协会刚刚组织了一批志愿者到海边清污。唐在林说：“7月25日大连市就宣布大连海上清污取得了决定性胜利。现在大连海面上的油污，已经基本清除了。我们志愿者的活动主要是清理岸边被污染的岩石。现在正在刮南风，油污很容易就会被吹上海岸。如果岸边的油污不尽快清除的话，很可能会对城市和海洋环境造成长期的影响。”

志愿者们的热情让唐在林十分感动。在7月31日的志愿者活动中，大连南关岭小学三年级小学生李春生给他留下了深刻印象。

“本来我们怕原油对人有害，不主张小朋友参加清污活动。但是这小

清污人员在大连市南砣渔港清理海上溢油

小子是我们的志愿者，热情非常高。”唐在林说。

李春生的妈妈吴女士告诉笔者，孩子在电视上看到大海受污染了，非常着急，几次催着妈妈问环保志愿者协会有没有活动。“他说，过两天姥爷就要来大连玩儿了，咱们赶紧把海边弄干净吧！”吴女士笑着说。

那一天，李春生和妈妈穿着雨鞋，戴着手套，在海边捡了好几袋子受污染的石头。

谁该为这次事故负责？

事故发生的第二天，中国石油大学的一位教授在央视《环球财经连线》节目中与主持人连线时说：“据了解的情况是，一艘外籍的油轮……在卸原油的过程当中由于操作不当，产生了燃烧和爆炸。这个爆炸就会沿着管线往上传，由于管道里有很多原油，这样的话就有几次爆炸声音传出来……外籍油轮在卸油的过程中操作不当，由外向里引起的。”

同时，多家媒体援引了“外轮操作不当引起管线爆炸”的说法，一时间舆论矛头都指向了这艘来自利比里亚的30万吨油轮——“宇宙宝石”号。

但7月23日，国家安监总局联合公安部在其网站上发布的“关于大连中石油国际储运有限公司‘7·16’输油管道爆炸火灾事故情况的通报”，却完全推翻了上面的说法。

报告称，经初步分析，此次事故原因是在“宇宙宝石”号油轮已暂停卸油作业的情况下，中油燃料油股份有限公司委托的天津辉盛达石化技术有限公司，以及辉盛达公司委托的上海祥诚商品检验技术服务有限公司大连分公司仍在向输油管道中注入含有强氧化剂的原油脱硫剂，造成输油管道内发生化学爆炸。

大连消防支队灭火高工邵天福也证实，7月16日13时左右，“宇宙宝石”号油轮就已经停止卸油作业了，但中方的工作人员还在向输油管道内注入脱硫剂。到事故发生时，管道里已经注入了80多吨脱硫剂。脱硫剂的主要成分是双氧水，双氧水大量堆积后分解放热，产生大量氧气，最终造成爆炸。报告中还说，事故单位对所加入原油脱硫剂的安全可靠性没有进行科学论证。

那么，脱硫剂到底是什么东西？中油燃料油公司为什么要委托天津辉盛达公司往原油里加入这种东西呢？笔者采访了中国石油大学化学科学与工程学院教授柯明。

柯教授说，原油脱硫剂的种类有很多种，成分多为高锰酸钾、双氧水之类的强氧化剂。一种观点认为，向原油里加入脱硫剂可以降低硫的含量，有利于日后加工，但目前证实往原油里加脱硫剂效率不高，这种方法已经被许多企业摒弃了。

对于罐区密集的设计，消防专家邵天福也很有意见。他告诉笔者，按照中石油的内部规定，原油罐之间的距离是0.4个直径，也就是说10万立方米原油罐之间的距离只有32米。按照这种规定，新港保税区油库油罐间的距离并不违规，但从消防角度看这种标准太低了。邵天福说，目前国家还没有相关法规规范油库的布局。油库如何规划，只能依照中石油的企业内部规定。

紧急撤离

孙文晔

入汛以来，特大洪水泥石流灾害袭击多省，史所罕见。

2010年8月19日，四川中部石亭江上游洪水滔滔。15时15分，K165次普快客车开上宝成线石亭江大桥，突遇桥墩垮塌。司机急停后，两节车厢呈V字形悬于桥上，约20分钟后坠入江中。

所幸的是，车上的1318位乘客无一伤亡。

数日间，笔者在垮塌大桥边采访了多位当事人，力图还原出一条救生链。在这条链上，每一个人的行动，都拯救了大家。

断桥悬疑

2010年8月21日凌晨，位于四川中部的石亭江江水已退去了近2米。笔者踏着枕木走上铁道桥断桥，灾难的痕迹仍一目了然。

在列车脱轨的南桥头，脚下的铁轨如同被刀切过一般，留下深深的刻痕。枕木边的碎石，本是用来吸热的道砟，已变得焦黑。

桥下的水泥台上，有三节正在被肢解的红皮车厢。抢修工人说，这三节车厢已经脱轨，无法通过机车拉走，而桥梁已被损坏，大型机械又无法上桥。经过现场专家商讨，决定将车厢推到桥下，解体分离。

200米外的下游，那两节被洪水冲跑了的车厢，暂时被固定在原地，以便洪水退去后再行处理。

这座全长257.2米的大桥，断裂的部分已超过50米。当地民兵说，出

洪水冲垮宝成线一铁路桥

事后，在大桥断裂处又发生了一次险情，另一个桥墩也被冲毁。

笔者目测，铁轨与护栏之间只有半米多宽，仅容一人通过。实在很难想象，K165次列车遇险后，是如何在15分钟内将1318位惊魂未定的乘客，从桥上疏散出来的。更何况，当时石亭江上游已经决口，护栏外的江水如猛虎下山。车厢外，下着瓢泼大雨。

“480.2米！”广汉桥路检养工区工长汪明东脱口说出8月19日石亭江桥的最高水位。

笔者在残存的桥墩上找到了标注为481.58米的红色警戒水位线，由此推算，即便不发生沉降，当时停在桥上的列车距离洪水也就2米远。

铁道部副部长卢春房在现场表示：“（没有伤亡）关键是现场人员反应非常快，车停了以后积极组织旅客向两头疏散。”

暴雨、洪水、断桥、悬车……在这样恶劣的条件下，疏散通道是如何打通的？乘客是如何在短时间内统一行动的？在现场，奇迹是怎样发生的？

洪水滔滔

“8月下旬，天就像给捅了个窟窿，往下倒水。”

汪明东拿出监测记录。当地的暴雨是从8月18日凌晨开始下的，主降雨区在石亭江上游的龙门山脉。德阳站雨量48.0毫米，广汉站雨量58.3毫米，什邡站雨量115.3毫米，石亭江上游龙门山脉最大雨量为263.5毫米。

石亭江大桥在广汉市和德阳市之间，离“5·12”汶川地震重灾区什邡不足10公里。连日来，上游山区强降雨不断，龙门山地震带山体崩塌，引发多处泥石流。

19日，一夜猛涨的江水，决堤而出，在桥上游5公里处的德阳市旌阳区天源镇斜月村，将一座3米高的拦河坝冲垮，溃口六七十米长。滚滚浊浪携泥沙土石翻滚而下，奔腾咆哮，通过石亭江大桥时，流量高达每秒1700立方米。平时水深不足10米的石亭江，江水在1小时之内暴涨了1米多。

“紧急报告，受上游特大洪水影响，大桥水位距警戒水位仅差1.38米。”19日上午9时，大桥水位观测员曾明华将情况报到了绵阳工务段调度室。

石亭江大桥其实是两座并列的铁道桥，分为上行线和下行线。开始降雨以后，观测员们每小时都要查看一次水位。出事的下行线大桥是上世纪50年代建成的浅基桥，设计抗洪水位为480米，远不如旁边后建的上行线大桥结实，所以一直是观测员们监控的重点对象。

调度室接到报警后，马上与上游的高景关水文站启动了紧急通报机制，大桥水位监测人员每10分钟就通报一次水位。

15分钟后，汪明东赶到现场，“洪水大得连说话声都听不见”，这势头把他吓了一跳。更让他着急的是，在南桥头出现了险情——左侧护岸被洪水冲出了一个大坑，距离铁路仅11米。

为了确保列车安全，德阳线桥车间主任唐勇带来了技术人员。工程师张明与同时到达的德阳车站派出所所长任杰一起，对大桥的支座、桥墩等重点部位做了详细的检查，确认大桥并无异常。

“水位逐渐下降，中铁五局和当地民兵组织的抢险队伍也来了，我们还以为危险就要过去了。”汪明东说。中午时分，广汉市防洪办主任在现场启动了防洪三级预案，14时40分，装满水泥包的蛇皮袋开始往护岸大坑处填埋。

好消息是，监测记录表明水位正在缓慢下降：10时50分，水位为480.2米；15时，水位为480.1米。

但潜藏的坏消息正在扩大——经过长时间的泥沙冲刷，河床已经急剧下切了将近5米，江水下，桥墩的根部眼看就要被掏空了。

紧急刹车

灾难，似乎总是没有任何征兆。

15 时许，迎着如注暴雨，一列客车安然通过大桥。几分钟后，西安开往昆明的 K165 次列车满载 1318 名旅客，沿宝成线向石亭江大桥驶来。

15 时 14 分，列车以每小时 88 公里的速度接近石亭江大桥。机车内，司机曹继敏观察了一下右侧的警示灯，“绿灯闪亮”，表明前方一切正常。

虽然看不到奔腾的洪水和几个已经受损的桥墩，但车头刚上桥，曹继敏立即感到异常——他的身体在左右晃动。几乎就在同时，正在桥边检查水位的唐勇发现 5 号桥墩正在倾斜，他立刻挥舞着双手示意司机停车。

“不对劲！”几乎没有犹豫，曹继敏下意识地迅速转动闸把，将制动器从运转状态直接拉至紧急刹车位置。

“哧——”伴随着刺耳的摩擦声，车身在桥中央晃得更厉害了。曹继敏用全身的力量压着闸把，驾驶室里，空气似凝固了一般，令人窒息。

“我就一个念头，快停下来。”曹继敏的眼睛始终盯着车速表，48 公里、40 公里、35 公里……车速不断地放慢。列车往前冲了 382 米后，终于停了下来。火车上的“黑匣子”显示，整个过程历时 28 秒，但曹继敏却觉得比 1 分钟还长。

“K165 次运转车长，列车晃动明显，请查明情况！”曹继敏觉得一半车身已经过桥，但不知道后几节车厢的情况，他赶紧联系最后一节车厢的运转车长，那边回话说：“K165 司机，千万不要动车，桥断了，15、16 号车厢已经悬起来了，尚无人员伤亡。”

挂上电话，曹继敏拿起工具，在火车头车轮下打铁线，将列车固定住。这项防护防溜工作，非正常情况下尤其重要。一切搞定后，他用无线电通知成都铁路局，报告了这次事故的现场情况和损失情况。

此时是 15 时 21 分，距离事故发生仅 6 分钟。

宁可错停

按铁路系统的规定，遇到紧急情况，处置方式由司机全权负责。那么，曹继敏是否做出了最佳处置呢？

急停在桥上的列车危险重重，那么，列车能不能加速冲过铁路桥呢？如果司机再迟疑几秒，又会是什么后果？笔者采访了成都铁路局成都机务段黄国华书记。

“开汽车时碰上大坑，司机应当减速通过，开火车也是这个道理。”黄国华说，车头重达138吨，每节车厢的重量是47吨，全车的重量达到了近千吨，当列车驶上桥梁以后，自然会对桥梁产生一定的冲击力，再加上桥梁受到洪水的冲击，桥身会出现晃动。“桥梁晃动以后，铁轨出现扭曲，火车就容易出轨。从停车后的情况看，当时列车已经出轨，如果曹继敏再犹豫几秒钟，以每小时88公里的速度通过，靠近中间和尾部的车厢会冲出轨道，撞击桥梁或被直接甩下桥。如果是撞击，整个桥梁全部垮塌都有可能。如果是甩入江中，很难有抢救的时间。”

“这个时候，紧急刹车是最好的选择，车速变慢以后，产生的冲击力就会减小。”黄国华说，1978年峨眉车务段曾经发生过类似的事故，就是靠司机的一个急刹车挽救了很多性命。

铁道部规定，急刹车的行程不得超过800米，而曹继敏仅用了382米就将车停下来了。如此果断的操控，看似出自经验丰富的老师傅之手，但曹继敏却是位年仅30岁的司机。

“为什么你能在如此短的时间做出刹车决定？”

面对提问，曹继敏拿出了随身携带的《司机手册》和一枚图章。《司机手册》是司机的行车记录，2010年8月19日那一页，是他从广元接车后开始填写的。记录显示，他在打卡出勤时，接受了成都铁路局的10469号雨情调度命令，提醒他当日有暴雨。

曹继敏针对天气做出了计划："执行汛期行车办法，看情况提早呼叫，宁可错停，绝不盲行，宁停勿撞。"

在签字处，他还盖上了印章，印章上也是"宁可错停，绝不盲行，宁停勿撞"这12个字。

据说，成都铁路局的每一位司机都有这枚印章，每天都要用在行车记录上。"四川多山，这12个字是用血的教训总结出的抗洪方针。它就像刻在我们心里一样，处置时想都不用想，就能撂下这把闸。"曹继敏谦虚地说，即使换了别人，照样能把车停住。

调度封路

曹继敏将车停下的同时，另一种危险正在逼近。

远在成都的成都铁路局调度值班室内，在调度员周践负责监控的铁路运行图上，代表K165次列车的红线停在了广汉和德阳之间。很快，德阳车站信号楼的报警电话也跟着打了进来。

"K165次车遇险，紧急停车在K606+636米处。"简短的说明，已经足够证明事态的严重性。周践放下电话，一分钟也没有耽搁，直接叫停了宝成线上下行方向的所有列车，要求它们原地待命。

笔者采访了这位年轻的调度员。他只是一位普通工作人员，但就是这样一个普通员工，却对宝成线这条交通动脉，直接下达了如此事关重大的指令。

"难道你不需要请示领导吗?"

周践的回答十分简练："我们有调度纪律和操作流程，按照流程，遇到这种情况，我必须在第一时间叫停线路上的双向列车。"

下达了叫停指令后，周践才站起身来，将值班主任余坚叫到身边，通报了K165次车的情况。

"幸亏双向都叫停了，要不然后果不可想象。"余坚说，当时K870次列车马上就要通过石亭江大桥的上行线，虽然上行线跟下行线桥是两座并排的大桥，但列车产生的共振，很可能加剧K165次列车的险情。另外，下行线桥已经出问题了，说明洪水很厉害，在上行线桥安全难以保证的时候，不宜让列车冒险通过。

更让人后怕的是，与K165车同一线路的客车，已经接近德阳车站。如果放行过站，不出5分钟，它就将开至K165车后，与之发生追尾。那样，将是另一场更加惨痛的灾难。

第一时间

车停了，路封了，10节车厢安全了，但还有8节车厢在危桥上。如何处理险情，第一时间的第一措施显得格外重要。

15时14分，列车长王巧芬像往常一样，在10号餐车准备布置换班作业，休班列车员在餐车等候午饭。

15时15分，一阵晃动，等待开饭的列车员从座位上摔到了地上。

“不好，出事了！”王巧芬下意识地看了一下手表，跑到餐车两侧端门，眼前的景象触目惊心：

10号餐车车厢与11号硬座车厢已经分离，相距20多米，车体严重变形，钢轨扭曲。以卧铺为主的第1节至第10节车厢已驶出大桥。虽然第5节至第10节车厢脱轨，但并无太大危险。第11节到第17节车厢均为硬座车厢，第18节为邮政车，还停在桥上，情况不明。放眼望去，第15节、第16节车厢的连接部，正随着车下的桥梁、桥墩在整体下沉。作为车上的第一指挥者，王巧芬凭借直觉和25年的值乘经验知道，“必须赶紧疏散桥上的旅客”。

可是，怎么疏散乘客呢？外面，暴雨如注，如果从硬座车厢疏散出来的乘客聚集在桥头，难免发生拥挤踩踏。

“幸好当时是换班吃饭时间，列车长、乘警、车辆检车长等人员都在

10号餐车上。”王巧芬当即把人员分成三组，副车长张亮负责将卧铺车厢的乘客向前四节车厢疏散，以便腾出车厢接纳硬座车厢过来的乘客；她负责带人疏散第11节至15节车厢的乘客，把乘客带入处于安全地带的卧铺车厢。乘警长孙昭负责向后疏散第16节以后的乘客。

简短的分工后，冒着如注暴雨，王巧芬在晃动的桥上一路急奔，逐一查看车厢旅客情况。让她倍感欣慰的是，各车厢的乘务员均已站在车门口，等她指令。

根据行车安全规范，一旦发生紧急停车，乘务员必须在第一时间控制车门。“咆哮的洪水太恐怖了，简直和大瀑布一样。”12号硬座车厢乘务员黄媛今年只有21岁，瘦弱文气。险情发生时，她的腿都吓软了，但仍按照出险预案抢到了门前。

王巧芬一边奔跑一边向车厢里的乘务员大喊：“赶快打开车门，把旅客疏散到安全地带。”但是，任她喊哑了嗓子，洪水的声音仍一声声压过了她，王巧芬只得打着手势，让乘务员将人员往两头疏散。

负责疏导前部车厢的副车长张亮，最先冲向广播室，他冲广播员许莹喊道：“许师傅，出事了，火车出轨了，赶快给咱们的人通知，把硬座车厢的旅客安全疏散，告诉大家不要惊慌。”

刚刚被砸肿了脸的许莹平复一下自己的情绪，用平静的语调开始播音：

“各车厢列车乘务员，请快速有序组织旅客向车头、车尾两边转移，打开车门疏散旅客。乘客请不要惊慌，务必听从列车员引导，我们一定会竭尽全力确保旅客的安全。”

这沉稳平静而又亲切的声音，如同一剂“镇静剂”，把旅客甚至是乘务员从惊恐中“拽”了回来。

乘警长孙昭负责指挥后3节车厢向后疏散。这3节车厢全在桥中，随时有桥塌人亡的危险。年轻力壮的乘警翟强一把拽住孙昭说：“太危险，我去！”

“别浪费时间，我是乘警长！”不容翟强争辩，孙昭已经冲进暴雨中。由于从桥上已经无法走到列车尾部，孙昭冒雨从上行线铁路桥跑步绕行了

300 米，奔向列车末端的邮政车。

在最危险的 15 号车厢，乘务员王肃立在脑中快速搜索着对策。此时，他所在的 15 号车厢和 16 号车厢被一股无形的拉力撕扯着，向两个相反的方向延伸，逐渐形成一个大“V”字，两个车厢的连接处设备已经完全破损，车底板“嘎嘎”作响，马上就要断开分离了。王肃立想，只有往 14 号车厢的方向跑，才能拯救全车厢的旅客！

但是，另一个问题摆在王肃立的面前。如果此时不明白情况的 14 号车厢旅客往 15 号车厢移动，与 15 号车厢正在向 14 号车厢逃生的旅客发生冲突、踩踏事故怎么办？王肃立立即跑到两车连接处，不顾一切地大声喊道：“14 号车厢旅客往 13 号走，不要回头，只有往前走才能安全出去！”

列车长、乘警、乘务员，一个个看似细微的举动，决定了这次大撤离的胜利。

“我是警察。”

幸运之神似乎特别眷顾 K165 次列车的乘客。不一会儿，列车员们就发现，他们并不是孤军奋战。

事发时，德阳火车站派出所所长任杰恰巧在出事大桥上巡查。“看到车停了下来，我赶紧找到了列车长。”他带着两名民警，主动请缨负责疏散 11 节至 13 节车厢的乘客。汶川大地震时，任杰也是这么主动请缨加入抗震救灾的，他在都江堰地区镇定、果敢的表现，一直被同事们称道。

进入 11 号车厢后，任杰发现乘客们有的如大梦方醒，有的默默流泪，有的在慌乱中试图敲窗逃生。他铆足了劲一声断喝：“我是警察，都听我指挥！”立刻就把局势给镇住了，车厢内的乘客一下子安静了下来。

大部分乘客都有序地默默而行，但也有乘客试图跳过座位插到前面，任杰怕受力不均导致列车晃动，立刻制止了他们的行为；还有几个乘客跑出来了，还想回去拿东西，都被他强行拦住。

整个车厢仿佛有了“主心骨”，有几个小伙子甚至主动上前，“让我们帮你吧！干什么都行。”任杰怕不正确的救援方法带来新的麻烦，就让这些热心的小伙子帮着扶老携幼。

11 号到 13 号车厢疏散得很快，为确保所有乘客都已安全撤离，他专门跑到相邻的上行线桥上，对全车进行观察。

随行的女民警陈涛，用手机拍下了他们观察到的场景：11 号到 13 号车厢已经撤空，人们排成一队有序地朝桥头集结。各个车厢的乘务员仍然守在列车门口，扶老携幼，就像列车正常到站一般整齐。唯一让人揪心的是，14 号车厢内还有几十名乘客，情况好像有些混乱。

大桥在晃动……

第 14 节车厢已经随着第 15 节车厢发生了倾斜。任杰再次折回桥上，用石头敲击着车窗玻璃，示意打不开车门的列车员敲碎玻璃，紧急疏散乘客。

两天后，任杰讲述这一切的时候，嗓子仍然嘶哑着。

在桥的另一头，后三节车厢因为第 16 节与第 15 节车厢从中间折断，与前方失去了联系，坐镇列车尾部的运转车长谢永林几乎成了没有援手的光杆司令。

突然，如同神兵天降。一群穿着雨衣、拿着榔头的人奔到了车门口。他们之中，有刚刚还在桥头装沙袋的汪明东，一天来一直在大桥监测水情的唐勇，还有小汉镇武装部部长郑本禹带领的 50 名民兵。他们都是从护坡抗洪的第一线，跑到了这座摇摇欲坠的危桥上，来救人的。

笔者采访时，小汉镇民兵连长邹振富的手上还缠着绷带。他记得自己第一个冲上桥，可是车厢已经变形，车门怎么也打不开，透过窗户能看到乘客在哭喊、呼救。他急得脑袋一片空白，只知道用尽全力去撞门，只要有车窗被拿榔头的民兵砸碎，他就用手去抠旁边的玻璃碴，一点都不觉得疼。直到救人结束，才发现自己的手受伤了。

“1998 年抗洪的时候我就是一个兵，当时还得写申请上前线，我表决心时说，即使掉到江里我也能游上来。这回，心情也是一样的。”回家后邹振富跟儿子说：“爸爸今天干了件漂亮事！”

“我的车厢没了！”

危险一步步逼近，15 号车厢险象环生。

在洪水的冲击下，15 号车厢下的桥墩倾斜得更为严重了，车厢继续倾斜下沉，距离滚滚洪水还不到 1 米。车厢两边，滔天的浊浪翻滚着，似要随时吞噬掉车厢。

旅客邱明清侧身看看车窗外，滚滚的洪流仿佛就在脚下。悬在半空的车把他吓呆了。险境中，孩子们哭喊着，女人们惊慌失措，一时乱成一团，纷纷拥向车厢门口。由于过度惊慌，有的旅客从两侧座位上往前行走。

王肃立一惊，有着丰富值乘经验的他知道，车厢在欲将坠落的桥面上左右剧烈摇摆着，如果车厢两侧受力不均衡，会造成车厢侧翻，加速列车的下坠。他扯起嗓子向旅客大声喊道：“大家不要从椅子上翻，从中间过道向 14 号车厢方向跑。看见最近的车门，立即下车！”

“嘎吱——嘎吱——”，伴随着刺耳的声音，车厢在扭曲，中部渐渐拱起，天花板不住地往下掉，地板被撕裂得歪七扭八。突然，一块很大的天花板将要掉落，正下方是一名彝族妇女，怀里抱着孩子。王肃立往前一扑，和这名旅客一起摔倒在地。只听“咣当”一声，车厢顶上的空调挡板掉了下来。

“好险！”旅客惊叫着，拉起王肃立连连道谢：“要不是你，我差点没命了。”

此时，车厢下沉更加明显。早一分钟撤离，生命就多一分希望。看到一位旅客要拿大件行李，王肃立一把抓住旅客的手说：“快跑！”

几分钟后，列车出现抖动，又向下沉了沉。车窗外，王巧芬焦急地拿着石头敲打车窗玻璃，喊着：“你不要命了？快下车，马上要沉了！”

没想到王肃立却转身向车厢深处走去。原来，他记得一名旅客的脚上有伤，还带着一个小孩。疏散时，他没看见这名旅客下车，生怕乘客和孩子被落下，再次去确认了一次，这才跑出车厢。

在11号车厢至15号车厢的人员转移中，王肃立是最后一个跳下列车的列车员。这时，列车和桥开始发出了“嘎吱嘎吱”的巨大响声。

不到两分钟，“轰”的一声，15号车厢掉入江水中。

看到这惊险的一幕，王肃立失声叫道：“我的车厢没了！”周围的人不由得叹道：“再晚一步，你的命就没了。”

命悬一线

16号车厢同样“命悬一线”，它刚好处于大桥悬空的钢轨上，下面就是滔滔江水。据乘务员周晓茹讲，当时车厢内一片混乱。女乘客的尖叫声连成一片，男乘客则寻找小铁锤等重物，企图砸破玻璃逃生。更有人情急之下，用拳头不住地捶打玻璃。

由于火车几乎是悬在空中，从车厢侧门出去已经不可能了。连接17号车厢的端门，就成了所有人唯一的生命通道。然而，列车已经变形，这扇端门怎么也打不开，眼看着17号车厢就快撤空了，周晓茹急得六神无主。

幸亏，17号车厢的乘务员赵俊鹏发现16号车厢端门紧紧闭着，周晓茹正焦急地站在对面束手无策。

此时，临近的15号车厢和16号车厢已经分离，两节车厢呈“V”字形在逐渐下沉，情况十分危急，必须尽快打开16号车厢端门，让旅客通过17号车厢和邮政车安全转移出去。

赵俊鹏快速向前，用力拉门，端门纹丝不动。这时，两名彝族同胞跑上前来，虽然语言不通，但大家心意相通。三人通过手语说好了，一起向端门撞去。

门开了。16号车厢的旅客快速向17号车厢移动并爬过邮政车。短短3

分钟，最为危险的16号和17号车厢的219名旅客全部安全转移。

刚松了一口气，一对30多岁的彝族夫妻来找赵俊鹏，焦急地说他的弟弟不见了，眼泪刷刷地往下流。

赵俊鹏安抚好旅客，二话不说，和周晓茹一起跑向邮政车。他们爬过高高的邮件行李，来到已经严重倾斜的17号车厢。经过认真仔细检查，车厢内已没有一名旅客。赵俊鹏还不放心，又来到16号车厢，同样，空荡荡的车厢里没有一人。他再从头至尾检查一遍，确定车厢内没人，这才往回跑。

赵俊鹏刚跳到地面上站稳，这对中年夫妇又焦急地冲上来，要上16号车厢找弟弟。赵俊鹏一手拽住一个，强拦住他们说："三节车厢的旅客全走完了，你弟弟已经撤离了。"

正说话间，不堪重负的钢轨发生断裂。只听"轰"的一声，掉入江中的16号车厢如一叶小舟，被洪水瞬间冲出200多米远。

看到这惊险的一幕，中年夫妇感激地握住赵俊鹏的双手，他们一同走向离桥头不远的一个工棚。在这里，夫妇俩找到了亲人。

"谁是军人，请站出来！"

15分钟内疏散1318名乘客，约20分钟后，两节列车坠江。

"我们的乘客太有素质，没有他们的配合，后果不堪设想。"王巧芬谈起那惊心动魄的15分钟，总不忘夸奖自己的乘客。

16号车厢旅客周雷，刚从新疆打工回来，行李里带着一些钱和当地特产。撤离时，他人在车厢前部，行李在车厢中部。"如果我挤过去拿行李，就会耽误很多人的时间。"他犹豫了一下，最终选择了放弃。撤离后，周雷身上只有手里的车票。

"我得把这张车票珍藏起来，真没想到列车都跳河了，我还能活着。"周雷说。

旅客冯皓是西南石油大学学生，他从成都骑车进藏玩了一个多月，眼看还差半个小时就回家了，没想到却在11号车厢遇险了，军人王晓斌让他见识了真正的男子汉。

“谁是军人，请站出来！”王晓斌在危急时刻一声大呼，让整个车厢的人一下子愣住了。

“我是！”“我曾经是！”一位消防部队的干部和一位退伍军人站了出来。

王晓斌喊道：“大家不要拿行李，一个接一个，不能拥挤。”

就一句话，没人再回去拿行李，都快速地撤到了安全地带。而那三个军人则在所有乘客安全离开车厢才下车，走在最后面的人就是王晓斌。

说起遇险的情节，张琴还是忍不住掉下眼泪。列车脱轨时，她和7岁大的女儿、3岁大的儿子摔倒在车厢里。“我左手抱一个，右手抱一个，根本就挤不过去。”一直站在人群后面的张琴几乎要绝望了。“幸亏有名男子一把抓过我女儿，我才可以抱着儿子往外跑。”

乘务员队伍中数王敏最小，今年只有19岁，一个细节让她终生难忘。

“当时车厢里的人已经撤离得差不多了，只剩下一二个乘客，我仍站在门口，等待进行最后的确认。一个旅客走到门口时，给我手里塞了一把消防锤，还说了句，祝你一路平安。”

乘警孙昭想起的是那个给他披上塑料袋的小伙子。

当时，旅客们从邮政车走下来，孙昭站在雨中给每个走过来的旅客发塑料袋，临时遮雨。一个穿着白短袖上衣的小伙子披上塑料袋，走出百米远后又折了回来，他将身上的塑料袋披到孙昭身上，颤抖地说：“谢谢你们救了我。”

为了对丢失行李的旅客进行补偿，成都铁路局拨款60万元。旅客们只要报上行李清单、理赔金额，一般都能获得补偿。出乎善后部门意料的是，这笔经费仅仅花掉了7万元，索赔最多的乘客，也只填了3000元。

有的乘客，干脆是分文不取。“命都捡回来了，还要行李钱干吗？”他们以这种方式表达了对救援人员的感激之情。

每个人的表现都太完美了

“任何人遇到这种情况，开始肯定会慌张，但是经过演练的人，心里有底，按照程序一步一步来，不仅能在危险来临时稳定情绪，更重要的是节约时间，把损失减到最小。”列车长王巧芬在总结经验时特别提到，“幸亏平时练得真。”

“遇险的实战演练，我们每个季度都会搞一次。”王巧芬说，就在出发前，K165次列车还进行了防洪演练。“因为近期宝成线沿线暴雨很多，我们演练的内容包括万一遇到洪水，线路被冲，火车脱轨，每个司机乘务人员该怎么办，怎么疏散旅客，旅客需要长时间在野外滞留时，我们该怎么安置等等。这回都用上了。”

据了解，西安客运段制订的应急处置预案主要有五项，包括：列车发生火灾爆炸事故应急预案、线路中断（防洪）列车长时间滞留应急处置预案、列车发生旅客伤害应急处置预案、列车发生旅客食物中毒应急处置预案、列车发生大面积晚点应急处置预案等。

西安铁路局客运段职工教育科科长李平介绍说，按照线路中断（防洪）列车长时间滞留应急处置预案，“列车停在区间时，列车员要锁闭车门，禁止旅客下车，加强车内巡视，确保安全”，但这回，如果列车长照搬此条，可能会造成重大事故。

在列车发生火灾爆炸事故应急预案中要求：“及时疏散旅客是减少人员伤亡的重要环节，按照岗位分工，要迅速将旅客疏散到相邻车厢或安全地带，并快速转移伤员。”

“王巧芬正是根据当时桥梁垮塌，需要及时向列车两头疏散的实际情况，集合了火灾、线路中断两种预案做出的决定。”李平说，“遇到紧急情况，灵活应变最重要，如果这次列车长不能灵活应变，而是墨守成规的话，损失可能会更大一些。”

8 月 20 日，抢险人员从受损列车车厢里抢运旅客的行李和生活用品。

听了专家讲解后才知道，原来“打开车门”这样一个简单的决策，都可能决定成败，都需要反复演练。

今年入汛以来，我国特大洪水泥石流灾害频发，范围之大，程度之广，史所罕见。人们不得不思考，当天灾来临时，我们应当如何应对？是怨天尤人把责任都推在老天爷身上，还是以负责任的态度，尽量避免“人祸”？

在这起“零死亡”的事故中，“灾星”并没有对客车上的 1318 人手下留情，但正是每个人的良心和责任心，对避险科学毫无折扣的尊重，让他们在 15 分钟之内创造了获救奇迹。

自救成功的 1318 人，或许都有像广播员许莹一般的感叹：“我们每个人的表现都太完美了。”

拨云削雨

——国庆60周年庆典气象保障纪实

董少东

2009年10月1日，新中国迎来她生命历程中的第一个甲子。这一天，中国在北京举行新世纪首次国庆盛大阅兵。

世界的目光聚焦天安门广场。

朗日晴空，是新中国盛世华章的最佳映衬。但直到此前一天，北京还是秋雨绵绵，庆典开始前的两个小时，天安门广场上空还被云雾笼罩，一个云团携风带雨又在向这里挺进，距离不超过20公里……

一个神奇的“阴转晴”，就像是为新中国60岁华诞特意呈献。盛典时刻到来，云开雾散，碧空如洗。阳光灿烂通透，天空蔚蓝澄清，白云朵朵。十里长街鲜花如海，与整齐的军阵组合成这个秋季最绚丽的景色。

三军浩荡，以排山倒海之势走过天安门广场。受阅部队铁流滚滚，气势如虹，空中梯队剑啸苍穹，在蓝天白云间画下矫健身姿……这一刻，中国人的豪情和荣耀激荡寰宇。

天气的“配合”是如此恰到好处，难道真有“天公作美”？其实，是科技的推手促成了这段佳话。

9月30日，北京有次降雨过程

2009年9月26日，距国庆还有5天时间。当天的北京，稀稀落落地飘着小雨。秋意渐浓。

上午10时，首都国庆60周年北京市筹委会气象服务组发出了第一份国庆日气象服务专报。

时任市气象台台长的郭虎站在发布台前，语调一如既往的平缓，但用词明显经过斟酌，不同于平日天气预报的确定性用语，给人感觉在结论上多了些余地："初步判断，10月1日当天，北京天气以阴到多云为主，白天风力从2到3级逐渐增大至4级左右。可以肯定的是，国庆庆典活动期间，北京出现强降雨、6级以上大风、6℃以上的强降温等恶劣天气的可能性很小。"

发布完预报，郭虎又做了句补充："这次还只是一个初步的趋势预报，相对的准确程度要低一些，这次会商气象观测资料用的是24日20时的观测资料，越临近各种资料越详尽，因此精细化程度也会越高。"

从这次预报开始，市气象台开始每天发布24小时滚动国庆天气预报，并逐渐加密至逐6小时预报、逐3小时预报。

彼时，国庆庆典各项准备"万事俱备，只欠东风"。"东风"会如人所愿地到来吗?

气象部门如果是诸葛亮，就能像火烧赤壁时那样按时借来"东风"——可那毕竟只是小说家的演绎。但是气象部门又必须像草船借箭时的诸葛亮那样，"算"出到时会不会有"大雾"。

为国庆60周年庆典提供气象保障服务的气象服务组以北京市气象台为主体，成员单位有国家气象中心、总参等军兵种气象中心、华北民航气象中心等10余家单位，几乎囊括了中国最权威的气象预报专家。

2008年奥运会，也是这班人马在提供气象保障服务。以北京的气候特点，10 月金秋肯定要比“七下八上（7 月下旬、8 月上旬）”主汛期的天气好。经历过奥运会的大阵势，国庆 60 周年的气象保障应该相对容易。

可事实并非如此。

北京市气象台副台长伏建国说，从气象服务的要求上来讲，国庆 60 周年的气象保障服务比奥运会开幕式那天还要难。“国庆保障服务的时间特别长”，除了 1 日当天的庆典活动，从 10 月 1 日至 8 日，还会有游园等各类庆祝活动，“就算国庆当天也要考虑从早到晚的天气，而奥运会开幕式那天只要考虑 20 时至 23 时的天气”。

“在服务范围上这一次也更大了”，在奥运会开幕式上只需要关注鸟巢的天气，但这次要考虑阅兵经过的长安街沿线和整个天安门地区的天气状况，“既有点也有线”。

“而且这次需要预报的气象要素也比奥运会开幕式多，”伏建国说，“光是风这个要素，就不光需要考虑地面风，还要考虑高空风对气球及幕布等的影响。另一个要素是奥运会开幕式上没有预报的，就是能见度。”

10 月 1 日前后的北京已经进入秋季，由于夏天的雨水较多，给秋季造

驻守在天安门广场庆典现场的气象应急指挥车

成出现大雾的机会增多，因而导致能见度可能较差，影响空军列队飞行表演的效果。在国庆35周年的庆典活动上就曾因为大雾出现了“只听飞机响，不见飞机来”的情况。

气象风险评估早在几个月前就预测了7种在国庆60周年活动期间的高影响天气，包括降雨、雷电、雾、大风、冰雹、霾、低温。降雨可能影响整体活动，大于每秒10米的瞬间风速对阅兵现场和飞机飞行有影响，雾霾和低云可能影响飞机起降和受阅效果，雷电、冰雹就更不用说了。

9月26日公开发布的气象服务专报，其实并不是气象服务组第一次针对国庆当日进行天气预报。在国庆日的前一周，市气象台和中央气象台的联合会商，就已经对国庆天气做了初步预测。只不过这个预报只提供给国庆庆典指挥部，是决策专报，没有公开对外发布。预报的结论与9月26日公开发布的基本一致：10月1日出现恶劣天气的可能性很小。

不过，两份预报发布的另一个同样的预测，还是让人捏了一把汗：9月30日，北京会有一次降雨过程。

节前降雨是利好

金秋，本是北京最好的季节。大多数的时间里，北京的天气是秋高气爽、晴空万里的。但翻看北京的气候学统计，就会发现，秋天为数不多的降雨，似乎最喜欢“眷顾”国庆日。

1959年、1976年、1979年和1996年的国庆期间，北京都出现了连续3天的降雨。1999年国庆50周年阅兵时，降雨一直下到了10月1日早晨。

2009年，雨似乎又打算下在国庆日了。从9月上旬开始，北京就出现了周期性的降雨，每周都会有一场持续一两天的降雨。市气象台发出第一份国庆60周年气象服务专报的9月26日，雨也在下着。而这份气象服务专报，又预报了9月30日北京将是多云转阴有小雨的天气。

实际上，“出现极端恶劣天气的可能性很小”的预报，对气象预报员来讲也不轻松。“即便是恶劣天气只有1%的概率出现，对我们来说也有100%发生的可能。”伏建国说。

气象趋势预报了9月30日会有降雨，这对气象预报员来说是个好消息。北京市气象台总工程师孙继松说：“就北京的秋天来说，形成降雨的气象系统比较简单，真要有另外几种就是大麻烦。”

“麻烦”是气象预报员的一个行话，指的是气象系统复杂，预报难度大。

“其实，9月30日北京将有降雨对国庆庆典也是个好消息。”伏建国说，“只是当时我们预测不到这个好消息能否落实。”

所谓“好消息”，与北京秋雨的特点有关。伏建国解释说，秋季影响北京的降雨过程主要是锋边雨系。顾名思义，这种降雨是由北方来的冷空气前锋造就，雨后就有冷空气紧随而至。而冷空气的到来必然带来一个秋高气爽的好天气，这正是国庆阅兵所需要的。但这个“好消息”能否真的成全一个好天气，则要看降雨什么时候能够结束。

专家们分析，这场降雨可能导致三种情况：一是降雨在9月30日前半夜就停止，这样对庆典前的各项工作都没有太大影响，是最好的情况；二是降雨在10月1日凌晨至清晨停止，这将给庆典准备工作添些麻烦，但不会影响庆典活动；三是最糟糕的情况，降雨“拖泥带水”，到10月1日也不停，这意味着庆典有可能在雨中开始。

“难就难在我们当时还预报不出降雨的起止时间，每个人心里都没底。”伏建国说。

以现有的气象预报科技水平，7～10天的预报只能对主要天气过程进行趋势预报，至于天气过程的大小、强度、时间，是无法推测的。要对天气过程的起止时间进行预报，一般要到24小时预报才能精细得出。

即便是24小时预报，也不可能做到完全准确。目前天气预报准确率最高的是晴雨预报，能达到95%以上，而对降雨量、起止时间的预报，能达到70%准确就是很好的成绩了。

时间跨度越长，天气预报的难度越大，准确性也就越低。国庆日前一周，可能影响到北京的天气系统距离尚远，它们行进的过程中还有太多的不确定因素，变数很大，还不到判断降雨起止时间的时候。

降雨将止于集结前

9月28日，距国庆还有3天。上午8时，北京市气象台会商室，一派繁忙。

北京市气象台邀请总参等军兵种气象中心、国家气象中心、华北民航气象中心等10家气象部门的专家，针对国庆庆典期间的天气进行了大会商。这次会商，就要对国庆当日的天气进行第一次精细化预报。

偌大的会商室，因为一下子聚集了首都气象预报领域最尖端部门的几十位专家，加上中国气象局和北京市的领导，略显拥挤，而这样的场面，已经在此前几次重大演练的保障服务中多次出现。

主屏幕占据了整整一面墙，数值预报图表、卫星遥感图、雷达回波图等等飞快地切换着。为做好国庆气象监测保障工作，早在半年前，气象服务组就已经开始编织“地基、天基、空基”于一体的“天罗地网”。

4月15日，在奥运会时启用的4部先进的多普勒天气雷达组网观测的基础上，加入了承德、秦皇岛两部雷达，雷达组网站数达到6个，每6分钟可更新一次北京及周边地区雷达观测信息。

9月14日，中国气象局启动了风云二号C、D星双星加密观测，每15分钟可更新一次气象卫星云图，实现了对天气系统连续变化情况、发生发展过程的宏观、实时监控。

同一天，气象探测中心联合中国气象科学院在天安门附近安装了全天空成像仪、红外测云仪、激光云高仪、大气电场仪等设备，对天安门上空云量、云高、云厚数据及天安门附近电场强度等进行监测，为预报提供了科学依据。

9月26日，北京、天津、河北张家口、河北邢台、河北乐亭、山西太原、内蒙古赤峰、山东济南探空站启动加密探空工作。

还有2116个自动气象站、6部风廓线仪、40部地基GPS/MET、18个道面监测站、3 部闪电定位仪……

对主屏幕上不断闪现的各种数字预报结果，孙继松说了这样一句话：“不可不信，不可全信。”

孙继松说，天气是一个大气物理过程，但和其他的物理变化不同，大气物理是不能用数学方程式来描述的。在它发生发展的过程中，有太多的因素、太多的规律在起着作用，没有哪两次天气是完全相同的。

在数学中，“1 + 1”永远等于 2，但在天气变化的物理过程中，“1 + 1”往往不等于 2。进行天气预报是一个“科学思维的过程”，也是一个模糊计算的过程。计算机和各种气象平台只会“1 + 1 = 2”地数字化推演预报，“它们转不过这个弯儿来”。

数字预报的结果同雷达回波图和卫星云图一样，只是预报员做判断的一个参考，结论必须由预报员靠经验做出判断。10 家气象服务组成员单位的预报员们轮流发布各自的预报结果。

9 月 30 日夜间有雨的结论是高度一致的。这样统一的预报结果，几乎宣告了降雨的必然，雨量也由最初预报的小雨增加到阵雨级别，而分歧恰恰在最重要的节点——雨会何时停。

国庆阅兵和游行的队伍将在 10 月 1 日凌晨 4 时集结，这是降雨会不会造成影响的第一个关键节点。参与大会商的 10 家单位，有 6 家预报雨会在 4 时前结束，另外 4 家则认为降雨将持续到 7 时。

气象专家们在会商室里常常为一片云彩争论不定

谁都有自己的理由和依据，每一份预报都是严谨推断，分歧产生，必然是争论、激辩……这是一个早已被众位专家所熟悉的过程。每一次大会商，几乎都是要经历几番吵吵嚷嚷。

最后的结论又压到了孙继松肩上。他当时是北京市气象台首席预报员，第一个发言和最后定论都由他做出。

综合各家意见，最后的预报结论是降雨将在10月1日4时集结前结束，这与孙继松最初的预报基本一致，只是在温度上略作了修改。不过，在这份决策专报的服务建议中，气象服务组加上了一句："9月30日傍晚到夜间，天安门地区有阵雨，对阅兵、游行准备和集结阶段将有一定影响。参加国庆阅兵、游行人员及道具、彩车等设备均需提前做好防雨准备。"

雨会听话吗?

像每个关注国庆60周年庆典的人一样，孙继松说，他也巴望着国庆那天能是风和日丽的好天气。但是气象预报员只能根据天气系统的实际情况来发布预报，不能掺杂个人意愿。"不管是'天公作美'，还是'事与愿违'，我们只有事先准确地预报，才是尽了自己的职责。哪怕有些时候，我们的预报结果会有些煞风景。"

10月1日可能的降雨却有些微妙，它刚好处在影响或不会影响国庆庆典的临界点上。气象预报对它的判断稍有差池，就会造成截然不同的两个结果。

不久前的国庆庆典第二次合练，同样经历了一次降雨。从那次降雨的预报过程，就可以看出天气预报对后续工作的直接影响。

"合练原本定在9月5日，是由于天气原因临时改在了6日。"孙继松说。演练预定日的前一天，气象服务组经过大会商做出预报结论："5日夜间降雨对将在天安门地区露天举行的综合演练活动有明显影响。"庆典筹委会指挥部当即决定演练改期。

9月6日21时30分，18万群众在天安门附近集结完毕。但那“不识相”的雨，在5日晚如期降下后却没有停的意思。演练会不会再次延期？人们的内心充满焦虑。

“半小时后将停止降雨，此后5小时内天气以阴为主，国庆演练不受影响，请大家注意保暖。”广场上的扩音器里，滚动播出的天气预报，给全体参与演练者吃了“定心丸”。

“21时47分，雨停了。”在一天一夜没合眼后，孙继松清楚地记住了这一刻。天气预报有如神算。

9月7日零时，合练准时开始，人们甚至在云层中看见了月亮，直至合练结束，没下一滴雨。

为了配合此次国庆庆典演练，市气象台共发出18份气象服务决策专报。第一份决策专报9月5日20时发出，此后每两小时一次，到9月6日21时起变为每小时一次，直到9月7日凌晨3时演练结束。18份气象服务决策专报的准确性，为调动游行群众提供了有力依据。

“气象预报真神了！”参加合练的人们赞叹。

但气象服务组的专家们却不会因为那次预报的精确而有丝毫放松，他们面对的天气，是一个从不停止变化、也永远不会重复的对手。下一个预报，又是一个新的挑战。

最大的挑战，自然是国庆当日的天气预报。

9月6日的演练，实际上也是气象保障服务对国庆当日天气预报的一次预演。所不同的是，“你不能指望国庆庆典因天气预报而改期举行，国庆日的预报是没有错误宽容度的，必须万无一失。”孙继松说。

然而，天气预报不可能百分之百准确，这也是举世公认的一个客观事实。国庆气象保障服务就是要在这个不可能中预测出可能。

这一次，雨还会那么听话吗？

9月29日开始，气象服务专报加密至逐6小时预报。9月30日又升级到逐3小时预报。

北京市气象台会商室里，天气大会商一轮接着一轮，几乎感觉不到间断，变成了一个连续24小时的漫长大会。数十位预报员一再放大每一处细节，缜密分析天气趋势的变化，降水的起止时间被争论了无数次，从开始时的6小时跨度，渐渐精确到3小时、2小时、1小时——达到了天气预报的极限。

预报结论也一次次被修正着，可最新的预报又给人们心头蒙上了一丝阴影：降雨的最后截止时间拖到了10月1日4时到7时——正是大批人员集结的时间。

雨，似乎有意要添些小麻烦了。

天气会商室位于北京市气象台的10楼，7楼就是北京市人工影响天气（简称人影）指挥中心。人影作业小组组长张蔷9月30日一早就盯在了办公桌前，须臾不敢离开，但她却是头顶上正在召开的天气会商的最忠实听众。张蔷的任务，就是要努力确保让天气能够“听话”。

三道防线

9月30日早晨，天气阴。从西北方向缓缓向北京移动的冷空气，前锋已经到达北京。雨还没有落下，倒是给北京的秋晨蒙上了一层雾霾。这样的天气，让人难免替第二天就要举行的国庆庆典心生忧虑。

张蔷的办公桌上，堆着一摞气象服务专报，面前的电脑，闪烁着最新的气象资料、卫星云图和雷达回波。根据预报，人影作业小组已经嗅到了一丝天气的“挑衅”意味。

6时，张蔷向内蒙古、山西人影中心和飞机基地发出指令：开始人工增雨作业。两架飞机得令而起，钻入云层之中，将一根根燃烧的碘化银烟条投放在云雾之中。

人工影响天气作业使用的设备是飞机和火箭弹，与军事战斗甚为相像，只不过对手是变幻无穷的天气系统。张蔷的言谈话语也颇有指挥若定的将军风采：“那个天气系统不过是小股部队，我们启用第一道防线，只是削弱它，让它到北京时能按时收住。”

张蔷麾下的作业小组由600多人组成，“统领”着18架飞机和180多架火箭发射架，配备了6000枚火箭弹。以天安门广场为中心，大队人马布置了环环相扣的三道防线。

第一道距天安门90～120公里，主要在河北境内；第二道距天安门40～60公里，分布在北京、天津周边；第三道也是最后一道防线，距天安门15～20公里。三道防线各有分工，层层护卫着天安门上空。在影响北京的天气系统出没最多的正西、西北和西南三个方向，更是重兵把守。

第一道防线靠飞机和火箭弹实施人工增雨作业。

张蔷介绍，人工增雨是通过人工在云层中播撒碘化银、液氮、干冰等催化剂，催生出大量的人工冰晶。每个冰晶就是一个“雨核”，凝结水汽，膨大成水滴。一旦水滴大到空气浮力无法托举，就会形成降雨落下。

通俗地讲，在第一道防线的距离上实施人工增雨作业，也就是把云层中的水汽先“压榨”出来。在当地是增强了降雨，而对云系移动方向上的北京来说，就是削弱了降雨的强度。

当天的气象服务专报已经比较精确地预报，北京在9月30日晚上会有阵雨，降雨将在10月1日4时左右结束，基本不会对国庆庆典造成影响。在第一道防线让雨多下、早下，也就是确保这个天气系统不会“支援”北京上空，保证9月30日的降雨“服从预报听指挥”，也就可保国庆庆典天气无虞。

张蔷说，人工增雨在国际上和我国已经是一个相对比较成熟的人工影响天气作业方式，特别是近年来持续干旱的北京地区，经常要实施这样的作业，技术、方法早已是轻车熟路。

到了第二道、第三道防线，距离天安门已经很近，再人工增雨就无异于“火上浇油”了，要实施的是消云减雨作业。

“天要下雨，让它多下点儿容易，拦着不让下可就难了。”张蔷说。这项技术是近几年才取得的突破。科研项目负责人恰恰就是张蔷。她说，那是拜北京奥运会所赐。

奥运遗产

针对消云减雨的研究，源于奥运会开幕式的气象保障。

“一听说北京奥运会定在2008年8月8日开幕，我们搞气象的个个‘头大’。”张蔷笑着说，“这个日子正赶上北京‘七下八上’的主汛期，降雨多且不说，还易发强对流天气、极端天气，正是最麻烦的时候。”

这个最“麻烦”气象保障任务中最麻烦的一个项目，恰恰指派给了北京市人影办。2002年，北京市人影办接到了人工消云减雨作业科研项目的课题。彼时，我国对人工消云减雨的研究还很少，世界上也没有多少可以借鉴的成功经验。只有俄罗斯曾进行过这方面的试验，据说在莫斯科红场阅兵中取得了很好的效果。

北京市人影办请来了俄罗斯专家，在人工消云减雨的理论上确实得到了不少帮助，但是俄罗斯专家介绍的方法，却非我国能够适用。

张蔷介绍，人工消云减雨的作业对象也是云，要破坏或抑制云的生成和发展，让它不能形成降水或减少降水。在作业原理上要根据冷云和暖云区别对待，冷云、暖云的分界线就是0℃。

“你肯定猜不到俄罗斯用来对付暖云的催化剂是什么。”张蔷说，“就是最常见的建筑用水泥。”

她进一步解释说，暖云是一个上升云系，要破坏它的结构，播撒的催化剂首先要吸湿效果好，把水汽凝固住；第二要能沉降，压制上升气流，这样就把暖云冲散了。“水泥在这两方面的效果都很好，另外，盐也可以。但是这两种东西都对环境有不良影响，跟我们绿色奥运的承诺不符，当时就被我们放弃了。”

市人影办经过多次试验，用硅藻土（一种生物成因的硅质沉积岩，有良好的吸附作用）、膨润土（一种吸附效果良好的含水黏土矿）成功替代了水泥。

消除冷云的催化剂，和人工增雨的催化剂相同，都是碘化银。所不同的就是使用量。张蔷介绍，碘化银的晶体微粒能够形成雨核，适量播撒能促进雨滴形成，催雨增雨，但是超量播撒后，这些晶体微粒就互相“争抢”水汽，反倒把微小的水滴进一步分化、气化，云也就消散了。

现在解释这些原理，其实并不算复杂，但真正实施有效地消云减雨，催化剂使用量、作业时机的把握、作业部位的选择……历时 7 年、无数次的试验之后，才能说有了一定的把握。

“奥运会开幕式前，我们对 10 毫米以下孤立的、局地的、发展不太强的降雨云团的消减效果进行了多次试验。”张蔷说，而奥运会开幕式的实战考验，甚至超过了他们理论上的作业能力。

天气好像故意在和人“斗法”，2008 年 8 月 8 日一大早，轻雾就笼罩了北京部分地区。河套地区形成的降雨云系不断加强，并向北京进发，气象台发出“午后北京会有阵雨或雷阵雨”的预报。

14 时 15 分，两架飞机分别在北京西北部和西部上游地区针对降雨云层进行消云减雨播撒催化剂作业。但降雨云团仍在从西北和西南向北京步步逼近，大有黑云压城之势，北京市人工影响天气指挥中心给第二、三道

人工影响天气火箭作业点的工作人员在装填火箭弹，准备实施人工降雨。

防线下达命令，组织火箭进行拦截。

海淀区人影办工程师郑宏业当时就是一个作业点的操作手，至今仍清楚地记得那晚的紧张情景：“那火箭弹打得一发接着一发。我们作业点的60发备弹一会儿就打没了。指挥部还在下指令：“打打打！”几个没有作业任务的发射点一路飞车给我们送弹药。”

最危急时，降雨已经落到了五棵松体育场，海淀区大部分地区也有雨点落下。但直到开幕式结束，国家主体育场“鸟巢”滴雨未下。人影作业小组圆满完成了保障任务。

事后，张蔷看到8月8日晚的降雨统计，惊得倒吸一口凉气——北京大部分地区的降雨超过了30毫米。“那次可真是险中求胜。”

时间转过一年，在奥运会开幕式气象保障取得成功战例的人影作业小组，又担负起国庆60周年气象保障任务。这一次，他们可以说成竹在胸，但是季节不同的作业条件还是让他们心里“打鼓”。天气情况不同，可借鉴的现成的经验并不是很多，需要“顺势而为”。

先前的奥运保障方案几乎是现成的，只是针对国庆气候特点稍作修改，包括三道防线设防的设置都沿用下来。而重点火箭作业点的备弹量提高了一倍，达到了120发。

天有不测风云

9月30日，阴沉沉的天气里，天黑得更早了。下午5时左右已有了夜色。

华灯初上。雨，还没有开始。最新的一份气象服务专报刚刚发出：天安门地区的降雨将在20时至24时之间开始。

北京市气象台会商室内，大会商之间的短暂间隔格外安静。这片刻的休息时间演变成了天气预报员们焦虑的等待，检验他们预报准确与否的时刻正在迫近。

19 时 25 分，主屏幕上的远程视频系统忽然跃现出延庆东门营观测站降雨的画面。灯光照射下，淅沥沥的小雨划出丝丝雨线，打湿了地面。

不少预报员轻声交流起来，雨终于来了。但是直至21 时，降雨还只发生在北京西北郊。

一阵沉闷的雷声由远及近，引起了会商室的一阵骚动。有人快步走到窗口，推开窗户，冷风夹着几个水滴飘了进来："下雨啦!"

孙继松正在电脑前准备着22 时大会商的发言，闻言抬起头，墙上的挂钟指向了 21 时 40 分。他再次刷新了电脑页面，画面上是北京 200 个自动气象站传回的降水监测数据，出现 5 毫米以上明显降水的站有 15 个。

雷达回波图上也清晰地拼出降水云系的移动发展过程，云系已经开始了收缩。"降水在这个时候开始，意味着它极可能在国庆庆典开始前结束。随之而来的就是晴朗朗的蓝天白云。"一直眉头紧锁的孙继松终于轻舒了一口气。

22 时，北京市气象台与中央气象台的联合天气会商在这场蒙蒙小雨中开始了。一同参加会商的，还有北京市委常委牛有成和副市长夏占义。牛有成是首都国庆 60 周年北京市筹委会气象交通保障组组长，国庆气象保障的总负责人。

"如约而至"的降雨带来了短暂的轻松，但这场雨一时不停，每个人身上的压力也不会卸去。"天安门地区间歇性降雨将持续到 1 日 4 时前后，不会对集结造成影响。"会商的结论几乎是在重复前几次预报，但预报员的语气和措辞空前笃定。

即便是得到了这样肯定和明确的预报，牛有成等人还是在会商后又转到了人影指挥中心。同样负责过奥运气象保障的牛有成，对天气的难以捉摸深有体会。"天有不测风云。"牛有成特意叮嘱正在值班的张蔷，"你们一定要密切监测，择机作战。"

这一夜，牛有成和夏占义驻守北京市气象台。和所有值班人员一样，彻夜无眠。

10 月 1 日凌晨 4 时许，一直驻扎在天安门广场的气象应急指挥车发回了所有人渴盼的消息："天安门广场的降雨已经停止。"

会商室里响起一阵掌声，一天一夜值守的疲惫，被这个消息一扫而光。

从人员集结开始，气象保障服务的重点就转移到了广场上的应急指挥车。伏建国已经带人赶赴那里。会商室里的众人开始一身轻松地看着雷达回波，等待云层消散，为国庆庆典亮出澄净的天空。

可这份轻松仅仅维持了2个小时。6时20分许，正在逐渐减弱的雷达回波图上忽然蹦出了一个黄色的色块——那标志着一个可能出现降雨的云团，位置正好处在北京的西部，且在向东快速移动。

当真是天有不测风云！所有人的神经一下子绷紧了。

炮打降雨云团

人影指挥中心。

张蔷办公桌上的电话尖利地响了起来。楼上的会商室向她紧急通报了刚刚发现的降雨云团。此时的张蔷，正紧盯着电脑屏幕上的那个黄色色块，也被这个毫无征兆就忽然出现的降雨云团吓了一跳。

6台多普勒气象雷达，每6分钟就刷新一次北京上空的云层监测数据。气象预报平台上的雷达回波图，用不同的色块标志着云层信息。上一次刷新，满屏幕几乎都是深深浅浅的绿色色块，那代表着不会有降雨的“安全”云团。

再往前的每一次刷新，都印证着天气系统又向着好的方向迈出了一步。几乎就在转瞬之间，一个代表着很可能降雨的黄色色块出现了，变化之快极为反常，被发现时，它就已经处在第二道防线的上空。

距离国庆庆典开始只有不到4个小时了。按照这个云团的发展和移动速度，压过来就可能到达城区，说不准会在庆典过程中就到达天安门广场上空。没时间犹豫了，张蔷与在场专家紧急讨论了一下，果断下达命令：“打掉它！”

但是，人工消雨的命令却不是马上就能发出。云团所在的区域，是执行国庆空中安保任务的空军飞机飞行空域，要发射火箭弹，先要申请空域，确认净空。

就在张蔷紧张地联系空军之时，位于门头沟区妙峰山附近的一个临时火箭作业点，蜷在汽车驾驶室里刚刚睡着的郑宏业被雨滴落在汽车玻璃上的声音惊醒了。

雨已经时大时小地下了大半夜，直到10月1日凌晨2时才算停。作业点的几个人在雨中焦急地等了几个小时也未得到指令。看见雨停了，才或在帐篷或钻进汽车，放心地准备睡上一会儿。

“怎么又下上了?”郑宏业满心忧虑地嘟囔。同样是个“老气象”的他很清楚这个时间、这个位置的降雨可能造成的影响，他马上叫醒几个同事:“这回要动真格了!”

果然，7时30分许，作业空域确认了净空。郑宏业的步话机里传来了海淀区人影办主任李如清的指令：“方向270°到290°，仰角73°，20发急射。”

李如清管辖的是分布在海淀和门头沟区的7个火箭作业点，属于第三道防线的一个分区。而待到空域申请下来时，飞快移动的降雨云团已经让第二道防线鞭长莫及，直接开始冲击最后一道防线。

第三道防线，也只有7个作业点的“火力”范围能够打到这个云团。

最后一道防线，成败在此一举。张蔷下达作业指令时，甚至在标准的指令用语之外，加上了非常情绪化的一句狠话:“往死里捶!”

郑宏业等7个人依令而行。所有的技术动作已不知演练过多少遍，调整发射架瞄准、装弹、发射，一次三发；方向微调，瞄准、再装弹、发射……不到3分钟，20发火箭弹带着啸音，接连射向那片笼罩大地的乌云。

半小时过去，雷达回波图上的黄斑还是没有去除掉。“再进行一次!”张蔷又发出了指令。

从7时30分至9时，7个作业点共实施了4个波次的人工消云减雨作业，432枚火箭弹，在最后一道防线前生生把那个“顶风作乱”的降雨云团给打没了。

“其实，第三个波次实施完，雷达回波就已经显示那个云团安全了。但既然已经开打了，干脆就打个彻底。”张蔷说，“把这个最后一股乱云消灭干净，才真正是万无一失。”

2009年10月1日早7时，天安门广场。

天还是蒙着一层灰暗的云，东边初升的太阳躲在云背后，朦朦胧胧的只能看见个轮廓——仍算不上一个好天气。

8时，北京市气象台发布预报：今天北京天气多云转晴，阅兵期间天安门地区能见度大于10公里，对国庆阅兵活动及空中梯队飞行没有影响。

人们还来不及留意乌云是如何消失的，9时许，一个晴朗朗的天空就呈现在眼前。蓝天、白云，金灿灿的阳光照耀着大地——快得就像是舞台切换了背景。

是的，这一天，这里是全体中国人的舞台。60年激情岁月，一甲子光辉历程，在完美的天气映衬下，尽情呈现。

沧海西流

——“引渤入疆”调水之辩

董少东

2010 年 11 月初，新疆乌鲁木齐。

在一个名为“陆海统筹海水西调高峰论坛”的会议上，上百位水利工程专家和企业代表提出了一个宏大的构想：从渤海提送海水，千里驰援新疆，改善荒漠生态，变沙丘为绿洲。

结果，设想中的海水掉进了现实的油锅，引爆了沸反盈天的争议。网友称之为“天方夜谭”，“痴人说梦”，十余名工程院院士联合召开发布会，直斥其为“伪科学”……

而构想倡导者的坚持也言之凿凿：“科学从不反对大胆创想”。

“引渤入疆”，是一个能照进现实的梦想，还是一个不着边际的空想？

“口水比海水还多。”

舆论的沸腾超过了所有人的预料。

在新疆乌鲁木齐举办的“陆海统筹海水西调高峰论坛”，其实连开幕式和媒体交流在内的实际会期只有三个半小时。会后，大多数专家和企业代表被论坛组织方带去参观塔克拉玛干沙漠，实地感受新疆对水的渴盼。

次日，媒体报道，“新疆研讨渤海水西调入疆”、“专家称6年内可实现”，随即引发全国关注。舆论风向几乎是“一边倒”的质疑和非议。

参加此次论坛的西安交通大学档案馆馆长霍有光是“海水西调”的首倡者之一。当他一个星期后返回西安时，同事告诉他，“电话快被打爆了”。而此后的几天，他的电话也几乎是处于“热线”状态，媒体采访、各方人物的探讨应接不暇。

网上的讨论更是沸反盈天，刻薄者如：“海水没进疆，脑子先进水”，“堪比炸开喜马拉雅山的异想天开”，“相当于‘四大傻工程’——长城贴瓷砖，赤道镶金边，飞机装倒挡，黄河安栏杆。”最“和善”的评价也谨慎地说，那是一个“大胆的设想”。

在此之前，同一主题的“海水西调论坛”举办过多次，甚至场面更盛，比如2008年在人民大会堂召开的“陆海统筹与引渤济锡发展战略研讨会”，规格颇高，甚至去了不少院士和退休的部级领导，但也反应平平，后续寥寥。

“怎么这一次动静这么大，搞得口水比海水还多?”霍有光有些不解。

此次新疆论坛突如其来的火爆，也令中国工程院院士曾恒一难以适应，他是此次大会的主讲嘉宾，为论坛致开幕词，题目是“陆海统筹、海水西调与西北地区经济腾飞”。

“原本就是一个简单的学术讨论，我已经拒绝回应了。”曾恒一说，“可怕，把问题复杂化。”

2010年11月16日，在北京召开的《新疆可持续发展中有关水资源的战略研究》项目成果发布会上，十多位中国工程院院士一致认为：无论是从气象学的角度，还是新疆的地理条件，以及海水淡化的技术难度、经济成本来看，“海水西调、引渤入疆”的想法都是一个“伪科学”。

这几乎是为“引渤入疆”做了“不可行”的定论。

风口浪尖之上，承办论坛的新疆哈密自治县发改委和内蒙古锡林郭勒盟发改委不再做出任何回应。

在论坛上说“‘引渤入疆’6年可实现”的泓元海水淡化有限公司董事长王秀顺，在接待了“30多拨记者采访”后，表示“上面已经下令‘封口’了”。不过，他仍坚持说：“‘引渤济锡’工程还在继续。”这项工程被视作“引渤入疆”的一个试点，也是“引渤入疆”线路上的一段。

论坛的主办者之一、新疆东西部经济研究院院长唐立久最近也很忙。每天，他的办公室要迎来送往数拨记者，他认真地向每一位采访者表达着自己的设想，展示着“海水西调，引渤入疆”的美好蓝图。

“有不同的声音是好的，有争论才能更接近客观和理性。不管‘引渤入疆’是伟大设想还是天方夜谭，这一话题已经引起了全疆乃至全国各界对新疆水资源利用、发展的关注。多想一想总是好的。”唐立久说。

唐立久介绍，事实上，“引渤入疆”已经是解决新疆水资源困境的第五种解决方案了。此前的几种设想也多引起争议，比如沦为笑谈的“把喜马拉雅山炸个口子”。

“空中南水北调”和“朔天大运河”

“如果我们把喜马拉雅山炸开一道口，甭多了，50公里宽的口子，世界屋脊还留着，把印度洋的暖风引到我们这里来，试想一下……得变出多少个鱼米之乡？”葛优在小黑板上，用粉笔涂抹着他的“大志向”，一旁的徐帆听得两眼放光。

“把喜马拉雅山炸个口子”，现在常被人用来类比、讽刺“引渤入疆”。这个惊世骇俗想法最广为人知的版本，就出自贺岁片《不见不散》中的葛优之口。

导演冯小刚在他的自传《我把青春献给你》之中，道出了“炸喜马拉雅山”的原委。

1997年的时候，一位传奇式的“大老板”找到北影厂，要投资2亿美元拍电影。冯小刚等人前去拜望这位“老板”。“老板”天马行空地聊了多个话题后，忽然转了话题：“我们现在正在论证一个惊天下的设想，把喜马拉雅山炸开一个宽50公里的口子，让印度洋上的暖湿气流经尼泊尔吹进青藏高原，彻底改变那里恶劣的生态环境，摘掉那里的落后帽子，把青藏高原变成美丽富饶的鱼米之乡。”

冯小刚写道：“我当时都听傻了，很多天闭上眼睛，眼前就出现炸开喜马拉雅山的画面。事后，我问懂行的人，老板的创意是否可行？得到的答复是：扯淡！”

冯小刚没有写明“老板”的名字，但综合各种细节，最符合这位“老板”形象的，就是曾经的“中国首富”、后来的“中国首骗”牟其中。“炸喜马拉雅山”就是这位上世纪八九十年代风云人物著名的惊人之语之一。

不过，“把喜马拉雅山炸个口子”也不是牟其中一个人的空想。《不见不散》上映后，还有几个专家学者发文，说冯小刚“剽窃了他们的想法”。

霍有光在提出“海水西调”设想后，在不断完善自己方案的同时，也曾就另外几种解决新疆水资源困境的方案进行过争论。“将喜马拉雅山炸开一个口，他们称之为‘空中南水北调’。”霍有光说，“其实这根本是没有地质学、气候学基本常识的空谈。”

中国大气物理学界的多位专家也早已论证过，“引来印度洋暖湿气流，改变西北地区气候”在气象学上是无法成立的。

解决新疆水资源困境的另一个大胆设想是“大西线调水”。这个方案还有一个颇具浪漫主义色彩的名字——朔天大运河。

“朔天”，是指这个方案的水源地直指世界屋脊青藏高原，引雅鲁藏布江、怒江等江河 2006 亿立方米的水，相当于 4 个黄河的流量，运送到新疆、内蒙古、甘肃等西北地区，让罗布泊起死回生，还能让京津地区用上西藏之水……

“大西线调水”是上世纪 80 年代初“民间水利学家”郭开提出的，曾在一定时期内得到了多方的关注和支持，全面描写这一设想的报告文学《西藏之水救中国》还曾引起过轰动。

“大西线调水”方案中有两条通往新疆的支流。一条是东出青海湖，经西宁，过嘉峪关，入新疆，再通过乌鲁木齐，出伊犁，进入中亚的哈萨克斯坦，与国际运河相接，可直达荷兰鹿特丹港。

另一条是西出青海湖，沿祁连山、阿尔金山南坡海拔 3200 米等高线处，开凿一条通往新疆罗布泊和塔里木盆地的运河。由于存在巨大落差，沿线可以修建规模宏大的水电站群，其发电能力相当于 4 个三峡。

但是，发端自民间的“大西线调水”方案最终只是一个无法付诸实际的愿景。水利部认为，“大西线调水”工程中错误的概念太多，“缺乏科学常识”。“使西北、内蒙古低海拔荒漠、草原成为适于人类居住的湿润平原的想法，仅仅是一个美好的愿望。生态环境的形成是多种自然条件长期、综合作用的结果，仅仅增加一些地表水资源量，并不能改变受水区的气候类型”。“水加上沙漠，并不等于塞北江南”。

霍有光则说，这个方案仅从工程学上也是行不通的。“在青藏高原上要建几十座两三百米高的垒石坝，每个都超过三峡。这样大的工程前所未有，光是渗漏、安全问题就没办法解决。而且，青藏高原上也没有那么多的水可引。”

2000 年，在中国工程院院士钱正英和张光斗的主持下，中国科学院和中国工程院 43 位院士和百位专家形成《21 世纪中国可持续发展水资源战略研究》报告，专门对“大西线调水”进行了研究，结论是“在可以预见的将来，大西线工程没有技术可行性”。

众多的大胆设想被论证是不可行的。目前，新疆地区解决水问题只能基于自身实际，主要思路是节水，包括加强环境生态保护、退耕还林等等。

然而，这些措施绝非一朝一夕就能见效，新疆对水的渴盼一如既往地急迫。唐立久说：“一直以来，新疆都实行以低水价引进大项目的政策，但项目引进之后，用水指标却成了遏制项目顺利进展的绊脚石，坐拥中国41%煤炭储量的新疆正感受着能源大开发的投资狂潮，投资规模以千亿计的一系列能源项目入疆后，却不得不面对当地水资源匮乏的困境……”

每一个能为新疆供水的方案，都会在这里得到关注。哪怕设想中的水源是上千公里之外的大海。

两个首倡者

霍有光，西安交通大学档案馆馆长、教授、博士生导师。这几天，他在网上有了很多新的“头衔”：“异想天开的疯子”、“科学界的牟其中”……一切都源于“引渤入疆”引发的空前争议，而他作为首倡者，言论多次见诸媒体。

霍有光不以为然。他笑呵呵地说：“还有人说我是‘叫兽’呢。我说我就是‘叫兽’，我是一个叫喊科学的‘野兽’！”

公认的另一位首倡者，中国地质大学教授陈昌礼，因为年事已高，未接受媒体采访，也避免了被直接攻讦。

两位学者在现实生活中并无交集，各自提出了“海水西调”的设想。两种设想区别很大，但相同的是，想法的诞生颇有“灵光闪现”的偶然。

地质勘探出身的陈昌礼曾回忆，他的灵感来源于1992年的伊犁之行，从果子沟到伊犁盆地，一路绿色，“我就想把新疆所有的地方都变成伊犁，但关键就在于缺水。”

他分析得出，伊犁盆地尽管地处沙漠腹地，但降雨丰沛的原因有三：地处西风带、有西开口的八字形高山冷凝系统、有大西洋及欧亚大陆水汽汇聚。这一发现一直到10年后才发表在《中国工程科学》杂志上，这三个条件后来被媒体称为“陈氏定律”。

霍有光提出的“海水西调”方案被舆论称为“空想”。

也是在这篇题为《海水西调与我国沙漠和沙尘暴的根治》的文章中，陈昌礼完整地提出了海水西调的设想。他认为，新疆具备增雨的两个条件，即西风带、高山冷凝系统，唯独缺少水汽源，这个必备条件可以通过海水西调来实现。只有海水西调才能实现大流量和持久性调水，每年调水1000亿到2000亿立方米，历经100年，在西北形成大约10万平方公里的人工湿地。

霍有光则自称，他的灵感诞生于1995年秋季。

在北京西站的候车大厅里，正在等车的霍有光望着墙上的中国地图突然愣住了。他从西到东在地图上比对着中国八大沙漠的位置，塔克拉玛干沙漠、古尔班通古特沙漠、腾格里沙漠、乌兰布和沙漠、浑善达克沙地……他用手量了一下渤海到沙漠的距离：并不遥远。

候车大厅嘈杂的人流中，霍有光很兴奋：“为什么我们不能把渤海水引入新疆，镇压沿途的大沙漠，解决干旱问题呢?”

在近来对霍有光的争议中，众人质疑的是他的身份——哲学系教授和档案馆馆长，和水利完全不搭界嘛!

霍有光对此哭笑不得。其实，他真正的专业是地质学，毕业于兰州大学地质地理系，后在中国地质科学院西安地质研究所工作20多年。哲学系教授的身份，倒是他后来从事的科学技术哲学史研究和教学所赐，而他同时还兼任着生态环境和现代农业工程中心教授。

霍有光说，从一个地质研究所的技术员开始，他走过了新疆、甘肃、宁夏等地最干旱的地区，曾经早上用一杯水刷牙洗脸，晚上继续用这杯水洗脸洗脚。所以，霍有光借用了爱迪生的名言，自称，产生“海水西调”的想法是1%的灵感，另外99%来自几十年地质工作的经验积累和思索。

“受环境破坏等因素的影响，我国北方地区水资源严重匮乏，尤其是横亘我国北方的条带状沙漠由于几乎没有水资源，不仅环境无法改造，反而以每年新增2000多平方公里的速度在不断扩大沙漠化进程。”霍有光说，“没有水，你才知道水有多重要。”

1997年，霍有光在《科技导报》发表了《西调渤海水改造我国北方沙漠生态环境的设想》，第一次明确提出了“海水西调”的概念。

“外线”“内线”之争

在明确了“海水西调”设想之后，霍有光就把几乎所有的业余时间都投入到方案研究和论证上，先后发表了数十篇论文，并撰写了三部专著，但一直应者寥寥，只在小范围的专家中引起过一些讨论。

转变发生在2001年。《中国工程科学》以专题报告形式刊登了陈昌礼的论文：《海水西调与我国沙漠和沙尘暴的根治》，并在封面刊登了“海水西调”走向图。《中国工程院》是中国工程院院刊，发表这篇论文产生了不容小觑的影响。

这一年，正值国家提出实施“西部大开发”战略。陈昌礼和霍有光的主张被中国高科技产业化研究会海洋分会注意到。这是一家挂靠在国家海洋局、以海洋方面专家和海军将领为主要成员的全国性科技社团，主要活动涉及海水综合利用合作方面的研究、咨询建议活动。海洋分会遂联系上了陈、霍两位教授，此后每年都请两人在海洋分会年会上作学术报告。

2002年，几名政协委员在全国“两会”上提案“海水西调治理沙漠化”，但水利部门反馈的意见归结起来只有四个字：“盐水失衡”。提案因此未获响应。

霍有光回忆说，从2001年开始，每隔一年，海洋分会都要组织一次“海水西调”的专题论坛，但似乎总也得不到多少关注。与会者众，其中不乏两院院士，但真正展开研究的只有他和陈昌礼两人。而这两个人，也从来没有达成过一致。

霍有光和陈昌礼两位教授，虽然“英雄所见略同”地把“海水西调”水源地瞄向了嵌入中国大陆的渤海，而且海水最终目的地都是罗布泊，但两人在引水路线的走向上却一直争论不休。

霍有光勾画自己的“海水西调”路线图时，第一个着眼点是自己早年间走过无数遍的疏勒河故道。

疏勒河，古名籍端水，河西走廊三大内陆河流之一，从汉以来，酒泉、敦煌、玉门、阳关等西部重镇皆赖其哺育，古河道曾注入罗布泊。

“大河向东流是很多人的固有印象，谁能想到中国西北曾经有一条自东向西流的河呢?”霍有光说，“疏勒河的河道我全都走过，它就像是给‘海水西调’预留的一样。海水被引入到这里，不仅可以实现自流，还可以利用落差发电，对冲引入海水所需要的电力资源。”

从疏勒河故道的东端玉门镇，霍有光沿着地图一路向东，寻找着连接到渤海的线路。经历过无数次修改后，他拿出了自认为最切实、最便利的调水路线：从天津附近的渤海口取水，直接进入黄旗海，总调水路线为440公里，地势也比较平缓。然后由黄旗海——库布齐沙漠——毛乌素沙漠——腾格里沙漠——乌兰布和沙漠——巴丹吉林沙漠，走河西走廊戈壁滩，经疏勒河从东向西的自流进入塔克拉玛干沙漠东缘的罗布泊。

这条线路走向在阴山以南，也被称为“内线”。而陈昌礼教授提出的方案则走阴山以北，被称为“外线”，准确的描述为：从渤海西北海岸提送海水达到海拔1200米高度，到内蒙古自治区东南部，再顺北纬42°线东西方向的洼槽地表，流经燕山、阴山以北，出狼山向西进入居延海，绕过马鬃山余脉进入新疆。

两种方案各有利弊，两人为之争论不止，谁也说服不了谁。每一次海洋分会组织的“海水西调”论坛，也几乎成了这两人观点的一次次重复交锋。

2008年，海洋分会再次组织了一次“海水西调”研讨会，这次会议因为一家企业的加入而把名称转变为“陆海统筹与引渤济锡发展战略研讨会”，该企业就是正在内蒙古锡林郭勒盟谋划利用海水的泓元海水淡化有限公司。

有了企业的支持，研讨会的规格大幅提高，不但把会址选在了人民大会堂，而且请到了上百位院士和省部级退休官员参加。

不过，霍有光却发现，自己的线路设计被“忽略”了。那次会议，泓元公司为每位与会者制作了一件水晶工艺品，上面雕刻着“海水西调”的路线图——只有一个“外线”方案。

“外线”方案更靠近锡林郭勒盟，自然被泓元公司看中。陈昌礼教授其实从未真正参与过“引渤济锡”的线路设计，但对泓元公司选用自己的路线设计乐见其成，把它当成了“样板工程”。

霍有光对此一直持反对意见，他认为“外线”方案问题很多，比如海水通过草原，会造成盐碱化问题。“我因此还被人称作‘害群之马’。”霍有光说，“还有人暗示海洋分会，以后不要请我参加‘引渤济锡’或者‘海水西调’的研讨会了。”

霍有光的反对没有产生影响。泓元公司的介入，把一直处于空谈阶段的“海水西调”，一步步地按照企业的做法推向了现实。

“这是一桩生意”

对“海水西调”的热情，身为商人的王秀顺甚至比陈昌礼和霍有光两个理论创始者还要高。

王秀顺是2004年年底被内蒙古锡林郭勒盟发改委请来的。那时，他还是山西连顺能源有限公司董事长。在王秀顺眼里，“引渤济锡”，乃至整个“海水西调、引渤入疆”都是一桩生意。

他的设想是，每年从渤海调水3.65亿立方米到锡林郭勒，在进行海水淡化的同时，年产各类海洋化工产品1120万吨，还包括每年350万吨高级动力燃油和10亿立方米的合成天然气等一系列化工产品。他估算，项目一期总投资628亿元，静态投资回收期（包括3年建设期）为税前6.52年，税后7.34年。

公开的资料显示，这家企业是一个总资产26亿元、年销售260万吨的集采煤、炼炭、煤转燃气、销售等为一体的综合企业集团。它从煤炭开采和选洗煤起家，投资恢复了中科院山西煤化所的煤基合成油实验室，积累了煤化工生产技术和经验。

锡盟看中的是连顺能源的煤化工生产技术和经验。

锡盟有着中国最丰富的褐煤资源，可采储量1396亿吨，其特点是埋藏浅、煤层厚，非常适宜露天开采。但褐煤的缺点与其优点同样明显，含水量高，运输成本过高，且易氧化自燃，远距离运输有风险性。最恰当的开发方式是在当地建立坑口煤化工业或发电，把煤就地转化为电，煤制气、煤制油等煤化工产品后外送。无论是发电还是煤化工，水必不可少。

关于调水，锡盟本来并无设想。但王秀顺考察一番后发现，在当地取水搞煤化工几乎不可能，附近也没有富余的水源可做供应，唯一能有希望用的就是海水。"能想到海水的，也只有我们。"王秀顺说。

连顺能源在1997年就开始研制海水淡化技术装置。而在有了"引渤济锡"的设想后，连顺能源锡林郭勒盟泓元海水淡化有限公司，随即在辽宁葫芦岛市成立了生源海水淡化工程有限公司，注册资金1亿元。

这正是泓元公司此后对外公布的"引渤济锡"的起点。

泓元公司的海水淡化项目也引起了海洋分会的注意，并将其吸收为会员单位。由此，王秀顺接触到了"海水西调"设想，他正在极力推进的"引渤济锡"工程，恰好与"海水西调"的"外线""步调一致"。于是，"引渤济锡"项目成了"海水西调"的示范工程，一旦成功，很可能成为将来调水入新疆的第一步。

在霍有光和陈昌礼两人的最初设想里，"海水西调"都只是一个农业改善生态工程，它的实现有无法预测的漫长距离，而现实的实践速度显然超出了理论创始者的意料。

霍有光表示："'引渤济锡'项目实施，大大加速了'海水西调'设想的实现，我也想不到进度有这么快!"虽然并不赞成泓元公司所走的"外线"调水路线，霍有光却也乐见能有一个项目作为"海水西调"的"试点"，"如果将渤海引入锡盟成功了，就能证明'海水西调'是行得通的，万一出现解决不了的问题，停掉它就是了。”

如果不是在新疆举办的论坛引起了前所未有的关注和争议，人们不会知道所谓的“引渤入疆”设想，更不会知道，那个民营企业泓元公司已经悄无声息地推动这个设想付诸实施5年了。

王秀顺更在新疆的论坛上放言：“‘引渤入疆’6年即可实现。”一个前所未闻、现在听着更觉异想天开的宏大工程，似乎就这么一下子近在眼前了。紧随而至的争议和质疑远远超过了论坛参与者的预料，让他们措手不及。

泓元公司的“引渤济锡”项目被媒体曝出没有得到国家发改委的审批，而且，国家发改委在2007年的复函里明确：“该项目是一个庞大的系统工程，涉及面广，在技术、经济、生态环境保护等方面还存在不少问题，需要进一步开展研究论证工作……现在尚不能得出肯定的结论，各项工程立项尚不具备条件。”

在地方层面，锡盟发改委称“引渤济锡”项目还在酝酿和研究，并未立项；辽宁省发改委则“从未听说此事已立项”。而王秀顺最引以为据的中国国际工程咨询公司出具的可行性报告，即便在做出这份报告的中咨公司看来，也只是一份“初步评估”，只是“技术上可行”，还欠缺环境评估报告。

信心满满的王秀顺一下子成了舆论的矛头所指。而他在接待了30多拨媒体的采访之后，终于在被他称为“失控”的舆论态势下，表示“以后再也不接受媒体采访了，我们就踏踏实实做事”。

当问及引渤济锡项目是否继续时，王秀顺答：“当然！这绝对是一个有钱可赚的商业项目！”

“不可行性论证”

相对于很多当事人在舆论重压之下的躲闪和闪烁其词，“海水西调”首倡者之一的霍有光倒是颇为镇定。他一直在饶有兴趣地关注着媒体对他的报道和评价，他有自己的博客，他看所有人的留言，他说最近的主要工作就是解答质疑。

比如有人说，海水进入沙漠会大量渗漏到地下，污染地下水。霍有光反问："内陆的咸水湖也不少，你看哪个污染地下水了？"他从地质学的角度解释说，沙漠其实只是表面一层沙子，而且并不深，下面就是岩层，岩层根本渗不下去水，只要水源足够，沙漠其实是天然的大水盆。

有人说，"海水西调"工程造价将是天文数字。霍有光认为，"海水西调"不仅能固沙治旱、开发能源、发展产业，它还将改变整个北方地区的气候和生态环境，受益者将是整个中国。

"这是能用钱算得清的吗？"他瞪大了眼睛。而且，他对造价进行过严密分析，如果采用管道输水，"海水西调"不会超过西气东输，如果管道和明渠并用，"海水西调"也不会超过南水北调。

霍有光论述"海水西调"的基本原理是，以海水填充中国北部八大沙漠，形成人造海。人造海可以遏制沙尘暴，发展人造海养殖业、盐化产业及周边的绿化、种植、旅游等沙产业；另外，也可作为水汽供应源，湿润北方气候，增加降雨量。按他的设想，西调渤海之水不会改变我国陆地上任何一个地区原有水资源的数量及配给。

然而，无论霍有光的理论多么自成其理，这些美好的愿望还是被逐一驳斥。最猛烈的打击来自2010年11月16日。

在北京召开的《新疆可持续发展中有关水资源的战略研究》项目成果发布会上，十多位中国工程院院士彻底否决了"引渤入疆"的构想。他们认为，无论是从气象学的角度，还是新疆的地理条件，以及海水淡化的技术难度、经济成本来看，"海水西调、引渤入疆"的想法都是一个"伪科学"。

据说，一名与会的泰斗级水利专家在发布会开始前就表示："'海水西调'，只能论证其不可行性，而不是可行性。"

中国工程院院士、国家气候中心原主任李泽椿在发布会上说："我和我的同事讨论（海水西调），大家都不想讨论，因为它忽视了大气物理上的最基础的原则，不是有了水汽就能下雨。"

在他身旁的国务院南水北调办公室原副主任宁远研究员直言，无论是管线展设、工程造价还是终极水的配送，这个题目都“没法想象”，只属于“科幻题材”。

中国工程院原副院长沈国舫则表示，如果我们大量抽取渤海的海水，渤海的水量将从黄海补充，而黄海海水的盐分比渤海高，这样一来势必会给渤海的整个生态带来灾难性的影响。

“那么多的海水调过去，渤海和新疆的生态最终都会恶化。”中国工程院院士、中国科学院地理科学与资源研究所研究员石玉林补充说，“假设调运1000亿吨海水，海水的含盐率为3%，就将产生30亿吨盐，而如何处置这些盐会是一个巨大的问题，因为新疆很多土地目前盐碱化灾害已经十分严重。”

主持发布会的工程院院士钱正英则有意为“引渤入疆”的争论画上了句号。钱正英表示，早在2007年9月，中国工程院就组织开展了“新疆可持续发展中有关水资源的战略研究”等重大咨询项目。鉴于近期公众对新疆水资源问题的关注，项目组决定召开这次发布会，并将尽快公布全部的研究成果。欢迎公众关注项目研究成果并进行评论，从而能够更深入地对新疆水资源问题进行思考。这样，关于引渤海水入新疆的争论自然就会淡化。

20年才能有共识？

关于“引渤入疆”的争论真的会就此止歇吗？至少在霍有光看来，不会。“很多人说我和陈昌礼教授提出‘海水西调’的设想是一拍脑袋。”霍有光笑着说，“我们对各自的想法论证了十多年，这十多年都在拍脑袋吗？”

在他看来，“海水西调”引爆争议后出现的诸多质疑，倒像是一拍脑袋就提出来的。而几乎所有的质疑，他在十几年的论述中都已经做出了解答，那是数十篇论文和三本专著，洋洋数百万字。

霍有光说，目前对“海水西调”的质疑，多数都是以结论性的语句提出的，依据的理由大而泛泛。相对于他对“海水西调”每个环节的详细论述和辨析，“这不是对等的科学讨论。”他仍然坚定地认为，“海水西调”是一项切实可行的工程，能够带来丰厚的环境、社会和经济效益，并且继续欢迎各种质疑和争论。

中国高科技产业化研究会海洋分会秘书长张宝印也是“海水西调”的支持者。他表示，现在的质疑，应该到了立项之后再解决。“质疑调水调那么多，所需能源从哪儿来，产生的效益会多大，盐碱化问题能否解决……这些问题不可能解决，也不需要解决。只有在实用部门真正立项了，那才是需要解决的时候。”

而“海水西调”的宏大构想，现在看来还远不是立项的时候。新疆东西部经济研究院院长唐立久表示：“目前引渤入疆只是设想和提议，并没有上升到政府即将实施的层面。可行性还是目前争论的焦点，基本处于‘纸上谈兵’的状态。”

霍有光也说，他没有被反对者说服，而他现在也很难说服那些反对者，“海水西调”的争论还在激烈阶段。即便是这个构想真的有一天付诸

渤海之水，真的能从千里之外给新疆造就绿洲吗？

实施了，也绝不是短期内就能完成。他认为，“海水西调”需要大流量和持久性，需要以“接力棒”的方式调水，本着“量力而行，先近后远，各个击破，分期到位”的原则，构建西北人工湿地大概需要100年的时间。

对“海水西调”构想引发的争论，陈昌礼似乎早有预见。他在2007年的一篇文章中就说：“要取得共识起码需要20年，而真正建成要花100年。”

只是，经过了这一番激烈的纷争，“引渤入疆”究竟是“痴人说梦”还是“伟大创见”已经界限难辨。且不说这个构想要实现需要多少年，就算如陈昌礼所说，20年取得共识，这个共识究竟是肯定还是否定，现在也得不到答案。

无论如何争论，现实摆在眼前。中国西北缺水220亿立方米的严酷现实没有得到改变，北方八大沙漠还在以每年2400平方公里的速度疯狂外扩，首都北京离八大沙漠之一浑善达克沙地只剩几十公里了。沙尘暴，几乎是中国北方城市的共同梦魇。

相对于推翻一种设想，我们更需要的是找到一个切实可行的解决途径。

下篇★鉴往

208 情报站

董少东

1949 年 12 月 27 日，成都和平解放，这也是国民党势力在中国大陆盘踞的最后一座大城市。

然而，真正的和平并未就此到来。从全国各地溃逃麇集于成都的国民党潜伏特务、落魄军官很快窜逃至川西北阿坝地区的雪山草地，拼凑起数千喽啰，四处兴风作浪。这撮号称“陆上台湾”的匪军，成了新中国的肘腋之患。

1951 年仲夏，成都市军管会公安处派出一个秘密情报站，代号“208”。他们广泛依靠藏、羌、回、汉各族群众，积极争取少数民族上层人士，在雪山草地间支起了一张隐形的情报网，导引着剿匪大军犁庭扫穴，荡平匪患。

“小公安”领导“老特务”

1951年7月上旬，一个闷热的下午，成都军管会公安处政治保卫室侦察员李守福受命来到了会议室，接受领导布置的一项机密任务。

时间已经过去了近60年，已是80岁高龄的李守福仍清楚地记得那次会议的每一个细节：

“会议室正中摆着一张桌子，我坐在一边，对面是政保室主任林佐夫、侦察科长王禾、老侦察员刘传弗。屋子的一角有个老式电风扇，一直在‘吱吱扭扭’地响个不停。”

会议的气氛让当时还年轻的侦察员有些紧张。

林佐夫开门见山，简明扼要地叙述了任务的情况。

茂县专区（今阿坝藏族自治州）流窜着五六千作乱叛匪，这是国民党溃逃台湾前，利用雪山草地险恶的自然环境和复杂的民族关系，有计划布建的反共游击武装，这些人不同于一般土匪，而是一个政治和军事匪帮。中央军委决定组建西南公安师，担负清剿雪山草地叛匪的任务。

雪山草地社情复杂，敌在暗，而我在明。为配合部队剿匪，成都军管会公安处政治保卫室决定组建一个秘密情报站，潜入叛匪活动区域，进行情报侦察。

而这个代号“208”的情报站，就交由李守福负责。

“我？”李守福对组织上选择自己担此大任有些惊讶——那时他年仅21岁，看上去还是个毛头小子。

不但是李守福，笔者对这个决定的因由也很是好奇。不过，了解了李守福的详细资料后就会发现，除了年龄有些小之外，他的确是这个职务的最佳人选。

李守福1930年生于山西洪洞县。1945年，还在读中学的李守福就参加了革命，当时就是地方公安系统的侦察员。1950年，他作为南下干部分

当年的208情报站站长李守福

配到成都，在政保室工作队任侦察员，负责缉捕逃亡潜伏匪特、挖缴非法电台及武器等。虽然只有21岁，李守福却是一个有着丰富经验的“老公安”了。

现在已是古稀之年的罗克刚和毛思寇，曾对成都市公安局60年的历史进行过全面整理，对李守福再熟悉不过。他们告诉笔者，当时政保室共有两个组，李守福已经是侦察组的组长，在这个职位上表现出很强的工作和领导能力。李守福不但精明强干，而且为人热情、豪爽，这一点特别有利于在多民族杂居地区独当一面，与少数民族群众交往。

虽然有些出乎自己意料，但李守福还是“深感光荣和责任重大”地接受了这项任务。不过，领导接下来的话又让他心底一沉：“这个情报站，只有你这个站长是公安干部，其余都是国民党原警特人员。”

交给李守福的是这样一张208情报站成员名单：国民党成都警备司令部稽查大队长康伯桃、大队副白德伟、督察室主任张尚钰、稽查处社侦组副组长何麟、原四川省会警察局分局长钟添麟、原国防部二厅川西游击区情报员马秀生等，共17人。

为什么选择国民党的警特人员？李守福当时也是满心疑虑，但经领导细说其中用意，很快心下释然。

“藏族有句谚语：只有老鼠才能找到老鼠洞，我们的做法就是‘以特制特’、‘以毒攻毒’。”李守福笑着说，“当然，这些原来的国民党警特已经是我们的同志了，他们也确实是最熟悉那些匪帮的情报员人选。叛匪中许多人是这些情报员原来的同僚或上司，便于开展内线侦察和分化瓦解。”

自然，列入208情报站成员名单的原国民党警特人员，是逐个甄别审查后挑选的。他们都是起义或自首立功人员，历史罪恶不大。成都解放后，他们亲眼见证了新社会带来的翻天覆地的变化，真心实意拥护党和人民政府，自觉自愿想立新功。

当年的情报站站长李守福，也不清楚“208”这个编号的由来，可以肯定的是，潜入雪山草地的秘密情报站远非208一个。在此后三年的剿匪战斗中，208却是工作最为突出的一个。

1951年7月18日，西南公安师4000剿匪大军从什邡挥师进入阿坝地区。同日，李守福率领208情报站的侦察小分队，也从成都向着雪山草地进发。等待他们的，不仅是恶劣的雪域高原、草地沼泽，还有各种力量盘根错节、错综复杂的斗争环境……

“陆上台湾”

四川省西北部阿坝藏族羌族自治州，原称茂县专区，是块地域广袤、人烟稀少、自然环境恶劣的高寒地带。当年红军长征翻雪山、过草地，指的就是这里，那是长征中最艰苦、最漫长、最危险的战斗历程。夹金山、毛儿盖、马尔康……这些冷僻的地名铭刻着那段血肉和生命铺就的伟大征程。阿坝遂有了“雪山草地”的别称。

红军胜利走过雪山草地之后的14年中，乾坤逆转。

随着中国大陆最后一座大城市成都的解放，国民党残兵败将窜入了雪山草地，借这里恶劣的自然环境和复杂的社会条件苟延残喘，积蓄力量，妄图东山再起。

这些匪帮实际上是国民党溃逃台湾之前布下的一颗颗“定时炸弹”，受蒋介石集团的直接领导。朝鲜战争爆发后，川西的反动军事力量被美国中情局看作“插入中国腹地的一把匕首”，暗中加以扶植，不断地为其空投特务、物资和军事装备。蒋介石更是慷慨地为各路匪首“加官晋爵”，各种委任状、嘉奖令随着空投一起到达。一时间，反动匪帮的司令们“将星闪耀”，部队的番号、人数任其吹嘘。

当时，香港一家杂志用来自台湾的消息刊登了题为《陆上台湾——傅秉勋和他的黑水根据地》的文章。文章说："短短几个月内，四方义士风聚云涌，如今傅的大旗下已拥兵10万，且多为国军正规军人……"

"陆上台湾"的名头就此叫响，但它的"十万大军"却是痴人说梦。

阿坝地区的敌情、匪情错综复杂，抛开一众宵小不谈，形成规模的反动军事力量主要有三股，总人数五六千人。

其一是傅秉勋匪帮。

傅秉勋毕业于黄埔军校第五期，是蒋介石的"门生"，先后在胡宗南、杨森的手下任过师长和军长，官至少将。新中国成立前夕，国民党军队兵败如山倒，傅几次转投靠山，两次携款潜逃。气急败坏的蒋介石将其列为通缉犯，甚至把他从黄埔军校的名录中除名。

成都解放后，傅秉勋私藏千两黄金逃到阿坝地区的靖化藏区。在那里他遇到了国民党某师残部400余人。傅亮出自己的军衔和黄金，遂成了这支残兵的"司令"，并与台湾取得了联系。

蒋介石获知傅秉勋在大陆后方拉起了一支队伍，大喜过望，不但收回了通缉令，还电命傅秉勋为72军军长，官升中将。傅秉勋以400余人枪为资本，收罗各种社会渣滓，成了匪患力量的主要军事指挥者。

阿坝地区藏族"三雄"之一的卓克基土司索观瀛官寨

其二是周迅予匪帮。

周迅予是国民党军统局的元老之一，老牌特务头子。上世纪30年代，周迅予在上海曾参与策划暗杀著名“左派”人士杨杏佛和《申报》社长史量才。1949年任成都稽查处长时，一手制造了国民党逃离大陆前最后一次大屠杀——“成都十二桥血案”。

成都解放前夕，军统特务头子毛人凤组建“反共救国军”，其中第三纵队司令即是周迅予。成都战役开始前，周迅予即带领一帮军统特务、反动武装向川西北逃窜，沿途勾结豪吏劣绅，收罗残余匪特，裹胁地痞流氓，拼凑了一支号称千人的所谓“敌后国军”，活动范围在草地的松潘、理县、茂县等少数民族地区。

其三是何本初匪帮。

何本初原是茂县专区专员，当地解放时曾假起义，暗中组织茂县专区反共自卫救国军，自任总司令，委任各县伪县长为所属各部司令，纠集地方武装，组织叛乱。

若只是这三股匪帮的几千人马，在把国民党800万军队都打垮了的人民解放军眼中根本不足一提。当时阿坝地区的敌情、匪情之所以复杂，是因为这些反动力量把当地的民族势力裹挟了进来。

当时，川西北藏区土司林立，各霸一方，各自为政，时而联合，时而厮杀，互扰不已。国民党特务对少数民族上层人士极尽胁迫利用之能事。一方面进行反动宣传，歪曲我党和人民政府的各项政策，另一方面以高官厚禄相许。一些少数民族头人、土司被国民党特务蒙蔽，为他们提供庇护支持，甚至与其同流。

时值抗美援朝期间，西藏和平解放的谈判正在进行，流窜在雪山草地间的数千国民党匪帮，成了新生的共和国的肘腋之患。

毛泽东这样定义川西北剿匪的战略地位：“就全国军事大事来说，本年度（1952年）是抗美援朝第一，进军西藏第二，黑水剿匪第三”。

黑水，即为川西北国民党匪帮巢穴所在。

利源商号

杂谷脑，阿坝州理县县府所在地。这个散落山腰的荒凉小镇，西扼阿坝马尔康，东连松潘、茂汶，北接黑水地区，是内地进入藏区的交通要冲和门户。

新中国成立之初，杂谷脑居住总人口不足千人，却聚居着藏、羌、回、汉等多民族人口。在内地，这样的规模只是一个小村子，而在地广人稀的阿坝地区，杂谷脑已经算得上个繁华市镇了。

1951年7月下旬，一个汉族货郎买下小镇东面山坡上三间羌式石屋，又雇了几个羌族工匠将其修缮一新。这个货郎也是受人之托，为准备在杂谷脑开商号的另一个老板备好了铺面。

是年8月中旬，一个年轻的汉族老板带着一支十几人的商队来到杂谷脑。他们把人背牛驮的几十包货物摆进石屋，盐巴、砖茶、针头线脑……各色在藏区有着极好销路的货品摆了两间铺面，另外一间则开了诊所，也做住宿之用。一面白布旗号挂在房檐，上面用汉、藏两种文字书写着："利源商号"。

利源商号的老板，就是208情报站的站长李守福，随他而来的那支商队，则是情报站创建之初的全部成员。这个利源商号，是李守福侦察小分队进入阿坝地区之后建立的第一个情报站，也是由此向广袤的雪山草地辐射情报网点的"208"总部。

从成都到杂谷脑，其实不过200多公里的路程，208情报站的成员们却走了将近一个月。回想起那段艰苦的行程，李守福至今感慨良多："都说蜀道难，可我们走的这趟线连一条称得上'道'的路都没有，仅有些牧群踩出的羊肠小道。这一路，有一大部分是靠手脚并用爬过来的。"饶是道路难行，这支商队还要把在成都购买的货物全部随身携带着，一路翻山越岭，行路愈发艰难。

出发前，成都军管会公安处为208情报站拨款6000万元（相当于现在的6000元），全部购买了茶砖、盐巴等货物。

“这笔钱可是不小的启动资金呢。”李守福笑着说，“利源商号一开张，就是当地最大的商号，后来又在几个镇子开了分号。我这个‘李老板’成了大富商，在当地可是很风光的。”

在几乎没有道路交通的情况下，阿坝腹地可以说是与世隔绝的，与外界的信息、经济往来，靠的就是利源商号这样的商队。这也为208情报站提供了一个绝好的掩护身份。

利源商号虽只是个掩护，卖的却是货真价实的藏区畅销货，生意也着实不错。开张三个月后，不仅基本解决了营业之初的资金紧张、情报员生活无保障等难题，经营所得利润还足以支撑情报站的自身运转。

商号开张，李守福就以老板的面目坐镇指挥，情报站的其他成员，都成了货郎，背着背篓或骑着马，游走四方，明里卖货，暗中收集情报。情报员钟添麟懂得医术，就扮作走方郎中，背着药箱四处行医。因其医术当真了得，还被当地群众誉为“我们的好门巴（医生）”。

与此同时，李守福等人还在藏、羌、回、汉等各族群众中不断吸收情报员，发展情报关系。在208情报站展开活动的3年中，共发展情报员88名，建立情报关系200名，其中10人被国民党残余匪帮发现后惨遭杀害，没有一人叛变。一位名叫索朗的藏族情报员，至今提起仍令李守福欷歔：“他不但是我的情报员，也是我的好兄弟。”

索朗本是甘肃藏民，为躲避军阀战乱，举家逃到阿坝，又遭奴隶主迫害，沦落成一个四处乞讨为生的流浪艺人。李守福在逃亡奴隶和乞丐聚居的阿坝县塔洼与他结识，两人喝了血酒，结为兄弟。藏族人重义守诺，喝血酒是最庄重的誓言。

成为208情报站的情报员之后，索朗不惧危险，经常孤身一人潜入匪巢，摸清匪帮所在位置和人员数量，带回了大量的宝贵情报。1953年，索朗前往侦察一支残匪。这股土匪向来凶残。行前，索朗还笑着对李守福说：“放心吧，完不成任务绝不回来见你。”没想到一语成谶，索朗在这次行动中被匪首察觉。

据后来被捕的匪特供称，索朗受尽折磨，始终不发一言，最后惨遭活埋。

随着情报员队伍的壮大，208 情报站的情报网络也由近及远，从点到面。在“陆上台湾”匪帮盘踞的周边地区及其活动逃窜路线和匪巢内部，“208”先后建立情报网站 148 个，覆盖了 2/3 的雪山草地，约 5 万平方公里的地域。国民党反动匪帮的任何风吹草动，都像蛛网上的些微震颤一样被情报员敏锐捕捉，随即传达到剿匪部队的指挥中枢。

马尔康分号

1951 年 11 月 19 日，成都军管处又向草地派出一个工作组，配合即将展开的军事清剿。担任组长的武征，是政保处侦察科副科长。他在第一线领导 208 情报站，并负责整个茂县专区向匪帮盘踞地派遣秘密情报员的任务。

与 208 情报站不同的是，这个工作组的身份是公开的。当时阿坝地区虽然已经宣告解放，但多数地区的人民政权并没有建立，从成都派去的工作组就暂时代行人民政府的各项职责。

武征工作组一行 4 人，从成都向着马尔康徒步进发。因为毗邻马尔康的黑水，即国民党反动匪帮盘踞的老巢，为安全起见，行进途中的工作组仍然化装成行脚客商。

走了几日，工作组成员李青孟察觉到一丝异样。这一路崇山峻岭，漫无人烟，常常走上一天也不见行人。而他们 4 人的身后，不知何时出现了一个中年人，不远不近地始终尾随着。

李青孟说，起初他以为那也是个内地去藏区的客商，与商队随行是安全起见。但仔细观察就发现，这个人的举手投足规范有度，步伐沉稳，明显是受过军事训练。李青孟把自己的怀疑提示给工作组组长武征。没想到，经验丰富的老侦察员武征对此却毫不理会。

12月16日，工作组经过27天的长途跋涉，抵达马尔康，尾随而至的那个中年人也不见了踪影。当晚，武征才向李青孟交底。原来这个尾随而至的中年人是为208情报站物色的又一名情报员。其人名叫刘建雄，原是国民党茂县专区的中尉警官，这次是他主动请缨，打入匪巢卧底。身份公开的工作组，自然不能在明处与刘建雄发生直接联系。

刘建雄不仅对雪山草地的社会政治情况了如指掌，而且与主要匪首何本初所部人员多有交往。他要设法打入匪帮，获取情报，并相机对不同匪首进行策反、分化。

208情报站的情报网向着匪帮老窝张开了。

得到新任务的208情报站站长李守福，也带着几名情报员来到马尔康。他们以在马尔康开办利源商号分号为掩护，针对黑水匪巢展开情报侦察。

208情报站虽然是在进行秘密情报侦察，可他们却没有携带任何特工用具，包括电台。“用不上。”李守福解释说，“那时阿坝地区没有电，带着电台还要带发电机，天线架起来，谁看不出这是一群特工啊？”

所有的情报，全靠情报员的眼睛、耳朵和嘴，暗中观察，侧面打听，然后返回利源商号口述给李守福。李守福则与进驻当地的武征工作组单线联系，通过工作组的电台把情报发送出去。虽然工作组驻地与利源商号近在咫尺，但每次送出情报，李守福还是要选择夜静无人之时，悄无声息地溜进工作组驻地。

208情报站活动的三年中始终没有给外界留下丝毫破绽，人们只知他是那个热情、豪爽、很会做生意的“李老板”。

上世纪80年代，李守福曾任阿坝藏族羌族自治州州长，有一次到马尔康去，居然还有老人能认出他：“你不是李老板么？”这在如今已成笑谈，而在当时，208情报站的对手都是国民党反动派的死硬分子，斗争异常险恶。

刘建雄与李守福接上头，约好情报联系方式，随即孤身潜入了黑水地区。

很快，黑水匪区的情报通过各种关系源源传出，证明刘建雄已在匪区站稳脚跟。但一个月后，联系突然中断，音讯杳无。后来从黑水战役俘获的匪首处得知，刘建雄进入匪区后，利用与黑水一匪首张定华相识取得信任。后在策反张匪下属一名支队长时，出言不慎被怀疑。在张匪的严刑拷打下，始终没有暴露身份和任何机密，但终被匪帮枪杀。不久，经四川省人民政府批准，刘建雄被追认为革命烈士。

针对黑水匪巢的情报侦察，让208情报站付出了最为惨痛的代价。

在刘建雄之后，还有钟玉泉、陈先华、廖顺钦、马定华4名情报员只身赴险，牺牲匪巢。

这是一场堪比直面枪炮的冲锋，一次次前赴后继的惨烈情报战。

“鹧呀鹧鸪山！高呀高万丈，藏羌回汉民，翻身求解放……千里追击查敌踪，摧坚拔寨擒匪忙。陈忠林、小索朗、刘建雄、罗布让……闯匪巢，斗凶顽，雪山草地染红烈士血，英雄正气长留天地间。”

这首用《二郎山》曲谱重新填词的歌，是208情报站的成员们闲暇之余为自己谱写的站歌。每牺牲一名情报员，他们的名字就填进歌词，在情报员中传唱。李守福至今亦能哼唱，只是原本悠扬的调子变得忧伤。

曾经，因为不断地填入情报员英烈的名字，这首歌在传唱中已经不成曲调……

黑水歼匪

208情报站进驻马尔康后，在危险和牺牲面前没有丝毫退缩，先后有10个精干的情报小组深入到黑水匪区，将匪帮活动情况、匪区地理地貌以及被收买利用的少数民族武装等情况侦察得一清二楚。

由于当时的情报绝大多数都是全凭记忆口口相传，情报量又极为庞杂，李守福已经记不清情报的具体内容。但他告诉笔者，通过那些用生命换来的情报，对国民党匪帮的情况可以说是完全掌握。那支所谓“反共突击军”，从“司令”傅秉勋以下，各纵队、总队、支队、分队的兵力部署、武器装备，乃至正副队长的名字，都完完整整地呈现到了剿匪大军的指挥部。

“老公安”罗克刚、毛思寇所著《警坛春秋》一书，记录了成都市公安局半个多世纪的历史。其中辑录的《黑水匪情变化概略》，是当年剿匪斗争公安前线总指挥孙斌所总结，文中情报多来自208情报站，或可弥补李守福不能记起的细节：

以傅秉勋为首的特务、土匪、恶霸、反动军官约300余名骨干分子，通过苏永和分配在各沟寨负责养活，对外以“帮工”为名。

傅秉勋以“川康甘青人民反共突击军”总指挥兼249路副司令，笼络该地区反动势力，加委苏永和为249路副司令，并将各部落头人晋封成高官，编为15个纵队和15个独立支队，从而控制了黑水全部4000余人枪。傅秉勋自喻黑水为“陆上台湾”，台湾亦把黑水当成大陆独一无二的“反攻基地”。

阿坝州的黑水，南通内地，北接草地，但四周群山屹立，雪峰环绕，几乎与世隔绝。文中提到的苏永和，是藏族大头人、黑水这个封闭王国的实际统治者，号称“黑水王”。

苏永和是其汉名，据说还是蒋介石所起。苏永和藏名鲁尔资巴让，14岁就开始率兵纵马厮杀，能征惯战，成了雪山枭雄。他和卓克基土司索观瀛、麦桑（中阿坝）土司华尔功成烈并称阿坝藏区“三雄”。

解放初期，阿坝地区的少数民族头领多有立场摇摆，但最终都站到了人民一边，而苏永和却选择了反面。

1951年，傅秉勋、周迅予等匪帮在靖化、懋功发动叛乱被平息击溃，傅率部溃逃黑水，与苏永和纠结在了一起，把黑水变成了“陆上台湾”老巢。

1952年6月18日，西南军区在重庆召开黑水进军作战会议，时任军区司令员的贺龙和时任中共中央西南局书记的邓小平亲自部署，决定从川西、川南、川北、西康、贵州调入1个轻装师、7个公安团、7个炮兵团，计2万人兵力，进剿黑水之匪。

战役从1952年7月20日打响，剿匪大军由东、西、北三个方向形成泰山压顶之势，一路势如破竹。蒋介石寄予厚望的“陆上台湾”顷刻间土崩瓦解，灰飞烟灭。

荡平匪巢前，中央西南局书记邓小平召见部队负责人，专门谈争取大土司苏永和的问题。他说：“我们这次进军主要是打击国民党残匪，对苏永和是要努力争取的。如能促其归顺，对维护少数民族地区的安定大有裨益，此点务请牢记。”

激战之中，苏永和受傅秉勋的裹胁，深藏在原始森林中。部队动员索观瀛等少数民族上层人士，或写信、传信，或亲去面见苏永和，讲解共产党的方针、政策。东躲西藏的苏永和，最终悔过自新，主动投诚。后来苏永和成为黑水行政委员会委员，1953年10月1日，他还受邀在天安门观礼台参加了国庆4周年庆典。

而狡猾的匪首傅秉勋，居然带着39名顽敌成了漏网之鱼。闻听此信，贺龙当即指示：“擒贼擒王，跑了傅匪，只能算战役胜了一半。”

配合着黑水战役的展开，208情报站已在残匪可能逃逸的方向上安排了数十个预伏组和情报哨。这些或明或暗的棋子，虽然并没有直接抓住傅匪，却让其成为惊弓之鸟，一路失魂落魄，丢盔弃甲。

8月下旬，傅秉勋进入草地时，身边只剩下一名卫队长。两人被一队协助剿匪的藏族土兵抓获。押解途中经过查理寺，傅跳下马背滚入路旁的热木多河。

图中左一为匪首傅秉勋，中间站立者为苏永和。

傅秉勋跳河是为逃跑还是自尽不得而知，总之没有逃出正义的惩罚，滚滚河水瞬间将其卷走，尸体直到10天后才被找到。

不过，傅秉勋的死亡只有几个士兵和他的卫队长见证，不能确信。川西公安前线总指挥孙斌亲自带队，对事发现场和尸体进行细致勘察，最终确认死者就是傅秉勋。

时间已经到了1952年的10月1日，正在北京出席国庆3周年庆典的贺龙和邓小平接到了“傅匪溺毙”的电报，当即呈给了毛泽东。

看完电报，毛泽东欣慰地说：“乾隆平定金川之乱，历时15年；川军三次进军黑水皆败。历朝历代没有解决的黑水问题，我们只用3个月就解决了。”

草地战役

黑水问题解决了，但是雪山草地的匪患并没有根除。傅秉勋之外的两大匪首周迅予、何本初仍不见踪影，从西北地区窜逃到阿坝草地的马良匪帮也在蠢蠢欲动……

马良是西北军阀马步芳的族叔，曾任马家军团长。西北解放后，马良纠集匪特两次在甘肃省和政县南乡进行武装叛乱，被击溃后，便窜至川甘边境草地，扩大武装组织，并派马得福、马硕卿到黑水与傅秉勋联络。两股匪帮很快沆瀣一气。

马良匪帮通过傅秉勋得到了电台，并与台湾建立了联系，成为蒋介石集团豢养的另一股反动军事力量。

随着傅秉勋匪帮的覆灭，蒋介石集团加大了对马良匪帮的支持。从1952年7月至1953年3月，台湾先后给马良空投8次，空降了16名特务和大量军用物资。接得台湾空投之后，马良愈加嚣张，扬言要发展兵众10万，在川甘青建立黑水之后的第二个“陆上台湾”，作为反攻大陆根据地。

匪情在变，208情报站的对敌侦察也在随机应变。

利源商号分号和钟添麟的诊所都在接近匪帮活动区域的阿坝县开张，

广泛接触少数民族各阶层人士，搜集外围情报。但对马良匪帮的直接侦察却是个难题。这股匪帮的头面人物都是从西北地区而来，现有的情报员对其皆不熟悉，在匪区活动殊为不易，而且容易暴露。一个考察了很久的情报员人选进入了李守福的视线。这个人叫米玉丰。

米玉丰是208情报站上百位情报员中颇为传奇的一个。无论是当年的领导李守福，还是后来整理成都公安历史与他多有接触的罗克刚、毛思寇，都能随口说出他的许多奇闻逸事。

米玉丰虽然出身贫苦，没有接受过多少教育，却是个能文能武的“全才”。文，他通晓藏、回、汉三种语言，熟读不少古籍；武，他能双手持枪，百发百中，曾经一枪就打死过两只塘鹅。而且，米玉丰为人急公好义，交友广泛，到哪里都有朋友，他还是个“自来熟”，见面几句话就能和人亲密无间……

“他天生就是干侦察员的坯子。”李守福笑着说。不过，越是这样的人，考察越要慎重仔细。

早在1951年，李守福派情报员肖光华、马维驹到藏族唐昆部落“做生意”，就邀了米玉丰同行。一则借助他在当地有个小土官朋友，二则暗中观察他的为人。后来随着交往深入，李守福还把自己随身携带的《钢铁是怎样炼成的》、《普通一兵》等苏联小说悄悄借给他，旁敲侧击地向他宣传进步思想。

米玉丰的家庭深受地主、土匪迫害，本人亦早有革命愿望。待到李守福把吸收他参加208情报站的想法一说，米玉丰欣然接受。

1952年8月，208情报站派出了由肖光华、米玉丰和索朗组成的三人情报小组，深入唐克匪区。索朗以行乞为掩护单独行动，肖光华、米玉丰则以经商为名在藏区站住脚跟。

米玉丰在唐克有个叫扎卡的小土官朋友。他先是在扎卡家立足，很快又成了一批马良匪帮骨干分子的“知心朋友”，连匪首之一的刘华初都看上了米玉丰，要拉他入伙。从这些人口中，米玉丰套出了大量的情报。

米玉丰给自己取了个藏名“达柯”，是藏语“野马”的意思，而实际上是取汉语“大哥”的谐音——他通过喝血酒结拜了几个兄弟，在当地发展了一批新的情报员。

卧底匪区8个月，米玉丰五进五出，往返唐克和阿坝县，送出了大量翔实的第一手情报。李守福说，一般人走这段路程要一个星期，而米玉丰只需要两三天，谁也猜不透他是如何做到的。

除了米玉丰，208情报站还先后派出了17个情报组，实时掌握着马良匪帮和台湾空投特务的一举一动。

1953年3月26日，西南军区展开剿灭马良匪帮的草地战役，至6月底战役结束，共计歼匪1000余名，草地匪帮被基本肃清。

约誓擒匪首

周迅予，这个老牌的军统特务头子，自208情报站成立之初就被列为头号侦捕目标。然而三年过去，雪山草地上的匪帮军事力量已经基本肃清，唯独周迅予和何本初这两个匪首不知所踪。他们究竟能逃到哪里去呢？

1952年黑水战役之后，李守福带领情报人员将工作重点转向搜捕周迅予、何本初。208情报站的情报员或组成武装小组，或单线活动，在广袤的雪山草地上追寻着匪首留下的蛛丝马迹。

实际上，自1950年、1951年联合在靖化、懋功发动叛乱被击溃后，周迅予、何本初就与傅秉勋发生了分歧，最终分道扬镳。

傅秉勋带着匪众流窜黑水，一直图谋武装叛乱；而特务出身的周迅予和为官多年的何本初，则更有一番“深谋远虑”。二人携着少数亲随潜入阿坝县，投奔了实力雄厚的大土司华尔功成烈。此前，国民党“立法委员”、“中央军校教育长”、“游击干部训练班主任”王旭夫也投靠了华尔功成烈处。他们一面偃旗息鼓长期潜伏，等待时机，一面大施离间，蛊惑利诱少数民族上层阻挠解放。

华尔功成烈接收了周、何、王等十多个残匪余孽，先后将其安置在阿坝草地的格尔登寺、川陕两省交界的郎木寺、藏族热耳茸部落附近的森林中，最后又把他们接到了自己的官寨，藏匿起来。

在地广人稀的阿坝地区，搜索两个销声匿迹的匪首，无异于大海捞针。208 情报站的情报员们几乎找遍了大半个阿坝。1953 年 3 月的草地战役开始前，种种线索已经把这两个匪首的藏身地指向了华尔功成烈官寨。

这个结果多少有些出人意料。

华尔功成烈是个倾向进步的开明大土司，一直立场鲜明地与党和人民站在一起。黑水战役过程中，他积极配合剿匪部队，指挥所属土兵层层设防，截断傅秉勋残部的逃路。草地战役开始前，马良匪帮三番五次拉拢华尔功成烈，也都被断然拒绝。此后草地战役中剿匪部队的前指，也设立在华尔功成烈的一座官寨中。

可他为什么同时又给罪行累累的周迅予等三个匪首提供庇佑呢？李守福说，这是华尔功成烈受“义气”所累。他与这几个匪首并没有直接恩怨，匪首“危难”之中前来投靠，按照藏人性格，只能热肠相帮，不能落井下石。

事关重大，208 情报站没有擅自行动，一方面上报了侦察情况，另一方面在华尔功成烈官寨四周暗布情报员，秘密监控。

当时的剿匪部队前线总指挥郭林祥等军政领导获知此事，为了促进华尔功成烈醒悟和尊重华的自尊心，不但没有马上下令对匪首抓捕，而且在华尔功成烈面前绝口不提周迅予等人之名。

直到 1953 年 6 月初，周迅予残匪内讧，周迅予之子周健全等人被捕，其警卫连长向剿匪部队供出了周迅予藏身华尔功成烈官寨，郭林祥这才向

当年的传奇情报员米玉丰（左）和成都市公安局退休干部毛思寇合影

华尔功成烈通报了此情。后又经过四川藏族自治区主席天宝等藏族有识之士的劝导，华尔功成烈终下决心，交出周迅予等三个匪首。

在交出三大匪首之前，华尔功成烈提出了几点要求，再次流露出藏族人特有的义气深重：

“收留三大匪首是我一人的决定，与别人无关，请政府不要扩大追究范围。”

“请政府恩准不杀这三人，而且不要在官寨中进行抓捕。他们虽然罪大恶极，但都是走投无路才投奔于我，如果杀了他们，我于心不忍。”

“藏族人的习俗，只捆牦牛不捆人，逮捕他们时也不要捆绑。”

华尔功成烈的要求得到了政府和剿匪部队指挥部的批准。双方约定，华尔功成烈以将三大匪首转移藏身地为名送出官寨。

政府和剿匪部队也如约践行了诺言。李守福说，直到三大匪首跟随着管家走出官寨大门，走出官寨的视力所及，埋伏好的部队官兵和情报员们才一拥而上，将周迅予等三人擒获。押解他们的过程也始终没有捆绑，而是出动了一个连的战士，把他们按在担架上抬下了山。

巧合的是，就在同一天，草地叛匪一号头目马良、二号头目马硕卿也被解放军活捉。至此，草地剿匪战役胜利结束，为患雪山草地三年的国民党匪帮彻底覆灭了。

208情报站结束了使命，利源商号也从此消失了，仿佛从来就没有出现过，只为雪山草地留下一段情报斗争的传奇。

策 反

——数学大师谷超豪早年的一段传奇

黄加佳

2010年1月11日，国家科学技术奖励大会在人民大会堂举行。当84岁的数学家谷超豪从国家主席胡锦涛手中接过2009年度国家最高科技奖大红色的证书时，这位早已在科技界威名赫赫的数学家，第一次进入公众的视线。

人们也许无法把眼前这位儒雅的老人，与出生入死的地下党联系在一起。可年轻时期的谷超豪，曾在国民党的眼皮底下进行地下活动。其中，最令谷超豪引以为豪的，是新中国成立前夕参与策反雷达研究所。

笔者循着当年雷达研究所起义的足迹，遍访当事人，惊讶地发现，那些曾与谷超豪并肩战斗的地下工作者，如今很多已是中国科技界的泰斗级人物。在历史的转折点上，当年的莘莘学子没有躲进书斋，独善其身，而是积极地投入到时代的洪流中。通过这些耄耋老人的回忆，60多年前，那场以科学工作者为主角的谍战大戏，徐徐拉开了帷幕……

接　头

1948 年 12 月的一天，一位久未露面的老同学来到浙江大学找谷超豪。此人名叫张叶明，曾是浙大物理系的一名学生。

上大学时，张叶明是浙大出了名的活跃人物，参加进步社团，组织学生运动，特别是在 1947 年 5 月席卷全国大学校园的“反饥饿、反内战、反迫害”运动中，在学生中做过很多宣传工作。

当时，同在浙大数学系读书的谷超豪，也是一名学生运动的风云人物。在学生会竞选时，同学们曾以“科学 + 民主 = 谷超豪”的口号，高票推举他为学生会主要负责人。由此，两名进步青年在学生运动中，曾有过不少接触。

但自从 1947 年 8 月张叶明毕业后，二人便断了联系。此时，老同学突然造访，想必是有什么重要的事情。果然，张叶明告诉谷超豪，他正供职于国防部第六厅下属的雷达研究所。淮海战役打响以后，国民党军队节节

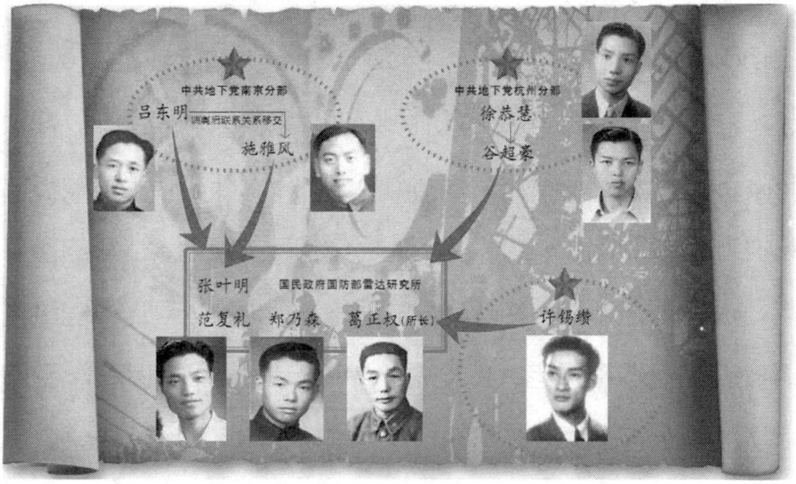

参与雷达研究所起义者的关系图

败退，解放军很快便陈兵长江北岸，国民政府的首都南京，已经暴露在战争的最前沿。此时的南京，人心惶惶。国民党的军政机关纷纷南下撤往广州，雷达研究所也在撤离的名单中。由于搞不到火车皮和船只，雷达研究所只能先从南京撤到杭州，看看战事发展，再考虑是否继续南迁。

怎样才能阻止雷达研究所南迁？张叶明希望能得到谷超豪的指引。

此时，谷超豪的公开身份是浙江大学数学系的一名助教。一个大学老师似乎与一个高度保密的军事机构扯不上任何关系，更别说左右它的动向了。但张叶明甫到杭州便找到谷超豪，绝非急病乱投医，而是受了高人指点。

在北京中关村的一个普通居民楼中，笔者采访了当年指点张叶明的这位高人——中科院自然科学史研究所教授许良英。

1947 年，在浙大物理系任助教的许良英担任中共浙大地下党支部书记。张叶明正是许良英的学生。由于学习刻苦，又热心进步活动，很早许良英就开始注意张叶明了。“但是他太活跃，所以我们没打算发展他入党。”虽然张叶明先生已经去世十几年了，但对于这位曾经的高足，许先生仍记忆犹新。

毕业以后，在许良英的介绍下，张叶明到无锡青城中学做了物理教师，后来才进入雷达研究所工作。可见，二人关系非同一般。正因如此，当张叶明回到杭州时，首先找到了许良英。

“我所在的浙大党支部主要负责学生工作，雷达研究所的去留问题，属于学校外的事务，不是我的工作范围。”许良英回忆。于是，他便让张叶明去找谷超豪试一试。

其实，许良英原本不知道谷超豪是地下党。地下工作非常秘密，为了避免互相牵涉，许良英所属的浙大党支部与谷超豪所属的城市工作系统并不发生横向联系。直到有一天，浙大党支部的一位学生党员吴大信想发展城市工作系统中的赵槐入党，两个同在浙大活动的地下组织才算碰了面。

谷超豪的主要工作是团结杭州的科技工作者，争取雷达研究所正是他的分内之事。与张叶明会面后，谷超豪把雷达研究所要南迁的事，报告给了他的上线联系人徐恭慧。雷达研究所立即引起了杭州地下党组织的重视。阻止雷达所南迁，成了谷超豪首要的工作。

雷达研究所

为什么一个国防部的小小研究所会引起地下党的高度重视？“雷达当时可是一种先进武器。二战中，它与原子弹、导弹并称为三大新式武器。”曾在雷达研究所工作过的范复礼先生对笔者说。

《国防部第六厅特种电信器材修理所三十六年（即1947年）度工作报告书》中曾有这样一段描述：“日美中途岛海战，日海军以四倍优势兵力进袭美军，而美军利用雷达先发制人，日军惨败，日军当局遂认为雷达亦为出击重要武器，见解改变……”

从文中不难看出，二战期间雷达刚刚起步，只有英美等少数几个国家拥有这项技术，连一度不可一世的日本，也是在吃了亏之后才开始重视雷达技术的。

武器装备落后的中国，则是在抗日战争之后才拥有雷达的。1945年8月，日本投降以后，日本留在中国的大部分装备被国民党接收，其中就包括100多部雷达。1946年8月，国民党军参谋总长陈诚下令：“降日所缴雷达机器，交由第六厅负责整修，并计划运用。”

1947年4月，国防部第六厅在南京水西门灯笼巷10号买下了一座庭院式的旧房子，正式挂牌为“国防部第六厅特种电信器材修理所”，这便是雷达研究所的前身，叫它“修理所”可谓名副其实。范复礼告诉笔者，国民党缴获的这些雷达均遭到不同程度的破坏，刚刚成立时，他们的主要工作就是修理这些旧雷达。

特种电信器材修理所刚刚成立，从浙大物理系毕业的郑乃森便分配到这里工作。虽然郑老已去世，但从他生前写的回忆录中，可以得知所里的情况。

当时，特种电信器材研究所的所长叶彦世正在台湾接收日军留在那里的雷达，所里的日常事务由国防部第六厅的一名副厅长叶造甫主持。郑乃森他们的主要工作是修理日军留在马标仓库的四式雷达。

技术人员们以前只搞过发报机，并没有接触过雷达。对于雷达的接收机、发射机尚能根据电路原理摸索出来，可碰到调制器、显示器、超短波天线这些新家伙，就一头雾水了。一度，郑乃森和同事们一天到晚都泡在所里摆弄这些新式武器。但代理所长叶造甫对雷达却没有多少热情。雷达发射机调制器的电源是三相220伏，但南京电源是三相380伏。技术人员们提出要买一些纱包铜丝，将雷达原配的电源改装一下，可叶造甫却推说没有经费。几十年后，郑乃森仍对此事愤愤不平。他在回忆录中这样写道："（叶造甫）不愿花一分钱在雷达业务上，相反在餐馆摆酒席请各方面大人物是有钱的。"

不久，国民政府行政院又把从冲绳岛运来的美军旧雷达拨给特种电信器材修理所。1947年底，特种电信器材修理所已经修理了各种雷达76部。这些修好的雷达被陆陆续续发往国民党军驻守的各要塞。由于共产党军队还处在"小米加步枪"阶段，没有空军，所以雷达主要作为沿海及江防要塞的警戒之用，除台湾各要塞之外，在大陆江宁要塞、江阴要塞、青岛要塞、吴淞口要塞和南京狮子山要塞等，均设立了雷达站，用以探测解放军渡江的船只。

1948年，特种电信器材修理所改名为雷达研究所，俨然已成为国民党的要害军事部门。

潜入雷达所

这样一个要害军事部门，怎么会潜入张叶明这样一位进步青年呢？

张叶明在一篇文章中回忆，他之所以进入特种电信器材修理所，完全是浙大同学吕东明的主意。

吕东明是何许人？笔者采访了我国著名冰川学家、中科院院士施雅风。施院士说："吕东明也是浙大的毕业生，他早在1938年就入党了，也是我的入党介绍人。"毕业以后，吕东明与施雅风同在南京的中国地理研究所工作。

1948年初，浙大进步学生于子三遭国民党杀害，国民党当局随即开始追捕进步学生社团"新潮社"成员。正在青城中学任教的张叶明也受到波及，不得不离开学校，到南京找吕东明想办法。

施雅风告诉笔者，当时他与吕东明的主要任务是搜集国民党的军事情报，这对于两个远离军事机构的技术人员而言，多少有些力不从心。于是，他们开始着手在各种与军事有关的部门中发展联系人。

就在这时，张叶明出现了。起初，吕东明想让他进国民政府中央气象局谋职，那里正好需要一名学物理的大学生。可当他得知张叶明的父亲与特种电信器材修理所的负责人叶彦世是同学时，吕东明意识到这也许是打入国民党要害军事部门的一个契机。

于是，张叶明打着父亲的旗号，找到了叶彦世。既是故交之子，又是浙大物理系的高材生，对于张叶明的加盟，叶彦世求之不得。很快，张叶明便被任命为特种电信器材研究所的上尉工务员。

此时，吕东明因工作原因被调往上海，施雅风担起了与张叶明接头的任务。施院士告诉笔者，当时他是进步团体"科学时代社"和"科学工作者协会"的成员。这两个团体，表面上是中立组织，实际上核心成员都是地下党员。1947年春，国民党已不允许进步团体公开活动，但"科协"中有许多知名学者，所以还能进行一些表面上的非政治性活动。张叶明便在施雅风的介绍下加入了"科协"。

施院士说，那时"科协"两周活动一次，大家凑在一起最关心的是当时的时局和中国的未来。他也是利用"科协"活动的机会与张叶明联系的，他叮嘱张叶明在所里要以灰色面貌出现，多交朋友。

范复礼与张叶明几乎同时入所，他就是在张叶明的介绍下加入"科协"的，范老说："我在学校的时候就认识张叶明，但那时我对政治不敏感，一心只想着科学救国。"那时，张叶明经常偷偷把《科学时代》杂志，以及上海出版的民主报刊《文汇报》、《展望》和《文萃》等刊物拿到所里，并向大家介绍共产党的政治主张，传播爱国民主思想。

潜移默化中，所里这些“两耳不闻窗外事，一心只读圣贤书”的技术人员开始关心起政治来。

郑乃森先生曾在回忆录中写了这样一件事。1948 年 9 月，辽沈战役打响。张叶明告诉郑乃森，可以自己改装短波收音机偷听解放区电台的广播。开始郑乃森不敢，因为这在所里是明令禁止的，但张叶明说：“叶彦世都在听，你不要声张就是了。”那段时间，郑乃森每晚都偷偷收听牡丹江电台的广播。《敦促杜聿明投降书》，宣布战犯名单，号召国民党军政人员保护好物资器材，不得破坏，都是那时从广播中了解到的。

1948 年 11 月的一天早晨，郑乃森突然接到叶彦世的电话，说海军需要一名雷达技术人员到台湾去，可以领双份薪金，问郑乃森愿不愿意去。郑乃森想都没想就回绝了。后来，叶又找到另一个年轻人周伦铨，他也拒绝了。郑乃森事后回忆：“若没有张叶明平时的工作，我们不会这么迅速就做出如此反应的。”

南撤杭州

1948 年 10 月，特种电信器材修理所改编为雷达研究所，物理学家葛正权被任命为所长，军统出身的原所长叶彦世任副所长。

不久，淮海战役打响，南京国民政府岌岌可危，国民党军政要员们纷纷携眷南逃。国防部也命令雷达研究所撤往广州。所里的技术人员大多是江浙人，一听说要迁到广州，甚至更南端的台湾，都叫苦连天。

雷达研究所的另一名浙大校友程嘉钧，早年曾在台湾工作。当年，叶彦世率领大队人马赴台湾接收日军遗留的雷达时，程嘉钧在台湾地下党的授意下打入了雷达研究所。不过，当时台湾地下党组织交给程嘉钧的任务是深入钻研掌握雷达技术，不要做任何政治活动，并告诉他革命需要的时候自然会有人来联系他。

果然，当程嘉钧随叶彦世押载着缴获的雷达从台湾回到南京时，吕东明顺利地找到了他。由于程嘉钧和吕东明两位先生均已过世十余年，我们无法获知程嘉钧从台湾回来后，是如何与南京地下党联系上的。但从吕东明的回忆文章中可以看出，在授意张叶明进入雷达所时，他已经知道程嘉钧是潜伏在雷达研究所的地下党员。此时，程嘉钧与张叶明组成了雷达研究所内进步活动的核心。只是，一直以来程嘉钧仍秉承台湾地下党交给他潜心技术、少问政治的方针，因此对外联系多以张叶明为主。

要撤往台湾的消息在雷达研究所中不胫而走。程嘉钧现身说法，以亲身经历向所内工作人员描绘了在台远离亲人，生活条件异常艰苦的图景。本就对国民党不抱希望的技术人员们，开始从心中抵制南撤。

普通技术人员的争取工作虽然卓有成效，但是否能阻止雷达研究所南撤，最终要看南京政府和所内高层官员的态度。

从程嘉钧后来的回忆文章中可以看到，当时所内进步分子中有两种意见。一种认为，南京解放指日可待，只要尽量设法拖延，拖到最后总能等到解放。另一种意见认为，违抗国防部的命令拒不撤离是不可能的，所内的雷达设备很有可能在国民党全面溃退前被炸毁，或在围城时毁于战火，或遭国民党派来的飞机轰炸。与其坐等被毁，不如趁一片混乱之际，以迁广州之名，暂时先到杭州避一避。一来，历史上杭州从未打过大仗；二来，所里技术人员大部分是浙江人，撤到杭州想必会得到大家的欢迎。

张叶明和程嘉钧把撤往杭州的想法汇报给了施雅风，施雅风又请示了南京地下党组织。党组织也感到，暂避杭州不失为一种以退为进的好办法。

说来也巧，撤往杭州的想法与副所长叶彦世不谋而合。在雷达研究所中，叶彦世可谓是国民党的死忠派，但面对节节败退的局势，他也在为自己琢磨着后路。中国人的传统观念是，“小乱避城，大乱避乡”。作为杭州人的叶彦世盘算着，万一一败涂地他还可以回乡开碾米厂，因此他也力主先撤到杭州，并说：“把研究所先拉到杭州，回家过了年再说。”

就在这时，国防部已命令海军拨出船只运送雷达研究所的人员和设备撤离。以前，雷达研究所总以设备太多、太重，找不到火车皮和船只为由，拖延撤离的时间。此时，国防部连交通工具都为他们准备好了，他们还能想出什么抵制撤离的办法呢?

就在雷达研究所的工作人员慢吞吞地开始为设备装箱时，一个小道消息在急于寻找舱位准备南逃的国民党军政要员中流传着："雷达研究所由于来不及准备，不走了，有关部门正在用分配给雷达所的舱位送人情呢。"听到消息后，一些手眼通天的人物先下手为强，很快雷达研究所的舱位便被一抢而空。有人甚至把家具也搬了上去。当国防部得知雷达研究所的舱位被抢时，大发雷霆。可法不责众，能抢到舱位的都不是等闲之辈，也只好不了了之了。

此时，所长葛正权派往江西和湖南的调查组也没找到合适的撤离地点，最终无功而返。无奈之下，国防部第六厅只得批准了雷达研究所先撤杭州再迁广州的计划。

不久，雷达研究所 1156 箱器材、6 台雷达和大小车辆，以及 100 多名工作人员浩浩荡荡地从南京撤往杭州。

60 年后，当施雅风向笔者回忆这段往事时说："让雷达研究所撤到杭州还有一层深意，所内的技术人员都是浙大校友，浙大又是地下党活动的大本营。他们迁往杭州后可以很方便地联系上浙大的地下党。"

果如所料，刚到杭州张叶明就与谷超豪联系上了。

接过接力棒

与张叶明会面后，谷超豪马上把雷达研究所已经撤到杭州的消息，汇报给他的上线联系人徐恭慧。

与许良英所在的浙大地下党支部有完整的组织形式不同，谷超豪所属的城市工作系统是单线联系，也就是说，徐恭慧是谷超豪与党组织的唯一联系人。

2010年1月中旬，笔者在杭州一栋普通的居民楼里，拜访了已93岁高龄的徐恭慧先生。“我们接过了南京地下党传来的接力棒。”提起60年前的往事，徐老记忆犹新。

徐恭慧对笔者说：“其实，我最初在浙大的联系人并不是谷超豪。”

1946年，在杭州一家公司做会计的徐恭慧，有感于国民党当局的腐败，打算到解放区去。可当他把这个想法告诉地下党组织时，党组织却不同意。“他们说，现在不需要白区的同志到解放区去，而需要解放区的同志到白区来。党组织希望我留在杭州进行地下工作。”就这样，徐恭慧成了杭州地下党的一员，他的工作是在浙大发展联系人。当时他弟弟徐恭恕正在浙大读书，利用兄弟关系，他可以经常去浙大而不被怀疑。谷超豪与徐恭恕正好住在同一个宿舍。

提到对谷超豪的第一印象，徐恭慧用了“智慧”二字。给他印象最深的是，一道数学题，弟弟徐恭恕需要做2个小时，而谷超豪只要10分钟就解决了。因为功课好，谷超豪在同学中的威信很高。

“他不但功课好，而且非常关心国家民族的命运。”徐恭慧回忆，当时一个特别困扰谷超豪的问题是“科学救国，还是革命救国”。这也是困扰许多浙大学子的问题。为此，杭州地下党专门派出理论水平极高的杭州地下党工委委员方晓与谷超豪谈话。徐恭慧记得，那次是他陪谷超豪去与方晓接头的。“我也不认识方晓同志，我们按照约定来到电影院门口，手里拿着报纸。”谷超豪与方晓联系上后，徐恭慧便离开了。虽然不知道方晓是怎样为谷超豪做的思想工作，但自从那次之后，谷超豪心中一直纠结的问题解开了。“他明白只有建立新中国，科学救国才有可能实现。”此后，谷超豪用自己在同学中的威信，影响了一大批人。

1948年，徐恭慧在浙大的主要联系人徐恭恕、赵槐等同学纷纷毕业，只有谷超豪留校做了助教。于是，谷超豪便成为徐恭慧在浙大的唯一联系人。

徐恭慧记得，当谷超豪把雷达所抵达杭州的消息汇报给他时，先介绍了雷达在军事上应用的重要性。“那时，雷达是新式武器，普通人听都没听说过。”而后，谷超豪说，他认识该所技术员张叶明，张思想进步，倾向我党，可以通过张叶明争取该所。

经过研究，他们决定从三方面开展工作，首先，加紧联系张叶明，进一步掌握他的思想动态；其二，研究雷达所人员的政治情况，分清哪些是反动的，哪些人属中间派，哪些是倾向我党的进步分子；第三，进一步摸清该所雷达设备武器的情况。

徐恭慧把这一情报汇报给当时杭州地下党负责人柯里。柯里非常重视雷达研究所的事情，要求他们无论如何要阻止该所南逃，并确保设备不被破坏，迎接解放。

于是，策反雷达研究所便成为谷超豪的主要工作。为了不引人注意，谷超豪和张叶明一般都约在校外接头。通过张叶明，他们了解到，所内的技术骨干是大学毕业生，他们大多重视技术，对政治不感兴趣，但思想并不反动，在国民党节节败退的形势下，许多人并不愿意追随国民党继续南迁；所长葛正权是一位物理学家，也是有可能争取的；主要反动势力是副所长叶彦世，他长期在军统局主持电讯工作，所内有一批曾在军统局或其他国民党军事单位工作过的电讯人员，但他们人数较少；还有一些技工、学徒、士兵多为谋生而来所工作，也是可以争取的对象。

通过分析所内人员，杭州地下党制定了“团结进步分子，争取中间分子，孤立反动分子”的方针。

雷达研究所迁到杭州后，已没什么业务可做。利用空闲时间，张叶明与所内的进步分子参加了杭州“科时”和“科协”的活动。那时他们参观了电厂、自来水厂、电信局等一些单位。借鉴其他单位保护物资器材、团结职工的工作后，几位进步青年在所内成立了应变委员会。

最后通牒

对于雷达研究所这样一个新式武器研究部门，国民党当局自然不会轻易放手。就在所内进步人士积极筹划保护物资、等待解放的工作时，国防部第六厅厅长钱昌祚突然造访杭州。

原来，看到雷达研究所撤到杭州后，并没有继续南迁的打算，国防部大为光火，此次派钱昌祚来是下最后通牒的。

此时，叶彦世已经辞官不做，回他杭州乡下的老家开碾米厂去了。所内的工作由葛正权一人处理。

葛正权与钱昌祚私交不错，虽然雷达研究所受国防部第六厅的直接领导，但无论是军衔还是在知识界的地位，葛正权都不输于钱昌祚。葛正权估计，钱昌祚此来也就是劝劝他，不会有什么实质行动。如果这样，他就给钱摆困难，仍旧采取拖延政策，看形势用不了个把月解放军就能过江。万一钱昌祚态度强硬，大不了辞职不干。他知道，他这个中将所长的任免，也不是钱昌祚做得了主的。

果如葛正权所料，钱昌祚来所后，看到雷达所毫无南撤的意思，也无可奈何。他只得以朋友的口吻劝葛正权早点撤退，万一成了共军的俘虏，不杀头也得坐牢。葛正权依计又向钱昌祚摆起了困难，什么器材多、经费少、运输工具搞不到……诸如此类。

“没钱”是个老生常谈的话题了，此前葛正权总以此为借口搪塞国防部南撤的催促。但不久前，国防部给雷达研究所拨了3万银元作经费，并指明由宁波银行支付。但兵荒马乱，所里没有一个人愿意冒着危险去取这么一大笔钱。此时，葛正权拿没钱作为理由抵制南迁，他的态度钱昌祚已心知肚明。

范复礼记得，钱昌祚在离开雷达研究所时，曾召集全所人员开会。也许是知道这是他作为直接领导的最后一次讲话，气氛有些悲戚。面对无可挽回的局面，钱昌祚留下一句“各自珍重”，便匆匆告别了。

对于这场危机，程嘉钧在回忆文章中还有这样一段记述，钱昌祚曾以2万银元为诱饵，让葛正权把雷达运到宁波的军舰上去。张叶明也曾就此事向谷超豪汇报过，党要求他们尽量做好葛正权的安抚工作，如果雷达真的运过钱塘江，必要时可联系浙东游击队，在路上拦截。不过，葛正权显然已经铁了心不随国民党去台湾了。

另一条战线

作为一名科学家，葛正权对政治并不敏感，可他毕竟是国民党任命的中将所长，他怎么会如此倾向共产党呢？在许多当事人的回忆中，都提到杭州解放前夕，葛正权曾收到一名地下党员的匿名信。这应当是他决意投奔革命的一个转折点。但对于这位来自另一条战线的神秘人物，当事人大都语焉不详。

笔者在郑乃森先生的遗物中偶然发现了这位神秘人物写的回忆文章。他就是国民党元老许崇灏的长子、曾为解放军渡江提供过重要军事情报的地下党员——许锡缵。

1945年底，留学美国的许锡缵回到国内。因为与钱昌祚曾有师生之谊，又是国民党元老之子，且在美国镀过金，许锡缵不费吹灰之力便进入国防部第六厅任科长。

进入第六厅后，葛正权正好是许锡缵的顶头上司。因为都留过美，二人相处甚欢。可葛正权无论如何也想不到，这位国民党元老之子竟然早在1935年便秘密加入了共产党。

雷达研究所成立后，钱昌祚指定由许锡缵做雷达所的联络工作。此后，许锡缵经常往来于国防部与雷达所之间，对于雷达所的情况了如指掌。

此前，在当事人的回忆中，提到雷达所暂迁杭州，往往认为是南京地下党的努力与副所长叶彦世的小算盘相合，从而促成此事。但在许锡缵的回忆中，却提到暂避杭州是他与葛正权共同商议后，又报请钱昌祚同意的。一个军事机构的动向，如果没有高层的决策很难成行，如果这样分析，在雷达所暂避杭州的关键一步中，许锡缵应该起到了相当大的作用。只能说，在雷达所迁往杭州这件事上，两条战线上的地下党员是英雄所见略同了。

1949年元旦，解放军准备渡江。在上级的同意下，许锡缵变换笔迹，以“中国共产党”的名义，给有可能争取到的国民党官员写了20封信。据许锡缵回忆，信的内容主要是动员国民党官员弃暗投明，保护财产和文件，反对逃台，争取主动，立功受奖等内容。其中一封便寄给了葛正权。

就在钱昌祚给雷达所下达最后通牒前，许锡缵来到杭州看望葛正权。名义上是向葛正权借20大洋，以资生活，实际上是要对葛正权做策反工作。那一晚，许锡缵住在葛正权家，与其彻夜详谈。从卖国投降，到腐化堕落，许锡缵痛陈国民党的弊政，他劝葛正权不要迁粤逃台。那样，不但个人没有出路，还会使国家蒙受莫大损失，保护国家财产，等待解放，才是一个知识分子对国家应尽的责任。

据许锡缵回忆，当时葛正权便明确表示不会把雷达所迁到台湾去。后来的事实证明，他兑现了对许锡缵的承诺。

葛正权之孙葛德炎回忆，“文革”期间曾有人找到葛正权核实情况。原来，一名曾做过葛正权司机的人坦白，由于看到葛正权对南迁事宜故意拖延，叶彦世曾指使他干掉葛正权。从没杀过人的司机接到任务后，整日神不守舍。葛正权以为他是害怕解放军攻城，便放他回乡去了。一场杀身之祸糊里糊涂地躲过了。直到此时，葛正权才知道原来死亡曾离自己这样近。

等待解放

1949年4月，杭州解放在即，解放军过江只是一个时间问题。杭州地下市委发出了“反破坏、反迁移、保护城市建设，迎接大军解放”的指示。在地下党的直接领导下，杭州20多个学校和10多个重要的工厂、电台和报社组织了应变委员会、护厂队、护校队等公开合法的组织，展开护厂、护校活动。

此时，雷达研究所内的应变委员会也积极活动起来。张叶明、程嘉钧等几名核心成员感到，稳定人心和保护器材是当时主要应对的两个问题。

自从迁到杭州以后，国防部只给雷达研究所发了一个月的薪水。没有生活来源，人员很快会散。全所100多人的吃饭问题成为头等大事。幸好，此时所长葛正权拿出了国防部给雷达所搬迁用的美金，以解燃眉之急。但杭州不能兑换美金，所内公推程嘉钧和另一名工作人员牛智德一起到上海把美金换成了黄金，这样全所人的吃饭问题才算解决。

有了粮食以后，工作人员们把家属也接到所里一起生活。当时还是范复礼未婚妻的杨春爱记得，她也住进了雷达研究所。

为了稳定人心，应变委员会提出了“只要这个所还存在，大家就有饭吃”的口号。就在全所上下团结一心，等待解放时，所里却出了内贼。

4月21日，解放军渡江成功，负责雷达研究所门卫执勤的卫兵撤走了。总务组长应宝华不知从哪儿弄来二三十支步枪和一些子弹，组织青年徒工，站岗巡逻。就在此时，有人发现应宝华的弟弟应宝骏竟开着汽车偷盗仓库中的器材。应宝骏监守自盗的行为，使全所人员非常愤慨。因为，偷盗器材就等于砸了大家的饭碗。于是，大家剥夺了应宝华的指挥权，成立了军官护所班，负责全所武装护所的任务。据程嘉钧回忆录中记录，因为所内多为技术人员，毫无军事知识，有一次，技术人员钱天一值夜班时

浙江大学学生庆祝杭州解放

被溃败而来的散兵缴了械，幸而没出什么意外。

5 月 3 日，在杭州市民的夹道欢迎下，人民解放军浩浩荡荡列队进城。广播电台里传来了“我军胜利解放杭州”的新闻。

得知消息的程嘉钧，迫不及待地开着雷达车出去寻找解放军；正在接头的张叶明和谷超豪在路上正好看到解放军进城的身影；而正在家中的徐恭慧看到几架国民党飞机在头顶盘旋，无奈地转了几圈，便永远地向南飞去。

当天下午，解放军接管了雷达研究所。该所除个别人员逃走外，雷达、器材物资、车辆和文件档案全部保存完好。我国唯一的雷达研究机构和研究人员成功回到了人民手中。

新中国成立后，雷达研究所迁回南京，归华东军区航空办事处领导。1950 年 4 月，雷达研究所扩充了人员和设备，组建成空军电讯大队（后改称雷达第 101 营），作为人民空军第一支雷达部队，奉调东北，在抗美援朝战争中发挥了重要作用。

护城河旧事

闫雪静

“运河般宽阔的护城河，是这幅风景画的主体，岸坡下有幼童在芦苇中像青蛙一样玩耍，水面上浮游着群群白鸭，溅着水花，发出嘎嘎的声音回答着主人的呼唤。提着洋铁桶下到岸边打水的人往往要蹲上一会儿，静静地欣赏这幅田园般的景致……”

这是瑞典人奥斯伍尔德·喜仁龙的游记《北京的城门与城墙》中描述的20世纪初的前三门护城河。

今天的人们，在前三门所见只有车水马龙，高楼林立，如风景画一般的护城河却消失了。

护城河为什么消失？又是如何消失的？笔者通过走访当事人、查阅资料，重温了这段历史。

“五三版”规划被否

1956年秋天，绕着老北京城流淌了500多年的护城河迎来一批“不速之客”，这些人一不观光，二不渡河，人人手里擎一个金属框，在河岸边与沿河的城墙上比来比去。金属框不算大，上面坠着个小水泡，还有一根马尾，别看它简简单单，却是地道的专业测量工具，测绘工作全仗着它。测量员们通过马尾看一眼标尺，然后就用铅笔在随身携带的图纸板上画一笔……他们的任务委实不易，要完成全城40多公里护城河河道的测绘工作——这在护城河数百年历史上还是头一遭。

提起老北京护城河的历史，可以远溯至金中都和元大都时期，但真正成形还得从明代算起。公元1368年，明洪武元年，明大军攻占元大都，为便于防守，将元大都北城墙南移，并利用高粱河、积水潭作为北护城河。1419年，又将元大都南城墙南移，并开挖新护城河，即前三门护城河。至于东、西护城河，则仍按元代旧制，只是分别向南伸延与前三门护城河接通。明嘉靖四十三年（1564年），为防蒙古骑兵对京城安全的威胁，修建了包围南郊的外城，同时竣有城壕，形成了今天的南护城河。各条护城河的水都汇集到东便门，经大通桥，入通惠河，北京护城河“品”字形格局自此初步形成。

有人说，护城河是老北京的魂儿。

数百余年间，护城河上舟楫往来，京城百姓大多从朝阳门外登舟，沿护城河南下至东便门或通惠闸，举家出行。冬天，前三门护城河和南护城河都开辟了冰上运输线，坐冰船出游省钱、方便。旧历七月十五，中元节时，前三门护城河上灯影绰绰，又成为老百姓放河灯、赏河灯的好去处。

上世纪20年代，瑞典美术史家、汉学家奥斯伍尔德·喜仁龙用绘画般的细腻笔触记录道：

像运河一样的护城河变得越来越宽阔、越来越美丽——护城河两岸柳枝拂扬，河中白鸭成群，现出一片生机。常常可以看到作为渡船的方形平底船，上面用四根竹竿支起阳篷，沿混浊的运河被人们用竹篙撑动。

据解放初的测算，北京护城河的总长度为41.19公里。其中，西北护城河（西直门——德胜门外松林闸）长1.84公里，东北护城河（松林闸——东便门）长10.91公里，西护城河（西直门——西便门）长5.22公里，前三门护城河（西便门——东便门）7.74公里，南护城河（西便门——东便门）长15.48公里。

但此时的护城河已不像喜仁龙笔下记载的那般可人，尤其是前三门护城河。作为唯一一条横穿北京旧城的人工河，随着清末漕运的废止，前三门护城河成了北京最大的排污明渠。现居住在崇文区草厂七条85岁的李玉焕老人回忆起前三门护城河来，下意识地皱了皱眉头："又脏又臭！"老人解放前从河北嫁到北京来，在前门火车站下车，就是穿过河上小桥走到婆家。头一回进京城，看啥都新鲜，可就是觉得这河没一点"可人"的地方，此后的几十年生活里，她几乎再未到河边去过，"河里全是垃圾，甚至死猫死狗都往里扔，岸边十多米外才有人家，多数都是贫苦人家，没人往这河跟前凑。"

1952年，首都各项建设事业步入正轨，城市规划被提上重要议程，时任北京市委书记、市长的彭真亲自兼任北京市都市计划委员会主任。这当中，水系规划以及与之互为表里的护城河治理自然成为重中之重，备受关注。

1953年，水系规划初步方案出台。在这个后来简称为"五三版"的水系规划中，北京城水网交织堪比"威尼斯"，城区内有长达107公里的河道，水面宽达40~60米，设13个船闸，船只往来畅通无阻。不过，规划甫出，即饱受质疑。北京历来缺水，当时京城的水源玉泉山已是细流涓涓，元代郭守敬开辟的水源白浮泉已经枯竭，建设大面积的河湖并不现实，方案随即被否定。这才有了1956年秋天重新展开的河道测绘与规划设计工作。

“五八版”仿照莫斯科河

如今年逾八十的文立道就是在1956年从市政工程局调入了规划专家工作室，从事水系规划工作，一干就是大半辈子。当年20多岁的毛头小伙已变成了两鬓苍苍的“老水务”，半个多世纪以前的往事，老人还能记起些许。“水系规划分为河湖、给水、排水等若干小组，每个小组四五个人，都是从卫生工程局、市政设计院抽调的年轻业务骨干，还有从天津等地派来学习的干部。”文立道说。

至于“规划专家工作室”也颇有来历。这个工作室由9位远道而来、经验丰富的苏联专家牵头，对北京城的煤气、热力、供电、交通等市政工程展开全面规划，其中的水系规划扩展到城市供水、排水、河湖规划等多项内容，护城河治理被囊括其中。

水系规划的负责人里自然也有苏联专家。“雷波尼克夫，来自苏联城市规划院，我们都叫他‘雷专家’。个儿高，戴眼镜，四十出头。”摊开苏联专家指导下完成的“1958年北京河湖系统规划图”，文立道半仰起头沉思良久，拾掇起有关“雷专家”的记忆残片。

谈及“雷专家”的工作态度，文立道几乎不假思索地说：“务实、严谨。”这也是苏联专家在京两年，为年轻的中国技术员们留下的受益一生的治学和工作作风。

按照“雷专家”的要求，做规划首先要做河道调查。每一条河道里有多少桥梁、多少过河管道、多少排污口，都要清清楚楚，勘测数据每天汇总，在2000∶1的大图上标注得清清楚楚。达到“雷专家”的标准可不简单，有一次，一位年轻的勘测人员把数据交上来，雷专家仔细看了看，连珠炮似的问开了：“这段河有几个雨水口？几个排污口？多大直径？污水水源来自哪里？”勘测员涨红了脸答不上来。“雷专家”很严厉地质问：“调查是规划的基础，这些数据都没有，怎么做规划？”说完，“雷专家”

拉上勘测员，亲自钻进污水沟里测数据。

1957年完成的河道测绘，成为护城河数百年历史中第一份最完整的资料图。

这份图纸做得很细，每一河段的纵断、横断，河道水位都标注得清楚无误。很多次，“雷专家”出神地看着测绘图，不由慨叹：“北京护城河多像莫斯科河。”

从未去过苏联的中国年轻技术员从“雷专家”的描述中不断看到莫斯科河的样子。

莫斯科河贯穿莫斯科城，流经市区约80公里。河平均宽度有200米，最宽处1公里以上。苏联建国时，莫斯科河也曾藏污纳垢，臭气熏天。为了拯救这条河，莫斯科人挖掘了河床半米厚的污泥，填上新砂，又在市区铺设了5000公里的排水管道，把城市污水引进处理厂，之后再排入河。为保持河水水量充沛，还在莫斯科河上游修建了12个水库，汛期拦洪截流，旱时开闸放水……现在，莫斯科河恰好围着莫斯科市中心环绕半圆，泛舟河上，可以把莫斯科的标志性建筑尽收眼底。

“我们应该把它（北京的护城河）建成莫斯科河！”

在北京市委的认可与支持下，这个愿望从“雷专家”的心里外化为规划设计的指导方针。

向“老大哥”学习，改造护城河！专家工作室的同志们兴奋异常，在自由讨论的氛围中，大家悉心规划着未来的护城河。有关河道边坡的讨论尤其热烈，有人建议做直坡、有人建议做斜坡。一位叫沈其的建筑师详细地画了一幅图，斜坡比例为1∶4的缓坡，行人能轻松走上去，坡上还要栽植草坪，游人可以随意躺卧、行走。当时，很多人觉得这个设想够“前卫”，草坪是“公物”，能随意踩踏吗？

1958年，北京城市水系总体规划编制完成并上报中央。被简称为“五八版”的新方案精益求精，编制历时三年。与“五三版”方案相比，通航宽度较窄，突出了护城河美化环境和游览的作用。它明确提出以前三门护城河为主要河道，打造像伦敦泰晤士河、巴黎塞纳河、莫斯科市的莫斯科河的城市花园河道，上自永定河引水渠，下达规划中的京津运河和通惠河，全长55公里，将城市中心天安门广场同昆明湖、圆明园、玉渊潭和规划的清河水库联系起来，形成一条水面宽阔、风景秀丽，游船往来，贯穿市中心的城市观赏河道，其他护城河均将建成可供市民游览的环城花园河道。

更关键之处在于，“五八版”方案解决了水源问题，当时规划从永定河、潮白河引水，这在随后都变成了现实，远景则考虑引黄河水、长江水入京。

疏浚拓宽

与如今先规划、后施工的情形不同，当年是规划与建设同步进行。1957年，前三门护城河展宽扩建率先启动，而当时，“五八版”规划尚在襁褓之中。

1957年的夏天，还在念小学的谭乃秦注意到，他每天上学都要路过的前门箭楼以东、老前门货运站的一间库房门前，挂出了“改河指挥部”的牌子。

面对好奇的小学生，指挥部工作人员拿出图纸，耐心地讲解：“护城河是很大的工程，属于永定河引水工程的一部分，那就是在刚刚完工的官厅水库下游修建三家店大坝，然后从三家店大坝沿萧太后河挖掘引水渠到钓鱼台再到西便门。从西便门到东便门的前三门护城河将被拓宽到原来的一倍，引进清澈的永定河水，集景观水面、灌溉、航运、排涝于一身。将来还要加宽东便门以东的通惠河，疏浚通县的北运河……”

孩子们对规划名词半懂不懂，还是学校老师的一句话能令他们兴奋不已：“到那时，我们就可以从西便门古城墙下的码头乘‘小火轮’去天津了！”

那年雨季一过，治河大军就浩浩荡荡开来了。城墙上贴满了标语，河边插满了红旗，劳动号子此起彼伏，有节奏的大汽锤上上下下，向河底深部夯实宣武门新建大桥的桥墩。高音喇叭里播放着雄壮的进行曲，间或穿插高亢的宣传：“这条河道展宽后，可以开通北京与郊区的水上运输”；“河水可以供给东郊新建成的热电厂”；“市民劳动了一天，晚上可以来河边散步谈心”……

没有施工机械，全靠一人一把铁锹一根扁担。工人们在河床的北面用沙袋垒起围堰，挡住东流的河水，然后在围堰的外边将护城河向南北两个方向拓宽。挖出的泥土全靠扁担竹筐挑上河岸，然后用汽车拉走。条件艰苦，民工大多赤脚站在没膝的泥水里，或者穿一种用汽车轮胎做的凉鞋。在这种条件下，流血受伤是难免的，河边工地不时传来救护车的鸣笛声。

到了星期日，参加义务劳动的机关干部和学生也都来到工地，护城河两岸沸腾起来，印着“市直机关”、“师大一附中”、“教育行政学院”等

20 世纪 20 年代的北护城河

1922 年的南护城河

1913 年的西便门外护城河

1959 年拓宽疏浚后的东护城河

的各色旗帜迎风飘扬，干部教师挽起裤腿下河运泥，小学生奔跑着为工人叔叔送水擦汗。

直到1959年春，施工进行了近两年。前三门护城河部分河道拓宽疏浚，崇文门以东1.4公里长的河道，河底加宽至42米；南北沟沿以西1.73公里长的河道，河底加宽到25～42米，由于采用斜护坡，水面可以达到近百米宽。中间正阳门一带因民房多，拆迁量大，只修建了护坡。前门、和平门、宣武门城门前的石桥改建成了宽大的混凝土桥，护城河的南岸砌上了花岗岩护坡。与此同时，西山的三家店水闸、永定河引水渠、八一湖等工程也相继完工。

施工中发现，前三门护城河西端560米河道南岸绿树成荫，毁了这些树实在可惜，设计人员临时更改方案：原护坡不动，2米以外开挖新河，两河之间形成一个长岛，建成游泳场。建成后的双河岛，河面宽阔，垂柳婆娑，给古老的京城增添了新景色。

鱼跃护城河

“护城河里有鱼了！”1959年初夏的一天，前三门护城河岸边到处是孩子们的欢呼声。护城河仿佛一夜之间变了样。河水翻腾，不时有鱼儿跃出水面，河岸水浅处，到处是下河逮鱼的孩子们。

2005年，谭乃秦在《北京晚报》发表了一篇回忆儿时护城河的文章后，意外地接到了分别几十年的小学同学崔金平的电话，“老伙伴，还记得咱俩那天在护城河里逮了一条大鲇鱼的事儿吗?”“哈哈，足足一斤多，就用手抓上来了！”两位年过六旬的老友，仿佛又回到40多年前的护城河边嬉戏玩耍。在当时的人们看来，前三门护城河有这样的场景，可真是头一遭。

1959年夏，作为1958年北京市水系规划的一部分，永定河引水渠完工，三家店闸开闸放水，永定河水奔流而下，前三门护城河确实是在一夜之间变了样。

“那一天的印象太深了。”谭乃秦回忆，“清澈的河水流得很快，鱼在河岸浅处跃出了水面，用手都能捞到！估计把三家店水库、钓鱼台的鱼都冲过来了。以前，从来没在前三门护城河里见过鱼。”从那以后，永定河引水渠每天都要向城区放水一个半小时，拓宽后的护城河水面几乎达到百米宽。报纸上说，河道全部拓宽后，就可以在北海湖面上航行的“少年先锋号”的汽艇后挂个小拖船，载着100多个乘客，在河道乘风前行，游览沿河风光。

1959年新中国成立10周年大庆前，护城河两岸被装扮一新。“大跃进”时城墙下无数的“土炼钢炉”被全部清除，春天栽下的小柳树已开始垂下几根新枝，河两岸插上了彩旗。那一年的国庆节连放了三天礼花，夜晚，宽阔的河面在礼花的映照下显得格外美丽。

按照原计划，这一次的“改河工程”将于1960年完成前三门护城河全部河道拓宽，前门要建一座客运码头，东便门、西便门、和平门等处都要修可以打开过船的闸门……

然而计划赶不上变化。

1960年的春天来得特别晚。这一年，国内经济形势急转直下，很多工程下马，前三门护城河的改造也被迫中断，挖完的护坡裸露着，花岗石还未铺上，堤边小树稀稀落落。还没来得及脱下冬装的人们就扛着各种工具来到护城河边，但这一次，他们不是治河，而是在河堤上种植蔬菜、蓖麻、玉米……报纸上不时出现是否应该利用河堤种庄稼的讨论。人们忙于果腹，再无人提及护城河改造，这种情况一直持续至三年困难时期结束。

即便如此，1959年到1963年，仍然是前三门护城河历史上最风姿绰约的一段时光。当年的《北京日报》一篇名为《前三门护城河的颂歌》的文章中这样描绘道：

> 蓝色的涟漪舒畅地流来，漫长、宽阔的河道变成一片清新。人们站在正阳门，登上公安局或邮电局的大楼，往南眺望，就可以看到壮阔的清流在眼前浩荡流过。

更重要的是，前三门护城河拓宽后，设计行洪能力从每秒不足50立方米加大到160立方米。

1963年8月，一场百年不遇的暴雨袭击京城。8月8日到9日，暴雨中心雨量达到24小时420毫米，几乎相当于现在北京一年的降雨量。城市周边一片汪洋，城内六海、积水潭漫出堤岸，护城河水一直逼到城墙根下。但是，北京四城安然无恙，拓宽疏浚的前三门护城河在这个关键时刻显示出作用，作为北城、南城主要排水河道，发挥了极为重要的排泄洪水作用，使特大洪水对北京城的危害降低到最低程度。

“战备工程，保密！”

1964年，经济刚刚好转，困难时期下马的工程又相继开工。一些民工运来花岗石，维修被洪水冲毁的护坡，但终究没有什么人们希望看到的大动作。修护坡仅进行了数月，远远没有完工，民工就撤了。

当大家还在议论“护城河还挖不挖”的时候，一场决定着护城河命运的讨论正在中央和北京市委高层进行，这场争论，直接的起因是北京的地铁工程。

北京修建地下铁道，早在1953年就在《改建与扩建北京市规划草案要点》的报告中提出，一直在低调地进行着可行性、选址的调研。1965年，国际上掀起了反华浪潮，中央把筹建地铁再次提上重要议程。

1965年1月15日，北京地下铁道领导小组杨勇、万里、武竞天联名以《关于北京修建地下铁道问题的报告》上报中央，报告中明确提出：修建地铁的目的是适应军事上的需要，同时兼顾城市交通。关于环城线的位置，报告提出准备利用城墙及护城河。这样，既符合军事需要，又可避免大量拆房；既不妨碍城市正常交通，又方便施工，降低造价。

1965年2月4日，毛泽东主席对此报告直接作了批示：“杨勇同志，你是委员会的统帅。希望你精心设计、精心施工。在建设过程中，一定会有不少错误失败，随时注意改正。是为至盼。”

地铁工程板上钉钉，配套工程之一，就是护城河改暗沟。

护城河改暗沟，这个想法早有人提出。据后来任北京城市规划设计研究院工程师的文立道回忆，1959 年，就有领导提出利用拆城墙的城砖，把护城河改建为暗沟，以增加道路路面，既便利内外交通，也可避免大量城墙砖土外运。

为此，市规划局根据市委指示，对护城河保留与否进行了研究，并向市委、市政府写了报告。报告中明确提出：前三门护城河和东护城河是市区的主要排水河道，不宜改为暗沟。当时规划局还细致测算出，如将这些河改为暗沟，虽可开出一条 200 米宽的干道路基，减少 20 座桥梁，拆城墙的大部分砖土也可就地消纳，但因暗沟断面很大，初步估算工程费需要 4300 万元，比保留明河要贵 2000 万元。此外，保留明河还有好处：增强调水的机动性，将来跨流域引水实现后，可用其向市中心区供水；护城河两岸绿树成荫，可以为城市增加一些绿地和水面……

但是，这一次，情况显然不同。

1965 年初，市领导要求市规划局尽快做出改前三门、西、北和东护城河暗沟的具体实施方案。在规划局领导布置任务的会上，有人大胆提出不同意见：“前三门护城河首段佟麟阁路处有闸门，一旦有事可关闸，或关闭永定河引水渠进水闸，这样水就不会淹地铁。”规划局领导一听这话当时就急了：“现代战争一按电钮炸弹就来了，关闸根本来不及，再说，如果闸被炸毁了呢?”

没人敢为地铁的安全冒险。护城河改暗沟最重要的理由就是未来地铁的安全，地铁就在城墙的位置，而护城河与城墙之间仅不足 10 米，较窄的前门一带仅三四米距离。地铁埋深又低于河道，战时一旦炸毁，河水极有可能淹没地铁。

除确保地铁安全外，还有两个施工中的现实原因，注定护城河难逃此“劫”。

一是地铁施工时的排水问题。北京交通大学教授王梦恕是当时参与勘测设计的技术人员之一，据他回忆，地铁最终确定浅埋 14 米的方案，水位须降到20米才能施工。在实验中发现，施工时水流很大，每24小时就有200立方米的水涌出，而且水压很大。这样急的水流必须有最近的渠道快速排出，水泥砌成的暗沟没有渗漏、流速更快。

二是施工需要场地。当时的地铁施工不像现在是盾构机地下挖掘，而是“开膛明挖”，需要很大的作业面，数米外的河道显然不利于施工机械的进出和操作。

“最根本的原因，暗沟是个附属工程，凡不符合地铁设计的都要服从。”王梦恕一语道破。仅仅一个月，规划局就拿出了改四条护城河为暗沟的方案，暗沟全长23公里，总投资约6370万元。出于地铁安全需求，除降雨时外，暗沟不得有水。

1965年7月1日，地铁开工建设。在此之前，已经有市民注意到，前门货运站的库房外，“改河工程指挥部”的牌子再一次挂了出来，不过，这一次的“改河工程”没有彩旗飘飘，没有大张旗鼓。大批成建制的工程兵带着先进的挖掘机、打桩机进驻护城河两岸，载重汽车日夜不停地拉运钢梁和水泥。有好奇的市民去打探，军人严肃地回答：“战备工程，保密!”

埋入地下

相对于地铁施工的难度来说，护城河暗沟工程算得上是毫无技术含量的“小儿科”。施工人员先把护城河底淤泥清运干净，用钢筋混凝土整体浇筑成方形涵洞。出于“战备工程”的要求，暗沟还多穿了两层外衣：防水层和防爆层。防水层“三毡四油”，三层毛毡、四层油毡，一层一层铺上。防水层外再做防爆层，经实验，可以顶得住穿甲弹的爆破力。

随着地铁一期工程的进行，前三门护城河几乎全部消失，仅余下崇文门以东近2公里；西护城河复兴门以东0.92公里也埋入地下。

当时只有十几岁的当地居民李洪盛经常在施工间歇溜进暗沟“探险”，

高大的涵洞给他留下很深印象："'暗沟'可不像想象中又暗又窄，并排走两辆小轿车没问题，抬起胳膊使劲蹦也摸不到天花板。"首都人防建设办公室也看中了这个设施，提出暗沟兼做人防工事。

竣工后，护城河暗沟成为北京人防示范工程，接待各省市来京干部参观，人们发现，暗沟里很干净，沿线不但辟有40多处汽车出入口，还有厕所、卫生室等配套设施，俨然一个地下小社会。

然而，这样的情况并没有维持多久，暗沟就无法进人了。这是因为前三门护城河本来就是一条排污河，虽然在暗沟两边做了专用于排污的支流管，但是一旦支流管出现污物堵塞的情况，污水就会冲进暗沟。另外，老城区仍有大量雨污合流管道，进入暗沟的雨水本身就夹杂着大量污水。这样一来，暗沟中就积存污水，时间一长产生沼气，人根本无法停留。作为"示范工程"展示后不久，暗沟的"人防工事"作用就基本丧失了。

前三门护城河消失后，1971年，环内城的地铁二期工程开工，西护城河复兴门以北长4.25公里河道改为了暗沟。但在东护城河明河改暗沟的问题上，质疑和争论之声再次出现。

1974年，地铁二期工程和二环路建设启动，规划在建国门、朝阳门、东四十条和东直门建四座跨河立交桥，每一座立交桥实际上是一座长数百米的方形涵洞，河水在方形涵洞中流淌。此时，国际形势已趋于缓和，工程重点由"战备"回归城市建设。

"有水才有灵气"是人所共知的道理，因此，一些参与城市规划的专家提出保留东护城河为明河的意见。但反对者拿出规划图反驳：总长不过5公里的河，每隔一公里一座方形涵洞，每座方形涵洞数百米，能露在外面的河水还有多少？这样明暗相间的河既不美观，也不利于管理，留的意义不大。

此外，还有一个重要原因，因为上游太平湖被填，东护城河的水源失去调剂，水质变差。虽然上世纪70年代初经过两次疏浚，加宽河道，改建水闸，但是这些治标不治本的做法都没有办法从根本上改善东护城河的水质，河水越来越臭。随着1984年二环路施工的完成，东护城河也在一片争议声中，被彻底地埋在了地下。

还有两段河道——前三门护城河崇文门以东及南护城河西便门段——与地铁建设无关，但也无法避免被埋入地下的“厄运”。由于早期的护城河污水截流工程截污不彻底，仍有大量污水进入护城河，所以河道水质受到了严重污染。其中，无河水补给的前三门崇文门段和南护城河西便门段，污染尤为严重。两岸环境极差，河水臭气熏天，河里长出的毛毛虫甚至爬进了岸边居民家中。根据当地居民的要求，这两个河段分别于1975年和1985年被改为暗沟，总长为1.8公里。

当初规划改为暗沟的四条护城河中，唯独北护城河幸免，这得益于北护城河处于“上风上水”的位置，如果改为暗沟，需要建设复杂的分流工程保障下游工农业用水，北海、中南海等内城河湖输水有可能因此断流。

随着时间的推移，人们越发意识到水的宝贵。本世纪初开展的新一轮治河工程中，北护城河水泥护坡改成土壤斜坡，上植花草，水边巧置小道、栈桥、平台、石块等，人们可以直达水边，与水亲近。北护城河成为北京“生态治河、人水和谐”新理念的典范。

从此，像“绿色项链”一样环绕了京城500年的护城河只剩下了南、北两条“平行线”，总长度不过原来的一半。

在特定的历史时期，护城河改暗沟减少了地铁工程费用，加快了城市建设进度，但是破坏了古都北京“品”字形的城市轮廓，减少了城市水面约80多公顷和近19公里长的滨河绿带，从而丧失了有利于缓解城市热岛现象的机体和便于居民休憩的场所。

明河改暗沟带来的另一个弊端则是行洪能力减弱。东护城河暗沟设计行洪标准为五十年一遇，其余均为二十年一遇。暗沟的断面面积远远少于明河，如果遇上较大暴雨，洪水很容易漫溢地面加剧城市积水。

护城河能否恢复？

1982年，北京市重新编制了城市总体规划，其中的城市河湖规划重提

“风景观赏河道”。虽然时过境迁，但是可以清晰地看到1958年河湖规划的影子。只是，失去了前三门护城河的贯穿作用，仅剩下南、北两个半环。

南半环起自昆明湖，经京密引水渠昆玉段、南护城河到通惠河高碑店湖，全长35.3公里，将颐和园、玉渊潭、陶然亭、天坛、龙潭五大公园串联起来。北环起自长河闸，经长河、北护城河、亮马河、二道沟至通惠河高碑店湖，全长23.9公里，将紫竹院公园、动物园、北郊四湖、水碓湖公园、红领巾公园串联起来。

这个时候，河道规划已经趋向“人性化”，考虑到人们在河岸休息或是乘船游览的需求，高高的河堤上开辟了一条宽5~8米的滨河绿带，两岸绿树成荫，人们可以在路椅上静静享受碧水清风。如果愿意体味一下乘风破浪的感觉，可以坐上游艇，从八一湖直达昆明湖排云殿。

1992年修订城市水系规划，指导思想不变，只是根据规划市区面积的扩大，进一步扩大了风景观赏河道的规模。

根据这一时期的规划，1982年到1992年10年间，北护城河、南护城河分别进行了综合治理，水面拓宽到40米，两岸修建了污水截流管道、滨河绿带。1999年7月，昆明湖至玉渊潭、八一湖至紫竹院11.3公里河道实现通航。

2002年10月16日，北京市发布实施《北京历史文化名城保护规划》，其中第七部分专门做了“历史河湖水系的保护”规划，提出将转河、菖蒲河、御河予以恢复，并且指出“前三门护城河是贯穿北京旧城的一条重要历史河道，它的恢复对于保护北京旧城风貌、改善市中心生态环境具有积极作用，在远期应予以恢复”。

2002年12月，市政府接受水利史专家学者、市人大代表的提案，率先将消失了近40年的菖蒲河重新打开。菖蒲河源于皇城西苑中海，流经天安门前，再沿皇城南墙北侧向东，明朝永乐年间被称为“东苑”。20世纪60年代，菖蒲河盖上盖板，改建为仓库和民房。2002年，菖蒲河在原河道位置恢复，并与天安门外金水河连通。

菖蒲河盖板打开了，虽然只有短短500米，却成为“暗改明”的标志，使一部分专家学者对前三门护城河的恢复寄予厚望。曾经参与过解放初期护城河规划，现任北京水利史研究会研究员的李裕宏曾数次递交提案，建议恢复前三门护城河。

现在恢复护城河是否可行？首先要看一看如今的原址什么样。在当地老居民指点下，从前三门大街奔南走，穿过第一排建筑，这一排建筑多数是上世纪七八十年代所建塔楼。这时，脚下位置就是原来的河道了。往东西两侧望去，这条本不应有建筑物的暗沟上，半个世纪中也盖上不少商铺、库房等低矮房屋。

李裕宏认为前三门护城河有条件“原貌恢复”，结合城市改造，把暗河敞开、道路南移，或道路不动、在南侧重挖河道都是可行的。曾任北京市城市规划管理局市政处处长的李贵民在接受笔者采访时谨慎地表示，如今前三门护城河全线夹在房子中间，地下管道复杂，需要做很详细的可行性调研。文立道则倾向于保留现暗沟，在盖板上浅挖一条明河，部分恢复历史风貌。

无论暗沟是否恢复，人们应当记住，我们居住的城市曾有这样一幅风景画：

19 世纪的东便门漕运码头

岸坡下有幼童在芦苇中像青蛙一样玩耍，水面上浮游着群群白鸭，溅着水花，发出嘎嘎的声音回答着主人的呼唤。提着洋铁桶下到岸边打水的人往往要蹲上一会儿，静静地欣赏这幅田园般的景致……

而“运河般宽阔的护城河”，正是这幅风景画的主角。

（本文得到文立道、谭乃秦、李裕宏、王梦恕、李贵民等同志支持，图片由谭乃秦、文立道提供。在此一并表示感谢。）

鸿宝浮沉

——大盂鼎、大克鼎流传记

董少东

鼎，《辞海》上的解释是：青铜器之王。

中国青铜重器中，大盂鼎和大克鼎，是两件被称为“重器鸿宝”的西周铜鼎，与毛公鼎一道，并誉为“海内三宝”。如今，这三只宝鼎分别藏于国家博物馆、上海博物馆和台北故宫博物院，作为镇馆之宝，吸引着人们驻足、流连、惊叹。

但很多人不知道的是，大盂鼎和大克鼎在清晚期出土后几经流转，曾经归一人所有，聚首北京；出土自陕西的二鼎，又曾经被深深掩埋在苏州一条幽静小巷深处，躲过了侵华日军的劫掠。

1951 年，大盂鼎、大克鼎鸿宝重现。鼎身上清晰的铭文和斑驳的铜锈，默默诉说着几千年的中华文明，而它们出土后的坎坷命运，隐隐折射着中国近现代的百年沧桑。

掘地藏宝

1937 年的农历八月十八，子夜时分。

中秋节刚过，月亮亮似银盘，为已经陷入沉寂的古城苏州洒下如霜的月光。

在这座古城中心，一条名叫南石子街的小巷深处，5 个身影借着月色，在一座深宅大院中窸窸窣窣地忙碌着。

宅院的女主人叫潘达于，就是她在指挥着一项绝不能被外人所知的工程。参与者是她的姐夫潘博山及姐夫的弟弟，还有两个家中的木匠长工。

一间屋子地面正中的方砖被撬开，露出 2 米见方的一块儿地。4 个男人轮番上阵，用铁锹向下挖掘。

寂静的夜里，若有锹石碰撞之声必为左邻右舍所闻。4 个人的动作都是轻手轻脚，小心翼翼。挖掘出的土石，或铺在院中大松树下，掩做培土，或四散在院落东侧的私家花园中，不留任何痕迹。

足足挖了两夜，几个人才在屋中掘出了一个一人来深的土坑。两个木匠把事先钉好的一个木箱置入土坑。随后，几人合力从旁边的屋子中抬出了一个巨大的青铜鼎，慢慢放入木箱中；另一只体积、重量相差无几的大鼎也被抬出，呈对角线放入了木箱。

这两只青铜大鼎，即为大盂鼎和大克鼎。到潘达于这里，已在潘家传了三代。清朝晚期从陕西出土的这两只宝鼎，再一次被掩藏于地下。潘达于寄望着这个“大土坑”，能够让两只家传宝鼎躲过日益迫近的战火。

1937 年的那个中秋节，没有让中国感受到任何节日的喜庆。中日淞沪会战激战正酣，焦灼着每个中国人的心。距离上海不足 100 公里的苏州，从战事一开便被列入战区。战争的阴云早已把这座秀美的江南古城变成一座危城。8 月 13 日淞沪会战开打，8 月 14 日苏州即遭到日军飞机轰炸。

9 月，淞沪会战进入胶着状态。战局风云莫测，上海危在旦夕，而苏州已成累卵之势。姑苏古城，几乎每天都在日本飞机投掷的炸弹爆炸声中震颤、呻吟。

在兵荒马乱带来的惶恐中，潘达于本已随着亲友逃到太湖边上的光福山区避难。但终究放心不下藏在家中的宝鼎，中秋节前，又冒着轰炸偷偷跑回了家。

家中所藏文物古董、古书字画数量甚巨，特别是大盂、大克二鼎，至为珍贵，又体型巨大，仓皇逃难，不可能将其携在身边看护。万般无奈之下，潘达于想出了将它们埋藏在地下的主意。

然而这个办法是不是能够确保两鼎安度战乱无虞，谁也不敢保证。

2007 年 8 月，潘达于老人以 102 岁高龄与世长辞。老人的孙子潘裕达今年都已经年过花甲，他与潘达于共同生活时间最长。埋鼎之日距今已 70 多年，潘裕达这样对说："好婆（奶奶，苏州方言）回忆往事，记得最清楚的就是埋鼎的那两个晚上，每次说起来都仿佛历历在目，每次提起来又后怕。那个战乱的年代，走漏一点风声，大盂鼎、大克鼎肯定就留不住了。"

在潘达于的记忆中，那两个晚上的月亮特别圆，特别亮，只是洒下的月光泛着惨白，在寂静的夜里更让人心生凉意。

明亮的月光，倒是为埋鼎的 5 个人提供了天然的照明。因为日军轰炸，电灯早已断电，为了避免在夜色中引人注意，5 个人干脆连蜡烛也没有点，两晚的忙碌，全仗月光。

大盂鼎和大克鼎放到木箱中后，他们又在木箱的空隙处，安放了一些小件青铜器和金银物件，左右再以旧衣物塞实。最后，木匠把木箱盖封好，平整泥土，上面再按原样铺好方砖。

潘达于又撮来一些浮土，在方砖上撒了一层，用笤帚轻扫几遍，用浮土填实方砖间的缝隙，这片地面就看不出任何撬动过的痕迹了。

大盂鼎

大盂鼎铭文

大克鼎

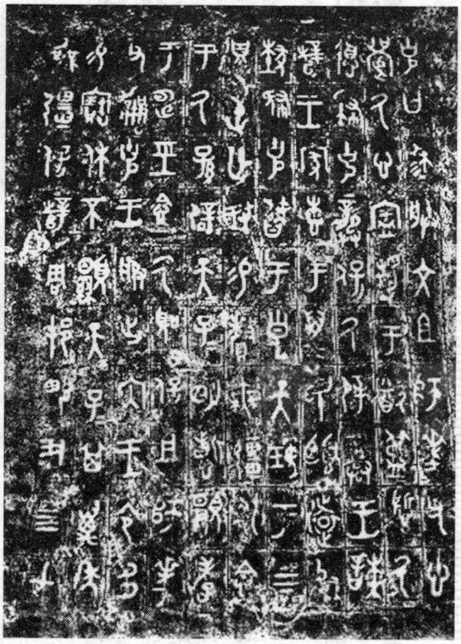

大克鼎铭文

这还不算，潘达于选择的埋鼎地点，处于庭院第二进院落正房的堂屋正中，原本摆放着一张八仙桌。埋好鼎后，潘达于把这张八仙桌摆放回原处，又添了一道遮人耳目的掩护。

知道埋藏宝鼎秘密的，只有经手埋鼎的5个人。潘达于找到的4个帮手，也是经过慎重考虑的。

潘博山及其弟弟，是潘氏宗亲中至亲至近之人，潘博山还是潘达于的亲姐夫——潘达于娘家姓丁，其姐姐丁燮柔也是嫁入潘家。这两人自然可以放心。那两个木匠，是潘氏大家族的长工，为人忠厚。为了保密，潘达于还对两位木匠师傅承诺——潘家会奉养你们一世。而这两位木匠，真的对埋鼎一事守口如瓶，始终未向外界吐露半字。

所有的工作做完，意味着两只宝鼎从此在“世间消失”。曾经让潘家荣耀无比的“海内三宝有其二”之说，似乎就只剩一个传说。

海内三宝，潘有其二

大克鼎，现藏于上海博物馆。该馆坐落在繁华的上海市中心，高楼林立的现代建筑丛林中，上海博物馆古朴庄重的中国古代青铜大鼎造型颇为惹眼。在这座号称“收藏了中国古代艺术品半壁江山”的博物馆中，大克鼎亦是当仁不让的镇馆之宝。

大盂鼎，原本也是上海博物馆藏品。1959年，北京中国历史博物馆（现国家博物馆）开馆，上博以大盂鼎等125件馆藏珍品支援。大盂鼎入藏国博至今，同样也是馆藏重器。

这两只国宝级旷世文物，在百余年前居然能够同归潘氏一门所有，单这一点，已足令人惊叹。

苏州自古就是人才辈出之地，在这座“朱户千家室，丹楹百处楼”的古城里，潘氏家族仍算得上首屈一指的名门望族。有所谓“苏州一座城，潘氏占一半”之说。

潘氏有“富潘”和“贵潘”之分，富潘以经商致富，贵潘因科举及仕途显赫而闻名。在清代中晚期的百余年间，潘家共有35人金榜题名，其中有1名状元、2名探花，在官场中有4人是正从二品以上的显贵政客，各地的中下级官吏更是数不胜数。“贵潘”一脉的为官之人，做遍了清廷六部九卿百官（文官），当时有“天下无第二家”之誉。李鸿章曾为潘家题匾：“祖孙父子叔侄兄弟翰林之家”。

清咸丰二年，潘家祖字辈中的潘祖荫，高中探花，后官至工部尚书、军机大臣。潘祖荫不但在官场上位极人臣，同时又是当世著名的金石、书画、古籍版本收藏家，只要听说有善本图书、青铜文物，就“倾囊购之，至罄衣物不恤”。潘祖荫在北京为官期间，居于米市胡同，府中有专藏珍本书籍的“滂喜斋”和专藏青铜器的“攀古楼”，所藏图书、金石之富冠绝于世。据说，因为对文物有着火眼金睛一般的鉴别力，他在收藏界还有个“潘神眼”的外号。

潘祖荫的“神眼”不但能鉴文物，识人更是独具慧眼。“晚清三杰”中最放异彩的左宗棠，由一介书生而出将入相，彪炳史册，就与潘祖荫的鼎力举荐大有关系。潘祖荫也因对左宗棠的举荐，得到了他一生中最为珍贵的藏品。

话还要从左宗棠尚未发迹时遭遇的一次危难说起。清咸丰十年，在湖南巡抚幕僚府中襄理军务的左宗棠，因为恃才傲物，触犯官场众怒，遭人上奏诬告弹劾。咸丰皇帝命湖广总督密查左宗棠，如确有不法之事，可就地正法。

就在此时，与左宗棠并没有直接交往却深知左宗棠才能的潘祖荫站了出来，三次上疏保荐。后人最为津津乐道的对左宗棠的赞誉之词：“国不可一日无湖南，湖南不可一日无宗棠”，即出自潘祖荫之笔。

后来，左宗棠平步青云，终成一代名臣。对在关键时刻向自己伸出援手、仗义相救的潘祖荫，左宗棠自是感恩戴德，清同治年间，左宗棠任陕甘总督，在西安得到大盂鼎，将其赠给了潘祖荫。

大盂鼎是西周周康王时期的重要青铜礼器，也是迄今发现的西周最大的一件铭文铜鼎。大盂鼎通高1米有余，口径近80厘米，重逾150公斤。

鼎内壁有铭文19行291字，记载了周康王对大贵族盂的训诰和赏赐。整个大鼎工艺精湛，造型雄伟凝重，自成威仪之象。

大盂鼎于清朝道光初年在陕西岐山出土，在当地的士绅、官员手中几经流转，后被左宗棠幕僚以700两白银购得，并献给了左宗棠。左宗棠知道潘祖荫是当世收藏大家，爱青铜器如命，遂以大盂鼎相赠，以谢当年搭救之恩。

潘祖荫得到大盂鼎，自然喜不自胜。他请晚清金石大家王石经操刀，给大盂鼎专门篆刻了一颗“伯寅（潘祖荫字）宝藏第一”的巨印。

据后人考证，潘祖荫得到大盂鼎是在清同治十三年（1874年），16年后，他又得到了另一件旷世奇宝——大克鼎。

大克鼎高93.1厘米，重201.5公斤，口径75.6厘米，是仅次于大盂鼎的西周第二大青铜器。它是周孝王时大贵族克为颂扬国君、祭祀祖父所铸，距今有2800多年。鼎腹内壁亦铸有铭文2段，共28行，290字，字体工整，笔势圆润，是青铜器铭文典范之作。

大克鼎于1890年（一说1889年）在陕西扶风县法门寺出土。一同出土的是一个青铜器物群，据传总数超过千件，当日即被瓜分，四方流散。其中，器型最大、最为华美的大克鼎流入天津，被金石收藏家柯劭忞购得。

柯劭忞是潘祖荫故交。得知柯劭忞有大克鼎入藏，潘祖荫欣羡不已，几番登门拜求，终于重金购得。

至此，大盂鼎、大克鼎两大青铜至尊礼器同归潘祖荫所有，“攀古楼”所藏当世无出其右者。潘氏一门，至潘祖荫一辈，官爵位极人臣，家藏富甲天下，可以说达到了家族荣耀的顶峰。

然而，正所谓“物极必反，盛极则衰”，潘氏家族的辉煌顶峰也是衰落的开始。在得到大克鼎的当年年底，潘祖荫撒手人寰。潘氏一族再无入朝为官之人，原本庞大的家族也变得人丁零落。藏于北京“攀古楼”中的大盂鼎、大克鼎，失去了权贵主人的庇护，在乱世之中，无异于被豺狼环伺的羔羊。

“谨守护持，绝不示人”

潘祖荫病逝于1890年年末，6年后，他的夫人也在北京去世，由于二人终生未育子嗣，潘祖荫所有的遗产就由比他小了整整40岁的弟弟潘祖年全权处理。

当潘祖年得悉嫂子去世，从千里之外的苏州赶到北京奔丧，时间已经过了一月有余。就在这段时间，“滂喜斋”、“攀古楼”中已有大量藏品被盗。

潘裕达说：“好婆曾听我的曾祖祖年公说起过，当时明确丢失的是几套完整宋版书的第一册。这应该是家贼所为，拿了那些书出去估价了。如果不是曾祖赶到，恐怕还要丢失更多。其余的零散藏品究竟丢了多少，更查不到了。”

潘祖年顾不上追查被窃的藏品，匆匆处理好善后，将潘祖荫的藏品和灵柩一同装船，顺着京杭大运河运回苏州。其中就有著名的国宝大克鼎和大盂鼎。另有铜钟和铜鼓两大件，因又大又重无法搬运，只得就地送了人。不过，潘家后代分析，以潘祖年对兄长藏品的珍视，绝不会将这两件宝器轻易流转他人。送出铜钟和铜鼓，或许就是在营造一个“潘家败落，藏宝流失”的假象，让大盂鼎、大克鼎能够“暗度陈仓”。

潘祖年之所以急于离开北京，一个重要的原因就是想尽快将大盂鼎、大克鼎带出“虎狼之口”。当世之时，金石之学大盛，清朝官宦、文人多有青铜器收藏之癖。皇都之中，权臣贵胄众多，对大盂鼎、大克鼎垂涎已久的大有人在。比如清末重臣端方。

端方也是清末著名的收藏、金石大家。与大克鼎一同出土的另一件重器小克鼎，当时已在端方手中。潘祖荫在世之时，端方就曾多次欲购大盂鼎为己有，无奈出价再高，潘祖荫也绝不割爱。

潘祖年年纪轻轻，虽未为官，亦深知官场险恶。兄长离世，在北京再无庇佑，只能携带着所有藏品回乡避祸。潘达于曾回忆，当年各种藏品足足装了四艘船。古人形容藏书数量之巨的“汗牛充栋”，想来也就是这样的光景吧。

潘祖荫穷尽家财收藏的大量青铜器和珍本古书，是出于一个文人对古文化的痴狂。潘裕达认为：“潘祖荫收藏青铜器的最终目的，是因为他醉心于古文字学研究，绝不是今天我们理解的古玩收藏或是什么投资。不然，以潘家藏品的价值来说，应该是‘富甲天下’，而不是‘藏甲天下’了。”

在潘祖年后来编著的《潘祖荫年谱》中可以看出，潘祖荫在世时，虽对自己所藏极为珍视、自豪，却从不私藏。“每得一器，与同好者切磋研究，图状释文，以传后世。”常与商榷者，有周孟伯、张之洞、王懿荣、吴大澂等，皆清朝末年有金石之癖的一代大吏。

潘祖年接管了这批海量的文物珍品后，深恐藏品“露富”而被贪佞图谋，定下了“谨守护持，绝不示人”的家规。

潘祖年携宝归乡之后，起初住在祖父潘世恩留下的祖宅之中。潘世恩曾高中状元，官至清朝武英殿大学士、军机大臣，身后育有四子，潘祖荫、潘祖年即三子潘曾绶之子，在潘家谱系中称“老三房”。

潘家家族庞大，在苏州府邸甚多。钮家巷的潘世恩故居最为门庭显赫。潘祖年始终顾虑这栋大宅门庭显赫，太过惹眼，不久又搬到了南石子街“老二房”一座空闲的宅院之中。自此，潘祖年过起了半隐居的生活，终日与满屋的青铜器为伴，藏身古籍故纸堆中。

潘祖年对“谨守护持，绝不示人”的家规把持极严，甚至到了疑神疑鬼的地步。世人皆传“潘家有宝”，却无人能一睹真容。潘祖荫的故交王懿荣、吴大澂等人，对潘家藏品其实非常熟悉。但是到了潘祖年这里，哪怕仅仅是借金文拓本一阅，也不能如愿。

吴大澂之孙吴湖帆，是中国近代著名的书画大家和收藏家，娶潘祖年之女潘静淑为妻。据说，有一次吴湖帆到丈人家中的储藏室外，向着门缝里张望了一下，事后，潘祖年就吩咐人用纸把门缝、窗缝统统糊上。

对家人尚且如此，对付外来的压力可就更难了。

大盂鼎和大克鼎被转移到苏州不久，1906年，对二鼎垂涎已久的端方竟然也来到了江南。这时的端方，权势更非早年所比。因为1900年八国联军占领北京，慈禧和光绪出逃西安时接驾有功，端方受到重用，历任河南、湖南封疆大吏。1905年，清政府为挽救危局，“预备立宪”，派“五大臣出洋”考察西方列强宪政，端方就是“五大臣”之一。出洋考察归来，端方所编《欧美政治要义》，被认为是中国立宪运动的重要著作。

“出洋”归来端方再获赏识，被任命为两江总督，主理大清一朝最为富庶的江浙地区。对流落到自己势力范围的大盂鼎、大克鼎，端方自然不肯放过。

端方对青铜器的嗜好，并不亚于当世任何收藏家。就是在两江总督任上，端方得到了“海内三宝”的另一件——毛公鼎。

关于此事，史料上有这样的记载：

> 毛公鼎原是北京的另一大收藏家陈介祺所藏。在收藏界，陈介祺与潘祖荫齐名，史称“南潘北陈”。陈介祺对其他收藏都乐于公之于世，印成目录，唯有对毛公鼎，深锁密藏。陈介祺1905年病故后，端方查访到毛公鼎的下落，他倚仗权势派人至陈家，限三日交鼎，强行买走。

当时的潘家与陈家境况是何其相似，大盂鼎、大克鼎似乎是逃不出端方的手心了。然而权倾一时的端方却在潘家碰了一鼻子灰。

潘祖年曾对后人回忆过，端方几次三番地找到他，图谋盂、克二鼎，或曰重金购买，或曰借几日观赏，乃至仅仅要求亲眼看一次。而潘祖年的答复始终就是两个字：“没有。”

这样的答复就能令端方善罢甘休？只怕没人能够相信。对此，潘裕达这样分析：潘家虽然家道中落了，毕竟曾经数辈为官，朝野之上故旧至交众多。端方虽然位高权重，论起辈分还要算潘祖荫的门生，再加上对潘祖荫一脉的政治人物终归有所忌惮，一时倒也不敢像对陈家后人那样用强。

“这只能勉强敷衍一时。真正让大盂鼎、大克鼎免被巧取豪夺的，是端方的意外之死。”潘裕达说。

1911年，清政府出卖铁路修筑权，激起中国人民的反抗，四川等地爆发保路运动。清政府急调端方率湖北新军入川镇压，结果造成武昌兵力空虚，革命党人趁机发动起义，辛亥革命首役成功。中国最后一个封建王朝土崩瓦解。

而端方刚入四川，所率新军就发生了兵变，端方被部下杀死。端方有生之年，最终连大盂鼎、大克鼎的真容也未得见。

潘家宝物知多少

端方之死，让潘家珍藏的最大威胁得以消除。然而，另一团阴影却像诅咒一样笼罩着潘家。

潘氏“老三房”一脉，潘祖荫终身未育，潘祖年有两儿两女，但两个儿子未及成年就夭折了。后来从“老四房”过继了两个男孩，结果又都夭折。潘祖年年届40岁时仍膝下无子，而当时族中侄儿一辈尽皆成年，潘祖年就从“老四房”嗣进了一个孙子，取名潘承镜。潘承镜成年后娶苏州名门丁氏之女为妻。可是婚后数月，潘承镜又染病身亡，同样没能留下子嗣。

接连发生的家门不幸，让颇为神秘的潘家又蒙上了一层诡异。时人皆传，潘家血脉难继，是因为家藏的青铜器太多、阴气太重所致。这种怪力乱神的联系、解释，在当时被传得神乎其神，言之凿凿，成了笼罩潘家几十年的一道梦魇。

“潘家年轻夭亡的儿孙确实不少，但放眼当时的中国，也不算稀奇。要怪只能怪当时的医疗条件和动荡乱世。”潘裕达说。新中国成立前，中国的人均寿命只有35岁。清末乱世，这个数字无人统计，但料想也不会超过35岁。

潘裕达说，就是因为潘家的收藏太过神秘，才被人与种种不幸扯上了

潘达于老人

联系。实际上，潘家的人丁零落，并不独独发生在青铜器收藏甲天下的“老三房”。大房、二房、三房在祖字辈之后，都先后失去了直系血脉，不得不从“老四房”过继子嗣。从血缘上来讲，今世的潘氏家族都是“老四房”的后代。而直接收藏、保管着那些青铜器的潘祖荫和潘祖年，分别享年 60 岁和 56 岁，在当时已经算得上长寿了。

1926 年，潘祖年逝世，留下的沉重家产只能由一个弱女子独立支撑。这个女子，就是时年仅 20 岁的潘达于。

潘达于即为潘祖年继孙潘承镜之妻，才过门数月就成了寡妇。“老三房”中，当时只剩潘祖年夫妇和这个寡孙媳妇三人。

潘祖年疼惜孙媳年轻守寡，视其为孙女一般，并让她改姓了潘。而且，潘祖年从此不再过继孙子，而是由潘达于出面，为先夫立嗣子，也就是潘祖年的过继重孙潘家懋。这样做，实际上就是确定了潘达于作为孙辈的家业继承人。

而潘祖年的离世，把潘家收藏的总数永远带离了人间，“攀古楼”、“滂喜斋”中所藏文物、珍本究竟有多少、有哪些，从此成了不解之谜。

潘裕达近些年来一直致力于研究先人的收藏，但始终得不到答案。祖荫公晚年曾辑有《攀古楼彝器款识》二卷，但未及将所有藏品辑录就去世了。饶是如此，书中所载亦有林林总总数百器，除大盂鼎、大克鼎之外，尚有著名的史颂鼎、邵钟四、郾侯鼎、夫舍鼎、季余鼎、祖乙卣、休敦、季良父等等，蔚为壮观。

潘祖年继承了兄长的收藏之后，“谨守护持，绝不示人”，20 余年从不对外吐露半字。潘祖年编撰了《潘祖荫年谱》，按理应该是对这些藏品进行过系统整理、清点，但没有留下详细谱录就撒手人寰。

著名版本、目录学家，国家文物鉴定委员会委员顾廷龙，娶潘祖年堂侄女为妻，是极少数几个能得到潘祖年信任，有机会亲眼目睹潘家收藏的人之一。顾廷龙曾靠年轻时的记忆，作过一篇《吴县潘氏攀古楼吴氏愙斋两家藏器目叙》，这是目前能够找到的潘家青铜器收藏最详细的统计：

潘氏器，未有人编其目，余亦就所见拓本而钤有其藏印者，录为一册，计四百数十器，秦、汉物及其杂器则尚未在焉，洵足为藏家之冠。至所藏总数，未由访悉，惟褚礼堂尝谓藏六百余品，则余所辑录者三之二耳，余者得非即秦、汉物及其他杂器也耶？

可见，顾廷龙也未能得见潘家藏品全貌，只能大致估计其总数。这一点在潘达于的回忆中也有所印证。

潘祖年当年居住的南石子街旧宅，是一个“跑马楼”。所谓“跑马楼”，指的是四周都有走廊可通行的楼屋。宅院共有三进，潘家的收藏就保存于第二进的房子中。据潘达于回忆，当时青铜器放满了一大间加一隔厢，字画卷轴典籍堆放在另外一间一隔厢内。

顾文中所说的“褚礼堂”位于这栋房子的二层，只摆放着数量众多的小件青铜器，大盂鼎、大克鼎等重器并不在此处。潘祖年为这两件鸿宝专门打制了两只大木柜，平时柜门严锁，放置在一层屋中。看上去和一般的衣柜无异，外人根本不知里面放的竟是两只旷世宝鼎。

1926 年潘祖年病故，潘家懋年仅 4 岁，年纪轻轻的潘达于不得不挑起侍奉好婆（潘祖年的续配祁氏夫人）、掌管门户、守护家藏的重任。1933 年，祁夫人又去世，潘达于身边只有家懋、家华一双过继儿女。偌大的庭院，孤儿寡母三人守护着几屋子随时被人窥视的文物财宝，潘达于的压力可想而知。

潘达于没有文化，自己没有能力对浩荡藏品进行整理、清点，又不敢借他人之手，她能做的，就是把藏宝的几间屋子尽皆锁闭，至于藏品总数，潘达于终生都不清楚。

新中国成立后，潘家向国家捐献了大量藏品。原上海博物馆馆长、中国青铜器研究泰斗马承源曾对潘达于老人说过这样一句话：“你们家的青铜器收藏仅次于故宫。”这句话更给人们留下了无尽的想象空间。

历尽劫波鼎无恙

在文物收藏界，从上世纪初到抗日战争爆发之前的约30年时间，被称作收藏家们的“黄金岁月”。辛亥革命、清朝覆灭、军阀混战……一系列剧烈社会变革，彻底打乱了中国的社会结构，传统的收藏品以前所未有的速度聚散、流转。

对家道中落的前朝收藏大家来讲，经历的却是一场灾难。

在战乱纷呈的时世中，苏州潘家只剩一个寡居的弱女子，能独立护持价值倾城的无数文物，无异于天方夜谭。更何况，潘家的收藏早已盛名在外，一拨又一拨明里暗里的求宝者纷至沓来。文物的流失注定无可避免。

潘家被窃贼光顾了多少次，潘达于也记不清了，她只回忆过这样一件事。某天早上，家里的佣人在庭院东侧的花园发现了一个麻袋，里面是装得满满的青铜器。显然，这是一个太过贪心的窃贼所为——妄图一次盗走的宝贝太多，以致无力背着麻袋翻过潘家的高墙，迫不得已将所盗之物掩藏于花园，以图改日再取，没想到却被潘家人首先找到。但有多少文物没这么幸运，失之盗贼之手，就无从计数了。

但即便家中被窃，潘达于也不敢报案。那只会暴露家中藏宝，招来更多的祸患。所幸那些毛贼只能盗走少部分的小件物品，大盂鼎、大克鼎这样的重器，绝非偷盗所能取走。

真正直奔盂、克二鼎而来的，是那些手提重金的各路收藏家、古董贩子。据说，曾经有个美国商人登门，出价600两黄金和上海的一栋洋房，点名要买大盂鼎、大克鼎，结果被潘达于坚定拒绝。

潘裕达告诉笔者，这个故事其实只有“部分真实”。文物大买家极少直接登门，多是通过潘氏家族的成员先做说客。在这一步就会被潘达于拒绝。她的回答和其爷爷一样简单："没有!"

"好婆达观处世，对金钱看得极淡。很难想象她守着价值无法估量的家传文物，居然终生连一件像样的首饰都没有。"潘裕达说，"老年时的好婆，最常夸耀自己的是，无论家道多难，她也没有卖过一件家传宝贝。"

黄金打动不了潘达于，却在潘氏族人和佣人中买通了一些"家贼"，使得潘家藏宝流出了不少。万幸的是，这些"家贼"同样只能趁人不备，私藏一些小件出门，大盂鼎、大克鼎又被潘达于严加防范，始终没有被触及。

1937 年 7 月 7 日，卢沟桥事变，抗日战争全面爆发。在这场关系到中华民族生死存亡的大搏斗中，大盂鼎、大克鼎也遭到了前所未有的凶险。

8 月 13 日，淞沪会战开始。中国军民顽强抵抗三个多月，上海沦陷。11 月 19 日，苏州沦陷。

正如潘达于此前所料，日军进城后，随即开始满城劫掠。时人所记《苏州沦陷记》，记载了当时日军的野蛮行径：

> 日军每入民家，视有佳书画之已装裱者，辄以刺刀割取……苏人孔陟岵先生，尝因一画轴不肯舍去，与日兵相争持，卒被击一刺刀，头部血流如注。

潘家是苏州著名的收藏世家，自然被日军列为首要目标。更令人吃惊的是，闯入潘家的日军不但举着明晃晃的刺刀，竟然还拿着一份"藏宝单"按图索骥。

原来，就在抗日战争爆发的前一年，国民党当局刚刚在苏州举办了一场"吴中文献文物会展"。展前曾向潘家提出要借"宝鼎"，潘达于明确拒绝，但还是借出了少部分字画、古籍供展览之用。而这场"吴中文献文物会展"竟给苏州文物造成了一场浩劫——它的展品目录落入了日军之手，成了日军有组织、有计划的掠夺目录。

不过，大盂鼎、大克鼎并不在这份目录中，而且已被潘达于埋藏于地下，倒是不易被搜到。每次有日军闯入，最令潘达于揪心的是“三间头”。

所谓“三间头”，指的是最深一进院子正房后房檐下隔出的三间小房，只有一扇小门与弄堂相通，非常严密。潘达于埋鼎之后，把更多的藏书、书画、卷轴、铜器等等，搬进“三间头”，小门关严，外面用旧家具堆没，收拾得随随便便。看上去这里就是一个堆放杂物的墙角，外人根本想不到背后还有三间“暗室”。

即便这样，潘家还是有众多的藏品无处收藏。潘达于就让姐夫潘博山挑出相对更珍贵的打包，送到乡下亲戚家保存，最后一些实在没有办法，只能仍旧锁在屋中，危急时刻或许还能“丢卒保车”。

日军先后来了潘家七次，将未能妥善藏匿的文物搜刮一空。而大盂鼎、大克鼎和藏在“三间头”中的大量文物，竟然始终未被发现，平安度过了八年抗战。

中华灿烂文明铸就的两只至尊宝鼎，安然躺在中国的土地中，静待重现辉煌。

鸿宝重现，克保永久

1951 年 7 月，正在筹建上海博物馆的华东军政委员会文化部，收到了一封引发举世轰动的捐赠信：

> 窃念盂、克二大鼎为具有全国性之重要文物，亟宜贮藏得所，克保永久。诚愿将两大鼎呈献大部，并请拨交上海市文物管理委员会筹备之博物馆珍藏展览，俾全国性之文物得于全国重要区域内，供广大观众之观瞻及研究……

寄信人，正是已经守护了大盂鼎、大克鼎 20 余年的潘达于。

1951 年历来被看做是大盂鼎、大克鼎第二次出土的年份，而实际上，此时距两件宝鼎第二次出土已经过了7年。

1944年，潘家旧宅堂屋八仙桌下的方砖地面忽然塌出了一个大洞。原来，当年埋鼎时太过仓促，木箱就是从市场上买的原木，从中间劈开后草草钉成。在地下埋藏7年后，木料腐烂，连泥土带方砖一齐都塌了下去。潘达于急忙让儿子家懋和木匠把两只大鼎重新挖了出来。

当时苏州仍被日伪政权占据着，两只大鼎被悄悄安置在潘宅一间房间的角落里，鼎里放些破衣杂物，再用旧家具堆没，房间锁死，再不进人。两鼎就这样又秘密保存了7年。

值得一提的是，原被端方所藏的毛公鼎，在端方死后被后人售卖，几经流转，特别是在抗日战争期间，历经劫难，几次被典押、质卖，险被日军掠走，但终被叶恭卓、叶公超、陈永仁等几位收藏家、实业家保护了下来。

1946年，沪上巨商陈永仁将毛公鼎捐献给国民政府，隔年由上海运至南京，收藏于中央博物馆。

1948年，国民党退守台湾，大量珍贵文物南迁至台北，毛公鼎亦在其中，现收藏于台北故宫博物院。

毛公鼎重现世间之时，与之并称“海内三宝”的大盂鼎、大克鼎虽然也已再次出土，守护者潘达于却选择了秘而不宣，直到1951年。

潘裕达说：“其实国民政府要员在抗战之前和之后都找到过好婆，动员她献宝，但她一直不为所动。抗战胜利之后，好婆主要居住在上海。在这座中国最繁华的大都市，她亲眼看到了新旧两个社会的天壤之别，这才决定把宝鼎捐了出来。”

1951年9月，在潘达于的指点下，现代著名古文字学家、考古学家陈梦家等人搬开角落中的杂物，微尘轻扬中，宝鼎重光再现。

刚刚成立的上海市文物管理委员会以隆重的授奖典礼表彰潘氏捐献之举。文化部特颁褒奖状：“潘达于先生家藏周代盂鼎、克鼎，为祖国历史名器，60年来迭经兵火，保存无恙，今举以捐献政府，公诸人民，其爱护民族文化遗产及发扬新爱国主义之精神，至堪嘉尚，特予褒扬，此状。”

这张奖状在潘达于的卧室里挂了50年。

对人民政府奖励的2000万元（相当于2000元）奖金，潘达于却没有收下，她又给上海文管会写了封信："查上项古物归诸人民，供历史上之研究，正欣国宝之得所，乃蒙政府赐给奖状举行典礼，已深感荣幸，今又蒙颁给奖金，万不敢再受隆施，恳请收还成命，无任盼祈之至。"最后，潘达于将这笔钱捐献国家抗美援朝。

虽然潘家先代曾是钟鸣鼎食的权贵名门，但捐鼎时，潘家经济已不宽裕。执掌潘家的潘达于知道这两尊鼎价值连城，但她从没拿藏品去"换生活"。那时潘达于和女儿潘家华在上海相依生活，女儿在学校教书，每月70元收入，而潘达于则走进了里弄生产组，当了一名普通劳动者。

在捐出盂、克二鼎后的几年里，潘达于又数次捐出了家族中收藏的所有珍贵文物。细细点数潘达于家里的收条，仅上海博物馆一地收藏的文物就达400多件。如果按文物市场的价格计算，将是一个惊人的天文数字。但是，文物真正的价值和潘达于老人的义举一样，是无法用金钱来衡量的。

1952年，上海博物馆开馆，二鼎入馆珍藏；1959年，中国历史博物馆开馆，大盂鼎等125件珍贵文物应征北上。两件巨鼎自此各镇一方，遥相呼应。

2005年，潘达于老人百岁寿诞，分离近半个世纪的大盂鼎、大克鼎在上海博物馆重新聚首。这是上博为给百岁人瑞潘达于祝寿举办的回顾特展。当天下午，身着棕色缎袄，脚穿新绣花鞋的潘达于在女儿的搀扶下，走上展台，围着拦绳走了大半圈。"好婆后来说，我为俚笃（苏州方言，它们）寻着好人家哉。"潘裕达回忆道。

2007年8月，潘达于走完了她102载的传奇人生，与世长辞。

岁月匆匆，往事如烟，但上海博物馆刻着捐赠人姓名的大理石墙上，"潘达于"高高在上，永远和盂、克二鼎的故事联系在一起。

云水相望

——《富春山居图》600 余年离散录

董少东

2010 年全国“两会”，国务院总理温家宝在人民大会堂金色大厅与采访全国“两会”的中外记者见面。在回答台湾记者提问时，温总理动情地讲述了传世名画《富春山居图》的故事。

这幅画，一半在台北，一半在杭州，“画是如此，人何以堪”。总理“希望两幅画什么时候能合成一幅画”，用画的合璧寄语两岸的团圆。

从元代绘就至今，《富春山居图》已历 600 余春秋。人世间沧海桑田，山水依旧，此画却分作两半，翘首相望。一缕乡愁，隔在浅浅的海峡。

人同此心，心同此情。《富春山居图》的传奇故事，蕴含着两岸同胞共同的情愫。

画中兰亭

在位于杭州市中心的浙江博物馆武林馆区，三楼书画展厅，一幅长卷平铺舒展在大型展柜中。LED灯散发的冷光下，画卷上已经泛黄的画纸更显年代悠远。

这幅长卷宽30余厘米，长足有6米，但前后多是题跋，真正的画作，只是画心处横51.4厘米、纵31.8厘米的一幅古画。长卷引首处四个大字“富春一角”，道出了这幅古画的显赫身世——它就是温家宝总理提到的中国十大传世名画之一《富春山居图》，不过不是全部，只是“一角”，不足全作的1/10。这尺许画卷中，淡雅笔墨勾勒出一山一水一丘一壑，自成气象，别有意境。

因为在“两会”上被温家宝总理提到，这幅承载了太多悲欢离合的国宝画作成为万众瞩目的焦点。慕名而来的参观者是幸运的，温总理提到《富春山居图》时，这幅稀世珍品正在进行着入藏浙博50余年的第四次公开展示，而且时间长达3个月。此前，《富春山居图》公开展出最长的一次为10天，最短的一次，仅仅1天而已。

被浙江博物馆视作“镇馆之宝”首位的《富春山居图》，历来是重点保护对象。对纸张脆弱的古画来说，温度、湿度的变化和灯光直射，乃至每一次展卷，都可能造成无可弥补的损害。因此，《富春山居图》长久以来被深锁库房，妥善保存，很少有人能够一睹其真容。“以前浙博展出条件欠缺，这幅画很少拿出来展出，武林馆区建好后展出条件才改善。书画展厅的第一个展览就是‘山水之间——黄公望《富春山居图》与馆藏明清山水画’。”浙江博物馆常务副馆长陈浩说。

在浙博武林馆区，安放《富春山居图》的展柜是从德国进口的，24小时恒温恒湿，连展厅的灯光都选用了光线柔和的冷光源LED灯。这样的展出条件在国内的博物馆中也不多见。于是，《富春山居图》才得以“破天荒”地公开展示3个月。全国“两会”之后，参观者骤增，浙博又临时决定，将展期从3月20日延长到5月20日。

以画作的咫尺片段就堪当稀世珍宝，《富春山居图》究竟是怎样的一幅画呢？

浙博的展板上这样介绍，《富春山居图》纸本水墨，高1尺余，长2丈4尺，是中国古代水墨山水画的巅峰之笔，被誉为中国山水画长卷“第一神品”。图绘富春江两岸秋初之景，开卷描绘坡岸水色，远山隐约，接着是连绵起伏、群峰争奇的山峦，再下是茫茫江水，水天一色，最后则高峰突起，远岫渺茫。山间丛林茂密，点缀村舍、茅亭，水中则有渔舟垂钓。山和水的布置疏密得当，层次分明，大片的空白，乃是长卷画的构成特色。笔墨上已显然取法董源、巨然，但更为简约利落。山石的勾、皴，用笔顿挫转折，随意而似天成。清润的笔墨、隽永的意境，把浩渺连绵的江南山水表现得淋漓尽致。

陈浩说：“《富春山居图》是元代大画家黄公望晚年的代表作。这幅画有‘画中兰亭’之称。它对中国山水画的意义，就像王羲之《兰亭序》对中国书法的意义一样。”

只是，画中兰亭的真迹已一分为二，天各一方。浙博所存，乃画卷前半卷，世人称之为《剩山图》；后半卷《富春山居图》又称《无用师卷》，纵33厘米，横636.9厘米，现存于台北故宫博物院。在稀世珍宝数以百万计的台北故宫博物院，《富春山居图》同样是“十大镇院之宝”之一。

黄公望（1269～1354年）本名陆坚。幼年被永嘉（今浙江温州）一位叫黄乐的老翁收为义子。黄乐很喜爱陆坚，初见他时曾言：“黄公望子久已。”所以，陆坚改名黄公望，字子久。

黄公望曾在元大都做过书吏，因上司贪污，他受连累被抓进大牢。出狱后，黄公望改号“大痴”，从此信奉道教，云游四方，以诗画自娱，并曾卖卜为生。

年过五旬的黄公望隐居富春江畔，师法五代宋初的董源、巨然一派，潜心学习山水画，为明清画人大力推崇，成为“元四家”（黄公望、王蒙、倪瓒、吴镇）之首，开启了元明清文人山水画的路子。

《富春山居图》是黄公望79岁高龄时开始创作的。一次从松江归富春山居，偕好友无用禅师同行。应无用禅师之求，黄公望就在他的山居南楼援笔作此长卷。但他经常云游在外，而画卷留在山中，只得“逐旋填札”。经过三四年之后才题款，但最后何时完成，不得而知。清王原祁在《麓台题画稿》中说是经营7年而成，黄公望自动笔至去世恰恰是7年，堪称呕心沥血之作。

《富春山居图》完成后不久，黄公望就离开了人世。据黄公望在该画上的题款称，他把此图送给了好友——无用禅师。我们因此可知，《富春山居图》的第一位藏主，即是无用禅师，从此这幅画作开始了它在人世间600多年的坎坷历程。

大烬余残本

浙江博物馆所藏《剩山图》，是上世纪50年代从中国现代著名书画家、收藏家吴湖帆手中所购。今人所见装裱《剩山图》的《富春一角》长卷，即为吴湖帆整理制作。

《富春一角》长卷的画心《剩山图》，不过长宽几十厘米，但吴湖帆收藏时，在画卷上添加引首（手卷术语，中国书画手卷装裱上所留空白纸方地位，可以在上面题写。因在开卷时首先看到，故以此得名。）、抄录前人题跋、画黄公望像、自述流传经过及题诗等等，整幅画卷已长达数米，堪称《剩山图》的全景介绍。

在著名书法家沈尹默楷书题写的引首中，我们可以窥见这幅画作的离奇身世：“元黄子久富春山居图卷真迹大烬余残本。”引首后另有加注：“此为荆溪吴氏云起楼所藏之本也，前幅尚有数尺已罹劫灰，其后幅久归清内府。”

注中所说“荆溪吴氏”，指的是明末清初大收藏家吴洪裕。“云起楼”乃吴家藏书楼。藏品之中，《富春山居图》是吴洪裕至爱，为此，他还专门盖了一栋“富春轩”作珍赏之所。

根据画上题跋所记载，《富春山居图》最初是画家为无用禅师所作。100多年后的明成化年间，此画为著名画家沈周所得。至明万历年间，又归大书画家董其昌所有。不久又转手为宜兴收藏家吴之矩所藏。吴之矩死后传给其子吴洪裕。

吴洪裕对《富春山居图》的喜爱到了偏执狂热的程度，可就是他的这份畸形的爱，险些让《富春山居图》沦为陪葬品。这也就是为人所熟知的《富春山居图》险遭“火殉”的故事。

由于吴洪裕没有儿子，临终前，他便叮嘱家人，要把一生最爱的两件宝——智永《千字文》真迹和《富春山居图》一起投火为殉，使他在九泉之下仍可持有这两件书画作品。（智永是王羲之第七代孙，南北朝和隋代书法大家，书法造诣冠绝当世。其作品尤以《千字文》为多，现今仍有墨迹存世。）

王羲之《兰亭序》真迹被李世民带入陵墓殉葬，吴洪裕以智永《千字文》和《富春山居图》效仿之，倒是应了《富春山居图》“画中兰亭”之名。只是，这个荒唐透顶的举动，给《富春山居图》乃至中国书画史，带来了不可弥补的损失。

当时的著名画家恽寿平在其《南田画跋》中这样记录：

> 吴问卿（吴洪裕字）生平所爱玩者有二卷，一为智永《千文》真迹，一为《富春图》，将以为殉。弥留，为文祭二卷。先一日焚《千文》真迹，自临以视其烬。诘朝焚《富春图》，祭酒，面付火，火炽辄还卧内……
>
> 吴洪裕就此安心闭眼，撒手人寰。而就在他转身离开的瞬间，其从子吴静庵疾趋焚所，起红炉而出之……

然而由于火势太猛，经吴静庵抢救出来的画卷，已断裂去前面5尺许，中间烧出数个连珠洞，并断成一大一小两段。被烧毁的5尺，画的是城楼隐约，平沙无垠，为富春江口出钱塘的景色；5尺之后，才是峰峦云树，坡石起伏，恽寿平称它“凡数十峰，一峰一状，数十树，一树一态，雄秀

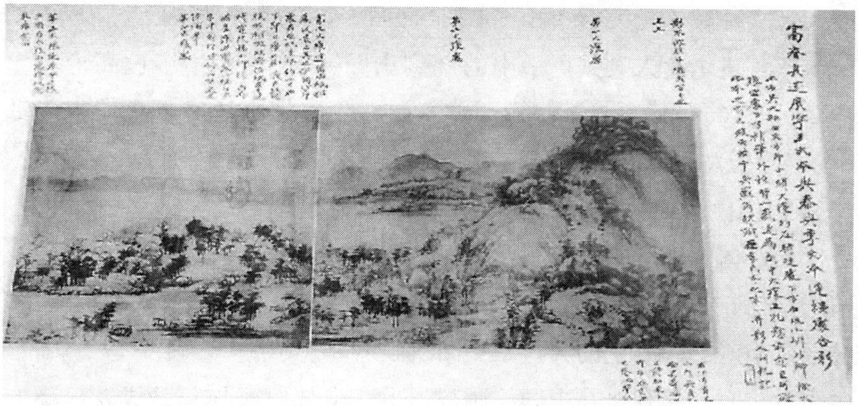

《剩山图》和《无用师卷》连接处

苍茫，变化极矣”。

吴静庵救出此卷后不久，经由当时极富鉴别能力和修复能力的古董商人吴其贞之手，将烧焦的部分细心揭下，发现还有尺许画卷完好，重新接拼后，居然正好有一山、一水、一丘、一壑之景，几乎看不出是经剪裁后拼接而成的，真乃天神相佑。这尺许完好画卷，为吴其贞所得。另外一段长余6米，保留了原画主体内容，重新修复装裱，仍是一幅恢弘长卷，归为吴静庵收藏。

从此，稀世国宝《富春山居图》分为两段，身首异处。

前段尺许画卷，画幅虽小，但比较完整，因是火焰焚毁的画卷所剩，所以被后人命名为《剩山图》；后段画幅较长，但损坏严重，修补较多。而且，为了掩盖火烧痕迹，原本位于画尾的、董其昌的题跋被切割下来，挪至画首。跋中写明《富春山居图》是为“无用师”所画，所以此段被后人称为《无用师卷》。

“剩山”重现

650多年前，《富春山居图》诞生；350多年前，该图一分为二。画裂两卷，各表一枝。先说《剩山图》。

流落到古董商人吴其贞手中的《剩山图》，自然免不了被高价转卖的流离命运。1669 年，《剩山图》被清初大收藏家王廷宾重金购得，辑入《三朝宝绘册》。此后辗转于各藏家之手，长期湮没无闻。

《剩山图》再次面世，已是 200 多年后的 1938 年。

原浙江博物馆副馆长汪济英告诉笔者，那时候的《剩山图》只是一张古旧的画作，上面无题、无款、无识，很难鉴定。“说起来也是机缘巧合，它被送到当时书画鉴定的大行家吴湖帆眼前。”

当世之时，吴湖帆在中国绘画界、鉴赏界、收藏界都是成就显赫的头面人物。作为画家，吴湖帆早年与溥儒并称为“南吴北溥”，后与吴子深、吴待秋、冯超然在画坛有“三吴一冯”之称；作为鉴定家，他与收藏大家钱镜塘同称“鉴定双璧”。在上世纪三四十年代，吴湖帆有鉴定“一只眼”的外号，意即“触目立判真伪”，足以想见他在鉴定界的权威性。

作为收藏家，吴湖帆更是家学渊源，家藏巨富。其祖父吴大澂就是清末知名的画家、收藏家。吴湖帆成年后娶苏州名门潘氏之女潘静淑为妻。潘静淑曾祖潘世恩为清道光时宰相，伯父潘祖荫为清光绪时军机大臣、工部尚书，其攀古楼所藏文物富敌东南。潘静淑嫁资中金石字画之巨一时传为佳话。后来吴湖帆岳父潘祖年又赠之以极其珍贵的宋刻《梅花喜神谱》。吴湖帆居室别称“梅景书屋”，即由此而得名。

话说 1938 年秋，吴湖帆卧病于上海家中。一天，上海古董名店汲古阁的老板曹友卿前来看望他。吴湖帆既是曹的“大客户”，也是他的“顾问”，二人交往日久。曹友卿此行就随身带了一幅刚刚买到的残卷，请吴湖帆“掌眼”。

展卷之下，只见画面雄放秀逸，山峦苍茫，神韵非凡。吴湖帆捧画赏识良久，从画风、笔意、火烧痕迹等处反复研究，断定这就是黄公望的传世名作《富春山居图》的前一部分《剩山图》，当即向曹友卿提出购买。

曹友卿也是行家，一听吴湖帆要买，自然知道这幅画是至宝，不肯转手了。几番交涉，吴湖帆拿出家中珍藏的青铜重器周敦（敦，古代食器），这才换来了这幅残卷。说来稀奇，吴湖帆近一个月的大病，就此霍然痊愈，为此还专门赋诗一首。

不过，汪济英说，吴湖帆当时判断《剩山图》的主要依据，是凭一个画家和鉴定家的眼睛和见识，要确认无疑还需要相关实物、痕迹辅以佐证。事实上，吴湖帆虽然不惜大价钱换来了残卷，但也没有轻易下结论认定就是《剩山图》，他紧接着做了一系列求证工作。

据曹友卿所说，这幅残卷是从一个画册中拆页所得。这本画册，即为王廷宾所辑《三朝宝绘册》，当时流落到江阴一户姓陈的人家。这家人却不识金镶玉，将画册拆页零售。吴湖帆和曹友卿找到这家人，居然从其家中找到了被当做废纸的王廷宾题跋，文中详述了《剩山图》的由来和流转过程。这篇文章虽然很有史料价值，不过单凭王廷宾为自己藏画所作的题跋，亦不能断定这幅《剩山图》就是当年“火殉”幸存的那尺许残卷。

最终让吴湖帆确认手中残卷就是《剩山图》的，是《富春山居图》的另外一部分——藏于故宫的《无用师卷》。

书法家沈尹默在其为《剩山图》题眉时注曰：“其后幅（《富春山居图》后半段《无用师卷》）久归清内府，晨岁余与湖帆共预故宫博物馆审查书画之役得寓目焉”。

《剩山图》摆到了吴湖帆面前时，他之所以能一眼将其认出，与他亲眼观赏过同属一卷的《无用师卷》真迹应该大有关系。此后确认《剩山图》，吴湖帆又找到了这两幅残卷的“血脉联系”。

在吴湖帆装裱的《富春一角》卷上，有一张《富春山居图》前后段画卷连接照片的影印。这幅照片，就是吴湖帆为鉴定《剩山图》所摄。在分别了 200 多年后，《剩山图》和《无用师卷》以这种特殊的方式短暂重逢。

尽管被人为割裂，但《富春山居图》的神韵没有断开，本是一幅画作的《剩山图》和《无用师卷》，如一奶同胞，自有血脉互通。

《富春山居图》是用 6 张宣纸连接而作的长卷，每个连接处都有骑缝印章。《剩山图》和《无用师卷》连接处的上端，就盖着一枚吴之矩的白文方印。这枚印章加盖时，《富春山居图》尚是一幅完整长卷。

虽然《剩山图》经过不同藏家装裱，经过截边，比《无用师卷》窄了 1. 8 厘米，但两段画卷合在一起时，这枚印章仍严丝合缝。

藏于台北故宫博物院的《无用师卷》（局部）

那场“火殉”之灾，在《富春山居图》前后两段留下了共同的伤疤。吴湖帆在照片上勾勒出五处火痕。从《无用师卷》向右至《剩山图》，五处火痕几乎等距分布，而且越往右火痕越大。可以想见，当年《富春山居图》卷轴在火中被灼烧的惨景。中间的一处火痕，恰好就在骑缝章之下，两段画作各半。吴湖帆在旁加注：“下方石坡、小树、沙脚，除火痕空处各经补笔外，余皆一气连属。”

自此，《剩山图》归入吴湖帆的“梅景书屋”，他也有了一个新的自称：“大痴富春山图一角人家”。

假作真时真亦假

实际上，吴湖帆能够通过《无用师卷》影印本的比对确认《剩山图》，多少也有一些幸运的成分。因为那时候，《无用师卷》被确认为《富春山居图》真迹也不过四五年光景。此前，它作为乾隆皇帝“御批钦定”的“假画”在故宫存放了近200年。

清乾隆十年（1745年），一幅《富春山居图》被征入宫。乾隆皇帝见到后爱不释手，不时取出来欣赏，并且在6米长卷的留白处加盖玉玺，赋诗题词。没想到，第二年，另外一幅《富春山居图》又被进贡到了御案上！

这一幅才是黄公望真迹，即《富春山居图》后大半段《无用师卷》。自遭遇“火殉”之灾被分为两段后，《无用师卷》先后经历了张范我、季寓庸、王鸿绪等几位收藏家，乾隆年间辗转入宫。

而此前，乾隆已经得到的那一卷《富春山居图》，实际是明末文人临摹的《无用师卷》。后人为牟利，将原作者题款去掉，伪造了黄公望的题款。因为伪作题款中说是为“子明隐君”所画，所以这幅画又被后人称之为《子明卷》。

事实上，《子明卷》的仿制漏洞并不难发现。元代书画上作者题款都是在绘画内容之后，而《子明卷》却将作者题款放在了画面上方的空白处，这显然不符合元代书画的特点。但乾隆皇帝还是在这个并不高明的伪作上“打眼”了。

有皇帝深信《子明卷》在前，《子明卷》和《无用师卷》究竟孰真孰假？这恐怕就不只是画作的真假问题了。最终，在翰林院掌院学士梁诗正、礼部侍郎沈德潜等几位大臣的附和下，乾隆认定《子明卷》为真迹。不过，他同时做了一个耐人寻味的决定：花了“二千金”把《无用师卷》留在了宫中，列入“石渠宝笈次等”。

此后，梁诗正受命代笔在《无用师卷》上题跋，解释了花大价钱买“赝品”的初衷：“……此卷笔力茶弱，其为赝鼎无疑，惟画格秀润可喜，亦如双钩，下真迹一等，不妨并存，因并所售以二千金留之，俟续入《石渠宝笈》，因为辨说，识诸旧卷……”

乾隆皇帝颇有风雅兴致，一大爱好就是把玩皇宫收藏的历代名画，之后在上面留下题画诗。而《无用师卷》画上，除了这段“御识”，再没有留下任何“乾隆御笔”。

再看《子明卷》，因为深受乾隆喜爱，每观赏一次就题诗一首，先后题了48年、50多处，把画卷上的留白处统统变成了密密麻麻的黑字。就是这样还意犹未尽，最后实在没有地方题字了，乾隆在前隔水题了一句“以后展玩亦不复题识矣”。

《富春山居图》真迹，却以赝品之名得以保全“清白身”，可谓离奇大幸。

乾隆逝后，翰林院编修胡敬等校阅石渠旧藏，《无用师卷》编入《石渠宝笈》三编，但仍无人为其正名。

就这样，这幅真迹不受打扰地在清宫里静静地躺了近200年。直到1933年，北京故宫重要文物南迁，万余箱珍贵文物分五批先运抵上海，暂存至1936年。《无用师卷》、《子明卷》都在其中。

1935年，故宫藏品赴伦敦参加国际展览，吴湖帆任审查委员并负责整理展品，有机会初见《无用师卷》真容。

有一种观点认为，《无用师卷》、《子明卷》的真假是吴湖帆鉴别出来的，而笔者查阅的《吴湖帆日记》、《吴湖帆年谱》、《吴湖帆传》等都没有谈及此事，相信这只是一个讹传。

最先看出两画真伪的，实际上是吴湖帆的弟子徐邦达。徐邦达现在是故宫研究室研究员，中央文物鉴定委员会常务理事，有"国眼"之称。

1933年，故宫文物停放上海期间，徐邦达在库房里看到了这两幅真假《富春山居图》。《无用师卷》上明显的火烧和修补痕迹、《子明卷》不合规制的题款位置，引起了他的注意。经仔细考证，徐邦达推翻了清宫对两幅《富春山居图》真伪判断。《无用师卷》终于"验明正身"。

至吴湖帆得到《剩山图》时，《无用师卷》已是举世公认的真迹。《富春山居图》首尾两段得以互为印证。设若世间仍以《子明卷》为真，则《剩山图》真迹只能是吴湖帆眼力所判，与《子明卷》对照之下，恐怕真的会"假作真时真亦假"。

《无用师卷》与《剩山图》虽分隔数百年，却气息相通，正名、现世相隔不过几年。冥冥中，《富春山居图》自有神韵相继，画虽断，而魂未分。

此后的十余年中，《无用师卷》与近百万件故宫文物一起，历尽艰辛坎坷，行程数万公里，辗转运抵南京、四川、贵州……至抗战结束后，陆续运回南京，又于1948年底，被运至台湾。

从此，将它与《剩山图》分隔开来的，就是那一湾浅浅的海峡。

入藏浙博

《剩山图》居于上海吴湖帆“梅景书屋”中十余年，直至1956年。这一年，吴湖帆将他装裱珍藏的《富春一角》长卷出售给了浙江省革命文物管理委员会。

吴湖帆何以舍得转让这幅“梅景书屋所藏第一名迹”？据说，当时在浙江省文管会供职的沙孟海获知《剩山图》藏于“梅景书屋”，心情颇不平静。他想，这件国宝在民间辗转流传，因受条件限制，保存不易，只有国家收藏，才是万全之策。于是，他数次去上海与吴湖帆商洽，晓以大义。吴湖帆看到新中国政府相当重视书画文物，爱护不遗余力，深受感佩，终于同意割爱。

由于当时经手《剩山图》转让的几位当事人皆已作古，这一段文博界传奇的诸多细节已经无法重现。浙江博物馆副馆长汪济英当时也是文管会

现存于浙江博物馆的《剩山图》

成员，他的回忆或可弥补一些片段。汪济英说，文管会之所以能够成功收购《剩山图》，与其人员构成有着密不可分的关系。

1953年冬天，转业干部汪济英被分到文管会。作为一个参加过解放战争和抗美援朝的军人，初到这个终日与古物打交道的沉闷机构，汪济英多少有些不适应。但很快，他就被文管会聚集的众多饱学之士所倾倒，至今提起来，汪济英仍对当时一众学者、专家身上所特有的高士风范心神向往。

文管会主任邵裴子，是中国最早一代留美学生，毕业于斯坦福大学，曾任浙江大学第二任校长，在江浙文化界声望极高，他把一大批文化名人召集到文管会之中。

文管会成立后不久，因邵裴子身体不好，就由副主任郦承铨主持工作。郦承铨是名动江南的书画大家、鉴定家，20岁出头时就已成名。1949年春天，郦承铨正在台湾大学讲学，听说解放军要渡江了，立刻辞掉教职，冒着纷飞战火赶回来，迎接新中国。正是他在任时慧眼识宝，力排众议，拍板决定收购了《剩山图》。

沙孟海先生更是传奇。他是当世中国书法巨擘，曾任国民政府总统府秘书，其二弟沙文求是大革命时期的广州市委秘书长，广州起义时牺牲；三弟沙文汉是新中国成立后浙江省第一任省长；四弟沙文威是中共地下党员，以国民党专员的身份在国民党营垒中隐匿了18年，利用沙孟海的掩护为革命做了许多贡献。

沙孟海与吴湖帆交情较深，收购《剩山图》就由他具体操办。为了说动吴湖帆，沙孟海请来了钱镜塘、谢稚柳等书画、鉴定名家从中周旋，还有著名书法家、文物鉴定家朱家济，著名学者、蒋介石的“文胆”陈布雷的胞弟陈训慈……

汪济英说，这样一批深明大义的学者名流，都与吴湖帆有着或多或少的交往，在书画艺术、收藏鉴定上又与吴湖帆心有戚戚，这才能让他觉得，《剩山图》转让给国家保存是真正得其所哉。

没想到的是，吴湖帆虽肯出售，文管会要买还是颇费了一番周折。

首先就是价格。吴湖帆要价5000元。这在上世纪50年代可算是一笔巨款了。

“就《剩山图》来说，吴湖帆要价不高，甚至可以说低价转让。”汪济英说，“虽然只是《富春山居图》一角残卷，但它仍称得上价值连城。”

但对浙江文管会来说，这个价格就太高了。浙江省文管会的职责是调查与保护全省的文物古迹和古籍，但不属收藏单位，因此没有固定的购藏经费。一下子拿出5000元，文管会全年经费被占去大半，势必影响其他工作。

另外，就是对《剩山图》真伪尚有争议，虽然主要专家都认定吴湖帆所藏为真，但仍有不少人怀疑。个人收藏家花大价钱买了赝品是“打眼”，只能自认倒霉，可要是花公款买到的却是赝品，这个责任由谁来负？

汪济英还曾听说过一个传闻，当时吴湖帆转让《剩山图》有一个条件，搭售一幅元代王蒙《松窗读易图》。对这幅画的争议更大，几乎是众口一致认定赝品。买这幅，几乎就会被看作“知假买假”。这给文管会又出了个难题。不过，这幅画此后没有了下文。汪济英说：“也许搭售一说本就是个传闻，也许最后是文管会做通了吴湖帆的工作，总之文管会还是用5000元买到了《剩山图》。”

最终拍板做出购买《剩山图》决定的，是文管会副主任郦承铨。这个决定可以说是力排众议，当然，郦承铨也承担着极大压力。汪济英说，他曾在郦承铨的一篇文章中看到这样的记录：“余力主购黄公望《富春图》残卷，谤议朋兴……”

虽然当时有非议，但《剩山图》终于入藏浙江博物馆，如今已成“镇馆之宝”。几十年后，《富春山居图》的这幅残卷公开大展，今人大众亦可近观赏鉴，传世名画也由此幸得其所。

二十年夙愿

前半卷《剩山图》在大陆浙江博物馆，后半卷《无用师卷》在台北故宫博物院，《富春山居图》承载着太多悲欢离合，也折射着海峡两岸同胞骨肉分离的历史。

浙江省文化厅厅长杨建新从上世纪90年代就开始牵头力推两岸《富春山居图》合璧，但一路波折，终未成功。

“那时候的两岸文化交流远没有今天这样热络和频繁。”时任浙江省台湾事务管理办公室主任的杨建新说，当时浙江曾通过各种渠道和台湾沟通，希望两岸《富春山居图》能合璧展出，但没有得到反馈。于是，杨建新另谋他法，促成了一个“黄公望《富春山居图》圆合活动”——既然两幅真迹还不能走到一起，那就请两岸画家一起来临摹。

1999年7月13日至21日，这个活动在当年黄公望《富春山居图》的原创作地富春江畔举行。30多位海峡两岸著名书画家联手临摹了《富春山居图》长卷，一时成为两岸文化交流的盛事。

直到2005年，《富春山居图》合璧一事才出现转机。浙江博物馆通过凤凰卫视总裁刘长乐牵线，得到了台湾方面的反馈：浙江博物馆《剩山图》先去台湾展览，台北故宫博物院的《无用师卷》来大陆展览的事先不谈。

杨建新当时表态，希望实现两岸《富春山居图》的交流，有来有往。浙江博物馆的《剩山图》去台湾展览没有任何问题，但希望台湾方面承诺，台北故宫博物院的《无用师卷》能在适当的时候赴大陆与《剩山图》合璧展出。“但当时台湾方面连这样一个遥远的承诺都不愿意。”杨建新遗憾地说。

2009年，两岸故宫博物院在台北故宫博物院合办“雍正——清世宗文物大展”。这是两岸故宫博物院60年来第一次合展，其中来自北京故宫博物院的文物有37件，包括多幅表现清宫生活的珍贵画像。这也被浙江博物馆视作《富春山居图》合璧展出的一个契机。

浙江博物馆常务副馆长陈浩与台北故宫博物院负责人有过多次书信往来，探讨两岸《富春山居图》合璧展出一事。他告诉笔者：“目前台湾方面有些技术性的障碍。《富春山居图》作为台北故宫博物院珍藏的珍贵文物，是70件限展文物之一，从来不能出馆；另一个方面，台北故宫提出了让我们匪夷所思的‘司法免扣押’要求。”

所谓“司法免扣押”是指台湾方面希望大陆能通过法律，免扣押在大陆展览的文物，言下之意，就是担心他们的文物到大陆展出时被扣留。对此，陈浩回应说：“我觉得台湾方面对这方面的担忧是多虑。我们有《中华人民共和国海关法》，文化部、国家文物局也有文物进出境的管理条例，保证境外进来的物品，包括文物，在6个月之内必须复（运）出境，所以不存在大陆扣押台湾文物的可能性。”

实际上，不要说被视为画作至宝的《富春山居图》，台湾官办的博物馆展品到目前为止还从未赴大陆展出过。而浙江博物馆一直表示可以送《剩山图》去台湾展出，但仍然希望台北的《无用师卷》能来大陆展出。“其意义不仅仅在于展览本身，更在于文化的交流是双向的。”浙江博物馆副馆长陈浩说，“我们希望台北故宫博物院能够走出这一步。”

杨建新介绍，2009年台北故宫博物院艺术委员会主任林百里曾到杭州商谈《富春山居图》一事，这也是他第一次和台北故宫博物院高层直接面谈。“他说有难处，有些事不是台北故宫博物院可以决定的。我说做不了主没关系，我们一起反映，一起争取！”

《富春》合璧待有时

2010年全国“两会”上，《富春山居图》再次成为万众瞩目的焦点，两岸《富春山居图》合璧展出之路峰回路转。

全国政协委员何水法在参加今年“两会”时，提交了一份提案，倡议让“分居”海峡两岸的《富春山居图》能回归故里，合璧展示。

全国政协委员、故宫博物院院长郑欣淼认为他的想法很好，有可行性。中国文联副主席冯骥才、中国美协主席刘大为、中国文联书记处书记冯远等政协委员纷纷在何水法的提案上签名。

很快，这成为今年政协会议上一个热门话题。

2010年3月14日，温家宝总理在回答台湾记者提问时也提到了《富春山居图》。一句“画是如此，人何以堪”，闻者无不动情。

接着，温家宝总理深情殷殷地说：“我去台湾的愿望依旧是那么强烈，因为我认为中华民族五千年的文化，具有强大的震撼力和凝聚力，不要因为50年的政治而丢掉五千年的文化。”

温家宝总理的谈话引起两岸热议，也得到积极响应，给两岸《富春山居图》合璧展出带来了新的曙光。

3月15日，台北故宫博物院院长周功鑫也表示，《富春山居图》是台北故宫的70多件重要馆藏之一，每4年轮展一次，目前排定在2012年展出，届时将是两画合一的最佳时机。

3月20日，来自海峡两岸的9位山水画家，在富春江畔共同将《富春山居图》临摹于长卷上，同时还体味古意，试补了原图的残缺部分。与此同时，他们再次发出了两岸《富春山居图》真迹合璧展出的邀约。

同日，以整幅画卷为蓝本的《富春山居图》特种邮票在原创地浙江富阳举行了首发仪式，《剩山图》和《无用师卷》通过这种独特的形式进行了“合璧”。

巧合的是，台湾诗人余光中的名作《乡愁》，也曾以邮票作意象。《富春山居图》特种邮票，不知可借这幅传世名画寄去几分乡愁?

小时候/乡愁是一枚小小的邮票/我在这头/母亲在那头/长大后/乡愁是一张窄窄的船票/我在这头/新娘在那头/后来呵/乡愁是一方矮矮的坟墓/我在外头/母亲在里头/而现在/乡愁是一湾浅浅的海峡/我在这头/大陆在那头

津门护宝

黄加佳

故宫博物院珍宝馆中，陈列着一组由纯金铸成的金编钟。它雍容华贵，尽显帝王之象。自乾隆年间铸成后，每逢重大典仪，便被置于太和殿旁，与琴、瑟、鼓、钹共奏雅乐。200 多年来，它见证了一代又一代帝王更替，人世沧桑，始终保持着处变不惊的气度。

让人意想不到的是，这样一件规模庞大、气势恢宏的乐器，竟在清朝倾覆后被偷偷典卖出宫，在外漂泊了 29 年。流落宫外是金编钟的不幸，但在几位有胆识、有担当的银行家舍命保护下金编钟在天津银行地下室里，躲过了日本人的魔爪，则又是金编钟之大幸，中国文化之大幸。

金钟出世

1949年1月15日，经过29个小时的激战，天津解放。

作为临时的管理机构，天津军管会决定全市私营企业歇业三天，以便整顿。1月18日，就在天津开市的第一天，联合银行（原四行储蓄会）天津分行经理胡仲文带着一本银行“清册”，走进军管会驻地原法租界公议局大楼。

接待胡仲文的是军管会金融处工作人员郭恒久。当郭恒久翻开胡仲文带来的“清册”时，不禁大吃一惊。“清册”中登记着包括瓷器、玉器、古籍在内的2000余件文物，其中最引人注目的是一组纯金铸造的金编钟。

虽然没看到金编钟的实物，单看“清册”中的记载也足够让人吃惊的了。这组由16只金钟组成的金编钟，分装在8只大木箱中，总重116439两，最重的无射钟，重924两，最轻的信应钟，也有534两。

与铜编钟以大小不一来定音不同，这16只金编钟外表大小一样，只是通过钟壁薄厚来改变音调的高低。每只金钟高28厘米，最大口径16.5厘米。编钟顶端以瑞兽为钮，两条蟠龙跃然其间，波涛云海环绕其上，尽显帝王之象。每只金钟背后都铸有“乾隆五十五年造”的款式。

如此贵重的金编钟绝非民间之物。据曾经撰写过金编钟条目说明的故宫博物院宫廷史专家徐启宪讲，这套金编钟铸造于乾隆五十五年（1790年）。那一年，正值乾隆八十大寿。此时的清王朝正是鼎盛时期，可谓国泰民安，歌舞升平。80岁的乾隆皇帝自诩为“十全老人”、“古稀天子”，人生没有比此时更风光、得意的了。为了彰显皇朝的尊贵、富足，也为了表示对祖父康熙皇帝的尊重，乾隆皇帝决定效法康熙六十寿辰铸造的纯金编钟那样，也用纯金打造一套金编钟，只是这组金编钟要比康熙皇帝那组规模更大，也更为精致。

金编钟之一——黄钟

金编钟全家福

这组金编钟不但用金量世所罕见，铸造工艺也极为复杂。金编钟由工部、户部和内务府造办处共同承造。据说，造办处首先要把画工画出的金钟图样呈给乾隆皇帝审阅，而后再制模，模子做好后再呈皇帝审阅；审阅后铸造成样子，再呈皇帝审阅；皇帝首肯后才能开炉铸造；铸造好后工匠还要精心雕刻，直到皇帝满意为止。即使忽略铸造金编钟所用黄金的价值，单就这份工艺而言，它也堪称一件世所罕见的艺术品了。

八十大寿之时，乾隆皇帝伴着金编钟古朴悠扬的乐声，接受百官朝见，万国来贺，真是风光无限。此后，金编钟被藏于太庙，每逢重大庆典才被启用，与琴、瑟、鼓、钹共奏雅乐。

在《光绪大婚图》中，还能找到被置于太和殿东檐下的这组金编钟的身影。而它最后一次在故宫盛典中奏响，则是在逊帝溥仪的大婚典礼上。

这样一件国之重器怎么会流落出宫呢？这还得从溥仪那场强弩之末的奢华婚礼说起。

典卖出宫

1922年12月1日，溥仪大婚。

虽然，此时清朝已经灭亡11年，但是宫内小朝廷的架子不倒。溥仪这场婚礼，在宫内、宫外足足折腾了3天。赏给皇后婉容家的礼物就不计其数。第一历史档案馆研究员叶秀云曾在溥仪全总档案中看到了关于大婚的详细记载，溥仪岳父荣源的谢恩折子上写道：

> 蒙恩赐臣暨妻黄金百两，银四千两，金茶筒一具，银茶筒一具，银盆一具，缎四十匹，布百匹，马二匹，鞍辔具、朝服共二袭，冬衣二称，带一束；并恩赐臣子润良、润麒缎各八匹，布各十六匹，文具各一份；从人银四百元……

这仅仅是溥仪一次送给婉容娘家的礼物，大婚前后对于婉容娘家的赏赐还有好几次。

婚礼第三天，前来祝贺的宗室亲贵、王公大臣、遗老遗少和各国驻京公使团，就来了1000多人。据说，当天神武门前汽车、马车、骡车堵得水泄不通。对于这些中外来宾，也照例是在养心殿赐宴，在漱芳斋听戏，而且请的都是杨小楼、梅兰芳这样的名角儿。

溥仪可谓风风光光地办了一场大婚，可其中的花费也海了去了。据档案记载，溥仪大婚典礼共花销银元291756元。对于一个有出无进的小朝廷，这可算倾囊而出了。

虽说，辛亥革命后，民国政府与小朝廷签署的《清室优待条件》中曾许诺："大清皇帝逊位后，岁用400万两。俟改铸新币后，改为400万元，此款由中华民国拨用。"可自打袁世凯一死，这笔钱也就黑不提白不提了。当时，小朝廷不但供着一个皇帝、几个皇太妃，还有几百名太监、宫女。

为了图谋复国，清室还养着众多宗室王公和遗老，人吃马喂，一年就要360万两银子。

即便如此，溥仪在宫中照样过着奢华的生活。为了玩狗，他不但命内务府从国外购买洋狗，连狗食也要进口的，狗生了病花费比人看病还贵。他不但维持着旧有的御膳房，而且还增添了专做西餐的“番菜膳房”，两处膳房每月买菜的钱就高达1300多元。

于是，举债成为小朝廷唯一的收入来源。根据档案的不完全记载，1919年清室欠恒利号285000多两银子，欠亨记6800多两，欠交通银行39000多两……次年，又向中国银行借50万元，到期未还；向烟酒商业银行借钞票25000元……不一而足。

为了偿还这些债务，小朝廷只有变卖古物一条出路。1922年，内务府曾公开贴出招商广告，为宫中古物寻求买主，并规定来者需在景山西门内务府筹备处缴纳保证金1万元，才能看物估价。一时间，看到广告前来购买者趋之若鹜，许多外国公使也混杂其间。

小朝廷进行的陆陆续续的典卖中，规模最大的一次，便是1924年5月与北京盐业银行进行的这次抵押借债。

为了偿还各种债务，并换取日后生活费，小朝廷一次向盐业银行抵押借款80万银元。抵押品中不但有各种玉器、瓷器、古籍，还有册封皇太后、皇后的金册、金宝箱、金宝塔和前文提到的金编钟。其中，16个金编钟作价40万元，其余物品作价40万元。溥仪在《我的前半生》中提到这次大抵押时说：“只这后一笔的40万元抵押来说，就等于是把金宝金册等十成金的东西当荒金折价卖，其余的则完全白送。”

在盐业银行与清皇室内务府签订的借款合同上可以看到，借款80万元，利息每百元按月给息一元，借期一年，如到期不能偿还，则以抵押品变售作价抵还本利。合同下方的签章人是代表清室的郑孝胥、绍英、耆龄和溥仪的老丈人荣源；另一方则是北京盐业银行的经理岳乾斋。

当时，北京的官办和外资银行很多，为什么清室会选盐业银行这样一家私营银行来做这笔大买卖呢？

盐业银行本是曾任前清天津长芦盐运使的张镇芳所创。由于盐业是官办垄断性行业，历来的盐官没有不发大财的，据说，一个地方的盐运使，一年可收入10万两银子，超过一个县太爷，何况是总揽半个北方盐政的长芦盐运使呢！

发了财的张镇芳创办了盐业银行。上世纪20年代，盐业银行与金城银行、中南银行、大陆银行并称“北四行”，并以其雄厚的实力，成为“北四行”之首。后来，张镇芳由于支持张勋复辟而被捕入狱，只得把盐业银行总经理的位子交出来，做了个挂名的董事长。正是由于这层关系，逊清小朝廷与之则更加亲厚。

另一方面，溥仪的老丈人荣源与当时北京盐业银行的经理岳乾斋关系也非同一般。岳乾斋本是天津庆善金店的二掌柜，从事的就是金银首饰买进卖出的生意，由此，他结识了许多靠变卖家产过活的八旗子弟。据说，他对落魄的王孙贵族极为同情，有人拿东西来抵押，他总是开价比别人高，所以极有人缘。后来，荣源还与岳乾斋合股开了一家房地产公司，名为荣业房地产公司，名字就取了荣源的“荣”字和盐业银行的“业”字。可见，二人关系非同一般。

由于事出机密，金编钟是怎么运出宫的，没有文字记载。直到新中国成立后“三反五反”时，细节才得以披露。

据天津文史专家张仲回忆，1952年，他作为工作人员被借调到北京增产节约办公室。一次在审讯北京盐业银行副经理王绍贤时，王道出实情。

1924年5月的一个夜晚，由“公路局长”刘庆山押着几辆装载着金编钟和众多国宝的汽车，开出了紫禁城神武门，直奔位于东交民巷的盐业银行外库而来。银行外库专派保管员邢沛农接收并清点了这批国宝。

密运天津

世上没有不透风的墙。在1924年4月15日的《京报》上刊登着这样一则消息《清室擅卖古物引起质问》。文中称，国会议员李燮阳、王乃昌等22人，质问北洋政府内务部为何坐视清室盗卖国宝而不管不问，并提出应把故宫中的古物悉数提出保存。

由于《清室优待条件》中明文规定，故宫中的古物，清室只有使用的权利，不得变卖、抵押，清室卖宝，盐业银行买宝，其实都属违法之举。

此时，清室与盐业银行的交易正在洽谈中，外界听到一些风声但并无实据。几天后，清室内务府登报称，他们正筹备设立“皇室博览馆”，将古物、古籍自行陈列，以供全球之研究。

一方面，言之凿凿要设立所谓“皇室博览馆”，一方面却马不停蹄地与盐业银行进行着抵押国宝的交易，清室自以为做得天衣无缝。可很快，清廷盗卖国宝的消息便在北京城传开了。

清室内务府和盐业银行纷纷出来辟谣。北京盐业银行副经理王绍贤回忆，为了转移目标，他们曾散布是日本正舍银行和山中洋行所为。后来，《京报》以“清室盗卖古物”为题正式揭发了此事，此时时间已是1925年2月了。

这时的溥仪和他的小朝廷，早已被冯玉祥赶出了紫禁城。原本就赎回无望的众国宝，更成为盐业银行的囊中之物。在补了溥仪一些钱后，金编钟和众多金册、玉器、瓷器正式成为盐业银行的私产。

因为买卖国宝实属违法，所以一开始盐业银行便没有把它们写在账

天津盐业银行旧址

上。那么，盐业银行怎样才能把账面上那80万元的亏空补上呢？原沪上金融界的老人、曾与盐业银行有着千丝万缕联系的孙曜东回忆，上世纪二三十年代正是清朝遗老、没落豪门靠典卖文物过活的时期，也是中外收藏家、古董商和新富阶层大量“收货”的时期。盐业银行卖出了一些清室抵押文物，获得丰厚的回报，不但还清了清室的押款本利，还剩下几千件文物，其中就包括那16只金编钟。这样，账面上的欠款还清，剩余之物自然成了盐业银行的账外之财了。

胡仲文后来回忆，1929年，当他作为四行储蓄会会计领组到盐业银行改革会计制度时，发现这笔借款早已从该行账上核销了。

盐业银行账上虽然做得天衣无缝，但他们私购国宝的消息却不胫而走。此后，连年军阀混战，北洋政府的主政者走马灯似的换了一拨又一拨，可是每批当权者都忘不了四下打探金编钟的去向。而金编钟和众国宝则静静地安放于盐业银行东交民巷的地下金库中，几位知情者也严守着秘密，对外绝口不提。

1931年，“九一八”事变发生，日本占领了东三省，华北岌岌可危，北平城笼罩在战火的阴霾之下。

刚刚成立不久的故宫博物院，酝酿着国宝南迁的计划。尽管社会上反对之声炽烈，但将近2万箱的故宫古物还是踏上了南迁之路。文津街的国家图书馆，也开始了馆藏善本的封存装箱，几百箱古籍善本、敦煌遗书以及金石拓片，被秘密运往天津租界的银行金库。

正如时任故宫博物院院长的易培基所言：“土地失了，尚有收复之可能，国宝一亡，永无复还之望了。”此时，身处东交民巷的盐业银行经理们也开始为地下金库中的这几千件文物寻找藏身之所。

上世纪二三十年代，天津的繁华程度远超北京，与上海不分伯仲。即便是今天走在天津大街上，也随处可见当年的洋楼林立。由于天津乃北方金融中心，所以天津盐业银行的规模较北京大很多，而且地处法租界，即使日本人打来，也会对法国人有所忌惮。于是，此时的盐业银行总经理吴鼎昌与北京盐业银行经理岳乾斋商议后，决定把金编钟和2000余件瓷器、玉器，秘密运往天津。此时，天津盐业银行的经理正是陈亦侯。

陈亦侯之子陈骧龙说，运送文物之事非常机密，只有盐业银行高层的几名经理知道。趁着夜色，陈亦侯开着自己的别克汽车，把装好了箱的文物运往天津。谁也不知道，他在这条从北京到天津的路上走了多少趟。

陈骧龙笑着说："听我父亲说，有一回在路上还撞了个喝醉了酒的日本人。当时也没敢停车，踩着油门就跑了。"还好事后并没有被人发现，否则不但密运古物的事情败露，陈亦侯自己也性命堪忧。多少年后，当他把这个小插曲当笑话跟儿子提起时，还存着几分侥幸与后怕。

金编钟和一干文物运到天津后，直接进了盐业银行的地下金库。如今坐落在天津赤峰道 12 号的大楼，就是当年的天津盐业银行。这座上世纪 20 年代兴建的大楼，即便在众多现代建筑的映衬下，仍显得非常气派。营业大厅大理石铺地，富丽堂皇，楼梯间的玻璃彩窗描绘着长芦盐场的兴旺景象。

说起盐业银行大楼的地下金库，陈骧龙仍忍不住挑起大拇指："天津盐业银行的地库简直棒极了。地板是实木的，东西掉地上绝对摔不坏，也不会有声。地库的钢板门一尺厚，关上连气儿都不透。据说，给盐业银行做防盗系统的那家公司，还给美国白宫做过防护。"

金编钟放在这样坚固的地下仓库中，盐业银行的经理们总算能松口气了。

"毁！"

1937 年 7 月 7 日，卢沟桥事变，日本侵华战争全面爆发。7 月 30 日，日本人已经占领了除英、法、意三国租界外的全部天津市区。

作为情报机关的日本领事馆不知从哪儿嗅到了金编钟的气息，很快便找上了陈亦侯的家门。

金编钟的事一直都是传闻，日本人没有真凭实据，也不好来硬的。

"当时日本在天津的一个副领事，带着女儿来到我们家非要拜我父亲

陈方侯像

为干爹。他带来日本的漆宝烧瓶和盆景送给我父亲，我父亲跟他说，你要跟我做生意就把这些东西送到银行去，我家也从来不收礼。”陈骧龙说。

碰了一鼻子灰的日本人并不死心，又想出一招美人计。

有一天，日本人把陈亦侯请到日本领事馆吃饭，席间坐着许多日本女人。日本人问起金编钟的事，陈亦侯只好顾左右而言他。眼看谈话没有进展，日本领事找了个托词先走了。此时，一干日本女人把陈亦侯团团围住。见此情景，他二话不说，拿着帽子就走了。

眼看日本人步步紧逼，金编钟的安危就在旦夕之间，陈亦侯只得向盐业银行的总经理吴鼎昌求援。

张勋复辟失败后，盐业银行创始人张镇芳由于支持复辟，坐了北洋政府的大牢。此时，盐业银行总经理的宝座，由当时掌权的北洋军阀安福系红人吴鼎昌接手。

吴鼎昌非常能干，当上盐业银行总经理后，大刀阔斧地除旧布新，利用中国银行、交通银行等官办银行发生停兑的机会，发展起来，使得盐业银行成为北方最有实力的一家大银行。吴鼎昌不但经济上玩得转，还十分热衷政治。1935 年他被蒋介石任命为南京政府的实业部长。抗战爆发以后，他被南京政府任命为贵州省主席。虽然踏入政坛，但盐业银行的事情还是由他说了算。因此，陈亦侯决定向他求助。

可在天津与身在重庆的吴鼎昌联络，无异于把金编钟的秘密告诉日本人，于是，陈亦侯派了一名知近的银行下属到西安，从西安给吴鼎昌发电报，请示如何处理金编钟。电报从西安用银行密码发到上海，再由上海经香港发往重庆。当这名银行职员拿着在西安接到的电报回到天津时，已经是一个月以后的事情了。

当陈亦侯迫不及待地打开这封辗转而来的电报时，看到上面只有一个字："毁!"

"我父亲接到这封电报以后，破口大骂！他说，这是我见到的最混账的一封电报。世界上的铜还不是每块都敲得响，何况是金子！金编钟是乐器啊！这个金子是能敲得响的，能敲出曲子来的。你把它化成金水，做成金条，那还有什么意义?"提到这封一字电报，陈骧龙很激动，通过他笔者仿佛看到了陈亦侯当年的愤怒。

盐业银行曾经有规定：处理账外物资，所得66%归责任经理所有。这11万多两的金编钟，如果化成金条将是怎样一个天文数字。在危险和利诱下面，陈亦侯丝毫不为所动。

不过，并不是每一个人都像陈亦侯这般有担当。就在此时，身在北京的岳乾斋正把放在他那里的皇太后、皇后的册封金册，偷偷地运到大栅栏廊坊头条的珠宝店里化成了金水。

"天知地知，你知我知。"

从吴鼎昌和中央政府方面得到帮助的希望破灭了，陈亦侯决定自己想办法。说到自己的父亲，陈骧龙说："他是一个超级敢作敢当的人。"

其实，陈亦侯不但敢作敢当，而且很有知人善任的魄力。

陈亦侯感到盐业银行大楼目标太大，金编钟留在此处，早晚要被日本人发现，必须把它转移出去。但转移到哪里好呢？谁又敢接收这样一个定时炸弹呢？此时，他想到了一个人——四行储蓄会天津分会的经理胡仲文。

四行储蓄会跟盐业银行有着密不可分的关系。1923年，为增强自身的实力，北方四家商业银行——盐业、金城、中南和大陆，联合设立四行储蓄会。由四家银行各投资25万元银元，共计100万元银元作为储蓄会专门办理储蓄业务的"基本储金"。

四行储蓄会成立后，充分利用四家银行原有各自营业网点的优势，既提高了银行自身的工作效率，又增加了一份收益，使得北四行业务蒸蒸日上。胡仲文不但是四行储蓄会天津分会的经理，还是北京盐业银行副经理朱虞生的女婿。于公于私，与盐业银行都有着千丝万缕的联系。

胡仲文之子胡宗渊回忆，1940 年，他们全家随父亲从上海回到天津，住在今天成都道附近的永定里，与陈亦侯家是邻居。

一天晚上，陈亦侯找到胡仲文，把金编钟的秘密和盘托出，并提出想把金编钟从盐业银行大楼的地库转移到四行储蓄会大楼里。盐业银行大楼高大气派，目标太大，而一条马路之隔的四行储蓄会大楼却不怎么起眼儿。

陈亦侯怎么能肯定胡仲文会同意接收金编钟呢？毕竟，这是关系到身家性命的大事。“胡仲文先生表面文绉绉的，但是特别的本分，做事一丁点都不差。过去有这么一类人，特别可靠。”提到父亲的知人之能，陈骧龙解释道。

胡仲文之所以敢承担保护金编钟责任，当然与其扎实稳健的办事作风不无关系，另一方面，他的教育背景也起到了很大作用。胡宗渊说，胡仲文是南开大学第一届学生，与周恩来不但同学而且同乡。新中国成立后，周总理还曾请这位老同学到西花厅做客。周恩来的进步思想从年轻时便潜移默化地影响了他。

胡仲文夫妇合影（胡宗渊提供）

当陈亦侯提出要把金编钟和众文物转移到四行储蓄会时，胡仲文二话没说就同意了。

一天晚上，等银行职员下班以后，陈亦侯和他的司机杨兰波，打开盐业银行地下金库的大门，把装有金编钟的木箱装到了自己车上，悄悄地驶进夜色中。

盐业银行大楼坐落在今天赤峰道和

解放北路路口，四行储蓄会大楼在解放北路与大同道路口附近，两座大楼相隔仅 300 米远。为了掩人耳目，陈亦侯没有直接到四行储蓄会大楼，而是向南开去。

原天津地方志办公室主任郭凤岐是一位老天津，对于这段历史有深入研究。他拿出从日本搜集来的 1938 年日本人绘制的天津市区图，详细指出了那次密运国宝的行车路线。

郭凤岐说："陈亦侯开车出了盐业银行大楼，沿赤峰道向西南开，走营口道，向东南拐入西康路，到马场道路口，向东北拐入马场道，一直走到佟楼附近，再拐回解放北路，一路向西北，最终到达解放北路与大同道交叉处的四行储蓄会大楼。原本只有 300 米的路，绕了 20 多公里。"

当陈亦侯的车停在四行储蓄会门口时，胡仲文与一名亲信工友徐祥早已等候多时。四个人轻手轻脚地把装着国宝的大木箱搬到四行储蓄会后身的一个小库房里。

陈骧龙说："也不知道他们沿着这个路线跑了几趟，八大箱金编钟和 2000 多件瓷器、玉器，全都转移到四行储蓄会里了。办完这些事，我父亲拉着胡仲文的手说了一句：'天知地知，你知我知。'"

安顿好金编钟后，胡仲文借口时局不好，要存一些煤，便从开滦矿务局运来一批煤，堆放在小库房里。谁也不知道，这批煤下面竟埋着大批的国宝。

"就值一根洋火。"

1941 年，太平洋战争爆发，日本正式与同盟国宣战，驻天津日军开进了英、法租界。

失去了租界的保护，日本人更加猖狂，此时他们已经用不着使什么美人计、认干亲这样的迂回战术了，而是直接把陈亦侯请到了宪兵队，美其名曰：参观。一时间，天津市面上盛传陈五爷让日本人抓走了。与此同时，大批的日本兵闯入盐业银行地下金库，打着寻找合适的防空洞，要丈量地下室的名义，把盐业银行的地库里里外外搜了个遍。

幸好此时金编钟早已转移了，日本人最终无功而返。

因为没有丝毫证据，日本人也只得把“参观”完宪兵队的陈亦侯放回了家。此时，全家人一直悬着的心才算放下。就这样，金编钟静静地埋在四行储蓄会库房的煤堆下，一直坚持到了抗战胜利。

1945 年 8 月 15 日，日本天皇裕仁通过广播宣读《停战诏书》，宣布日本无条件投降。经过八年的艰苦抗战，中国人民终于迎来了胜利的一天。可让老百姓们倍感失望的是，前脚儿日本人刚走，后脚儿国民党的接收大员就到了。

接收大员们借着清查逆产、惩处汉奸的机会，大肆营私舞弊，贪污盗窃，搞得民怨沸腾。正如当时的一个顺口溜说的那样：“想中央，盼中央，中央来了更遭殃。”

“中央”也同样惦记着国之重器——金编钟呢！曾经让陈亦侯毁了金编钟的吴鼎昌，当然不好意思再问金编钟的下落。但晋商出身的国民政府财政总长孔祥熙却以他商人的特殊嗅觉，闻到了金编钟的气息。

抗战胜利不久，孔祥熙来到天津。孔的一个秘书曾与陈亦侯是京师译学馆的同学。一天，这位老同学拜访了陈亦侯。陈骧龙回忆说：“他来看我父亲呢，一个是事先打个招呼，孔总长要来了，让我父亲招呼一下天津金融业的同仁们；再有一个就是要探听一下金编钟的下落。”

当这位老同学直截了当地提起金编钟时，陈亦侯大发雷霆，拍桌子说：“你们倒都跑了，把这些要杀头的东西，留到我这儿。我问你们怎么办的时候，吴鼎昌告诉我，叫我毁。现在，你们这儿又来问我。”

一看陈亦侯急了，老同学尴尬万分地说：“你怎么还是当初那个老脾气，随便的一句话，随便的一句话。”

陈亦侯确实是个天不怕地不怕的人物。陈骧龙说，后来孔祥熙来到天津，召集天津金融业的同业开会。会上一身长袍马褂的孔祥熙在台上讲话说：“大家要爱国，不要用‘洋舶货’。”所谓“洋舶货”就是用轮船运来的外国货。

此时，站在下面的陈亦侯搭茬说道：“请问孔总长，轮船运来的不能用，飞机运来的能不能用？”

此言一出，在场的人无不窃笑。大家都知道，孔祥熙家连口红都是用飞机运来的美国货。耿直的陈亦侯当众给了孔祥熙一个难堪。连位居高官的吴鼎昌后来都私下对陈亦侯说：“你没事惹他干什么？”

陈亦侯脾气就是这么硬，也正由于他的硬，孔祥熙寻找金编钟的企图，才不了了之了。

刚应付完孔祥熙，以残酷无情著称的军统头子戴笠又找上门来。

一天，天津警察局长李汉元拿着一封信找到陈亦侯，说：“陈五爷你看这封信值多少钱？”陈亦侯打开信一看，是戴笠责令李汉元追查金编钟下落的密令。

陈骧龙说：“我父亲拿了这封信一看说，这事你都知道，你说怎么办？李汉元拿着信说，我看这东西就值一根洋火。说完就划根火柴把它烧了。然后说，戴老板那儿我交差。”

为什么一个天津警察局长敢违抗戴笠的命令，替陈亦侯顶这么大的缸呢？陈骧龙说，李汉元跟他父亲的交情非同一般。

“李汉元虽然是军统的，但是他抗日。日本人来了以后，到处通缉他。他就躲到我们家。我父亲就说，你目标太大，你躲到我这儿，早晚要暴露，我想办法把你送走吧。就这样，我父亲用银行职员的名义，买了张飞机票，把李汉元送到天津张贵庄飞机场。这个飞机场是法国人开的，工作人员都是越南人，也没人查。李汉元就这么上了飞机，经上海到香港去。临走的时候，我父亲还用洋面口袋，装了两百块现大洋扔到飞机上。抗战胜利后，李汉元到我们家还我父亲钱。我父亲坚决不要，说：‘你要这样，就别进我的门。’可以说，他们俩是莫逆之交。”陈骧龙说。

此时，陈亦侯有难，李汉元自然不会袖手旁观。幸亏，不久以后戴笠就因飞机失事死了，金编钟的事也就没人再提起了。

胡宗渊说，天津光复以后，国民政府曾在社会上大张旗鼓地宣传，凡检举匿金银者，奖给价值的70%，知情不举者罚2倍。这样高额的奖励，对谁都是个诱惑，但曾参与转移金编钟的两名工友杨兰波和徐祥却始终守口如瓶，对外没有泄露半个字。

胡宗渊曾听父亲这样说："如果这两名工友举报，转眼就能变成百万富翁，他们才是真正的好汉。"

重归故宫

1949年1月18日，胡仲文拿着登记着国宝的银行清册，来到天津军管会金融处，把金编钟和2000多件玉器、瓷器、古籍，悉数交给了国家。

由于当时的接收人郭恒久已经过世，我们无法知道收到清册后，他是如何上报给国家的。天津史地专家郭凤岐曾经在天津市档案馆看到一份档案中记载着：

> 1951年10月10日，中国人民银行北京分行会同天津分行及盐业京津两行负责人，对这批珍宝进行了检查。出席人员有：人行李春荃，董事长张伯驹、陈亦侯，北京行徐宗泽，北京行工会吴经英，天津行颜师鲁、刘鹤荪、徐绪堃、田灼三、王理中，津行工会李文康、毋金章。检查后进行了封存。

在1953年的一份档案中记载着，当年9月25日至9月28日，北京人民银行工作人员包启恒、文化部谢元璐，前北京盐业银行负责人徐宗泽，故宫博物院张景华、金毓鋆等人来到天津，又一次清点了这批古物。据档案中记载，古物包括"黄金编钟及玉器、瓷器等物计大箱拾箱，小箱捌箱，共计拾捌件"。

9月25日下午，开始办理交接点验手续，28日点验完毕，并于当日夜间，由徐宗泽与谢元璐运赴北京。

至此，在外漂泊29年的金编钟终于重回故宫。不过，这时又发生了一个插曲。当时，"三反五反"运动正在国内，特别是大城市中展开，旧工商界人士和资本家基本都未能幸免地裹挟其中，北京市增产节约委员会进驻到岳乾斋在西堂子胡同的宅院。

检查中，工作人员发现了“岳家子女分家单”，按图索骥发现了千余件故宫流传出来的珍宝，其中，高40厘米的白玉雕山水、青玉枕、古月轩小罐等都属于国宝级文物。

除此之外，工作人员还在西堂子胡同发现了一张金编钟的照片。经过询问，才知道当年还有一批国宝被运到了天津盐业银行保存。于是，径直开赴天津，把陈亦侯扣留了。可他们不知道，早在1949年，深明大义的陈亦侯和胡仲文就已经把金编钟交还给了国家。

经过20多天的调查，陈亦侯终于无罪释放了。陈骧龙回忆说，直到那时，他也没对家里提起金编钟的事。同样，胡仲文之子胡宗渊直到1980年，父亲八十大寿时做的一首诗中，才第一次知道一直行事低调的父亲竟然冒着杀头的危险，做出过这样的壮举。

陈骧龙记得，父亲晚年时曾看到有人在政协文史资料里追述过此事，文中有一句话说，“幸亏有陈亦侯保存”。陈亦侯感慨道：“我这一辈子，最满意的一个评价，就在这‘幸亏’二字。”

那年出线

唐　铮

又是4年，2010年南非世界杯鼙鼓动地而来。捉对厮杀的32支球队中，照例没有中国人的身影。

几十年间，仅有一次，中国男足出现在世界杯决赛圈的角逐中。虽然净吞九蛋落败而回，但毕竟走过了这一遭。

事隔8年，回首这唯一的一次出线，会发现其实“冲出亚洲”的梦想并不完全是美丽的回忆，只不过当时的人们或者没有发现，或者不愿面对。

胜利在即

2001年10月7日晚，沈阳五里河体育场。

中国队和阿曼队的世界杯预选赛，距离比赛结束只有10分钟的时间，比分一直锁定在1∶0。

如果这个比分能够保持到终场——不，即使在10分钟之内被对手打进一球，中国队依然可以挺胸昂头地迈入世界杯决赛圈。这，可是破天荒的头一遭。

胜利几乎唾手可得。场上力量悬殊，看不到什么激烈的拼抢场面。双方球员在中圈捯着脚，球传来传去，迟迟不见进攻和射门。这样的局面，让这场能够决定中国队生死的比赛看上去更像一场出工不出力的训练对抗。

看台上已经开了锅，呐喊声和喇叭声连成一片，震耳欲聋。邻座的两个人如果想说话，只有把嘴对准另一个人的耳朵，用尽全力大喊，才可能会被听见一丝半毫。

只有那些深深了解中国足球的老"球腻子"，才能依稀从这种狂热的场面中察觉到一丝焦躁不安，才能理解这时教练席上中方教练组为何依旧紧锁双眉……

在"打平就能出线"的情况下，在全场比赛大部分时间占据绝佳优势的时候，却在最后几分钟被对手翻盘。在多少次重大关口，这成了中国队无法逾越的一道魔咒。

1981年，由容志行、沈祥福领军的中国队只要打平科威特就能够站在西班牙的赛场上，但一球败北的结果最终致使中国队仓促准备补赛，终归未能出线；

1985年，小组赛中，只要战平香港队就能小组出线，但中国队意外地以1∶2失利，进而酿成轰动一时的"5·19"事件；

1989 年，胜利的曙光就在眼前，但在最后三分钟连丢两球，被称为“只差一步到罗马”的这次败北，不但世界杯之梦灰飞烟灭，还使中国队从此背上了“黑色三分钟”的历史包袱；

1997 年，主场领先一球的情况下，被卡塔尔队反超，再一次使得中国队与世界杯决赛圈无缘。

足球是圆的，这句话本来就代表着绿茵场上层出不穷的偶然性。但是，“打平就能出线”无一例外地被男足演绎成了“打死也踢不平”。

这一次，中国队的出线权真的已经手拿把攥了吗？赛前，人们一度确实是这样认为的。

大连《足球周报》的号外就整齐地摞在赛场边。锃亮锃亮的铜版纸上，写着一篇洋洋洒洒的长诗——五里河擂响胜利的战鼓/足球城点燃喜庆的爆竹/历史老人在这一刻眉开眼笑/中国球迷在这一夜纵情欢呼/沉睡了 44 年的世界杯之梦/终于在北国大地上复苏……这显然是为了胜利而准备的。

神奇的一抽

也难怪人们有这样十足的信心。按说，打平阿曼对于中国队来说根本不是什么难事。但是，只有真的到了比赛届临，饱经多年打击的中国球迷才猛然发现，只要终场哨音还未吹响，高悬在嗓子眼的心就没法放进肚子里。

除了中国队多年的“关键时刻掉链子”，更让球迷操心的是，这支国家队从分组开始，就已历经波折。

2001 年 5 月 31 日，接到亚足联的最新通知，张吉龙脸色当时就变了。

1952 年出生，属龙的张吉龙，在足协被叫做“龙哥”。1995 年，张吉龙被中国足协推荐，竞选担任亚足联第三副主席。世界杯分组抽签在即，与亚足联沟通的重任自然就落在了“龙哥”肩上。

世界杯预选赛第二回合，被球迷通俗地称为“十强赛”——10 支球队分成两组，各自厮杀。根据过往战绩，10 支球队被分成五个档次，同档次的两支球队不会被分在同一组。每逢抽签前夕，明里暗里的角逐总是在不间断地展开。每支球队都希望通过对分组抽签原则的“算计”，和自己的夙敌被划在同一组。

中国队的夙敌是伊朗。在 2001 年以前的 4 年里，中国队从未胜过伊朗，而 1997 年“十强赛”的头一场比赛，戚务生领军的国家队在主场作战，领先两球的大好局面下被伊朗队连灌 4 球，是中国队不少队员至今绕不过去的心头痛。

2001 年 5 月 10 日，亚足联公布了分组原则，沙特阿拉伯队和阿联酋队被列为第一档次球队，中国队和伊朗队被列为第二档次。

谁都知道，这一届世界杯，是中国进军决赛圈的最好机会。由于同为东道主，日韩两国已经直接升入决赛圈。这本已为中国队排除了两个多年不胜的劲敌。如果再和伊朗队分在同一档次，中国队对其余的对手都有几分把握，可以说，一条腿已经迈进了世界杯决赛圈。

但是，就在抽签仪式的前一晚，亚足联改了主意。

波折源于伊朗数十名记者向国际足联发起的联名上诉信。他们认为，把阿联酋列为第一档次的“种子队”，却把伊朗放在第二阵营，简直荒唐可笑。“阿联酋仅在 1990 年入围过一次世界杯，历史上从未赢得过亚洲杯，近些年来的战绩也远不如伊朗队，他们有什么资格被定成种子队?”

这封措辞强硬的上诉信，使得国际足联主席布拉特、秘书长鲁菲宁紧急同亚足联秘书长维拉潘一道，在 5 月 30 日连夜召开紧急会议。会议的结果，是决定将原本以最近三届成绩的积分改成两届。这样一来，10 支球队的排名顺序与此前大相径庭。

按照这个结果，“种子队”变成了沙特和伊朗，而中国和伊拉克并列在第二档次。这样一来，中国队就有 50% 的可能性与伊朗分在一组。

这实在是一种太糟糕的可能性。

消息传出后，曼谷的亚足联临时办公室一片混乱。不但中国不满，卡塔尔队和阿联酋队也都对新分组方式不满意，偷着乐的只有能够顺利躲开伊朗的沙特队。多国足协的抗议潮水般一波连一波地涌来，亚足联面临重重压力。最终，只好向国际足联通报：如果抽签原则一变再变，会严重损害亚足联的权威，希望仍以原先的分组原则为准。

一番波折后，终于回到原点。

北京时间6月1日傍晚17时，米卢赶到抽签现场。参加抽签的总共27人，其中主教练只有3人——中国队的米卢、沙特队的桑特拉奇和泰国队的怀特。

在分组抽签仪式上，沙特和阿联酋被划为第一档，中国和伊朗为第二档，伊拉克和卡塔尔为第三档，乌兹别克斯坦和泰国为第四档，巴林和阿曼是第五档。

与分档一样重要的还有签位。

亚足联采取“5、4、2、1、3”的顺序，首轮比赛5号球队轮空，次轮比赛4号球队轮空，然后以此类推。从第六轮起，主客场颠倒地再次重复这个轮空次序。按照这种安排，3号签位最为不利，在两个循环的最后一轮，也就是第五轮和第十轮比赛中轮空，这样将比所有其他球队提前结束比赛，极有可能被对手根据成绩来操纵命运。

国际足联主席布拉特从玻璃瓶里掏出一个黄色小球，念出“阿曼”，抽出了B组的第一支队伍。而当写着中国队名字的小黄球被打开时，在场的中国人一齐高呼着：“B！B！B!”果然，球童展开的白纸条上写着的正是“B”。

最终，阿联酋、乌兹别克斯坦、卡塔尔、阿曼和中国被分在一组。几乎所有在场的中国人都喜上眉梢，中国队太“有运气”了。

按这个抽签结果，中国不但避开了实力强劲的沙特和伊朗，还被分在B组的第5号位。这意味着当B组其他对手已经开展首轮比赛时，中国队还有充分的时间研究对手的阵容和打法。此外，B5的位置对中国队的赛程安排也极为有利，两个客场连续再加上两个主场连续，避免了球员们过度旅途劳顿。

这出乎意料的好签，将中国队往世界杯决赛圈的入口用力推了一大步。第二天，一家体育报纸写道：“这是500年来最好的一次抽签结果。”大号黑体标题更是煽情——“神奇的一抽”。

他到底有多神奇?

同样带几分“神奇”色彩的，还有深眼窝、鹰钩鼻，头发永远乱糟糟的米卢蒂诺维奇，中国球迷简称他“米卢”。

这是从他的签名上简化来的。刚来中国不久，米卢蒂诺维奇就见识了中国球迷索要签名的庞大阵势。精于世事的他很快发现，用中文签出一个名字能得到更多的欢呼。

先冲四个方向画四条道，再在中间画上一个十字——米字和卢字，对于米卢蒂诺维奇来说，学习起来都不算太难。但轮到“蒂”字的时候，他皱着鼻子，不肯再学下去了。于是，大家都叫他“米卢”。

中国足协惦记上米卢，是从1999年开始的。在国奥队冲击决赛圈失利后，外帅霍顿走人仅仅是个时间问题。这时，传来一个消息，米卢正赋闲在家。

生于1944年的米卢，当时已经有了“神奇教练”的绰号。

1983年起，米卢执教墨西哥队，使得这支球队首次打入世界杯八强。1989年，带着由业余球队组成的弱旅哥斯达黎加队进入世界杯决赛圈。1994年，率领美国队首次进入世界杯16强。1997年，为墨西哥争取到法国世界杯决赛入场券后，改投尼日利亚队，又进入16强。

这个永远眯着眼睛微笑，一脸皱纹的老头，是历史上唯一一个连续四届世界杯赛率领不同国家球队取得决赛权的主教练。这一蜚声足坛的战绩，对于渴求进入世界杯决赛圈的中国队来说，无疑弥足珍贵。

1999年12月4日，米卢和中国足协几位负责人进行了第一次“秘密会谈”。至今，双方对会谈内容仍秘而不宣。会谈后，米卢看了北京国安和辽宁队的比赛，实地感受了中国顶级联赛的水平。在球场上，上千足球记者的“长枪短炮”纷纷对准米卢，他成了比场上球员更引人注目的焦点人物。

“神奇教练”米卢

走下看台时，米卢小声对翻译说了一句话：“你们有那么多记者，却只有几百名职业球员。足球在中国承受的压力可想而知，国家队失利后一定会很糟糕。”

如果说记者们的围追堵截让米卢感到了几分压力，那么，球迷的热情则进一步地震撼了他。一位沈阳球迷担心米卢和足协谈不拢，专程飞到北京，举着“盼星星，盼月亮”的标语，在米卢居住的天坛饭店苦等了两天两夜。

米卢得知后，立即把这位球迷请到房间里，让他写下姓名和联系电话。“2002 年，我会带你去日本或韩国看中国人自己的世界杯。”听到这句承诺，这位 40 多小时没合眼的球迷当场痛哭失声。

许是从此时开始，米卢已经下了要来中国执教的决心。这样一块对足球一往情深的庞大国土，有数以亿计热血澎湃的球迷。带领这样一支球队实现第一次登陆世界杯决赛圈的梦想，将为这位“神奇教练”的桂冠上再添一抹光芒。

2000 年 1 月 15 日，中国足协在广州宣布：正式聘请米卢为中国男足主教练。聘请条件异常清晰鲜明：任期两年，目标是提高中国男足竞技水平，打入 2002 年世界杯决赛圈。

“要我说，他没那么神。”

这位“神奇教练”接到的第一个欢迎礼物，却是连绵不断的质疑。

2000 年 2 月 28 日，米卢公布了第一批“米家军”的集训名单。为了这份大名单，米卢当了一个多礼拜的“空中飞人”。

外籍教练不像本土教练对球员那么熟悉。自打春节过后，米卢就在不停地飞来飞去。2 月 20 日飞澳门、21 日转道香港飞上海、22 日赴昆明海埂基地……

在海埂基地，米卢看了第一场中国球员的训练赛。这是甲 B 成都五牛队和八一队之间的一场训练赛。

比赛刚开始，五牛队的彭晓方就破门得分，正是这名刚刚从四川全兴队转会过来的球员，在 1998 年联赛最后一轮，用一个进球把八一队踹出了甲 A 的行列。仇人相见，分外眼红。当彭晓方再度发起一次进攻时，八一队一名球员飞起一脚踢在他小腹上，使得彭晓方在地上弓着身子翻滚了半天，疼得站不起来。

回击在下半场第 30 分钟产生。八一队一个队员抢了五牛队的界外球，被主裁判制止。该队员悻悻地把球扔在地上，一边骂骂咧咧一边往场内走。早就一肚子火的彭晓方这时爆发了，用力把球砸在对方背上。后者马上掉转身子，抓住彭晓方的头发，双方队友迅速上前增援，一场教学赛就这样成了难解难分的扭打。

发生冲突的地方，距离米卢不足 3 米，他不住地摇着头，起身走了。

走出训练场时，又一个巧合发生了。

米卢被一群久候在训练场门口的球迷团团围住，又是合影又是签名，几乎应接不暇。这时，刚刚辞职的国家队前主教练霍顿背着大包从旁边的一家小卖部走出来，有眼尖的球迷喊了一声："霍顿!"但没有人追上去。

霍顿朝备受簇拥的米卢看了一眼，提一提肩上的大包，低着头径直走进了球员生活区。有细心的记者发现，米卢手上的笔停顿了一下。

一周后，名单公布，广受关注的李金羽、彭伟国没能入选，倒是名不见经传的陈刚、赵昌洪、李海强被纳入队中。另外，媒体大加称好的宋黎辉和商毅也没能入选。

争议声四起。

在米卢考察海埂甲 B 球队时，曾有一位中方教练组成员分析说，米卢"非常聪明"，这是"把工作做到家"，希望得到大家的支持，"甲 B 没几个人够格入选国家队的"。但他没想到，米卢还真的把几名甲 B 球员挑进了国家队集训大名单。

赋闲在家的徐根宝也通过媒体告诫米卢："不要挑花了眼。"他分析，米卢也摆脱不了外籍教练来中国执教的老路——不管三七二十一，先挑一大批人进国家队再说。"他们总抱着侥幸心理，以为还有什么希望之星能让他们眼前一亮。"徐根宝说，"实际上，熟悉中国足球的还是我们这些中国的教练员。"

比起这些委婉的指责，一家专业体育媒体更是直接。这张报纸在那份众说纷纭的大名单后面附了一篇评论，标题叫"要我说，他没那么神"。

面对重重质疑，米卢第一次显露出了他的狡猾。在2月29日的足协例行新闻通气会上，他给提问记者下了一个十足的圈套。当时，有记者问："名单中为什么没有表现很好的李伟和宋黎辉？"

米卢先是很严肃地表示，作为主教练，名单应该由自己来决定。随即反问这位记者："我来中国的最大问题是什么？"

"对中国球员不太了解。"这位记者回答。

"不对。"看着对方正中圈套，米卢狡黠地一笑，"我面临的最大问题，是中国人都很热情。我每走一米就会有一个人对我说，这个人表现很好，应该进国家队。"

谁该进国家队？

担任国家队主帅后不久，米卢就面临了亚洲杯，这被国内媒体称为米卢的"中考"，而"高考"无疑直指世界杯决赛圈预选赛。

最终，中国队以第四名的成绩结束了亚洲杯之旅，大致令人满意。其间最大的亮点是杨晨。杨晨此前未参加一次集训，临阵加盟，却独进三球，还有多次出色的助攻，甚至一度成了中国队前场进攻的组织核心。

但在两年多的德甲磨炼之前，杨晨在国内只是以身高和体能见长，技

中国队出战前最后一战首发 11 人阵容

术并不显山露水。杨晨的脱颖而出，使得不少国脚都坚定了出国踢球的念头，留欧潮迅速席卷而来。

虽然一贯表示支持中国球员出国踢球，但把带领中国队冲击世界杯看得高于一切的米卢鲜明地表示了反对："如果队员出国只能在俱乐部坐板凳，还不如参加国家队的备战集训和比赛。"

但是，国脚们对留洋的向往并不是可以轻易压制的。2000 年 12 月 1 日，在"米家军"的第 15 期集训上，孙继海、郝海东、吴承瑛、李明、张恩华这五位国足中坚人物全都没有出现。他们全部在千里之外的英伦，或者试训，甚至已经和国外俱乐部签订短期合同上岗了。

在国脚谋求个人发展和国足集训之间，冲突难以避免地发生了。

如果足协对主力队员拒绝放行，多少会使队员产生一些抵触情绪，仅仅靠爱国主义教育大概也不能完全解决问题，国家队集训又刻不容缓。按照米卢的计划，国家队将从 2000 年 12 月 1 日起至 2001 年 2 月，进行三个月的长期集训。因为国家队不但要赢球，更要通过长期的磨合使得队员间的配合更加默契。"如果想在世界杯出线，就只能这样。"

一旦祭出世界杯出线这柄尚方宝剑，足协的态度立即就明朗了。中国足协当即下令：所有在外试训的国脚必须回国报到。

12 月 10 日之前，吴承瑛、孙继海、李明相继回国。在机场，吴承瑛面对几十家媒体一字一顿地说："虽然我留在英国多一天，成功的机会就增加一分，但为了国家的利益，我还是决定回来。"其他几位球员也都有类似的表态。

这时，国足集训只缺郝海东一人了。在 2000 年 12 月 30 日举行的超霸杯比赛上，郝海东胯部拉伤，不仅无法正常训练，而且在此后一段时间内也无法跟随国家队。尽管郝海东特意跑到米卢面前直陈伤情，并一再承诺一定在 2001 年 4 月 22 日世界杯外围小组赛之前把身体状态调整好，却依然无法打消米卢的不悦。

在超霸杯之前，米卢和他的南斯拉夫老乡、大连实德队主教练科萨诺维奇就有过公开的争执。米卢认为，郝海东当时的身体状态不宜参加激烈的比赛，容易受伤。事实印证了米卢的担忧，但他对此却无计可施。

12 月 12 日，一向以散漫随意著称的米卢在训练场边竖起了世界杯外围赛倒计时牌——132 天。从那天起，他时时戴着一顶帽子，帽子上用一行小字写着："态度决定一切"。

不过，当时让米卢没有想到的是，这次集训招兵不力，只是一个小小的序曲。而他所选用的这句"态度决定一切"，也为日后排山倒海而来的质疑埋下了伏笔。

赛前的信任危机

2001 年 5 月 24 日，郝海东在央视《足球之夜》上抛出的重磅炸弹使得原本就混乱异常的局面更加混沌。

说混乱异常，是因为在这 5 个月里，米卢遇到了他职业生涯中前所未有的信任危机。

2001 年新年刚过，国足立即投入了马不停地的比赛。以往的国足惯于在大赛前封闭训练，而米卢的观念是，用大量的比赛去磨合队伍。

其间没有对错之分，只是习惯上的不同。但是，对于国人来说，最大的区别就在于，封闭训练期间能够传出的大多是国脚积极备战、状态良好的消息，但在一场场比赛中，任何一次不好的发挥或糟糕的成绩都直面可见。中国球迷恐怕是世界上信心最缺乏的球迷群体了，怎能经受得起这样的考验？

何况，在此期间，国足的成绩只能用“糟糕”两字来形容。

从年初到世界杯预选赛小组赛之前的3个多月里，3∶6负拉齐奥、2∶3负埃及、0∶4负伊朗、1∶2负美国、0∶3负瑞典……一次次败绩，一点点地吃掉了人们对米卢的信心。

真正的爆发，出现在世界杯预选赛小组赛上。

首战，国足对阵小组中实力最弱的马尔代夫队。赛前，人们一片乐观。无论球员、教练还是分析人士都认为大比分获胜势在必得。赛前新闻发布会上，一名记者直截了当地问米卢：“中国队到底进多少球才算赢？”

然而，中国队主场7∶1取胜，客场却仅以1∶0胜出。终场之际，马尔代夫足协官员兴奋得脸都涨红了：“这是马尔代夫足球最伟大的胜利。”

回想9年前徐根宝率领国奥队17∶0横扫马尔代夫的狂飙，数以千计远赴岛国观战的球迷登时翻脸。亚足联秘书长维拉潘事后回忆：“当中国仅以1∶0小胜马尔代夫后，我接到了无数谴责米卢的电话和传真。”

比赛踢得臭，球队内部的各种矛盾也显露出来。其中最引人关注的，当属米卢和球员的矛盾。

由于两场小组赛上张恩华都没有露面，孙继海也只是以替补身份打了最后十几分钟，各种声音立即传扬出来。“孙继海顶撞过米卢，老米怀恨在心，专门要给他颜色看看。”“米卢是想刻意冷落主力，就像诸葛亮激将老黄忠一样，但不能过分，要讲义气。”……两名国脚的东家大连实德队也站出来发难：“国家队想要的人我们都给了，但既然不用，当初何苦不放孙继海、张恩华出国呢？”

郝海东在《足球之夜》上的炮轰，则将一切传言彻底明朗化。

郝海东先是替几名不能上场的国脚鸣不平："作为一个主教练，不应该在队里面放两个人，完了告诉他，他影响了队伍，比赛的时候也不用他。"继而，郝又对米卢的训练提出了非难，认为每天的训练过于随意，没有制定按周、按月训练的规范性计划。"明明知道他是错的，为什么还要用他？我希望决策者能做出决定，即使换了主教练也冲不出去，也比现在强。"

郝海东的炮轰，正与当时球迷们的心声相合。在小组赛期间，米卢不但迅速走下神坛，更时常遭遇"下课"的怒吼。在小组赛对印尼的比赛中，上半场结束时印尼队以1∶0领先。跑道上扔满了愤怒球迷掷下的喇叭和水杯，"米卢下课"的喊声长达十几分钟不曾间断。最终，中国队以5∶1获胜。但当米卢出现在新闻发布会现场，迎接他的是震耳欲聋的"米卢滚蛋"和"中国队解散"。

米卢的脸色微微发红。"我不懂中文。"他说，"我不明白这嘘声是什么意思。"事实上，当时的中国队小组出线已成定局。而当小组赛全部结束时，人们会从数据上发现，这支饱受批评的球队竟然在不经意间创造了历史：在以往6次冲击世界杯的预选赛小组赛中，中国队从没有过场场胜利的纪录，但"米家军"却创造了6场全胜、净胜22球的战绩。

这让米卢很迷惑，他向身边的翻译人员发问："为什么越赢球，反对我的声音就越高涨?"

这个问题让翻译很为难。只有身在其中的人，才会明白多年来国足的表现早已耗尽了人们的最后一点耐心，才会明白人们对进入世界杯决赛圈的渴望是多么强烈而迫不及待，才会明白当最好的一次出线机会摆在眼前时人们有多么患得患失，才会明白每一点小小的波动都会引起亿万球迷心中的巨大波澜，才会明白中国足坛从来就是口水仗永不停息的是非之地。

比起来，还是早早下课的霍顿更明白这种状况。早在小组赛开始之前，霍顿就断言米卢是在打一场"没有胜者的比赛"。"赢多了，谁都不会夸你什么；赢少了，所有人都会骂你几句。"

婚礼上的“将相和”

现在，一个空前的挑战摆在米卢面前：距离“十强赛”还有两个月的时间，大赛的硝烟味已经依稀可辨，但是，“中国第一前锋”在国内最大的媒体上公开“反水”了。

米卢又一次显现了“老狐狸”的本性。他优哉游哉地告了假，到西班牙补牙、阿根廷看球去了。

难题摆在了中国足协面前。既然米卢临阵脱逃，他们就必须表态。

6月5日，在足协例行通气会上，新闻官董华表示，在中国队紧张作战之际，郝海东发表个人看法，在时间和时机上，在提出看法的方式上，有欠妥之处。

但这个表态左右不讨好，有人觉得足协没有任何实质性处罚，太软弱了。也有人认为郝海东所说句句是理，凭什么要罚？

正在众说纷纭之时，从阿根廷度假归来的米卢再度扔出一颗重磅炸弹。7月10日，“十强赛”最后一次集训的名单公布，郝海东、张恩华赫然在目，却没有孙继海。

7月15日，米卢考察“十强赛”主场——沈阳五里河体育场，顺路去大连观看实德队和陕西国力队的比赛。他穿着深色衣服，身边只带一名翻译，一副“悄悄进村、打枪的不要”的劲头，却还是被眼尖的球迷发现了。

“米卢下课!”“孙继海进国家队!”的呼喊声迅速像潮水一样汹涌起来。几分钟后，两名球迷翻过一座座看台间的栏杆，将两幅巨型标语打在了米卢面前。“米卢，你在耍大连人吧!”“中国队冲击世界杯少不了孙继海!”

虽然两名球迷迅速被赛场保安制止，但米卢还是迅速从看台上消失了。

如果现在回头来看，关于孙继海的选用问题，只是一点点观念的差异，但在人们对世界杯出线的空前关注之下被不断放大。

在中国队，孙继海的实力无人出其右，这是谁都承认的事实。如果按照中国队一向的排兵布阵观念，孙继海铁定打主力。但是，孙继海几次在比赛中大范围插上助攻，身后留下的空隙一度给球门造成压力，外加上米卢认为孙继海没有其他球员认真，就一直没有把他放在主力位置上。

一个信奉实力至上的群体，和一个把“态度”摆在首位的外教，观念冲突一触即发。而中国足球的惯例却恰恰是，无论官员、俱乐部老总，还是舆论，都有能左右主教练排兵布阵的本事。

能有人油盐不进？谁都不信这个“邪”。

7月19日晚上，孙继海在《足球之夜》发表了对自己落选国家队的看法：“我尊重足协和主教练的决定，但我也会随时准备着。”

显然，这是在向米卢发出信号。按照中国人的传统习惯，现在只需要一个台阶。

三天后，台阶就送到了。7月22日，大连队员李明举行婚礼，邀请米卢出席。那天，媒体来得比宾客还多。这是第一次，全国球迷同时关注一场婚礼。

婚宴刚刚开始，孙继海就来到了坐在贵宾席的米卢面前，两人满面笑容地握了手。婚宴后，两人长谈了半个多小时。次日，孙继海向媒体透露：“米卢向我说‘准备应召’吧。我非常感动。”

8月6日，米卢紧急征召孙继海，一场在大牌球员和主教练之间的对台戏终于落幕。这出“十强赛”之前曲曲折折的“将相和”，无论发轫还是解决，方式方法都很“中国”。

“十强赛”几无悬念

事实上，随着“十强赛”临近，米卢越来越“中国”了。

此前，每次新闻发布会上，米卢的迟到是一以贯之的，和记者们的

“斗嘴”也是必不可少的。他总是满口外交辞令，从不直接发布任何鲜明的看法，更像条滑溜的泥鳅一样，用太极手法化解记者们的一个个问题。但从7月11日的新闻发布会以后，他开始有问必答，甚至直接发出了“主场比赛必须全部拿下”的豪言。

8月25日，“十强赛”第一场。

沈阳五里河。比赛要到19时30分才开始，但中午刚过，体育场外已经是人头攒动，沿途满眼都是脸涂油彩、手拿国旗、胸前挂着小喇叭的球迷。一幅15米宽、24米长的巨大旗帜挂在体育场门口，用反差极强的黑红两色写着大大的两个字：“圆梦”。

警察也早已严阵以待。沈阳出动了7000警力，体育场内外布满灰制服的身影。6辆防暴运兵车四下分列，车上载着警棍和催泪弹。

这样声势浩大的场面。赢了，就是欢乐的海洋；输了，就像一颗威力巨大的炸弹。谁知道会出现什么情况呢？

好在，米卢赛前的豪言完美实现了。全场90分钟，中国队占尽优势，在前30分钟就已经以3∶0领先，此后始终攻势不减。在比赛到达70分钟时，性急的球迷已经抛开了“黑色九分钟”的心理阴影，唱起《难忘今宵》，为这场比赛提前定性。

中国队“十强赛”赛场

这是一场改变米卢命运的比赛——传接球成功率高得吓人，整体技战术配合无比流畅。面对中国队近乎完美的发挥，哪怕最挑剔的球迷也无话可说。媒体的盛誉更是卷地而来——完美的开端、神奇教练绝非浪得虚名、国足制造完美风暴……那些直到赛前一刻还在喋喋不休的质疑，顷刻间转了180°的大弯。

8月31日，2∶0击败阿曼。赛后，米卢做了一个小小的举动，却被记者们誉为“惊人”——他第一次早早来到发布会现场等待记者，而不是让记者等他。不但记者们受宠若惊，连翻译都准备不足，没有及时跟到，只能在现场抓了个记者临时做翻译。

这似乎是一个巧合，就在下一场9月7日的比赛上，中国队再一次遭到了质疑。而赛后米卢没有受到过多指责，这与他和新闻媒体日益增进的感情不无关系。

那一天，是米卢的57岁生日，迎战的是卡塔尔。在世界杯预选赛上，中国队从未赢过卡塔尔。

B组的另外几支队伍比分咬得很紧，只有中国队两场全取6分遥遥领先。人们希望中国队能顺利拿下这场比赛，如果三战拿到9分，世界杯出线就像探囊取物般轻而易举了。

米卢对此并不乐观，他一再表示第二和第三场比赛一共拿到4分是他的目标。但在前两场连胜的巨大喜悦下，这个声音显得如此渺小，几乎没有谁注意到。

终场哨响，1∶1。果然是平局，整场比赛以中国队的被动应付作为主打色，在最后一分钟的进球才使得中国队摆脱了输球的命运。

米卢的排兵布阵再度受到质疑，他自己也清楚地看到了舆论的变化。在新闻发布会上，这个从来不做愁容的老头儿破天荒地叹了一口气：“终场时我只剩一口气了。”

这时，舆论更关心的一个问题是，下一场比赛，在9月15日举行。

说到这里，必须要介绍一下中国足球无所不在的“迷信”心理。主场选择场地并不见佳的五里河，是因为放眼全国已无“福地”——1997年选择大连金州，是因为大连万达队在那里创下上佳战绩。再往前选择工体，是因为在密集的商业比赛中一度“工体不败”。但在一次次冲击失败后，所有曾经的“福地”都变成了“伤心地”，可供选择的余地越来越小。

球员在上一场比赛用哪只脚进了球，就会在下一场比赛上用那只脚开球；赛前媒体会根据既往战绩总结归纳出一个个“宿命”……这些“迷信”，是因为中国足球从未给喜爱它的人们以真正的信心。

“9·15”，和曾经折戟沉沙的“5·19”只有数字相同，却依然让人们觉得“不吉利”。有一个细节能够体现人们的敏感：无论足协官员还是记者，都犹豫地不肯入住酒店的519号房间。

幸好，2∶0的结果给人们吃了定心丸。“十强赛”第一阶段结束，中国队3胜1平积10分，将第二名乌兹别克斯坦甩开4分，前景一片光明。国脚们得到了3天休假——大赛期间放假，这在中国足球的历史上，前所未有。

第二阶段依旧开门红，在客场1∶0战胜阿联酋队后，中国男足终于站在了自己的命运面前——只要主场打平阿曼队，就能够提前两轮实现世界杯出线的梦想。

如果这就是结束

让我们把目光回到终场5分钟前的中阿之战——1∶0的比分如故。双方球员在场上几无斗志，只在晃悠着等待比赛结束。

冲入世界杯决赛圈，国足队员欢庆胜利。

终于，三声长哨吹响，五里河顷刻间沸腾了，万人狂欢一直延续到后半夜才慢慢散去。

沸腾的何止是五里河体育场。北京，成千上万人涌上长安街，汽笛声塞满了十里长街。此后，人们把中国入世、申奥成功和国足出线并称为2001年中国的三件大事。

史上第一次，中国男足终于踏入了世界杯决赛圈。当一名中国球迷，感觉从未那么好过。

“十强赛”还余两场，但已经没有人再为此操心了。就连最后一场0∶1输给乌兹别克斯坦，也没有听到来自任何方面的任何指责。人们只是兴奋着、狂欢着。一场场盛大的庆典在全国轮回举办，米卢和国脚们被目为国人的骄傲。对于学习中文从不热心的米卢甚至在短时间内学会了哼几句《真心英雄》。

2002年夏天，世界杯大幕拉开。中国以净丢9球、一场未胜的结局离开了韩国。那一次，后来被时任中国足协专职副主席阎世铎公开评论为“光荣的耻辱”。

这无疑是很矛盾的说法——既然耻辱，又何来光荣？或者说，既然光荣，又何谈耻辱？然而，这正是无往而不在矛盾之中的中国足球。

更有甚者，这仅仅是开始。

2004年世界杯预选赛小组赛，一奶同胞香港队和中国队上演了一场万人皆知的“默契球”，虽然中国队以7∶0战胜了香港队，却因为净胜球少一个，连小组赛都未能出线。

2010年世界杯预选赛，中国男足的国际排名从2001年时的50余名跌落至80名开外。当出局的结果尘埃落定，一条报纸标题轻描淡写地说：“世界杯赛事水平得以保证”，看到这句话，不少球迷的反应不是愤怒，而是会心地一笑。

当时过境迁，再度回首2001年出线时的喜悦，不由得令人感叹。

如果当年的出线就是结束，那将是中国足球最完美的结局。但是，时间总要向前走，该发生的总要发生。

马望昭陵

黄加佳

2010年6月12日，西安大雁塔南广场，中国专家赴美修复昭陵二骏归来新闻发布会在这里举行。一大早，各路媒体和许多西安市民便赶到这里。对于昭陵六骏，特别是上世纪初流失海外的“二骏”——飒露紫和拳毛騧，西安人有一种说不出的特殊感情。

这六匹唐太宗李世民的战马浮雕，千年来静静地矗立在昭陵，它们见证了一个国家的盛世巅峰；而当清末民初，末世来临时，它们又被人无情地拔起，其中的二骏流落海外，离群索居。

修复、团圆、回归……二骏纠结着国人太多的情感与故事。此时，石马已不仅仅是一件文物，而寄托着重回盛世的期盼。

六骏功高画亦优

周五的中午，西安碑林博物馆中游客不多。坐在回廊树阴下的保安，不时被游人问道："昭陵六骏在哪儿?"

一间灯光幽暗的展厅中，昭陵六骏一字排开：

飒露紫：毛色紫红，奔驰如风。李世民平定东都击败王世充时所乘。

拳毛骗：毛黄卷曲，嘴黑。李世民平定刘黑闼时所乘。

白蹄乌：通体纯黑，四蹄雪白。李世民平定薛仁杲时所乘。

特勤骠：毛黄嘴白，突厥所赠。李世民平定宋金刚时所乘。

青骓：苍白杂色。李世民平定窦建德时所乘。

什伐赤：来自波斯的枣红马。李世民与王世充、窦建德作战时所乘。

"它们是唐太宗李世民生前最爱的六匹战马。唐太宗就是骑着这些马平定四海，建功立业的。来碑林的游客，好多是冲着六骏来的。它们是中国美术史上的'大名誉品'。"看着镶在墙上的六骏，碑林博物馆副研究员马骥说。

唐贞观十年（636年），文德皇后病逝后，李世民在今陕西省礼泉县东北22.5公里的九嵕山上修建昭陵。建陵时，李世民下令："朕所乘戎马，济朕于难者，刊名镌为真形，置之左右。"

于是，在昭陵北侧祭坛的北司马门内，竖立起了六骏的石刻。据考证，六骏以唐代大画家阎立本的画作为蓝本雕刻完成，每件宽204厘米、高172厘米、厚40厘米，重达3.7吨。

说它是中国美术史上的大名誉品，一方面因其高超的艺术手法，另一方面也因为它是唐代石刻中少有的现实题材作品。

上世纪初，鲁迅在西安讲学见到昭陵六骏时说："汉人墓前石兽多半是羊、虎、天禄、辟邪，而长安的昭陵上，却刻着带箭的骏马，其手法简直是前无古人。"

六骏图

“秦始皇兵马俑里有那么多匹马，没有哪匹马像六骏一样，是有名字的。”马骥指着飒露紫说，“你看，雕刻中的人在为马拔箭，马忍着疼痛，身子微微后退，马头却依偎着人，非常细腻感人。石刻中的这个人和这匹马，都是有名有姓的。”

石刻中的人物名叫丘行恭，是李世民的大将。据《新唐书》记载，在唐军与王世充军决战时，李世民的坐骑飒露紫，前胸中箭。危急关头丘行恭赶到，他张弓四射，箭不虚发。敌人退却后，丘行恭为飒露紫拔箭，并把自己的坐骑让给李世民骑，救了李世民一命。对这匹马和这个人，李世民都有很深的感情。

不过，令人遗憾的是，碑林中展出的飒露紫和拳毛䯄，却是用石膏和水泥制成的复制品。这二骏的真品现藏于美国宾夕法尼亚大学考古与人类学博物馆。

在六骏上方的说明牌上写着：“飒露紫、拳毛䯄两骏于 1914 年流失海外，现藏于美国费城宾大博物馆。”语气中性，不带任何感情色彩。不过，以前这段文字可不是这么写的。

“以前说明牌上写着：1914 年飒露紫、拳毛騧两骏被美帝国主义分子毕士博盗去，现藏于美国费城宾大博物馆。”马骥回忆。

对于“美帝国主义盗取”的说法，美方始终耿耿于怀。1978 年 10 月，国门刚刚打开，陕西省接待了一个美国汉代考察访问代表团，该团团长是著名的华裔历史学家余英时先生。在参观完碑林博物馆后，代表团中 80 多岁的宾夕法尼亚大学老教授德克·卜德的心情非常糟。

据当时负责接待的陕西历史博物馆副研究员王翰章先生回忆，代表团中的华裔学者张光直教授对他说，卜德教授一宿都没睡好，他对宾大参与盗取二骏的说法，非常不满。据他所知，宾大博物馆是从一名叫卢芹斋的中国古董商手中买到二骏的，美方没有参与盗取二骏。

考察行将结束，在送别晚宴上，卜德教授终于压抑不住，一股脑把心中的不满都倒了出来。王翰章记得，卜德情绪很激动，还郑重其事地交给在场的陕西省文化局副局长张禹良一份宾大博物馆与卢芹斋交易发票的复印件。这是他临行前几天特地复印的，看来即便相隔几万里，中国人对美国人参与盗运二骏的指控，他们也早有耳闻。一场送别晚宴不欢而散，当时的尴尬场面可以想见。

后来，碑林也派专家到昭陵附近做过实地调查，但年代久远，二骏究竟是怎么被运到美国的，谁也说不清楚。

据马骥回忆，后来碑林的说明牌一直沿用“二骏被美帝国主义盗取”的说法。就是这个说明牌，后来还引出一段公案来，不过那是后话。直到上世纪 90 年代，美国大使馆与陕西省对外办公室交涉，这才改成现在比较中性的说法。

“原来那个牌子换下来后，我还保存了几年。因为那上面的字是我们这儿一个书法家写的，新魏体，非常漂亮。后来搬了两次家，也找不到了。”马骥说。

牌子虽然改了，可事实究竟是怎么回事呢？到底是谁把二骏从昭陵上搬下来，又千里迢迢运到美国的呢？

石马失群超海去

大书法家于右任曾有诗句："石马失群超海去。"二骏流失一直是国人心中的痛。可二骏究竟是怎么被运出国的？各种说法一直莫衷一是。直到2001年，发表在香港《东方》杂志上的一篇题为《太宗皇帝和他的六匹战马》的文章，引起了国内学人的注意。该文作者周秀琴女士供职于宾夕法尼亚大学博物馆，由于工作的便利，她掌握了许多不为人知的第一手资料，其中包括卢芹斋与时任宾大博物馆馆长高登的通信、宾大博物馆董事会会议记录、卢芹斋的日记等。通过这些珍贵档案，周秀琴揭开了二骏被贩卖到美国的历史真相。

1916年2月，宾大博物馆高110米的圆形无柱穹顶展厅落成。独具慧眼的博物馆馆长高登决定举办一个中国艺术大展，作为展厅的揭幕展。为了筹备这个展览，高登向世界各大古董商发出了邀请函，希望他们携宝参展。当时中国最有名的大古董商卢芹斋也收到了高登的邀请。

卢芹斋出生于一个世代为官的士绅家庭。但经历了太平天国战乱，到了他这一代，早已家道中落。1900年，20岁的卢芹斋漂洋过海，远赴法国谋生。在同乡、国民党元老张静江的帮助下，他与人合开了一家名为通运的古玩公司，此后的50年，中国的瓷器、书画、青铜、石刻，源源不断地通过他流入欧美各大博物馆和收藏家的手中。在西方人眼中，卢芹斋是传播东方文化的使者，而在中国人眼中，他则是一个臭名昭著的文物贩子。

一个为筹备中国艺术大展，一个为开辟美国市场，高登与卢芹斋走到了一起。

周秀琴通过宾大博物馆档案考证，高登馆长第一次在纽约见到二骏是在1918年3月9日。13日他在给卢芹斋的信中写道："上星期六，您的助手带我参观了大都会仓库并见到了两匹石骏。我十分高兴能见到这著名的雕刻，得知它们在美国已有一段时间。我会从博物馆角度提出一个最佳方案，与我的同仁商讨购买的可能性。”

此后的一个月，高登一方面着手把二骏借到博物馆展览，一方面不遗余力地游说宾大博物馆董事会买下这两件艺术品。他在给董事长哈里森的一封信中写道：“这些浮雕自7世纪以来，一直出现于历史记载，证明中国人视其为艺术领域内的优秀作品。它们是非宗教、纯世俗艺术品，对我馆佛教雕刻收藏能起到完美的平衡作用。因为中国早期雕刻是宗教的天下，六骏因而成为稀世之宝，这些石刻实为独特的不朽之作。”

高登的确是一位学养深厚的学者，他一眼便发现了二骏的非凡之处。而作为中国文物专家，卢芹斋更加明白它们的价值。一场旷日持久的讨价还价由此拉开序幕。

卢芹斋开价15万美元，在90多年前算是天价了。为了能凑足这15万美元，高登四处求爷爷告奶奶。而卢芹斋的目的只有一个，赶快拿到钱。在高登筹款的日子里，卢芹斋反复发来催款信，一会儿说陷入财务危机，一会儿说其他买家有意购买二骏。为了稳住卢芹斋，争取更多时间，高登竟说服董事会以2万美元的价格收购了卢的另两件青铜器。不过，协议中写明，当他们付清15万美元后，可以把青铜器退回去。

此后的两年多里，高登和哈里森四处化缘，可账本上数字的累计速度却像蜗牛爬一样慢，直到1920年底博物馆收到一位名叫艾尔德里奇·约翰逊的慈善家的慷慨捐助。最终，经过还价，宾大博物馆以12.5万美元的价格买到了昭陵二骏。长达3年的购买二骏事宜，最终落下帷幕。为此，博物馆还专门在二骏陈列柜的下方挂上了“艾尔德里奇·约翰逊先生捐赠”的铜牌。

二骏入藏宾大博物馆的消息在西方古玩界不胫而走。不久，一个名叫保尔·马龙的法国商人给博物馆写了一封信。马龙在信中说，1912年在京法国商人格鲁尚，为了抢在德国人之前弄到石骏，派人潜入昭陵。1913年5月的一天，一干盗贼正偷偷地把砸下来的飒露紫和拳毛騧运下山时，被闻风赶来的当地村民拦住。情急之下，二骏被推下山崖，后来残碎的石骏被陕西政府没收，而写信人马龙为这次盗运活动付出的大笔投资也泡汤了。

马骥认为，马龙的说法可信度很高，“如果没有这回事，谁会往自己身上揽呢？毕竟，偷盗无论何时都是件可耻的事。”

二骏落到陕西督军陆建章手中。此时，刚刚当上大总统的袁世凯正在筹建自己的“袁家花园”。二公子袁克文给陆建章递话儿说：“老头子搞了一处园子，想找几块有意思的石头装点一下。”一听这话，陆建章立刻把二骏贴上封条，送到了北京。

可二骏并没有进入袁府，而是很快被转手卖给了卢芹斋。1927 年，卢芹斋在致哈里森的信中写道：“1915 年，前袁世凯大总统下令将它们正式移置北京。数月后，两骏通过他人售于我们。”卢强调说，“这桩买卖是绝对合法的，这些石骏是由中国最高领导出售给我们的。”

从时间上推断，二骏并没有进入袁府，抵京不久便被中间人卖到了卢芹斋的手里。

对于这个神秘的中间人，史料中并没有记载，而流传在北京琉璃厂的一个传说，却为我们打开了另一扇门。

自小就在琉璃厂摸爬滚打的陈重远先生，曾听老辈人讲，原本开在琉璃厂路北的小古玩铺延古斋，突然搬进了路南的 100 间房子里，老板赵鹤舫似乎一夜间暴富。当时北京古玩界流传着一个传说，赵鹤舫得了一件“俏货”，这件“俏货”指的就是昭陵二骏。

据说，1915 年赵鹤舫结识了袁世凯的二公子袁克文。这位袁二公子风流倜傥，大有孟尝遗风，什么“鸡鸣狗盗之徒”都结交。此时，袁世凯正在营建“袁家花园”，赵鹤舫便撺掇袁克文向陆建章要那两匹石骏，随后拿着袁府的封条，派人到陕西，运来了二骏。有人说，赵鹤舫送入袁家花园是二骏的赝品，真品被他转手卖给了卢芹斋。

北京古玩商会会长赵佩斋得知此事后，非常气愤，可慑于袁家的势力，也是敢怒而不敢言。直到晚年，他向徒弟范岐周提起此事时，还愤愤不平。而陈重远先生正是从范岐周老人口中听到了这个传说。

对于这个传说，周秀琴却表示怀疑。她认为，一旦袁世凯知道赵鹤舫用个假货糊弄他，赵鹤舫恐怕要吃不了兜着走，精明的赵鹤舫恐怕不会冒此大险。她觉得更加合理的解释是，二骏尚未送入袁家花园，袁世凯就做着他83天的皇帝梦一命呜呼了。于是，二骏通过赵鹤舫这个中间人，卖到了卢芹斋手中。

环顾各方说法，二骏从昭陵运到西安，从西安运到北京，又从北京远涉重洋并最终卖入宾大博物馆的流失之路，便一一对上榫头了。

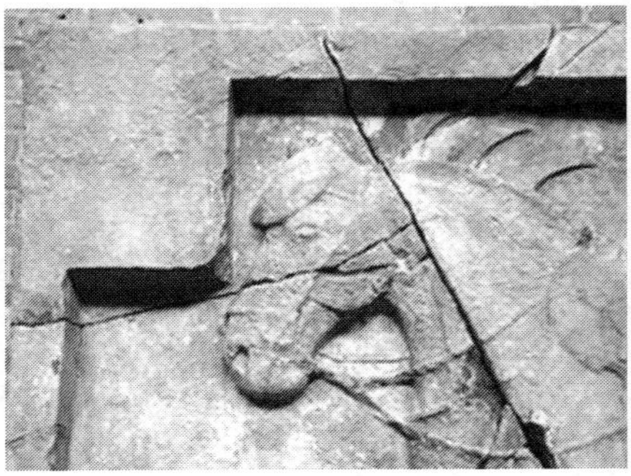

拳毛䯄修复前

拳毛䯄修复后

四骏的传说

昭陵六骏的故事并未就此结束。二骏被卖到美国后，余下的四骏，又成为各路文物盗贼抢夺的目标。

关于四骏的流失过程，民间流传着这样一个传说。话说二骏入藏宾大博物馆后，文物贩子毕士博雄心勃勃，誓要搞到另外四骏，让昭陵六骏在宾大团聚。于是，毕士博来到陕西。当时的陕西督军已换成了陈树藩。为了方便盗运，毕士博勾结了陈树藩的父亲——丝绸商人陈配岳。在金钱的驱使下，陈配岳答应协助毕士博偷运四骏。

毕士博和陈配岳到了礼泉后，谎称政府指示要将四骏运往西安好好保存，把四骏装入了大木箱。当地一个爱国绅士不相信毕士博的鬼话，派人暗中偷偷跟踪。只见毕士博沿渭河走到西安城北的草滩时，将四骏打成数块，然后装箱准备由水路运走。

爱国绅士得到消息后，立即向省议会告发。此时，陈树藩的死对头，驻扎在渭河北岸的靖国军也知道了消息，他们向社会揭露，陈树藩纵容出卖国宝。面对舆论的谴责，陈树藩只好命人将四骏运到了陕西省图书馆保管。

传说中，无论是此前的二骏，还是后来的四骏，它们坎坷命运的背后都有一个幕后黑手——毕士博。毕士博是谁？他是否参与过盗卖昭陵六骏的活动呢？

据周秀琴博士考证，1914～1918 年毕士博被高登馆长聘为宾大博物馆东方部副主任，在此期间他曾两次赴华探险。

在华探险期间，毕士博经常会给高登馆长写信，报告行程。周秀琴在毕士博写于 1917 年 10 月 18 日的信中看到这样的记载："10 月 15 日，去参观省博物馆/图书馆，金先生电话通知该馆特别安排接待我们。见到了少量但精美的魏隋唐雕刻，还有一些不错的青铜器，同时也见到著名的唐太宗六骏中的四骏，都受损严重。"

由此可见，毕士博来到陕西时，四骏早已入藏陕西图书馆了，根本不存在他串通军阀盗运昭陵六骏的事情。那么，为什么有关石骏流失的传说，都牵扯上他呢？

据周秀琴考证，1922 年至 1942 年毕士博曾经在中国考察达 9 年之久。在此期间，必然有很多中国人知道他的名字。当人们知道石骏最终入藏宾大博物馆后，很容易把二骏被盗和他在中国的考古活动联系在一起。这样想来，偷盗六骏的骂名被冠于他头上，也就不足为奇了。

1986 年，离回家最近的一次

2010 年 6 月，中国专家赴美修复昭陵二骏归来。二骏的回归，成为舆论关注的焦点。可能很多人不知道，上世纪 80 年代，我们曾有过一个机缘，差一点就把二骏接回家了，尽管参与者付出了极大努力，但由于各种原因，最终还是功亏一篑。

提起陈年往事，陕西省考古研究院名誉院长、著名考古学家石兴邦先生无限感慨。“那已经是24年前的事了。24年，一个小孩都长成个大人了！”石先生一边喝着茶，一边若有所思地说。

1986年5月，时任陕西省考古研究院院长的石兴邦，应美中学术交流委员会的邀请到美国做学术交流。在美访问期间，石兴邦见到了哈佛大学华裔考古学家张光直教授。

石兴邦与张光直是老朋友。他们不但曾先后受业于同一恩师，而且改革开放后，张光直先生曾多次到陕西访问。此前，张光直曾不止一次向石兴邦提起二骏回归的问题，这次趁着石兴邦到美访问，他又提起此事。

张光直说，宾大博物馆的戴逊馆长跟他是好朋友，他们在一起经常提起昭陵六骏分离的事，感到很遗憾。虽然身为美国人，但戴逊愿意为六骏团聚做一些努力。张光直希望趁着石兴邦访问美国的契机，促成二骏回归。

石兴邦一听非常高兴：“我是陕西人，二骏又是从我们陕西运出去的。二骏回归的事，我当然责无旁贷。”

一见到张光直，石兴邦就拉着他到宾大博物馆去看石马。至今，老人仍记得见到二骏的那一刻，“第一次看到真品，非常亲切。”

随后，他与张光直一起拜访了戴逊馆长。戴逊非常坦率，一见面便声明：“二骏是中国的文化遗产，同时也是宾大博物馆的财产，我们是通过商业手段购买的。”

石兴邦告诉笔者，自从二骏入藏宾大博物馆后，指控他们盗取文物的声音便从未间断过，对此他们感到非常委屈。戴逊一上来的声明，也是要表明立场。接着，戴逊说，他非常同情六骏分离的现状，他也希望二骏可以回到中国去。一种方法是，中方可以把它们借回去展览，展10年、20年都可以；或者采取互赠的方式，美方把二骏交还中国，中方向美方赠送两件其他文物。戴逊的话让石兴邦又惊又喜，离开祖国70年的二骏回家，看来指日可待了。

与戴逊会面后，石兴邦立即向陕西省文物局报告了这个喜讯。得知这个消息，陕西省领导和文物部门非常高兴。于是，他们向国家文物局打了报告，很快得到了“同意”的批复。满怀欣喜的石兴邦，一方面致函张光直，请他联系戴逊，一方面请碑林博物馆选两件唐代石像，用于与宾大博物馆交换。

就在这时，一件意想不到的事发生了。美国 30 多个州的州长来华访问，到西安后，他们参观了碑林博物馆。当他们参观到昭陵六骏时，讲解员按照说明牌上的说法向他们介绍，昭陵二骏被美帝国主义分子盗取，现存于宾大博物馆。

可巧访问团里有一位是戴逊馆长的挚友，他听了解说很不高兴，立即给戴逊写了一封措词严厉的信：

“作为一个宾州人和宾大的校友，我想让你相信，我和代表团大多数成员，一想到一所令人尊敬的高等学府，尤其是美国这些意欲为其他国家作道德典范的高等学府，展出用不正当手段得来的展品，就异常难堪，感到很丢人！假如宾大若真用不正当手段获得这两匹唐马，假如我看到的解说词属实的话，那就应该立即归还它的尊贵主人——中华人民共和国。假如中方的解说词不符合史实的话，也希望能阻止这样的谴责。”

这封信很快就通过张光直转到了石兴邦手中，戴逊当时的不快，可想而知。本来一帆风顺的交换事宜，此时却显得有点不合时宜。张光直在写给石兴邦的信中也表示“气氛困难”。

二骏回归在即，不能让一块小小的说明牌挡了路。那段时间，石兴邦马不停蹄地从中斡旋，企图用自己的诚意挽回不利的局面。虽然美方已心存芥蒂，但交换的事总算没有因此而告吹。

此时，碑林博物馆已经挑选出两尊唐代石造像，打算与宾大博物馆交换。那时已在碑林工作的马骥还记得，一尊是 1 米多高的佛像，另一尊是 2 米多高的菩萨像。

石兴邦把两尊石像的照片和资料用航空信寄给宾大。没想到，信还没出国门就被海关扣下了。“海关说，这是文物不能寄。”任石兴邦怎么解释，可规定是硬邦邦的。两尊佛像的资料送不到戴逊手中，下一步的工作根本无法进行，石兴邦急得团团转。

此时，宾大博物馆要举办一个陕西文物展，石兴邦得知后，忙不迭地托赴美参展团的负责人把两尊佛像的资料交给戴逊馆长。

为二骏回归付出努力的石兴邦

"说起来，这个马也是多灾多难。这老兄到了美国后根本就没把照片带给戴逊，原封不动又给我带回来了！"他把照片还给石兴邦时说，人家不同意，算了吧！"你根本就没给人家，怎么知道人家不同意呢？"说到此处，已87岁高龄的老先生一脸无奈。

石老现在想来，大概是受托者在美期间听到了一些对华不太友好的声音，索性就没去宾大。此后不久，戴逊生病动手术离开了馆长的位置。几年后，张光直教授也罹患美尼尔氏综合征。二骏回归的事情便这样搁置下来。

石兴邦回忆，上世纪90年代初，张光直又扶病来过北京一次。坐在轮椅上的老先生抓着石兴邦的手说："现在宾大博物馆的馆长跟我也是好朋友，咱们努努力，没准还能把二骏弄回来。"

看着颤抖的张教授，石兴邦心里不是滋味。此后不久，张光直先生便病逝了。直到现在，石兴邦还留着当年与张光直的通信。离二骏回家最近的一次机会，就这样失之交臂了。

民间推手

在王友群迷上昭陵二骏，并产生把它们"弄回来"的想法前，他并不知道我们曾距离二骏回归那么近。

王友群是地道的西安人，他与昭陵六骏结缘始于30多年前。1979年王友群考入西北大学化工机械专业，可他对这个专业并不感兴趣，而是迷上了英语。当时，学英语的途径很少，王友群只能每天抱着收音机学。有一天，他骑车路过碑林时，看到两名老外在问路，可问了半天也没人能听懂，王友群就上去跟他们聊了起来。“我的英语他们居然能听懂。”第一次尝试给了王友群很大鼓励。同时，他发现碑林的老外挺多，在这儿练口语是个不错的主意。于是，每个星期天他都到碑林当义务讲解员。

讲到昭陵六骏时，如果遇到美国游客，他还会特意指着二骏的复制品强调：“这两骏的原件，就在你们美国。”

面对残缺不全的昭陵六骏，王友群心里有一种说不出的酸楚滋味。

1999 年，王友群在美国读 MBA，专程跑到费城宾大博物馆去看二骏。第一次去晚了，博物馆关门了。第二天，他又跑去。宾大博物馆观众不多，偌大的展厅里只有王友群一个人。第一次看到真品的情形他至今记忆犹新，二骏镶在一个木框子里，挂在墙上。虽然图案一样，但是与复制品简直天壤之别。那一天，王友群与两匹马呆了许久许久。此后，只要有机会他就会到宾大去看两匹石骏，不但自己去，还拽着周围的朋友一起去。从那时起，他有了一个想法——把二骏弄回来。

产生这个想法后，他查了大量资料。这时，他才知道二骏流失始末和石兴邦等人曾经做出的努力。“既然宾大博物馆是通过商业手段购买的，就不可能通过法律手段追索。”王友群感到要换一种思维方式考虑问题。

王友群在美国接触了很多文博专家，他们都建议，不如先从借展开始。“借展一二年，慢慢接触，一上来就谈回归，他们很难接受。”而后，王友群研究了宾大博物馆的借展条款，甚至连借展所需的保费和运费都算好了。

2005 年 4 月，王友群第一次与宾大博物馆的馆级官员有了接触。

与王友群见面的副馆长是位精明的犹太人。听了王友群的话后他说：“我没有权力回答你这些问题，我可以帮你转告馆长。如果你需要证明，你来见过我，那没问题，我们合影。”

影合了，手握了，实质问题却一点没碰。王友群感到就像一拳打在棉花堆上，有劲使不出。

后来，王友群发现，借展二骏实非易事，入藏 90 多年来，二骏竟从未离开过宾大博物馆。2004 年上海博物馆策划“周秦汉唐文明大展”，通过曾在上博工作过的周秀琴疏通，想借展二骏。消息都在《文汇报》登了，可最终还是告吹了。2008 年，香港承办奥运马术比赛，香港赛马会想借展二骏，也没成功。王友群说，借展之所以这么难，一是因为它太重；二是二骏到宾大时已被敲成几块，残损严重，所以运输非常困难。

2007 年，宾大博物馆选出了新馆长——理查德·霍杰斯。王友群看到了转机，“霍杰斯馆长很有魄力，我感到他愿意做出某种尝试。”2008 年以后，王友群与霍杰斯的接触密集到每周都有邮件往来。此时，王友群已经不是单枪匹马的民间人士了，他代表的是唐大明宫遗址文物保护基金会。

2009 年初，宾大博物馆董事约翰·洛克威尔捐了 7 万美元，博物馆决定对二骏进行修复保护，并邀请大明宫基金会委派两名中国文物专家协助修复。“霍杰斯馆长甚至对我说，修马就是为了借展，如果借展，那当然第一个是给中国展览。”王友群感到前途一片光明。

“医唐马”

2009 年 4 月，大明宫基金会通过媒体公开招募赴美修复昭陵二骏的专家志愿者。这次招募的要求很高，不但要有石质文物的修复经验，还要英语好。即便门坎儿这么高，还是有几十位应征者报名。经过几轮筛选、面试，陕西省历史博物馆的杨文宗、西安文物保护修复中心的周萍和刘林西三位专家，最终胜出。

2010 年 5 月 7 日，修复小组一行五人踏上了前往美国的旅程。令专家们意想不到的是，刚一下飞机，他们就受到当地华人的热烈欢迎。第二天，美国的中文报纸《星岛日报》以《西安文物专家赴美“医唐马”》为标题报道了此事。从华侨们的热烈反应，专家们感到此次宾州之行责任的重大。二骏，不但在国内享有崇高的地位，在美国华人中也是一种文化象征。

抵达宾大后，中国专家立即马不停蹄地与美国专家一起研究起修复方案来。事先他们已经知道石骏入藏宾大时，被盗取者砸成了几块，但到现场看了实物后，还是感到很震惊。

“一看就是人为敲碎的，太明显了。他们在石骏背面凿了几个洞，顺着石头的纹理，用杠子别开，肯定是找石匠干的。”周萍说，“飒露紫砸得比较规则一共分成三大块，拳毛骊就砸得不好，一共分了七八块。”

此前，美国修复师已经把石骏残块重新拆开，清洗了表面，然后又进行了机械连接。刘林西解释说：“所谓机械连接，就像我们骨折了，打个钢钉一样，残块之间并没有用黏合剂。”而且，宾大只在 1918 年对二骏进行过拼接，此后从未修复过。“这次修复，还取出了当年填充缝隙用的老报纸呢！”

中国专家要做的是对裂隙进行填充加固，对石骏整体的艺术效果进行美学修复。为了区分石骏身上大大小小裂隙的等级，专家们把它们分成了红色、绿色和黄色。杨文宗解释道：“红色指影响结构的裂缝，就是断裂的部分；绿色是比较小的裂隙；黄色是指缺损的部分。”

中美专家共同修复二骏

主体框架已修复的拳毛骊

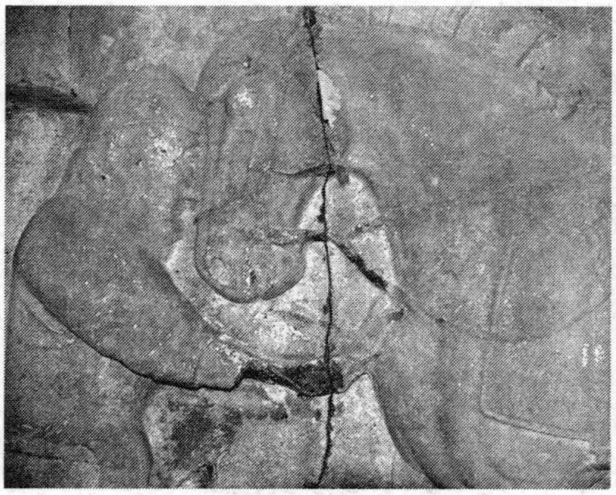

飒露紫局部

修复后的飒露紫

对于这三类情况，专家们采取了不同的修复方法。绿色裂缝不影响结构只影响美观，专家们需要用黏合剂把它们做平，再补上颜色。刘林西说，对于文物修复，世界上公认的原则是可逆和最小干预。“可逆，就是黏合剂既可以粘住，需要的时候也可以打开，而且不破坏文物。”

专家们在实验室做了近十种不同方案才最终选定合适的黏合剂。而为了让石骏看起来更接近本来颜色，专家们还专门带来了陕西富平县的北山石粉。昭陵六骏用的石材都取自富平，专家们把富平石粉加到黏合剂当中，使修复完的石骏无论从颜色，还是质感，都更接近本来面目。

“用原石粉修补文物，我们还是第一次尝试。”刘林西说。虽然专家们可以把石骏补得天衣无缝，但他们并没有这么做。“补过的地方还是要留一些痕迹。要既让观众远看不影响美学效果，近看还能看出痕迹来。文物修复还要保存历史信息。”周萍解释说。

红色断裂部分要不要补，美方一直举棋不定，他们希望听听中国专家的意见。“虽然补上好看，但我们最终还是决定不补。要让观众知道它们的历史，知道它们曾经被打碎过。”杨文宗说。他们在美学与真实之间，选择了后者。

不过王友群偷偷透露，其实他们心里还有个“小九九”，“红色部分不补，以后回国展览时，把金属支撑一卸就能搬走，那可就方便多了。”

两块黄色缺损部分，专家们也基本制作完成了，可惜签证到期，一块缺损没有安装完毕，只好留给美国专家完成了。

除此之外，专家们还解开了一个困扰考古界8年的疑团。2002年，陕西文物专家对昭陵进行了一次抢救性考古挖掘，在六骏基座附近发现了两个残块。专家们把残块与碑林的四骏比对了，没对上，他们估计这大概是美国这两骏身上的。临走前，杨文宗特意翻制了残块的石膏模型。刚到美国，杨文宗就把它拿出来与二骏比对，其中一块一下子就跟拳毛騧马鞍的断裂部分对上了。

专家们的修复工作就在宾大博物馆的展厅里现场进行。经常有观众驻足观看，其中也不乏专程赶来的留学生和在美华人，给周萍留下深刻印象的是在宾大读研究生的北京姑娘刘悦玲。“我爸爸突然打电话说，新闻里说中国专家正在宾大博物馆修昭陵二骏呢！他嘱咐我一定要到现场去看看。”言语间，激动之情难以抑制。

除了修复的进程，观众们最关心的是：“二骏什么时候能回到中国?”对此，不但专家们无法回答，就是运作了几年二骏回归的王友群也无法给出明确答复。

“老实说，我现在压力很大。如果二骏回来了，写多少篇文章都不过分，可是现在还没回来。”面对采访，王友群欲言又止。

在专家们启程时，多家媒体报道，修复后，二骏将于今年10月大明宫遗址公园开园时回国展览，但现在这个说法已经不提了。“我可以很明确地告诉你，10月份还回不来。”王友群坦白地说。

王友群说，虽然霍杰斯馆长对促成二骏回归非常热心，但美国与中国的体制不同，宾大博物馆有董事会，宾夕法尼亚大学还有校董事会。二骏的去留并不是馆长一个人做得了主的，需要通过馆董和校董投票决定。馆董和校董加起来有几十人，每个人都有各自的想法和立场，想让他们一致通过二骏回归，可不是件容易事。

目前，王友群每天还要跟宾大的各方人士接触。他相信，只有接触才能找到突破口。“互相不了解的时候，一切都没有办法谈。”

那么，二骏何时才能回归呢？王友群乐观地说：“两三年吧！”

21天北平陷落

——“七七事变”73周年祭

唐　铮　侯健美

1937年7月29日，清晨。

北平城里的老百姓度过了难熬的一夜。

从28日一早便响起的枪炮声整整一天都没有中断。头天晚上，巡警挨门挨户地通知，叫把窗户缝、门缝都塞好了，防着日本人的飞机夜里放毒气……

一大清早，一些胆子比较大的老百姓赶到北平城城墙下，想看看战况究竟如何。奇怪的是，往日紧闭的城门此刻洞开，四周一片静悄悄，不见了中国守军的一兵一卒。

这时候，住在西单牌楼左近胡同里的朱自清接到了朋友打来的电话：“宋哲元、秦德纯昨儿夜里都走了！北平的局面变了！就算归了敌人了！”

一夜之间，北平城里的老百姓就仿佛从天上摔到了地下。从这一天起，北平城8年的沦陷生涯正式开始。而这一天，距离“七七事变”刚好三个星期。

21个昼夜之间，北平，无可奈何花落去。

“七七”之后

蒋介石有个坚持写日记的习惯。在卢沟桥事变发生的当天，他在日记里写道：

> 倭寇在卢沟桥挑衅矣。彼将准备乘我准备未完之时，使我屈服乎？或故与宋哲元为难，使华北独立乎？……倭寇已挑战，决心应战，此其时乎？

这一天，华北大地烽烟四起。

1937年7月7日午夜时分，日本驻北平特务机关长松井太久郎给冀察政务委员会外交委员会打电话，诡称有日军陆军一中队夜间在卢沟桥演习，仿佛听见由驻宛平城内之军队发枪数响，致演习部队一时呈现混乱，失踪士兵一名，要求进入宛平城搜索。29军军部拒绝了日军的无理要求，并答复说，卢沟桥是中国领土，日本军队未经我方事先同意而在此演习，已经违背了国际公法，妨害我国主权，走失士兵我方不能负责。

中日双方军队的交涉一直持续到7月8日凌晨5时许，日军随后下令向卢沟桥一带的中国军队发起攻击，并炮轰宛平县城。当日晚上，中国守军第29军第110旅奋起抵抗，吉星文团连续击退日军的三次进攻。日军第三大队直扑龙王庙和附近的铁路桥。守卫桥头的29军只有两个排，终因寡不敌众，60多名官兵全部壮烈牺牲。

随后，吉星文团的青年战士用绳梯爬出宛平城，出其不意地将日军的一个中队全歼在铁路桥上，重新把龙王庙和铁路桥夺了回来。

同在7月8日，中共中央发表了《中国共产党为日军进发卢沟桥通电》，指出：“平津危急！华北危急！中华民族危急！只有全民族实行抗战，才是我们的出路！号召全国同胞、政府和军队团结起来，筑成民族统一战线的坚固长城，抵抗日寇的侵略!”同日，蒋介石电令29军军长宋哲元：宛平城应固守勿退，并须全体动员，以备事态扩大。9日，国民政府军事委员会电令全国备战，并令第26军孙连仲等部4个师归宋哲元指挥，支援第29军作战。

战事仿佛一触即发。

然而，箭在弦上之际，对决角力的双方却都暂时松了手。7月9日晨，第29军副军长兼北平市市长秦德纯与日本北平特务机关长松井太久郎达成了三项口头协议：一、双方立即停止射击；二、日军撤退到丰台，29军撤向卢沟桥以西；三、城内防务由保安队接防，人数限制在300人之内。

随后几天，和谈在零星冲突中时断时续。宛平城城门紧闭，负责谈判的中方代表也得拽着绳子被人从城头上吊下去。中方对和谈的态度应该说是充满诚意的，因为希望尽可能以和平方式解决“七七事变”的，正是第29军军长兼冀察政务委员会委员长宋哲元。

宋哲元

“七七事变”将第29军军长宋哲元推到了历史的聚光灯下。对于他的一生，有人说是英雄——因为1933年那次荡气回肠的长城抗战，但也有人说他欺世盗名——因为他在“七七”之后的犹豫不决。

如果回过头来，再审视这段历史，只能说，将整个华北放在宋哲元的肩头，那一副担子，对他来说，实在是有些重了。

宋哲元曾经是抗日最坚决的将领之一。当时的29军上下，以抗日热忱闻名于全国，这与这位军长的默许不无关系。在1933年的长城抗战中，29军凭借大刀、手榴弹和不屈的精神，以近战、夜战歼灭日军3000多人，取得了喜峰口、罗文峪大捷，使得29军的大刀队扬威海内外。宋哲元也由此取得了最高级别的青天白日勋章。日本兵的钢盔上后来加了道可以上下活动的铁护颈，据说就是为了防备29军的砍头刀。

宋哲元

在宋哲元治下，29 军战士吃饭前，要先唱《吃饭歌》：“这些饮食，人民供给；我们应该，为民努力。日本军阀，国民之敌；为国为民，我辈天职。”另外，29 军还将袁世凯正式接受《二十一条》的 5 月 9 日定为“国耻日”。每逢“国耻日”，开饭时馒头上都印着“勿忘国耻”四个字，有时还让士兵禁食一天以不忘国耻。

在这样鲜明的爱国教育之下，29 军官兵的抗日情绪一直非常高。1937 年春天的一件事情可以作为证明：那次宋哲元在南苑搞阅兵，请了各国驻华的公使和武官来观看。军队走完分列式后，军长宋哲元对他们提了个问题：“学员们，我们当前的敌人是谁?”当时，宋哲元料想中的答案应该是——共产党。

没想到的是，军队整齐划一，举手的举手，举枪的举枪：“我们的敌人是日本人!”此话一出，高坐主席台的宋哲元和日本官员相顾无言，十分尴尬。正是那次阅兵之后，日本人给 29 军下了这样的评语：“抗日意识深入官兵，实为性质不良之军队”。

不过，在“七七”之后的十多天里，宋哲元却没有像四年前那样下死令抵抗，而是一直对日军妥协，竭力争取大事化小，小事化了。

“七七事变”爆发之时，宋哲元正在山东安亭老家守孝，得知事变发生后，他并没有立即返回任上，而只是让部下与日军虚与委蛇。直到南京方面派出了第 26 路军和庞炳勋、高桂滋部北上支援，并于 7 月 9 日、10 日两次来电催促，宋哲元才在 11 日离开家乡，却没有返回华北军政中心的北平去筹划抗战，也没有到蒋介石令其开设指挥部的保定去指挥部队，而是直接前往天津，与日军新任司令官香月清司进行求和，并拒绝了中央军的北上增援。

宋哲元对日军的微妙态度起源于 1933 年的长城抗战，这场战争让他清楚地认识到了中日双方在战斗力上的悬殊。

何况，卢沟桥事变发生后，南京国民政府下令“应战而不求战”，根本看不出要发动全国抗战的决心。在军械不足的情况下贸然与日军火拼，会使自己的29军伤筋动骨，甚至还很可能会丢掉华北的地盘。

29军当时共辖4个步兵师、1个骑兵师、1个特务旅和2个保安旅，共有兵力73800多人，主力是37师、38师、132师、143师，但因为装备落后，总战斗力尚不及日军一个师团。不过，宋哲元的排兵布阵颇为讲究。主力4个师的部署宛若一只巨大的“三叉戟”：西侧，是张家口的刘汝明第143师；东侧，是天津的张自忠第38师；正中央，包括北平和北平以南直到保定，是冯治安的第37师，这是三叉戟的三个刃，前面还有一个独立第39旅作为屏障；三叉戟的柄，则是河间、大名一带担任预备队的赵登禹第132师。

在局势尚不明朗的情况下，宋哲元选择了按兵不动，并抱着和谈的希冀。7月11日晚8时，日本特务机关长松井与中方代表秦德纯终于签订了《卢沟桥事件现地协定》。刚刚赶回天津的宋哲元长出了一口气，以为事态将就此平静下去。他还不知道，日本国内正是在此时做出了关键决定，并最终将战争推到不可逆转的浪尖。

中国军队在卢沟桥抗击日军的进攻

香月清司

7 月 11 日，日本驻中国屯军司令官田代皖一郎中将的心脏病日益严重，报了病危。

当天清晨 4 时 30 分，日本教育总监部部长香月清司接到了就任日本驻屯军司令官委任状，要求他“马上弄一张到中国的飞机票，今天就去上任”。

与倾向于和谈解决卢沟桥事变的田代皖一郎不同，香月清司是一个坚定的好战分子。

好战的香月并没能在 11 日当天到达中国。当他拿到飞往天津的机票后，气候骤变，能见度低，无法起飞，他不得不在东京停留了一夜。

在香月等待赴任的这段时间里，事态迅速地发生着变化。在 11 日的东京，主战方占了上风，出兵华北的方案获得了通过。主战方对中方的和解诚意大肆诋毁，完全无视 29 军早已释放了 200 多名日军俘虏。

日本方面向华北调兵遣将的消息让本该已经到达天津，却依然滞留东京的香月清司大为雀跃。若干年后，他在回忆这一刻时写道：“在离开东京前，我认为我自己是在（局势）扩大的考虑之中，作为军队，即使进行交涉，也必须考虑作战，作战制胜是第一位的。”

正如香月清司本人的回忆，他是跑步进行战争准备的。

当天下午 3 时，香月召集主持驻屯军全体人员参加幕僚会议，讨论战争行动计划。在这个会议上，香月发出了他上任后的第一个命令：“做好适应对华全面作战的准备。”会议一直开到次日凌晨，讨论决定了日军对 29 军各部队的作战具体步骤。

日军很快便将作战计划变成了行动。

7 月 12 日，10 列运载着日军的兵车分载着各种部队、附战车、汽车、弹药等，由山海关陆续向西开，至傍晚已经有 5 列到达天津附近。同一日，

800余名日军乘战车、炮车和载重车，由通县进驻北平。卢沟桥附近的日军仍然没有按照约定撤退。

7月13日的日本，主和方又占据了上风。中央军向华北的支援引起了日本内阁和军部的注意。日本内阁会议决定，暂缓国内师团的动员，采取“事件不扩大，就地解决”的方针，日本陆军中央在《处理华北事件的方针中》，也做出了同样的决定。

但在接下来的时间里，香月清司的部署却丝毫没有停止。15日，香月清司拟订了进攻平津的作战计划，要求参战部队于20日之前集结完毕。与此同时，进入华北的关东军和朝鲜军正在经承德向密云进发；第20师团已经到达天津、唐山、山海关一带；驻屯军旅团步兵第一联队到达丰台；步兵第二联队主力、炮兵联队主力和骑兵队、工兵队预计在18日可到达通县。

在日本本土，主战的陆相彬山元带领着陆军中央部进行着“要尽快发动战争”的游说，越来越多的人被他们说服了。终于，在7月17日，日本人下了最后的决定。当日上午的五相会议上，决定了以7月19日为最后期限，和中国进行“有限期谈判”，并在19日动员本土的3个师团进入华北。

几分钟后，蒋介石收到了从日本发来，不啻于作战通牒的“有限期谈判”通电，这封挑衅意味十足的通电，促成了自“九一八”以来，国民党政府第一个口气强硬、态度明朗的政策性谈话。

在被后人称为“庐山讲话”的《蒋委员长对卢沟桥事件之严正声明》中，蒋介石称：“和平已非轻易可以求得……如果战端一开，就是地无分南北，年无分老幼，无论何人，皆有守土抗战之责任，皆应抱定牺牲一切之决心。”

这时，战争终于不可避免，但29军已然失去了应敌的最好时机。

到20日，日军作战部队全面部署到位，把宋哲元的“三叉戟”死死钉在了华北大地上。无论补给还是调动，北平的中国军队都必须在日军的刺刀下仰人鼻息。

北平城里

“七七事变”之后，北平城里的情势一分为二，澎湃的抗日热潮与平淡的市民反应奇特地混合在一起。

尽管守卫卢沟桥的中国士兵都分到了市民们冒酷暑送来的大西瓜；尽管北平各界救国会等20余团体共同发起捐献一万条麻袋、一万件背心的运动；尽管“九一八”事变后流亡到北平的东北学生举着“慰劳团”的标语四处游行，希望29军将士保家卫国，以免北平成了第二个东三省——但还是有很多人和宋哲元一样，相信仗是打不起来的。

年仅19岁的黄仁宇当时是南开大学一年级的学生，和许多爱国青年一样，他想参军报国，但是被他的父亲劝阻住了。在黄仁宇的《黄河青山》中记录了父亲的观点：“没有宣战的战争，可能随时会终止……”

7月8日，一名叫邓云乡的北平中学生开始了他的暑假生活。当他回到家中，街坊邻居正在议论着战事的发展。“开始头几天，人们并不完全感到事态的严重性，幻想这是局部问题，很快通过谈判就能解决……市面上最初几天还比较正常，城门也未关，去天津、去保定、去张家口的火车还照常通行。粮食、蔬菜、煤炭等物价，一时也未波动。”在邓云乡后来的回忆中，北平古城在“七七事变”之后，依然运转正常。

根据宋哲元的命令，从7月14日开始，北宁铁路列车运行正常化，北平戒严也随之解除。尽管城里一些重要的十字路口，出现了用沙包修筑的临时工事，还常见三五士兵在其内架好机枪警戒，但宋哲元已经下令严禁29军与日军发生摩擦。

直到7月23日，天津《大公报》上，范长江发表了通讯《卢沟桥畔》，一触即发的大战气氛才见诸报端。

在文中，范长江真实地描述了29军官兵面临的残酷现实——没有担架兵、看护队、医官、野战医院等战争时应有的设备，对于将士的死伤救护束手无策。后方的交通运输、电讯通讯等也没有做应有的布置，在日军组织了完备的铁路和汽车运输时，29 军守军却全恃民夫们的毛驴和大车往还运输。

许多五六十岁的民夫，无代价地把他们唯一的财产——毛驴贡献出来，不吃不喝地奔走运输，却毫无怨言。他们对守城将士说："这回国家事，不比往常，您要用，尽管招呼。什么时候要，什么时候准来。"

时任北平市卫生局局长的谢振平负责照料卢沟桥受伤的 800 多官兵，这位曾在 29 军担任过军医的卫生局长仍与军队有着密切联系。卢沟桥事变后，他常跟家里人说："我虽已脱军装，但仍将与北平市共存亡。"他悄悄地把卫生局清洁队组织成一支战斗队，还专门打造了一批"钩连枪"当做武器，以备巷战。

这种"钩连枪"其实是中国宋代军队的发明，前端一个大铁钩子，专门用来对付敌方骑兵。为此，谢振平在北平沦陷后被日军逮捕，后来惨遭杀害。他精心准备的"钩连枪"战斗队最终也没能发挥作用，因为决战是在一方精心调配而另一方仓促应对之下打起来的。

27 日中午，香月清司下令向中国军队发起总攻。日军随即向宋哲元下达了最后通牒，要他撤出华北的军队。

当天深夜，宋哲元无路可退了。他与 29 军的将领一致表示，决心固守北平，誓与城垣共存亡。随后，宋向全国各界发表了自卫守土通电，称"国家存亡，千钧一发"。

这时，中日双方军队的注意力已经全部集中到了北平的南方。这个地方，就是南苑，29 军在北平南方的大本营。

如果说宛平城是北平南方大门的锁，卢沟桥是锁钥，那么南苑就是这扇大门的门枢。所以，即便丢了宛平，只要这个门枢还在，29 军依然可攻可守，但一旦丢了南苑，整个大门就会轰然倒下，北平就完全变成了日军的掌中之物。

在香月清司做出的总攻计划里，整整一个主力第 20 师团加一个步兵联队，全部用来攻打南苑。

潘毓桂

这时，一个几乎与战争扯不上联系的书生，却意外地成了中日南苑交战的关键人物。

在来自中日两方面的记录中，都明明白白地记述着一个令人惊讶的事实——日军在进攻南苑之前，事先把消息透露给了第29军。

根据当时日方华北驻屯军参谋长桥本通回忆，在预定27日开始进攻南苑的前两天，香月清司授意一名下属，偷偷到一位和29军关系密切的中国要员家中，转达了日军即将发动攻击的消息。

根据后来香月清司本人的供词，这个夹在日军和29军之间奔走的中间人，就是当时冀察政务委员会的委员——潘毓桂。

潘毓桂是北平城里赫赫有名的才子，伪满著名电影明星李香兰的义父，书画俱佳，极会享受生活。潘的另一个身份是宋哲元的知交挚友。宋的父亲原为潘父的幕僚，两家人两代相交，友谊深厚，因此宋对潘信任不渝，视作亲信。无论平时还是战时，潘毓桂始终可以自由出入29军军部，参与最高级别的会议，接触到最核心的机密。

所谓“兵行诡道”，怎么会在进攻前预先通知敌人呢？日方的评论认为，这正体现了香月清司是一个高明的“中国通”。

香月清司做出这个决定，首先是因为他认为南苑之战已有必胜把握，无论29军是否提前知道，对战事的结果都不会造成影响。更重要的一点是，香月认为29军属于远离国军嫡系的军阀部队，在当下的情势下不太会拼死作战。如果得知日军兵力，29军很可能会为了保存实力而自动撤离南苑。这样，日军可以兵不血刃地取得南苑要地。

但香月没想到的是，他所获得的要比想象中更为丰厚。潘毓桂不但完成了向29军通风报信的“任务”，更在参加完29军的军事会议以后，把29军反攻的全部兵力调动计划向日本人和盘托出，还指点日军在进攻南苑时要集中攻击缺乏训练的学生兵团驻地，以便事半功倍。

更可怕的还在后面。在27日南苑激战之后，军部给佟麟阁、赵登禹突围的命令还没有到佟、赵二人手中，就已经到了日本华北驻屯军第二联队联队长萱岛的手里，这又是潘毓桂做的好事。这次的叛卖，直接导致了佟、赵两位将军的阵亡。

凭借这两次背叛，潘毓桂从此青云直上，在华北伪政权中历任北平警察局长、天津市市长。

战后，潘被逮捕，身上披挂写着“汉奸潘毓桂”的布条，一路从北平押解南下，沿途遭到万人唾弃。他最终的下场，是以“汉奸罪”被逮捕，于1961年死在狱中。

无耻的人总有自己无耻的解释。在台湾出版的《光复除奸录》一书中，潘毓桂在战后受审时，面对审判人员辩解了当时自己的想法：为了中日两国的利益，真心为华北谋一出路。潘称，当时国民党政权对华北鞭长莫及，阎锡山封建落后，都不是华北民众可以依靠的。而在他看来，华北当时的唯一出路就是和日军合作。这样不但可免生灵涂炭，而且日本文明开化，华北如果与日本合作，就可以和平发展，甚至变成没有军阀，政治开明的地方，为整个中国的开化建立楷模。

在《光复除奸录》的图绘中，潘毓桂一袭长衫，潇洒倜傥，神态自若，毫无愧疚之色。他始终认为，自己的“汉奸”是有立场、有道理的。对29军的所谓“出卖”，就是为了让29军中的反日力量尽快失败，以免“战事蔓延，祸及生民”。所谓卖国，乃为了爱国是也。

这一番说辞，居然引起一些人的共鸣。有人写信给当时的国民政府，称潘虽然误入歧途，但终是名流，且本心可嘉，大有“国士”之风，当恕而用之。同时，潘家上下打点，并请动著名律师洪旁吾进行辩护。上下努力之下，潘毓桂一度被从轻判处，并很快释外就医。

这些同情潘毓桂的人都忘记了，由于他的无耻出卖，南苑守军几乎全军覆没。

学生兵

7月27日深夜，南苑战事打响。

由于潘毓桂向日军报告了29军的调动计划，日军发动袭击的时刻，正是南苑守军接防开始却尚未完成，最混乱软弱的时候。

当时，宋哲元已经认识到南苑的重要性，因此命令预备队赵登禹132师迅速进驻南苑，以新锐之师阻击日军的进攻。同时，鉴于37师战线太长，原驻守南苑大营的37师部队被调往北平方向以缩短战线。

7月27日，赵登禹到达南苑，急于赴战的他身边只带了一个团，另外，132师的另两个团刚到团河，主力尚在涿州，而37师所部正在撤离。

此时南苑的守军，包括37师一部、佟麟阁副军长率领的军部人员和军官教育团、特务旅孙玉田部两个团、骑兵第9师郑大章部的一个团，还有由热血学生组成的一个学生兵兵团，共计7000余人。鉴于前几天双方的激战，29军方面认为日军还要休整四五天才能真正发起进攻。

战争打响。正如潘毓桂所建议的，首先进攻的华北驻屯军第一联队率先突击潘毓桂描述的守军软肋——南面的学生兵团驻地。

南苑的这场战事，是学生兵们遭遇的第一场战争，也是其中大多数人遭遇的最后一场。这些握枪刚刚半个多月的学生兵，最后大半死在和日军的肉搏战中。

学生兵的设置颇有些来历。1936年12月，北平、天津、保定城里贴出布告，29军要“招生”。这在普遍实行募兵制的当时，着实引起不小的轰动。布告上说，为给29军培养初级军官，特招收有志从军的青年人，要求是18岁以上，初中毕业学历，一经考试录取，学制至少2年。课程设置很全面，国文、数学、物理、化学、外语，待遇也很优厚，每月津贴3元，毕业后马上成为准尉军官。这样，又能投军报国，在兵荒马乱的岁月里对个人而言又不失为一条好出路。招生布告一下引来平、津、保地区青年学

守卫在卢沟桥上的第 29 军士兵

生的踊跃报名，最终招收了 1500 人，成立了军事训练团。

军事训练团对学生兵的训练非常严格，训练中，旅长何基沣被士兵们背地里叫“何阎王”，“张扒皮”指的正是张自忠。即使是学生兵，训练也毫不放松。训练时想去厕所得先报告班长，班长说：去吧。学员一溜儿小跑，先跑到单杠区，至少拔 3 个杠子，再来个腰部转回，然后才能去厕所。

1999 年，当中国抗日战争纪念馆的工作人员见到 100 多岁的张寿龄老人时，身为军训团教育长的他依然记得当年自己写下的战歌：“风云恶，陆将沉，狂澜挽转在军人……”

当时，1000 多名学生兵就是唱着这首歌，举着大刀冲向敌人的。由于军备紧张，学生兵们一直没有配备武器。直到“七七”之后，他们才真正被武装起来，每人发了 100 发子弹，4 颗手榴弹，每个班配备一把轻型机关枪，开始练习射击和投弹。当然，还有每人一把明晃晃的大刀。大刀都没开刃，刚发下来的时候，营房里着实热闹了两天。附近村子里的铁匠都被请进了军营，到处都是霍霍磨刀声。

学生兵的浴血抵抗，是日军遭遇的第一场硬仗。关于学生兵们与日军进行的白刃战中，其详细情形几不可考。在佟麟阁率教育团赶来增援之前，众多学生兵阵亡。

学生兵虽然伤亡惨重，却始终没有后退。按照日军参战官兵的回忆，整个平津，打得最惨烈的就是南苑之战。连日军中著名的勇将，当时担任华北驻屯军第一大队大队长的一木清直，在卢沟桥事变发生一周年之际接受《朝日新闻》采访的时候，都不得不对学生兵们在南苑的英勇奋战表示钦佩——“面对面地死战也不肯退却”，“中国兵甚至负伤几次依然冲上来拼杀”。

学生兵们的坚守，使南苑这道阵地在中国军队手中多保留了近半天的时间。

血　战

28 日凌晨，日军总攻南苑。

原以为可以轻取南苑的日军，在凌晨 4 时遭到了第一次惨败。

一木清直所部的日军冲进南苑守军的阵地，却在阵地上纷纷踩上了地雷，损失惨重。此前日军多次对南苑的侦察，都未发现这里有布雷防御，这意外的打击使日军队形大乱，一木清直在回忆中写道，他身边的炮兵协调员被炸昏了头，对着话筒大叫：“打近了，打近了……”他把地雷的爆炸当成了自己的炮火，认为是日军炮兵打得太近了。

地雷的威力，加上学生兵团异常顽强的抵抗，冲入南苑的日军各自为战，失去了统一的指挥。所以，当佟麟阁率领军官教育团和特务旅一部赶来反击的时候，指挥混乱的一木清直大队未经激烈战斗，就又被从阵地上赶了出来。

关于这批日军始料不及的地雷，据 29 军的老人讲，有两个说法。一说这批地雷还是“七七事变”之前，佟麟阁带军官教育团进行演习时候埋下的，因为此后局势一日三变，也就没有来得及将其拆除，仅仅在地图上标出了雷区了事，却不料有此收获。另一个说法是，前一天晚上刚给最后一批学生兵发了枪，学生兵们兴奋得睡不着觉，纷纷要求去团河增援遭遇伏击的132师官兵。营中有个名叫王汝厉的参谋看到这种情况，就让他们在阵地前埋地雷，免得他们自行出动，没想到第二天日军恰好选择这里突破。

第一次攻击失败后，有些意外的第20师团师团长川岸文三郎赶到前线接替了指挥。28日早8时，日军在猛烈炮火的掩护下，发动了第二次进攻。日军飞机也赶来助战，没有防空经验的29军守军损失惨重，通讯系统完全被摧毁，攻击的日军迅速攻占了29军的第一线阵地，南苑阵地的外壕外墙被日军多处突破。

但是，29军的抵抗依然十分猛烈，日军寸步难进，死伤惨重。

由于遭到意外顽强的抵抗，川岸下达了两条对南苑之战结果至关重要的命令：第一条是命令从承德起飞的轰炸机部队全力加强对南苑的轰炸和扫射。第二条命令，是要求日军驻扎在通县的预备队——华北驻屯军第二联队（萱岛联队）从通县南下，自侧背的东方夹击南苑守军。

下达第一条命令，是因为川岸看清了29军防空火力几乎为零的弱点。空袭非常有效，南苑在炸弹爆炸声中变成了一片火海。据参加过南苑战斗的29军官兵后来回忆，日军的轰炸令战士只能挨打，无法还击，军心迅速动摇。而第二条命令，则是因为他收到了潘毓桂的密报。

根据几位亲历者的讲述，南苑之战中29军的指挥如果用一个字描述，那就是“乱”。负责南苑防御的总指挥赵登禹对当地情况还来不及熟悉就投入了战斗，留给他的部队番号杂乱，开战后沟通不力，各自为战，混乱一片。

在军训团教育长张寿龄的回忆中，日本兵天上地下协同作战，电话线一早就被炸断了，四处都联系不上，军部也被炸得乱七八糟，副军长佟麟阁、132师师长赵登禹不知去向。心急的张寿龄率队四下寻找同伴，直到中午才得知军部有命令，叫马上转移，能进北平城的话进城，不能进城就去保定。接到命令后，张寿龄赶紧命各大队分散，利用青纱帐的掩护撤退。

学生兵王俊峰则回忆说，战斗一打响就找不着班长和中队长了，后来听说教育长张寿龄抱了一挺高射机关枪在打飞机。大家一听很高兴，好歹还有高级军官在——其实，当时佟麟阁、孙玉田等将领都在战斗，只是相互失去了联系。张寿龄中午时分传达的撤退命令，直到下午才传到王俊峰等学生兵的耳朵里，就这也只是小道消息，没有正式军官进行传达。得知消息的学员们便自发组织起来，三三两两地自行突围。

突围中，有人向南走，也有人向北走。其中南线为教导旅一部，当天在永定河与当地守军会合，后撤保定。北线为军部主力，佟麟阁、赵登禹均随此路突围。因为激烈的战斗，而且部队中夹杂了大量的非战斗人员，突围后向北平撤退的部队队形混乱，争先恐后，各部长官实际都已经难以掌握部队，从后来的资料看，突围中佟、赵之间也都失去了联系。

这时，南苑守军撤退的路线沿途，已经排布好了日军的华北驻屯军第二联队。他们把机枪架在了道路两边的田地和村庄中，静候着退下来的南苑守军。

这又是被叛卖的结果。当时，赵登禹下达的撤退令并非擅自行事，而是根据宋哲元的命令。28 日南苑遭到袭击，宋哲元料守军难以支撑，当日上午下令赵登禹率部撤离。但是，由于南苑通讯系统都被日军摧毁，命令通过最近的 38 师部队派员冒死送达南苑时，已经过去了几个小时。

在这几个小时的时间里，命令的内容、军队的撤退路线，早已被潘毓桂转给了日军，因此，才有了川岸立即让驻屯军第二联队由通县转而前往大红门方向的命令。这直接导致了赵登禹、佟麟阁两位将军的阵亡。

下午 4 时，南苑撤退下来的守军在大红门一带落入日军伏击圈。由于缺乏遮蔽，又没有防备，战斗很快演变成了单方面的屠杀，南苑守军共 7000 多名，最后伤亡 5000 余人，大部分就是在这里损失的。

此前，赵登禹将军在战斗中腿部负伤，后阵亡在他乘坐的黑色道奇轿车中。因为汽车目标大，遭到日军的集中扫射，所以赵登禹死状极惨。而佟麟阁是先被击伤落马，随后在带伤指挥部下突围时，头部再次中弹而牺牲。

这是 29 军平津抗战中最为惨烈的一幕，也是南苑保卫战的最后一幕。次日，宋哲元下令放弃北平，29 军全线南撤。

故都沦陷

7月28日晚，大势已去。

据曾在卢沟桥作战的29军老兵马步先回忆：“到了晚上，大概走到桥西边二三里地时，旅长何基沣坐着吉普车来了，说‘219团向后转’。后来我们才知道，那时南苑已经丢了，29军副军长佟麟阁和第132师师长赵登禹都牺牲了，大势已去，所以就撤了。”

黄昏时分，29军残部三三两两地分散退回北平，终于集结起来。随后，有命令传来，要所有官兵到中南海集合、休整。

晚上12时，中南海怀仁堂里挤满了军官。29军参谋长张克侠当众宣布了宋哲元的口信：“今天晚上，宋委员长已经到保定去了。他认为孤军作战，战争已经不能再打下去了，让我宣布他的手令。”张克侠说，宋哲元已经接受了日军提出的条件，限29军明早1时前全部撤出北平，不许留

“七七事变”弹坑遗址

下一兵一卒，北平的治安由代市长张自忠维持。愿意走的马上出发，经廊坊到保定，不愿意走的，发给路费，就地遣散。

宋哲元是在28日晚上撤退的，当晚，宋到达保定后，于30日发电报给蒋介石，称“刻患头疼，亟宜休养”，并将29军军长职务交给冯治安代理。

兵败如山倒。

7月29日，拂晓，日军独立第11混成旅团进攻北苑与黄寺的独立第39旅和冀北保安部队。战至下午6时，黄寺被日军攻陷。随后，在北苑的独立第39旅旅长阮玄武投敌，北平城内的独立27旅也被日军解除武装。

这一天，北平沦陷。一天之后，天津沦陷。

八年抗战开始了。

浴血上甘岭

赵　婷

上甘岭，一个中国人熟悉的名字，因为一场战役。

我们熟悉的是“一条大河波浪宽”那甜美的歌声和战士们分吃一个苹果的感人故事。

我们知之甚少的是它真实的残酷与惨烈：方圆不过 3.7 平方公里的两个小山头，双方先后投入兵力十万之众，43 个昼夜的拉锯战，山头被炮火削低 2 米，化成 1 米多厚的粉末……

这场小山头上的战斗“意外”升级成了战役，中国人民志愿军创造了世界现代战争史上坚守防御的典范。

2010 年，正值抗美援朝战争 60 周年之际，我们努力去回望 58 年前的上甘岭，那是不该被忘却的记忆。

范佛里特“摊牌”了

1952 年 10 月 14 日清晨，“联合国军”的 300 余门大炮、27 辆坦克、40 余架飞机发疯地向五圣山南的两个小山头倾泻着弹药。强烈的冲击波激荡着坑道，高地上的志愿军守备部队就像是乘坐着小船在波浪滔天的大海上颠簸，有的小战士被活活震死！

这是朝鲜战争中单位面积火力密度的最高纪录！

著名的上甘岭之战就这样打响了。

此前，战场一度相对平静。自 1951 年底，“联合国军”的地面部队一直没有大的作为，只是依仗空中优势继续对朝鲜北方进行狂轰滥炸。“联合国军”地面部队指挥官、美第八集团军司令官范佛里特一次又一次制定发动地面攻势的计划，但由于 1951 年夏秋季攻势得不偿失，遭到了美国国会和参谋长联席会议的指责，这些计划无一获得“联合国军”总司令李奇微及其继任者克拉克的批准。

范佛里特自知不久就要退役。和艾森豪威尔是西点军校同届同学的他不甘心人生的最后一仗在被动挨打中结束，他建议采纳美第九军的“摊牌作战”计划。

相比那些未获批准的计划，“摊牌”计划行动比较小，目标在金化以北不到 3 英里处，双方工事间隔只有 200 米。如果被逐出这些山头，中朝军队将不得不后撤 1000 多米。胜利不仅可以鼓舞美军的士气，还将改善金化以北的防线态势。

克拉克曾反对夺取高地的冒险行动，但现在情况不同了。第七届联合国大会开幕在即，朝鲜问题将要提交新一届大会讨论，美国当局亟须“联合国军”在朝鲜军事行动的配合，以占据政治上的有利地位。同时，一点“胜利”刺激，将有助于拉动“联合国军”的其他参与国投入更多力量，并在板门店停战谈判桌上争取更多主动。

10月8日，美方代表单方面中断谈判会议，宣布无限期休会。同日，克拉克批准了“摊牌作战”计划（我方称为“金化攻势”）。范佛里特微笑着告诉手下的军长：“你可以放手让飞机大炮发言了。”

10月14日，联合国大会开幕的当天，范佛里特正式“摊牌”——以美第七师和南朝鲜第二师分别进攻597.9高地和537.7高地北山。此前，他们已对志愿军五圣山主阵地及上甘岭地区，进行了持续两天的火力轰击。

敌军瞄准的两个小山头正是志愿军中部战线战略要点、战线中部地区的最高峰五圣山的前沿阵地。一东一西，相距只有150米，互为犄角，是向南揳入“联合国军”阵地的两颗钉子。

东面的537.7高地，由志愿军和“联合国军”“共享”：我们占据北山，他们控制高地，是令“联合国军”头痛加心痛的“狙击兵岭”。西面的597.9高地，由三个小山头组成，“联合国军”称之为“三角形山”。两个高地后面的山洼里有个十几户人家的小村庄，叫上甘岭。当时没人能料到，这个小村庄将因为这场战事而载入史册。

凌晨突袭

“联合国军”发起进攻的时间，我军史记录为凌晨5时。军旅作家张嵩山却对这个时间存疑，对比各国军史记录，他发现开战时间说法不一：韩国《朝鲜战争》的说法是4时30分，而美军作战文书则说是5时44分。

不论是几点，这都是一次让志愿军有些意外的进攻。

负责五圣山、斗流峰、西方山一线防御的是志愿军第15军。原本作为战略预备队的第15军是几个月前彭德怀司令在朝鲜战场上最后一次排兵布阵时拉上去的。那次作战会议后，彭德怀把第15军军长秦基伟留了下来，告诉他：“五圣山是朝鲜中线的门户，失掉它我们将后退200公里无险可守。你要记住，谁丢了五圣山，谁就要对朝鲜的历史负责。”

守卫五圣山，易守难攻的上甘岭方向并非防御重点。由于只有3.7平方公里的狭小面积，两个高地原本各只有一个连防守。

10 月 2 日，南朝鲜第二师一名参谋投诚，供称其所在的团要配合美军将向这一地区发动攻势。可惜这份意外的情报，没能得到准确的解读。第 15 军判断，敌人的进攻方向可能在西方山，命令第 44 师加强准备，严阵以待。估计五圣山方面的南朝鲜军也会做些配合，但规模不太大，所以只令第 45 师第 135 团做一般准备，将防守这两个高地的兵力分别增加到一个营。志愿军原本准备以第 45 师一个加强团向注字洞南山南朝鲜第二师一个加强营的阵地实施反击，配合的炮兵此时已进入阵地，炮口指向注字洞南山。

“联合国军”却抢先动手了，且来势汹汹。

军事科学院编写出版的《抗美援朝战争史》中记载，在强大的炮火支援下，美第七师第 31 团全部、南朝鲜军第二师第 32 团全部、第 17 团一个营，共 7 个营的兵力，分六路，以一个排至一个营的兵力多梯次向志愿军防守的两个高地发起猛烈进攻。

军科院原军事历史研究部副部长、朝鲜战争史专家齐德学少将告诉记者，“7 个营的兵力”根据的是志愿军资料；美军战史和南朝鲜军战史中记载，美军和南朝鲜军各使用了 2 个营的兵力。即使这样也大大超过克拉克预先的用兵计划。

一天之内，30 余万发各种炮弹和 500 余枚重磅炸弹亢奋地尖叫着砸向志愿军的两个阵地。随着火光中的一声声轰响，第 15 军苦心构建了 4 个多月的地表工事到中午时已荡然无存。曾经植被丰茂的山头寸草未剩，就连岩石都被扒了一层皮，脚下一尺多厚的屑片粉末，一踩一个坑。张嵩山说，爆尘、浓烟遮天蔽日，以至他走访过的许多老兵们都以为那一天是个阴天。

此时，志愿军第 45 师准备反击注字洞南山的炮兵来不及变换阵地，能够支援步兵作战的只有榴弹炮 3 门、山炮 6 门、野炮 6 门。第 135 团担任防守的志愿军，只能使用步兵火器依托各个暗火力点，抗击密集冲锋之敌。

惊心动魄的爆炸声中，两高地上的步话员一次次在坑道口立起天线，拼命呼叫千米之外的营指挥所。但炮火实在太猛烈，短短几分钟，坑道里储备的十几根天线全数被炸毁，电话线更是被炸得不成样子。弹雨中，营部电话班副班长牛保才冲了出去，一路上边躲避炮火，边接上断线，随身携带的整整一大卷电话线用完，还差了一截！多处负伤的牛保才双手抓起断线，用自己的身体接通了线路，用生命换来了3分钟的通话时间。第135团副团长就在这宝贵的3分钟里向前沿坑道部队下达了紧急作战命令。

炮火也同时惊醒了位于4公里外的第45师师部。师长崔建功飞快地跑上山顶向南眺望，只见十几里外炸点闪烁成一线的前沿阵地上，有两个点亮得格外刺眼。紧随其后跑上来的作战科长宋新安立即判明："那是597.9高地和537.7高地北山。"

敌人是主攻还是佯攻？通讯中断，战斗进行了几个小时，敌人的作战企图、兵力规模、战术手段仍然一概不清。侦察连派人去前线了解情况，第一批人在半路上牺牲了，第二批两个人几经周折终于来到597.9高地的5号阵地，一看阵地上只剩下一个战士了，美军正蜂拥而来，他俩毫不犹豫立即投入战斗……

就在各级指挥员心急如焚地等待战况汇报时，战斗一幕比一幕惨烈地在两个高地展开——机枪射台被炸烂了，战士陈治国用负伤的身体充当射台。孙子明4次负伤昏了过去，醒来时敌人已经冲上了阵地，他握着3颗手榴弹冲入敌群……

激战至17时，尽管击退了敌人一次又一次的冲锋，大部分的表面阵地还是被攻占了，伤亡较大的志愿军全部退守坑道。

秦基伟在回忆录里沉痛地写道："出于错觉和判断失误，我们的精力仍集中在反击注字洞南山，结果给敌人以可乘之机，赢得了战斗发起的突然性。我军在14日战斗开始时没能回过手来给敌以沉重打击，从而拉长了战斗持续时间。"

拉锯、增兵

黄昏时分，师长崔建功发出了作战指示：趁敌人立足未稳，马上组织反击，连夜把阵地夺回来！当晚19时，在炮兵的支援下，第135团3个连零2个排分四路展开反击。

夜战，是志愿军的长项。承担597.9高地2号阵地反击任务的是第135团第七连。4天前刚刚从这里换防下来的二排由排长孙占元带领，作为第一突击队。孙占元亲自带领一个班开辟反击道路。他们很快拿下2个火力点，歼敌80余人。拖着被炸断的双腿，孙占元仍然坚持战斗，掩护战友拿下敌人多处火力点，最后，面对冲到身边的敌人，他勇敢地拉响了手榴弹。孙占元被追记特等功，他是上甘岭之战中的第一位一级战斗英雄，被朝鲜最高人民会议常任委员会授予朝鲜民主主义人民共和国英雄称号。

经过3个小时的战斗，在转入坑道部队的有力配合下，熟悉地形又早有预定作战方案的志愿军夺回了表面阵地。

一天的激战，从敌人投入的兵力及后续力量上看，战斗规模始终有增无减，第15军当晚即决定：调整第45师部署，停止对注字洞南山的反击，集中兵力、火力于五圣山方向，即上甘岭方向。调第134团和第133团各一个营，作为两高地的预备队。各级指挥所前移，加强后勤保障，迅速向坑道补充食物和水。

这也是一场令“联合国军”意外的战斗。

考虑到弹药库存所能提供的最大火力以及空中力量的最大近战支援，范佛里特曾对“摊牌”计划相当乐观——假如一切按计划行事，5天时间，仅美国第七师和南朝鲜第二师的两个营就可以圆满完成这一使命。野战司令官们估计，有200多架次飞机和16个炮兵营280余门大炮的支援，步兵不会遇到很大的障碍，只要付出200人的伤亡代价就可达到目的。何况担任此次进攻主力的美军第七师是王牌师。

然而，志愿军的防守能力大大超出克拉克和范佛里特的意料，“一开始就挨了当头一棒。”一天的进攻，一寸阵地也没捞到，可伤亡已达2000多人。

第二天起，范佛里特又投入兵力，在炮兵、坦克和飞机的支援下，轮番进攻。志愿军第15军也不断投入兵力火力，顽强抗击。两高地的表面阵地一次次被“联合国军”占领，又一次次被第15军夺回。南朝鲜第二师一个排长回忆说：“由于天翻地覆的炮击和白刃格斗，每当高地易手时，不到一平方公里的狙击棱线便被鲜血染红了。”

18日晚，志愿军悄悄向坑道里增兵，准备第二天夜里进行大反击，全面收复高地。

增兵并不容易。从597.9高地1号主坑道运动途中有一片美军密集炮火的封锁区，好几个连队都没能冲过去。第134团8连却是个奇迹。他们先将地形、道路和敌人炮火、照明弹的发射规律背了个烂熟，再派一个尖刀班将必经之路上几个敌人的地堡一一炸掉，这才全连上路。140多人拉开距离，忽疾进忽卧倒忽匍匐……安静地爬向高地。

可到了高地上，头一天刚刚从这里下来专门负责带路的小通信员来回摸了好几趟，就是找不到坑道洞口，急得带了哭腔。一天，仅仅一天，地面已经完全被炮火变了样。十几米外就是敌人的地堡，多一分钟停留就多一份危险！突然，借着美军照明弹的余光，连长李宝成发现离他不远有个坑，便滚了过去想躲躲炮火，意外发现这就是已经被炸得朝了天的坑道入口。李宝成赶紧让人搬出一袋面粉，一路向外撒去做路标。紧随他进洞的八班长来来回回爬了十几趟，一身军衣磨得成了布条，胸腹腿臂一片血肉模糊，终于将三个排依次带进了坑道。到凌晨4时，八连全部进入1号坑道，仅有5人伤亡。第15军军史上说，这是19日大反击胜利的基础。

反　击

19日夜，大反击。激战中，出现了一个被中国人代代传颂的名字——黄继光。

597.9高地，志愿军部队在夺回该高地西北山脚后，被美军占领的“0号”阵地的三个子母连环堡挡住了去路。进攻部队几次组织强行爆破，都没能靠近。这时，离上级要求攻上高地的时间只剩下40分钟了。第135团第二营通信员黄继光主动请缨，带领吴三羊、肖登良冲向火力点。前进到离该火力点三四十米时，吴三羊牺牲了，肖登良也负了重伤。胸膛被敌人子弹射穿5个洞的黄继光艰难地向美军火力点爬去，终于用力投出了最后一颗手雷。“轰”的一声，敌人狂吼的机枪顿时成了哑巴。我突击队刚刚发起冲锋，敌人的机枪却又响了起来。原来，主堡大且坚固，手雷只炸掉了一个角。此时黄继光手里已经没有武器了，他瞄了一眼还在吼叫的火力点，爬到机枪口，突然站起来，大张双臂，用自己的身体堵住狂喷的火舌。

在目睹了这一幕的万福来记忆中，黄继光身上的伤口没有流血，他说，英雄的血已经洒尽在匍匐前行的道路上了。黄继光被追记为特级英雄和朝鲜民主主义人民共和国英雄称号。

10月14日至20日，是上甘岭战役的第一阶段，双方争夺的重点在597.9高地。“联合国军”白天进攻，志愿军夜间反击。双方都不断增加兵力，在两个高地上反复激战。

血战7天，志愿军第45师参战连队大部伤亡过半，有的连队只剩下几个人。作战科长向军里报告伤亡情况时，痛哭失声。军长秦基伟也始终守在电话机旁，一会儿前面报来情况：好，上去了！心里一喜；一会儿阵地又被敌人夺走了，心情沉重。几天时间，日记本差不多用掉了半本。

他对第45师师长崔建功说：“15军的人流血不流泪。谁也不许哭！国内像15军这样的部队多的是，可上甘岭只有一个。丢了五圣山，你可不好回来见我喽！”

崔建功哑着嗓子说：“一号，请你放心，打剩一个连，我去当连长，打剩一个班，我去当班长。只要我崔建功在，上甘岭还是中国人民志愿军的！”

10月20日，“联合国军”再次猛攻，激战一日，攻占了除597.9高地西北山腿的三个阵地外的其余所有表面阵地。两高地的志愿军部队全部转入坑道坚守。

本来“联合国军”发动此次攻势，是为了扭转被动局面。但是，作战时间、投入兵力和伤亡情况，都大大超出了克拉克和范佛里特的原定计划。为了挽回面子，只好硬着头皮，继续干下去。“联合国军”一面以各种手段围攻坚守坑道的志愿军部队，一面为继续实施进攻而调整部署。克拉克后来说：“这个开始为有限目标的攻击，发展成为一场残忍的挽救面子的恶性赌博。”

面对“联合国军”的不断加码，志愿军决心打下去。

此时，第15军指挥部秦基伟的电话恐怕是朝鲜战场上最热的热线。

志愿军代司令员邓华打来电话，勉励第15军：目前敌人成营成团地向我阵地冲击，这是敌人用兵上的错误，是歼灭敌人的良好时机。应抓住这一时机，大量杀伤敌人。我继续坚决地战斗下去，可制敌于死地。

第三兵团副司令王近山是员悍将，人称“王疯子”，他就是《亮剑》中李云龙的原型之一。这些天他一直和秦基伟保持热线联系。而此时，他却是来激将的：“秦基伟，你撤下来，我让12军上！”

“我不下！死了也不下！”

“那就一言为定，15军不下，不过12军也要上，我把12军配属你指挥，怎么样？”第12军，王近山的王牌主力呀，从中野主力纵队改编的这支队伍不知打了多少有口皆碑的硬仗！把这样的主力部队配属给第15军，这种支持和信任还有什么可说的呢？

10月25日，第15军在道德洞指挥部召开作战会议。总结了此前出现的战术问题，比如反击出发地往往距目标较远，运动中伤亡较大；反击时间总是在17时至22时，总是先一次火力急袭接着就冲锋，被敌人掌握了……基于痛打美军、震慑韩军的作战方针，作战会议决定10月30日首先对597.9高地实施决定性的反击，恢复并巩固阵地。

志愿军做加法的同时，美军却在做减法。10月25日，我志愿军第15军召开作战会议准备反攻的同一天，伤亡达2000人的美第七师撤出战斗，将夺取上甘岭两个高地的任务全部交给南朝鲜第二师，并调南朝鲜第九师作为预备队。对此，南朝鲜人颇为恼火。《韩国战争史》中写道：“军团的这一措施立刻激起舆论，给人一种只顾减少美军伤亡的印象。”

地下长城

后方增兵运粮，前线上的第45师则重点转入坚守坑道作战，以争取时间，为决定性反击创造条件。

南朝鲜军第二师师长丁一权曾经大为困惑：高山被密集的炮火洗过了一遍又一遍，怎么还会有那么多中国军队？为什么炮火一停，他们就像从地底下冒出来的，拎起枪又打开了？

坑道，是志愿军屯兵和不断实施反击的有力依托。

为破坏坑道，歼灭坑道内的志愿军部队，“联合国军”绞尽脑汁：用飞机、大炮对主要坑道进行狂轰滥炸；在坑道口上面挖掘深沟，用炸药爆破；向坑道口内投掷炸弹、炸药包、爆破筒、手榴弹、汽油弹；用硫黄弹、毒气弹熏；用火焰喷射器喷；用石土、麻袋、成捆铁丝、铁丝网封堵坑道口；组织兵力、火力封锁坑道口，或在坑道口建碉堡、设障碍，断绝坑道内外交通……无所不用其极。

坑道里的日子，不是艰苦两个字可以概括的。有的坑道被炸塌，坑道口被堵，越打越短的坑道里，地上堆放着弹药、粪便，还有烈士的遗体；空气中弥漫着硝烟、毒气、血腥和汗臭……不但人员行动困难，连呼吸新鲜空气都是一件奢侈的事情，极度污浊、缺氧的坑道里有时连蜡烛都无法燃烧。

最大的困难，正是电影《上甘岭》所表现的——水。敌人在破坏坑道的同时，加紧对供给运输线的封锁，切断了五圣山至上甘岭前沿的所有通道，坑道里粮弹缺乏、无水可饮。危急中，战士们饮尿止渴，不但给它起了个好听的名字——“光荣茶”，还规定为保持体内水分，每次由一个人尿，大伙轮着喝。后来，连尿都成了稀缺资源，好不容易挤出一点尿还得先保证给伤病员。

坑道里，最难的就是伤病员了。水都没有，何况是药！药运不上来，伤员自然也送不下去。伤口糜烂、无药可用的伤员为了不影响战士们的士气，用床单堵住嘴。有的伤员牺牲了，咬在嘴里的床单都拽不下来。张嵩山曾经走访过不少参加过上甘岭之战的老战士，其中一位赵毛臣老人说到伤员泪光闪烁，反复念叨着：“我们伤员真好啊，那伤多疼啊，可坑道里安静得我们常常忘了那边儿还躺着一片伤员呢……”

尽管药品、医疗器械一无所有，留在坑道内的卫生员却以惊人的责任心和创造力挽救着生命——夜里冒着生命危险爬出坑道，捡回敌人照明弹上的小降落伞当绷带，找断枪管做夹板……在第15军的军功簿上，有许多卫生员的名字。

从后方到前沿坑道的路程是名副其实的死亡地带。火线运输员一批批派出去，却一批批倒在封锁线上。包子、馒头、药品、萝卜……前往上甘岭的道路上，多少补给和生命都滚落在血泊之中。

苹果，能把苹果送进坑道就好了。第15军后勤部紧急采购了大批苹果，军首长也用自己的津贴买来水果，在篓子上挂上条子，写上自己的名字和祝福的话语，派人往上送。一位朝鲜农民听说志愿军喝不上水，连夜跑了90公里赶到县里，用半年的积蓄买了300个苹果送给志愿军。第45师甚至向火线运输员"悬赏"，凡送上一篓苹果者，记二等功。

然而，真正能送到坑道里的苹果所剩无几。当一只珍贵的苹果被交到坑道里七连连长张计法手中时，他舍不得吃，步话员、重伤员、全坑道的战士……转了一圈，苹果又完整地传回到连长手里。最后在连长的命令下，大家才一人一小口分吃了这个苹果。这个充分体现出革命战士伟大的友爱互助精神的故事，记录在电影《上甘岭》里，记录在秦基伟的回忆录里，记录在《抗美援朝战争史》中。

慢慢地，坑道"攻不破、打不烂、能攻能守"的优越性显示了出来。

志愿军后勤指战员通过敌人的火力封锁运送粮弹

“张庄，张庄，我是李庄，我是李庄。门口净是苍蝇蚊子，快洒药水……”这是坚守坑道的部队在呼叫坑道外的炮火支援。志愿军专门部署了炮火，用炮弹给坑道部队“站岗”，指定炮兵群分别支援两个阵地坑道部队的反击。

在炮火的支援下，钉在高地上的坑道部队不但没被消灭，而且不时冒出头去刺痛对手。夜幕降临，战士们就摸出去，炸地堡、搞哨兵。从10月21日到29日，他们出击158次，令敌军不胜其扰。

前面提到的李宝成带领的第134团8连，原参战约140人，打光了再补，前前后后补充了来自16个建制连的335人。坚守597.9高地1号坑道的14个昼夜，他们没让敌人睡一个安稳觉，组织大的反击13次，小反击80次，小部队出击12次，以伤亡254人的代价，歼敌1760余人，为巩固和恢复597.9高地做出重要贡献，荣立特等功。

坑道工事坚固，被公认为是志愿军最终取得上甘岭战役胜利的重要因素之一。最终美国人哀叹：“即使用原子弹也不能把狙击兵岭和爸爸山（五圣山）上的共军部队全部消灭。”

“开饭了”

10月28日和29日，志愿军以野炮、榴弹炮进行了预先炮火准备，猛烈轰击“联合国军”在597.9高地表面阵地上构筑的地堡和副防御设施，并以迫击炮进行监视射击，阻止“联合国军”恢复工事。

10月29日夜，第15军以第86团和第134团各一个连，越过“联合国军”炮火封锁区，神不知鬼不觉地进入597.9高地坑道，与原坑道部队一起作为反击的第一梯队。以第86、第134、第135团的共7个连作为反击的第二梯队；第12军第91团集结于五圣山前，作为后梯队。

一切准备就绪，志愿军“开饭”了。

10月30日晚9时，志愿军104门火炮，突然发出怒吼，炮弹暴风般飞向597.9高地和敌军炮兵阵地，开始了决定性反击的直接炮火准备。

先是野榴炮开始急袭，10分钟后炮火延伸。阵地上的南朝鲜步兵以为志愿军的反击开始了，纷纷跳出工事，在山背后隐蔽的大批预备队也冲上阵地，准备抵挡步兵的冲击。没想到的是，这却是一次诱敌进入战斗位置的假延伸。志愿军火箭炮一个团实行全团的一次齐放，野榴炮突然又转回原目标，给以5分钟的火力急袭，接着火箭炮全团又一次齐放，最后又是急袭5分钟。这一套漂亮的组合拳打下来，摧毁了阵地上南朝鲜军的大部工事，杀伤其大部人员，“联合国军”炮兵被压制两个小时没有做出反应。

炮火准备过后，志愿军突击队在迫击炮火力的支援下，数路数波依次发起冲锋，后梯队源源投入战斗，经5个小时激战，击退南朝鲜军多次反扑，恢复了高地上大部分阵地。

10月31日4时，南朝鲜军发起猛烈反扑，曾一度占领第9号、第10号两个阵地，被志愿军两个班的反冲锋赶了下去。接连几日，“联合国军”一次又一次反扑，但同样以失败告终，597.9高地岿然不动。

11月5日，美国大选的日子。范佛里特和李承晚亲自到前线打气，“联合国军”发动了整整一天最猛烈的攻击。此时，苦战已久的志愿军第45师第135团、第134团已撤出战斗整补，从换防休整途中临时调头、星夜兼程赶来的第12军有4个团参战，坚守在597.9高地主峰及其南北阵地的是第12军第91团。5连新战士胡修道就守在敌人攻得最凶的主峰上。排长牺牲了，战友们一个接一个倒下，他一个人顽强作战，从上午打到黄昏，打退了敌41次冲锋，歼敌280余人，在后续力量的增援下，守住了阵地。他是第12军在上甘岭战役中的第一个一级战斗英雄，被朝鲜最高人民会议常任委员会授予朝鲜民主主义人民共和国英雄称号。

秦基伟在回忆录中写道：“第12军是在战斗最紧张、最艰苦的情况下投入战斗的”，他们的参战“保证了上甘岭战役的最后胜利”。

“联合国军”在597.9高地吃尽了苦头，从11月5日以后，停止了对这一阵地的进攻。

收摊子

11 月 5 日，志愿军司令部杨得志、朴一禹、张文舟、王政柱、杜平等首长联名致电第 15 军转全体指战员，祝贺收复和坚守 597.9 高地战斗取得的胜利。热情赞扬作战部队“愈打愈强，战术愈打愈灵活，步炮协同愈打愈密切，伤亡亦逐渐减少”。

这份嘉奖电被印成大红号外，迅速传遍了上甘岭的每一个阵地。

同日，第三兵团对上甘岭地区部署进行了调整：第 12 军部队接替第 15 军的上甘岭地区全部防务。建立五圣山战斗指挥所，由第 12 军副军长李德生负责，归第 15 军秦基伟军长直接指挥。炮兵指挥所则由炮兵第七师师长颜伏统一指挥。

随着 597.9 高地争夺战的结束，敌我双方将争夺的焦点转到 537.7 高地北山。

11 日 16 时，第 12 军第 92 团两个连又一个排，在榴弹炮 52 门、迫击炮 20 余门和火箭炮一个团的支援下，分两路反击 537.7 高地北山。至 17 时，全部恢复 537.7 高地北山表面阵地，歼灭据守阵地的南朝鲜第二师一个营大部。当晚，坚守 597.9 高地的第 93 团以一个排向东北山腿第 11 号阵地发起攻击，经 5 分钟战斗全歼守敌，恢复阵地。至此，597.9 高地表面阵地全部恢复并得到巩固。

11 月 12 日，南朝鲜军投入第 17 团和第 32 团残部反扑，而后双方继续争夺。至 17 日晚，第 92 团和第 93 团 7 天中击退南朝鲜军百余次反扑，歼敌 2000 余人。但南朝鲜军仍占据着第 7、第 8 号阵地。

第 12 军最后撤离上甘岭的是 106 团。

11 月 18 日，志愿军第 12 军以第 106 团接替第 93 团，投入 537.7 高地北山战斗。

18 日，三营八连打光了。

19日，七连打光了。

20日，最后一个八连拿上去了，又打光了。

没有工事，分兵把守，80%的伤亡是炮击所致……那么多弟兄的鲜血流尽了，仅仅3天呀！得改变战术！打得剩了光杆司令的三营营长权银刚留在阵地上，协同二营一起“改良”作战方法。这以后，志愿军减少兵力，只固守两处阵地，其余的白天用炮火控制，夜间派出小兵群伺机反击。一面利用迫击炮和步兵火力给敌人以杀伤，一面尽一切力量构筑地面和坑道工事。这一下，仗打活了。

至11月25日，第106团一个团击退了对手三个团的轮番进攻，牢牢控制住537.7高地北山，完成了“打到底，收摊子”的任务。第12军也有4500多名将士的血洒在了上甘岭。

11月25日，南朝鲜第二师南撤出整补，其防务交南朝鲜军第九师接替，从此停止了向537.7高地北山的反扑。至此，上甘岭战役宣告结束，志愿军转入正常防御状态。

克拉克：“作战是失败的！”

43天，上甘岭又重新牢牢掌握在志愿军手中。

美国新闻舆论说：“金化攻势已经成了一个无底洞，它所吞食的联合国军军事资源要比任何一次中国军队的总攻势所吞食的都更多。”“联合国军”总司令克拉克最终成了美国历史上第一个签订没有胜利的停战条约的陆军司令官。他在回忆录中坦率地承认上甘岭“作战是失败的”。

上甘岭战役的胜利，最直接的影响是——使志愿军和人民军在整个正面战场完全掌握了主动权，彻底打掉了美国为首的“联合国军”在正面战线发动进攻取胜的信心。从此直至战争结束，“联合国军”再未动用一个营以上规模兵力发动进攻。

齐德学和张嵩山都不约而同地强调，上甘岭防御战役还创造了世界现代战争史上坚守防御的典范。抗日战争和解放战争中，我军以游击战、运动战为主；抗美援朝战争中，前期是运动战为主，后期是阵地战为主。经过上甘岭这一战役，证明志愿军正面战线已能做到攻则必克，守则必固，可以集中精力彻底解决侧后海岸防御薄弱的问题了。

许多美国人想不通：为什么花了大力气，投了那么多炮弹，死伤了那么多士兵，却拿不下两个小山头？

作为军科版《抗美援朝战争史》的主编，齐德学少将归纳了上甘岭战役取得胜利的四点主要原因：坑道、炮火、合力和英勇。

在 1951 年夏季，战争双方都转入战略防御后，阵地战成了双方作战的主要形式。对志愿军来说，野战工事最多只能坚持几小时，就被“联合国军”飞机大炮的轰击摧毁，很难坚守阵地。在 1951 年夏秋季防御作战中，阵地上出现了“猫耳洞”以及两个“猫耳洞”挖通形成的雏形坑道。1952 年春夏，志愿军大规模构筑坑道工事。以坑道为骨干的坚固阵地工事在上甘岭战役中立下大功。

此役志愿军参战各种炮 496 门，共发射 35 万余发炮弹。按与“联合国军”同等口径火炮计算，志愿军投入的火炮数量仅相当于“联合国军”投入的一半，发射炮弹总数不足“联合国军”的 1/5。但这是整个抗美援朝战争中志愿军在单位面积内集中火炮和发射炮弹最为密集的一次。与参战初期相比，志愿军的炮火已不可同日而语，对抗御“联合国军”进攻和反击夺回表面阵地都发挥了巨大作用。毛泽东则指出，“我取得如此胜利，除由于官兵勇敢、工事坚固、指挥得当、供应不缺外，炮火的猛烈和射击的准确实为制胜的要素”。

第三兵团、志愿军总部乃至中央军委都高度关注此次作战，为坚决打下去提出许多具体战术要求，调集兵力、火力。各参战部队，包括第 15、第 12 两军之间，步兵和炮兵之间，坑道内部队和坑道外部队之间，友邻阵地部队之间团结一致，密切协同，形成了抗击“联合国军”进攻和反击夺回阵地的合力。

后勤的有力保障、祖国和朝鲜人民巨大的鼓舞与支援，也是上甘岭获胜的重要因素。

然而，令所有人最刻骨铭心的无疑是部队的英勇顽强、视死如归。

志愿军某部一连班长王彦林（右）率领全班反击 537.7 高地北山之敌，战后荣立特等功并获得“二级英雄”称号。

上甘岭战役中涌现出50多名战斗英雄，其中包括特级英雄黄继光，一级英雄孙占元、胡修道，二级英雄牛保才等。在20世纪50年代，“上甘岭精神”是中国人民战胜困难、取得胜利的同义语。美国人算得出兵力、火力，又如何算得出有多少中国战士可以如此舍生忘死呢？这或许是他们“摊牌”前最大的一个失算。

2010年年初，张嵩山出版了新作《解密上甘岭》，他自豪地说，那是对17年前自己那本《摊牌——争夺上甘岭纪实》的自我修正。书中，他不厌其烦地对比、订正有关上甘岭的诸多细节，比如开战的具体时间，双方投入的兵力，上甘岭的坑道里到底有没有女护士……书的结尾，开列了一张清单，那是上甘岭战役中与敌同归于尽的38位烈士。清单注明了每一位牺牲者献身时间、准确地点，从黄继光、孙占元到陈大脚、李子华……只有最后一位，标注的是无名氏。“有些烈士的英名已经佚失在战争的纷乱中了。”最令张嵩山耿耿于怀的是，许多作品不知道上甘岭为战役而称之为战斗。齐德学少将解释道，上甘岭作战已完全构成了战役规模，主要表现在双方兵力火力规模和指挥层次上，只是这两个方面都是逐步发展形成的，并非作战伊始便如此。

半个多世纪过去了，朝鲜半岛仍然是当今世界的热点地区之一。了解那场战役的人却似乎越来越少。那场战争中所展现的中国人民的伟大精神，应是我们永恒的财富。

奔向延安

巩　峥

苏州河之夜黑得让人发毛。

成群的日军飞机最后一次轰炸结束后，如血的残阳沉入地平线。人们在惊恐中，或在窗户上挂上厚厚的窗帘，或干脆熄灯而坐，只怕成为日军飞机夜里轰炸的目标，只有远处可见忽明忽暗、星星点点的渔火。

水面刮起清凉的风，白天被炸毁的船的碎屑顺风漂流过来。利用锁厂的股东兼经理沈鸿坐在船上，心里忐忑不安。环顾周围，一些载有内迁大公司机器的大木船已准备就绪，他们这只小船悄悄跟在其后。

午夜过后，前方传来划水的声音，打破了夜的静寂。船队浩浩荡荡向前进发了。

沈鸿记住了这个日子：1937 年 8 月 26 日。他不知前面等待他的是什么，也不知道能不能再回到大上海。

轰炸之后

一架架印着日本旗的轰炸机，呼啸着掠过黄浦江上空，投下雨点般的炸弹后，消失了。1937 年 8 月 14 日，经受了一整天炮火炙烤的上海，沉入黑夜。

夜静得令人不安。位于虹口区胡家桥嘉德里 8 号的一处小院里，响起阵阵钢铁相碰的叮当声。这儿是一家名为“利用锁厂”的小工厂，声音从已半坍塌的厂房中传出。

30 多个满身油污的工人，正在抡锤敲钎地拆卸机床。每拆下一部分就立即猫腰抱起，搬到院中按组码放整齐。临近午夜时分，各式各样的零件摆满整个院子。一个穿着长衫、身材瘦小的年轻人，趁着幽暗的月色，对每组零件一一清点记录。记完最末一组后，他一屁股坐到地上，呆呆地望着面前这片泛着冷光的铁疙瘩。几天后，他将和它们一起踏上九死一生的旅程。

他叫沈鸿，浙江省杭州府海宁县（今浙江省海宁市）人。13 岁那年，沈鸿只身离开老家到上海滩闯荡。只上过四年半小学的他，从布店学徒干起，一边打工、一边自学机械技术，25 岁时终于与朋友们合伙办起这家锁厂。6 年来，厂子规模慢慢扩大，产品不仅在上海市场站稳脚跟，还远销到香港和南洋。

这些冷冰冰的机器零件，对于沈鸿来说是人生的全部寄托。

“八·一三”事变后，日军随即向上海发起了全面进攻，工厂最为集中的闸北、虹口、杨树浦等地最先陷入火海。上海工商业界领袖之一、实业家胡厥文的长城砖瓦厂首当其冲，被炸得荡然无存；其在嘉定的合作五金厂的领班，也在搬运机器时中弹身亡。更为悲惨的是申新纺织厂，开工时突遭轰炸，酿成数百工人悉数遇难的惨案。

位于虹口的“利用锁厂”，很快面临覆巢之下无完卵的境地。14 日上午，沈鸿和其他几位股东，冒着枪林弹雨齐聚虹口嘉德里8号院的厂房中，紧急召开会议，商讨工厂求生之策。

话没说上两句，头顶上响起阵阵飞机怪叫。股东们连忙伏在地上，一枚枚炸弹顷刻落下，厂房的后山墙轰然倒塌，强劲的气浪喷进来，撞得钢筋铁骨的机器都嗡嗡作响。直到听不到飞机的声音了，股东们这才战战兢兢地从已埋住身体的灰土中爬起来。透过颓圮的后山墙，可以看见原来常去的那家商场，如今只剩一堆焦黑的瓦砾……

形势危急，刻不容缓。机器留在厂房中，后果不外乎两种：一被侵略者炸毁，二被其利用。因此，沈鸿提议马上拆卸机器，零件封装保存，迁入内地。

沈鸿的意见为大部分股东所接受。最终，他们决定让沈鸿带上10套可相互配合的工作母机（即生产机器的机器）零件，迁入内地建分厂，生产机械零件支援抗战；剩下的则分装深埋，以待战事过后重整旗鼓。

此前的7月30日，上海机器五金同业公会主任委员、在工商业界德高望重的胡厥文，便召集同行专门讨论内迁问题。当时的上海工商业界，有人贪恋十里洋场的繁华，有人不愿放弃经营多年的市场，更有人担心路途凶险、损失太大，因此面对内迁各执一词。胡厥文拍案而起，当即表示，自己将不惜任何代价把所办工厂迁往内地。振臂一呼，应者云集。大鑫钢铁厂的余名钰、上海机器厂的颜耀秋、新中工程公司的支秉渊、中华铁工厂的王佐才等企业家，也毅然决然投了赞成票。

紧接着，胡厥文与颜耀秋一起代表上海机器同业公会，上书国民政府资源委员会，“鉴于国难严重，自愿将各厂机器迁移内地，以应军事制造之需”。

各界人士关于工厂内迁的呼吁一浪高过一浪，加之日寇狼子野心日益嚣张，8月10日，国民政府终于责令资源委员会会同财政部、军政部、实业部共同组织“上海工厂迁移监督委员会”，简称“监督委员会”，林继庸为主任委员，负责对内迁工厂提供经费、安排路线。

这些信息，沈鸿刚刚从上海机器五金同业公会得到。然而据说申请的有效期限已所剩无几。不容多想了，沈鸿决定马上去找委员会提出申请，其他人负责找来工人即刻拆卸机器。

飞机轰炸一直没有间断。沈鸿这边仅凭着工业公会提供的线索，一点点朝着监督委员会所在的卢湾区找过去，两地相隔10公里左右，危险、困难可想而知；而大本营里，从厂房中抢拆机器的工作，更是难上加难。1937年的《工程月刊》第一卷第一期这样写道：

> 在炮火连天的时候，各厂职员拼着死命去抢拆他们宝贵的机器。敌机来了，伏在地下躲一躲，又爬起来拆，拆完就马上扛走。当看见前面那位伙伴被炸死了，大声喊声“嗳唷”，洒着眼泪把死尸抬过一边，咬着牙根仍旧向前工作。冷冰冰的机器，每每涂上热腾腾的血！白天不能工作了，只好夜间开工。在那巨大的厂房里，暗淡的灯光常笼罩着许多黑影在那里攒动，只闻锤凿轰轰的声响，打破了死夜的沉寂。这是一幅由血泪交织而成的“工业动员图”。

直到黄昏时分，当沈鸿拖着疲惫的身躯回来时，日军的飞机刚刚结束轰炸返航，而工厂的机器仍未拆完。

望着沈鸿低落的神情，股东们已经猜出了申请的结果。

“监督委员会”成立伊始，内迁工作千头万绪，然而兵荒马乱之际，政府无暇为其设立专门的办公地点，无奈林继庸一干人等，只得租下位于马浪路（今马当路）的一家舞厅暂且栖身。

沈鸿奔波了4个多小时，才在卢湾区找到了这家舞厅。纷飞战火的威胁下，人们早已没有了歌舞升平的兴致，如今这里往来穿梭的都是神色慌张、手拿表格的工厂老板。沈鸿也是一脸焦急，边拍着身上的灰尘，边朝人流涌出的地方挤了过去。找了几个来回，终于撞进了主任办公室。

宽大而凌乱的办公桌后面坐着一人，左脚被从房梁上垂下的粗绳套高高吊起，脚板上还缠着厚厚的绷带。此人正是“监督委员会”主任委员林继庸。连日来为了工厂内迁事宜，他奔走于南市、闸北之间，左脚受伤中毒。医生嘱咐他说，必须要把伤脚挂起不可放下，“否则恐成残废，须割去一足”。

“我要内迁！”沈鸿开门见山说起来意。林继庸则高悬左脚，一边听一边忙着处理桌上成堆的文件，头也来不及抬，末了轻描淡写地甩了一句：“经费有限，工厂规模过小的，不在政府扶持内迁之列。”

内迁经费捉襟见肘这是实情。国民政府一开始只同意下拨 15 万元。林继庸等人凭借“老关系”从资源委员会处拨借了 56 万元，这才解了内迁资金匮乏的燃眉之急。因此“监督委员会”只得选择一些关系重大的命脉企业提供扶持，而像沈鸿的“利用锁厂”等一批中小企业只能自费相随。

“凑钱，我们自费内迁！说什么也不能待在这里等着日本人炸！”沈鸿向股东们讲完申请的遭遇后，咬紧牙关说道。

事已至此，容不得退缩了。其他股东赶紧分头去凑内迁的盘缠，留下熟悉机器零件的沈鸿在工厂指挥装卸。

入夜，此时拆机器如果没有充足的光源，恐怕拆到天亮也完不成。但是，如果点亮灯，敌机一旦夜间偷袭，势必成为活靶子。“来不及多想了，点灯！”沈鸿一声号令。从来三思而后行的他，这次不得不来赌一把。

壮别苏州河

沈鸿没有想到，在接下来的几天中，这样的生死赌博一次又一次摆在了自己面前。

首先就是迁移路线的选择。如果跟着大部队走，目标过大，必将遭遇日军的阻击，自己租来的运输工具肯定比不了那些大企业的，在这种情况下很可能就当了“炮灰”；自行内迁，万一大部队根据时局临时调整了目的地的话，自己即使安全迁到其他地方，也办不了开工手续，建厂参加抗战的初衷可能成为泡影。

为了抗日，沈鸿选择了前者——跟上大部队走。

大部队初步的路线已在 8 月 11 日，即沈鸿找到林继庸的前三天定下。那天，刚刚成立的国民政府监督委员会，举行了第一次会议。根据上海民营工厂分布状况，委员会决定：先将机器、材料拆迁至武昌徐家棚集中，然后分别西上宜昌、重庆，北上西安、咸阳，南下岳阳、长沙。上海南头一带的工厂，集中在闵行、北新泾或南市起运。现在闸北、虹口、杨树浦一带者，则先行抢拆至租界装箱，由苏州河或南市水陆起运。

仅仅两天后，“八一三”事变爆发，长江下游镇江以下江面已经封锁。“监督委员会”主任委员林继庸向民国政府报告说：“现长江不通航，车运在商洽中，或用船拖至杭州转赣、湘、鄂，能救多少是多少。”但是，随着车运商洽的失败，火车又被军队征用，陆路运输已然无望，上海与外界的交通唯剩水路一条。至此，包括获得扶持以及自费相随的在内，一共148家企业，只得听天由命，从水路踏上凶险的内迁征程。

70多年前，这场血雨腥风中的民族工业大迁徙是何等悲壮，今人并未全然忘记。苏智良，上海师范大学历史教授。他的讲述，为笔者揭开了那段尘封的历史，沈鸿等人当年经历的诸多惊心动魄的险情仿佛浮现眼前。

8月22日，上海顺昌机器厂开始装船起运，为整个内迁队伍之先锋。25日，上海机器厂的5艘内迁船也载着70余名员工，50余部机床及一批原料出发了。

同样是25日，利用锁厂租来的两条木船，也在苏州河畔一个不起眼的地方靠岸了。早已等在工厂、心急如焚的沈鸿，恨不得即刻整装出发。日本侵略军的炮火密织如网，沈鸿只得再次赌一把，期待天黑后能有片刻的间隙。

跟着沈鸿内迁的工人有陈孝良、曹金木、宋定良、沈保全、姜载愉、吴璜、四富，最大的才18岁，最小的只有16岁，还是稚气未脱的孩子。

突然，学徒时的好友黄文钦急匆匆推门而入，身后跟着他的儿子——18岁的黄海霖。“阿鸿，让海霖跟你一起去吧。他最佩服你，你以后好好教教他。”黄文钦握住沈鸿的手嘱托。

沈鸿一时不知该拒绝还是接受。“路上危险得很。”他看着父子俩说。

“我知道，但是如今这么乱、家里这么穷，就算留在上海，我也不能照顾好他。”做父亲的说完，抬起衣袖揾揾眼泪。腼腆的黄海霖低头不语。

“如果天黑前轰炸停了，我们一起去留个影吧。”沈鸿抚摸着黄海霖的头说。

黄昏时分轰炸果真停了。沈鸿和工人们每人照了一张大头照，权当留给上海利用锁厂的一份纪念。随后，沈鸿雇车连人带满满 5 大箱机器零件，悄悄运至苏州河。

74 年后，笔者在海宁史志办见到了这 9 张已泛黄的珍贵留影，它们本由“利用锁厂”股东张念椿珍藏。张念椿去世前把照片交到女儿张小萍手上，反复嘱咐要妥善保存。如今，张小萍女士将它们完好无损地献给了海宁市史志办，以备筹建沈鸿纪念馆之用。

水道行路难

待所有零件全部装船、沈鸿一行 9 人也都到位时，夜已深沉。

午夜后过不多久，前方的船动了，沈鸿他们赶紧跟上，各家船连在一起，悄悄向前进发。

一夜无事。

黎明降临。天亮了意味着危险也随之而来。

为了躲避日本飞机的轰炸，内迁队伍中的船上都盖了树枝、茅草一类的简单伪装，船的四周还要装上钢板来防御流弹和弹片。沈鸿他们钱紧，船身的钢板换成了相对简陋的铁皮。船与船之间，保持着不低于 250 米左右的距离。

轰炸最终还是来了。

中国标准笔厂的吴羹梅曾这样描述：“我们将拆下的机件，装上木船，在船外以树枝茅草伪饰，掩蔽船内物资。各船沿苏州河前行，途中遇到敌机空袭，就停避在芦苇丛中，空袭过去再继续前行。”

当时的《西南实业通讯》中有这样的记载：

> 苏州河那段艰苦情形，至今谈来没有不被人钦叹的，天上有敌机

的追袭，地上又得想尽办法领护照通过防线，尤以敌机的追炸与扫射，使得迁移工作寸步难行，时时刻刻如过火炮山。

不幸中的万幸，沈鸿他们的木船没有中弹，但被弹片和其他中弹船体的碎片划出道道裂缝，还有几次险些被炸弹激起的水波掀翻。

几天昼伏夜出，沈鸿他们到达了第一站——苏州。在这里，机器被装上小火轮托运至镇江，然后再转轮船一路驶往武汉。

实业家颜耀秋在回忆这段历史时说过："我们在苏州、镇江两处都设有运输站，与当地军运及政府取得密切联系，并与上海时通情报。那时因江阴已被封锁，铁路又侧重军运，我们只有循苏州河一条路运至苏州，或取道南市由松江转苏州。初次尝试成功的消息，传到上海后，中国建设工程公司、慎昌铁工厂、康元制罐厂、中华铁工厂、丰益搪瓷厂等的物资都相继采用这种办法急遽运出。"

事实上，从沈鸿他们走后开始，一直都有工厂依照同样的办法陆续出发。

8 月 27 日，有 21 艘木船载着新民机器厂、合作五金厂、顺昌机器厂

中央印刷厂工人正在清凉山万佛洞内印刷《解放日报》。1944 年 5 月 10 日，这里出版的《解放日报》在头版刊登文章《模范工程师沈鸿同志——自带母机 10 部参加革命，埋头苦干装备了许多工厂》，详尽报道了沈鸿的先进事迹。

及上海机器厂的机器、设备和物资，连同各厂员工、家属160余人，踏上内迁征途。

8月30日，大鑫钢铁厂等更多的内迁工厂纷纷起航出发。

林继庸本来对水运能否成功还缺少把握，而这些内迁工厂的成功使其下定了决心。他说："取道水运，几经考虑乃决定，此后当源源由此道而行，虽稍缓，但较安稳。其他捷径每有欲速不达之感。"

内迁进程断断续续一直延续到9月。

9月中旬，国民党空军失去了在上海的制空权，日军轰炸机往来一马平川，轰炸更加肆无忌惮。

10月底，上海闸北一带被日军攻占，苏州河暴露在日军的枪炮之下。不得已，当时的内迁船队只好改经黄浦江绕道松江转往苏州至镇江再往武汉。不久，杭州湾又遭攻陷，松江告急，因此内迁船队又改由黄浦江租装外轮，先运抵南通，再驳装木船至镇江，最后逆水而上到达武汉。

一场空欢喜

历尽千辛万苦，沈鸿等人于9月中下旬随大部队抵达武汉。武汉是当时内迁的主要目的地，上海只有121家民营工厂、总计1500余技术工人和5000多吨物资最终到了这里，其余的尽皆葬身途中。

庆幸虎口余生的同时，沈鸿急着联系政府相关部门，要求立即在当地开工。然而，令他以及所有内迁人员万万没想到的是，国民政府没与当地协调好，提供不出足够可建厂的地方。雪上加霜的是，湖北省政府竟表示在汉所有工厂一律不得减免产销税。

林继庸找有关部门交涉也是无济于事。多数工厂因此无法在武汉立足，沈鸿他们更是如此。冒着枪林弹雨跋涉至此，却原来只是空欢喜一场。

正当工厂老板们手足无措之时，正在汉口养病的四川省主席刘湘，得知了这一情况。正欲发展当地工业的他，向民营资本家们抛出橄榄枝，又以“凡迁川工厂厂地印契准免收附加税”为优惠条件。

最终迫使工厂再次大规模内迁四川的，还有日益恶化的战局。1937 年 12 月 13 日，南京被日军攻陷，唇亡齿寒，武汉形势亦愈加堪忧。国民政府工矿调整委员会以武汉有沦陷之虞，正式通知各厂再次启程迁移。

“被困武汉的这段时间，是他人生的低谷，也是他走向高峰的转折点。”沈鸿的儿子吴英这样向笔者介绍道。

“当时在武汉的所见所闻，令父亲大失所望。”吴英说，当时身在武汉的众多国民政府官员、当地商贾各色人等，都急着乘船溯江入川避难。在这种情况下，内迁工厂老板们要想尽快得到船只，就得不停地向当地黑白两道的势力行贿。

难道为了支持抗战的内迁，就这样变成了狼狈的溃逃？沈鸿看在眼里，痛彻心扉。他没有足够的钱继续西行，也不愿再这样一味地随大队人马奔逃下去，滞留武汉，一筹莫展。

沈鸿在武汉郊外找了一处便宜的房子租下。工人们看管机器，他则每天都要跑到武汉政府游说，希望能得到批准免税开工以支援抗战。然而，此时的武汉政府官员心思都在继续内迁以自保，即使沈鸿苦口婆心，又有谁会理会呢？

前进不得后退不得，沈鸿似乎连再赌一把的机会也没有了。

他乡遇故交

一扇通向光明的大门正悄然朝忧闷之中的沈鸿打开。此时，身为《大公报》战地记者的范长江来到武汉，发表演讲、论说局势。

1937 年 2 月，范长江曾到达延安，采访了毛泽东、周恩来、朱德等中共高层领导人。在武汉的演讲中，范长江第一次在国内公开了中国工农红军的情况，身临其境地描述了延安的生活。

宝塔山下的军民们自力更生的斗志昂扬与乐观积极，深深感染了骑虎难下的沈鸿。他托人找来一本旧的《西行漫记》，开始主动地了解延安。

一天，沈鸿在三联书店遇到了老乡陈振夏。他乡遇故知。陈振夏是沈鸿在“协泰新”布店当学徒时结识的。那时，他们都追求新知，碰到一起总有说不完的话题。

沈鸿16岁时，利用代表吴经理外出开会的机会，参加了虹口公共租界梧州路、嘉兴路、沙泾路等商界组织的“六路商界联合会”活动。“六路商界联合会”是受1919年五四运动的推动而组织起来的，“协泰新”布店是联合会的常委。联合会会址设在一个小教堂里，白天教会搞活动，晚上联合会办夜校。

在夜校，沈鸿、陈振夏哥俩又成了同窗。他们学习了英文和初中数、理、化，还第一次接触到了孙中山的“三民主义”。然而，越来越动荡的局势，已容不下一张安静的书桌。沈鸿、陈振夏亲眼目睹或亲身经历了五四运动、五卅惨案、“四·一二”惨案等一系列事件。一个深深困扰着他们的问题，在脑海中逐渐清晰——在攸关国家兴亡、民族荣辱的关口，一个渴求知识的青年能够做些什么？应该做些什么？

沈鸿约陈振夏来到武汉郊外自己租住的屋里，两人促膝彻夜、相谈甚欢。

“如今你准备去哪儿？就这样在武汉一直待下去吗？”寒暄过后，陈振夏首先发问。

“武汉政府不让开工，我们现在没事干，失业了，我也不知道该去哪儿。”沈鸿无奈地笑笑。

“我这次来武汉只是暂时落脚，过一阵我要去延安。”陈振夏说道。

再次听到延安这个名字，沈鸿心里竟生出一丝亲切。

“你也去延安吧，到了那里你能为抗日出力。”陈振夏拍了拍沈鸿的肩膀。

几天后，9月25日，中共领导的八路军115师在平型关痛打日本侵略者的捷报传到武汉。国人无不欢呼雀跃。沈鸿开始对中共领导的抗日武装刮目相看。

他怦然心动，当即给上海的股东写信，提出搬迁到西北去的愿望。沈鸿在信中陈述了武汉现状之令人失望——“至此人心依然只顾自己，一盘散沙。”剖明自己为国尽忠之决心——“以国家为第一之旨……生当斯世本无他冀，但愿无愧于己、无愧于国而已。”

股东们很快回信表示赞成，并且委托沈鸿全权处理。

这封决定性的信件，日后被原样誊抄，保留在了上海利用锁厂档案室里。

假道西安

10 月份，沈鸿托陈振夏向八路军武汉办事处打听，延安需不需要机器？陈振夏给八路军汉口办事处的李涛写信，并附上沈鸿写给他们的一封信。

李涛接到信后，很快派人来找沈鸿。信使对沈鸿说：“沈先生愿意为八路军服务我们很欢迎。”

双方约好时间，沈鸿过江来到了八路军驻汉口办事处。办事处负责人钱之光出迎，拉着沈鸿的手走进办公室。

顾不上过多的寒暄，沈鸿就迫不及待地问道：“我想到延安去，只是不知道那里有没有事情干？”

钱之光听罢，爽朗地笑了起来：“打日本，还能没事干？就怕事情太多，你不睡觉也干不完哩！”

沈鸿一听摩拳擦掌：“那我们什么时候出发？”

“别急别急，先谈谈你们有什么要求。”钱之光说着打开笔记本。

沈鸿想了想说：“机器算是无偿借给八路军的，将来打跑了日本人再还给我就行。再有，我带去的工人要比照八路军的待遇，每月发给工钱。”

“没问题！”钱之光满口应承，同时告诉沈鸿，延安的工业基础很薄弱，带来的机器必须得保证可以独立作业。当即，办事处与沈鸿签下协议书。后来，全国解放后，沈鸿带去的机器早已不能用了，按照机器的价值折合成8000块银元的人民币，还给了上海利用五金厂。

定下协议后，钱之光找来具体负责的赖祖烈，同沈鸿商谈起迁移细节。赖祖烈对沈鸿言道："现在国民政府的封锁很紧，你要先想方设法拿到迁移委员会准许你迁往西安的通行证，到了西安，我们才能进一步想办法去延安。这是唯一可行的办法。"

赖祖烈的话给沈鸿心里系上了一个疙瘩。沈鸿找到了此时同在武汉的内迁骨干胡厥文，向他购买了一台发动机，以便给自己带来的机器提供动力，使其能够独立作业。凭借对胡厥文的开明印象，沈鸿犹豫再三，还是对他讲出了自己投奔延安的计划。

没想到胡厥文大为赞赏："你选择的道路是对的，我年纪大了，大动作（指脱离国民党大部队）有困难。你年轻力壮，到了那边为抗日出力，大有作为！"

胡厥文的话给沈鸿增强了信心和勇气。

沈鸿找到驻扎武汉的国民党资源委员会，申请办一张迁往西安的证件，只说要去西安经商，"西安有我汽车界的朋友，我要做汽车配件生意。"面对资源委员会的提问，沈鸿从容答对。而资源委员会的人认为"西安危险，日军有可能很快打过去。要可靠还是去重庆。"

当时国民政府重新划定了由武汉再次内迁的目的地，包括重庆、湖南常德等五处。西安不在其列。资源委员会以此为由拒绝发给沈鸿证件。然而沈鸿锲而不舍，先后五次找到迁移委员会，力陈西安也是大后方，在那里发展汽车修配产业的重要性。

看起来沈鸿决心已定。资源委员会同意发给他迁移证。他们说什么也没有想到，这样一位小企业主会连人带机器投奔共产党。

凭借通行证，果然一路绿灯。

在钱之光的帮助下，沈鸿把所有机器及其他物品总共十几吨货物，塞满5辆汽车运到武昌码头装上船，在国民政府的严密监控下，堂而皇之地运到了汉口八路军办事处，随时准备装上火车一路运往西安。

赖祖烈同沈鸿商量，留下两个工人押运机器，其余的人先行。二人还商量好了到了西安在何处落脚，准备如何应付当地的各色人等。随后，赖祖烈代表办事处向沈鸿一行提供了火车票、差旅费。带到武汉的8名工人中，只有一人表示不愿意去西北，沈鸿发给一笔遣散费，让他回老家去了。

1938年1月，一行8人兵分两路向西安进发。沈鸿带着5个工人坐火车先到郑州。到达郑州后，一刻不敢耽搁，换乘陇海路直奔西安。

斗智七贤庄

有了钱之光的穿针引线，到达西安后，沈鸿很快就和当地八路军办事处取得了联系，认识了办事处负责人伍云甫、熊天荆夫妇。

出乎沈鸿意料，伍云甫告诉他，目前机器还没运到，他们一行还不能马上住进办事处所在的七贤庄，要设法在外面拖一段时间。

远道而来的沈鸿，竟然吃了闭门羹，难道这将是由沪赴汉遭遇的重演吗？

沈鸿脸上疑窦重重，看在眼里的伍云甫连忙低声向他说起根由。暂不住进七贤庄，是为避免国民党特务生疑。

原来办事处所在的七贤庄，八号是八路军的，七号是国民党的，四号又是八路军的。这是国民党特务机关为了对八路军办事处进行监视而故意隔开的，为了不出纰漏，任何行动都要倍加小心。沈鸿等一干陌生人如果突然出现，势必会引起特务的猜疑。

一场看不见硝烟的暗战在所难免。43年后，沈鸿在建党60周年的纪念活动上，回忆起了这段颇具戏剧性的智斗经历。

为避开特务的耳目，沈鸿命黄海霖为每个工人都买了件崭新的棉大衣，打扮成随行跟包，他本人则西装革履，乔装成大老板。公文包里揣着国民政府准迁证的沈鸿，胸有成竹地住进了西京招待所。

延安时期模范工程师沈鸿（左）和模范工人赵占奎（右）

第二天，拿着准迁证，沈鸿顺利地见到了国民政府陕西省建设厅张厅长，并声称要到此投资办厂。张厅长一看是中央政府资源委员会推荐来的，自然十分重视，不仅亲自迎接，还陪同他到各地视察、选厂址。而沈鸿眼看着西安的土地，心里想象的却全是到了延安后的场景。

刚到西安后的几天，沈鸿等人出行时，常会发现身后有人盯梢。想来是特务们正在试探。与张厅长接触后，沈鸿又在西安“考察”了五六天，身后的“尾巴”这才渐渐没了。也正是在此时，沈鸿得到八路军西安办事处的密信，机器已经运到，他们可以住进七贤庄了。

当夜，西装革履的沈大老板悄然消失在西京宾馆，所有人换上劳工衣衫，以雇工之名神不知鬼不觉潜入七贤庄。

沈鸿几个人在七贤庄最后边一层院子里安顿下来。虽说住进来了，但吃饭之类的集体活动都不和八路军办事处的人在一起，以免言谈话语被特务监听。

人在办事处住下了、机器也运到了，可什么时候向延安进发还是未知数。沈鸿整天闷在屋里焦急地打转。眼看已到了大年三十，忽然接到通知：“现在就走，年夜饭也不吃了，马上动身！”

后来才知道，国民党对边区实行封锁，凡是运进边区的物资都要受到严格检查。为了使这批机器万无一失地进边区，就只能趁着过年时国民党军队吃吃喝喝、值班站岗检查比较松懈的时候运出去。

1938 年 1 月 30 日，延安方面已派了 5 辆汽车到达西安，秘密停在国民党西安城封锁线外，静待沈鸿一行。

两天后的除夕凌晨时分，沈鸿等人趁着月黑风高，将 10 台机床和新买的柴油发动机等物品装满5辆汽车，悄然离开西安。

先出洛城，3日后到达甘泉。途中，一部车子装载的一台8英尺龙门刨床，一路颠簸把汽车的后桥压坏了，只好给延安打电话，又派了一部车来替换。

一路曲折前行，沈鸿一行2月4日安全到达延安。

是日，沈鸿向国民政府陕西省建设厅张厅长写了致谢信，说明已到陕甘宁边区建厂了，以后“如有赐教”，可由陕甘宁边区政府转交。

机鸣宝塔山

延安虽然偏远闭塞，却拥有自由的空气和昂扬的斗志。沈鸿感觉到，这里才真正是自己一展身手的天地。

沈鸿一行带到延安的机械，除去10台车床、钻床、铣床、刨床等母机外，还包括电动机、发电机等9部设备，千分尺等47种194件工具，131支钻头和一些其他工具。虽说都是极其平常的机械工具，但对于几乎与世隔绝的延安来讲，弥足珍贵。

当时延安只有一个小兵工厂，它和沈鸿带去的工人和设备合并起来，在延安城南柳树店建起了“陕甘宁边区机器厂”。沈鸿带来的10台车床都是“母机”——制造机器的机器，此后延安生产的机器都是它们的“后代”。

以这10部机器为基础，沈鸿等人开始制造出一些适合边区条件的、易于搬迁的新型“母机”，并用这些“母机”又制造出了各种机器，如印刷厂的油墨机、纸厂的造纸机、制药厂的压片机、煤油厂的炼油设备等，还设计生产了延安第一台造币机。

现代工业文明的星星火种，在宝塔山下渐成燎原之势。沈鸿把满腔的热情投入到工作之中，每天最少工作12个小时。没过多久，工厂规模扩大了，又考虑到柳树店离延安只有15里，可能受到日寇的轰炸，就转移到了安塞县名叫“茶坊”的山沟里，这就是后来远近驰名的“茶坊工厂”。

沈鸿被委任为陕甘宁边区机械厂（兵工厂）总工程师。

粗略估计，8 年时间里，沈鸿与工人们共同设计制造了生产军火的各种成套设备 134 种型号、数百台（套），还为石油、印刷、玻璃、肥皂等 13 家工厂提供了许多成套设备和重要部件。

毛泽东曾在陕甘宁边区高级干部会议上，对沈鸿的贡献给予高度评价：“有工业家沈鸿先生自愿以其私有的 10 部机器迁来边区，为八路军服务，沈先生亦来边区工作。从这时起，又有许多科学技术人员先后来边区工作，使得边区聚集了一批科学技术人才，作为建立工业的指导力量。”

1942 年，沈鸿被选为陕甘宁边区军工局特等劳模。毛泽东亲笔为他题写了“无限忠诚”的奖状，并称他为边区“工业之父”。5 年后，沈鸿加入了中国共产党。

沈鸿为延安带来了现代工业的活力，延安也成为培育他成长为一名出色工程师的沃土。新中国成立后，沈鸿当选为中国科学院院士，是我国第一台 1.2 万吨水压机的总设计师，还组织编写了中国第一部《机械工程手册》、《电机工程手册》大型工具书，为我国机械工业的发展奠定了坚实的基础。

陕甘宁机械厂的工人斗志昂扬

晚年的沈鸿依旧耕读不辍，直至1998年逝世，享年93岁。在去世前一年，已是耄耋高龄的沈鸿，给海宁的父老乡亲写了封“五一节祝贺信”。老人引用了杜甫的诗句作为信的结尾。寥寥四句，浓缩了他一生追求光明、为国奉献的心迹：

落日心犹壮，
秋风病欲苏。
古来存老马，
不必取长途。

康有为流亡

——戊戌变法失败之后

黄加佳

1898 年 9 月 21 日，戊戌变法失败，维新派领袖康有为躲避追捕逃出北京城，自此开始了他长达 16 年的海外流亡生涯。

16 年间，康有为效“耐苦不死之神农遍尝百草”，四渡太平洋，九涉大西洋，八经印度洋，泛舟北冰洋七日，先后游历英、法、意、日、美、加拿大、墨西哥、新加坡、印度、越南、缅甸、巴西、埃及等 42 个国家和地区。在当时，没有哪个中国人能像他这样足迹遍布全球。他开公司、办实业、做股票、炒地产……经营的生意五花八门，为的只是筹措经费，“保救大清皇帝”，实现他君主立宪的政治理想。

然而，时代在悄悄改变。历史的量变，积累到了发生质变的临界点上。那已是辛亥革命前夜。

十一死中求一生

1898年9月21日（光绪二十四年八月初六），慈禧太后发动宫廷政变，囚禁了光绪皇帝，宣布重新垂帘听政。至此，刚刚实行了103天的维新变法仓皇落幕。

在囚禁光绪皇帝的同时，慈禧调集三千兵马，关闭京师九门，停运京津铁路，发誓要把维新派一网打尽。其中最让她恨之入骨的就是始作俑者——康有为。可是，当步军统领崇礼率兵踢破康有为的寓所南海会馆大门时，却不见了他的踪影。

其实几天前，康有为早已悄悄离开了北京。这并非康有为有什么神机妙算，而是得益于光绪皇帝的一纸诏书。

戊戌政变发生的前4天，身为工部主事的康有为接到光绪的上谕：

工部主事康有为，前命其督办官报局，此时闻尚未出京，实甚诧异……诚以报馆为开民智之本，任职不为不重，现筹有的款，著康有为迅速前往上海，毋得迁延观望。

光绪皇帝的上谕看似寻常，其实别有深意。当时康有为只是一个区区六品官，皇帝下发明诏，说的又是出京办报这样芝麻绿豆大的事。明眼人一看便知，身陷政治漩涡中的光绪皇帝已感到形势紧急，宫闱之变恐怕就在眼前了。为了保存维新力量，他不得不有违常理，发明诏催康有为出京。

果然，次日一早，军机章京林旭便拿着光绪皇帝的“衣带诏”来见康有为。密诏中写道：

朕今命汝督办官报，实有不得已之苦衷，非楮墨所能罄也。汝可迅速外出，不可延迟。汝一片忠爱热肠，朕所深悉。其爱惜身体，善自调摄，将来更效驱使，共建大业，朕有厚望焉。

康有为

虽然自始至终光绪皇帝只召见过康有为一次，但对他的倚重之情跃然纸上。康有为读罢“衣带诏”伏地大哭，当晚便离开了北京。

当荣禄带着大队人马风风火火追到塘沽码头时，康有为已经乘“重庆号”起航了。康有为不知，此时慈禧太后的缉拿令已一路从北京追到天津、烟台，直至上海。

在塘沽码头，荣禄派航速比“重庆号”快一倍的快艇“飞鹰号”出海追赶，但“飞鹰号”起航仓促，追至中途便因燃料不足，无功而返。

密令发至烟台，恰好手握电文密码的道台不在衙门里。等道台回来，“重庆号”早已从烟台出发了。而茫然不知的康有为竟还优哉游哉地在烟台海滩捡了一袋彩石，买了六篓烟台苹果。

不过，上海的情形就没那么乐观了。政变当天，缉拿密电便传到了上海道蔡钧手中。蔡钧买了许多康有为的照片，发给捕快，只等着“重庆号”一靠岸，就上船抓人。

可“重庆号”是一艘英国客轮。为保险起见，蔡钧决定照会英国驻上海代理总领事白利南，请求英方配合缉拿钦犯。可没想到，白利南却以涉及外交主权为由，一口回绝了。其实，白利南早就收到康有为的朋友、英国传教士李提摩太的电报，请他无论如何要保护这位中国维新变法的领袖。白利南一边拒绝上海道的照会，一边秘密派出通晓中文的手下濮兰德乘快艇到海上营救康有为。当濮兰德拿着照片找到康有为时，他尚不知已危在旦夕，正在与一名浙江贡生高谈阔论呢！

自以为布下天罗地网的蔡钧扑了个空。康有为却在英国人的保护下，顺利逃到了香港。

后来，康有为在回忆这段逃亡经历时，曾将其总结为“十一死里逃生”：

> 吾先到上海办报，则上海掩捕立死。皇上无明诏、密诏之敦促，迟迟出京必死。荣禄早发一日，无论在京在途必死。无黄仲韬之告，出天津必死。从仲韬之言，出烟台亦必死。搭招商局之少晏船，英人欲救无从必死。是日无重庆之轮开或稍迟数时行，追及必死。飞鹰快船不因煤乏还，必死。莱青道非因有事往胶州，则在烟台，必死。上海道不托英人搜，则英领事不知，无从救必死。英人不救亦必死。凡此十一死，得救其一二，亦无所济，而曲线奇巧？曲曲生之，留吾身以有待其兹，中国不亡，大道未绝耶？

死里逃生的康有为，从此开始了他的海外流亡生活。

“保救大清皇帝公司”

1899年4月中旬，康有为一行到达加拿大域多利（今维多利亚）。故国已远，流离有日，但码头上只有一名当地华人前来迎接等候，康有为不禁大失所望。

逃出中国后，康有为本想到英国避难，但英政府却不想招惹他这个是非之人。无奈之下，康有为转而求助于日本。可刚在日本住了半年，支持中国维新的大隗重信内阁又倒台了。新上任的山县内阁认为康有为在日非但无用，反而会妨碍对华外交，不久便对他下了逐客令。

带着不多的门人弟子，康有为经过了半年的颠沛流离和20天的海上漂流，已汲汲如丧家之犬。

可没想到，这名迎候的华侨一通电话，一下子招来数百华人。原来，当地华人组织早知道康有为要来加拿大，但由于通讯不便，不知道船具体哪天到港。为了不错过迎接康圣人，他们专门派了一人在港口死等。

从四面八方赶来的华侨，前呼后拥地把康有为迎到中华会馆。此时，会馆中已聚集了上千人。

流离多日后在几千里外的加拿大受到同胞如此礼遇，康有为的激动之情难于言表。在《游域多利、温哥华二埠记》中他描述道：

（华侨）咸言沦落海外、不能齿列国之齐民，西望宗国，睊睊忧悲。故闻维新而踊跃大喜，闻政变而忧愤交作，闻吾被逮而忧念惴惴……咸虑无国可归，无家可归，其情至可悲也。

漂泊海外的华人身处异乡，因为祖国衰微而受尽了洋人的歧视。他们是最希望祖国变法自强的华人群体，对于康有为也就愈加热情。康有为抓住这个大好机会，刚刚登上加拿大的领土，就开始宣传自己变法维新的思想。

从文献记载中看，不得不承认康有为是一位极具魅力的演说家。

他先是说到光绪皇帝被困瀛台的窘境：“（皇上）所（索）鸡粥而不得，珍妃冬月单衣。”华侨们听后都欷歔流泪。说到西太后迫害变法时，他说：“三十年来之积弱，我四百兆同胞兄弟之涂炭，皆由西后一人不愿变法之故。”华侨们听后无不切齿痛恨。而说到未来前途时，他说：“外之合海外五百万人为一人，内之合四万万人为一人，其孰能凌之？”华侨们又感到无比振奋。

在当时，即便是漂泊海外、见识过西方民主政治的华侨，也摆脱不了忠君的思想，他们无法想象一个没有皇帝的中国。而康有为正迎合了这一思想。保华侨先要保中国，保中国一定要救皇上。康有为把远在海外的华侨与瀛台中受困的光绪皇帝，紧紧联系起来。

演说最后，康有为起立高呼：“愿齐心发愤救中国否？愿者拍手。”与会数千人无不应声鼓掌。他又问："大众愿齐心发愤，救我皇上否?"听众中又爆发出热烈的掌声。会场上的气氛被推至顶点。面对这热血沸腾、万众一心的场面，就连在场的外国人也忍不住鼓起掌来。

在加拿大，康有为所到之处都受到热烈追捧。此时，他感到应该建立一个组织把华侨们团结起来。

1899年7月20日，康有为联合加拿大华侨领袖李福基、冯秀石等人，携手创立了"保皇会"。

康有为之女康同璧后来回忆，"保皇会"的定名颇费周折。起初他们想为这个组织取名为保商会，因"华侨十九皆商，保商即保侨"。但有人说，"保皇乃可保国"，于是定名为"保皇会"。而保皇会的全称令人忍俊不禁——"保救大清皇帝公司"。

既然叫"公司"，就说明它不单是一个政治组织，还是一个经济组织。在"保皇会条例"中明文规定，凡入会者须缴会费2元，作宣传、通讯、办报之资，并集资开矿、兴办工商。

随后，康有为派遣门人弟子分赴美国、墨西哥、南美洲、澳洲、东南亚，甚至南非，共建立总会11个、分会103个，会员多达百万之巨。保皇会总局设在香港、澳门，康有为任正总会长，梁启超、徐勤任副总会长。可以说，凡有华人的地方就有保皇会。

海外华人们参与保皇会的热情颇为高涨。梁启超曾在文章中这样描述：

> 自己亥年此会设立以来，至今蒸蒸日上，温哥华入会者十而六七，域多利则殆过半，纽威士绵士打几无一人不入会者。会中章程整齐，每来复日必演说，每岁三埠合同大叙集一次。近集数万金建总会所于温哥华，俨然一小政府之雏形也。

对于"保皇公司"如何运作，康有为有着详细的计划。在一次演说中他对听众说："若海外五百万人，扯算计之，每人能以烟酒之余，人捐美洲银五圆，合中国银十圆，则有五千万矣。先开银行，印银纸行之，可得一万万零二千五百万矣。以三千万办轮船，以三千万办铁路，以三千万开矿，以五百万办杂业。他日矿路轮船有股份者分利无穷。以三千万办一切救国事，以养才能之士、忠义之人，立国体以行之，则中国立可救矣。”

同时，康有为还许诺：“苟救得皇上复位，公司中帝党诸臣，必将出力捐款之人，奏请照军功例，破格优奖。”“凡救驾有功者，布衣可至将相。”

对当时的海外中国人来说，康有为的承诺有极大的吸引力。许多经商成功的华人富商一方面基于爱国心，一方面也基于渴望成为开国元勋的投机心理，往往对康有为一掷千金。而那些靠卖苦力艰难度日的劳工华侨，也希望能通过投资康有为的“保皇公司”，获得红利。

当时，孙中山为首的兴中会也在海外华人中活动，但革命思想显然不如保皇主张在华人中有市场，兴中会的力量明显逊于保皇会。据说就连孙中山的哥哥孙眉都曾向保皇会捐过款。

1903 年，康有为又发起成立了名为中国商务公司的股份制公司，总局设在香港，在广州、上海、横滨、旧金山都设有分局，并先后开办了十余家企业。

不过，康有为本人并没有投入到具体的商务操作中，而是漂洋海上，开始了他绕地球三周的环球之旅。

16 年绕地球三周

1913 年 12 月，当康有为结束了 16 年的海外生涯回国时，曾请好友吴昌硕刻了一枚印章，上书“维新百日，出亡十六年，三周大地，游遍四洲，经三十一国，行六十万里”。

这枚印章生动地反映了康有为十几年间周游世界的经历。

戊戌变法时，康有为虽然主张学习西方，但他从未出过国，也不懂洋文，对西方的认识全都从国人的翻译作品中来，不免存在诸多误读和想象。流亡海外，正好为康有为提供了一个了解世界、观察世界的机会。

在16年间，康有为曾四渡太平洋，九涉大西洋，八经印度洋，泛舟北冰洋7日；先后到过英、法、意、日、美、加拿大、墨西哥、新加坡、印度、越南、缅甸、巴西、埃及等42个国家和地区。其中，许多国家他都多次出入。在当时，没有哪个中国人能像康有为这样，足迹遍布全球。

1908年6月22日（阴历五月二十四）半夜11时，康有为在女儿康同璧的陪同下登上了北冰洋那岌岛。夜半时分，太阳本已呈下沉之势，但忽又重升。见到这样的奇景，康老夫子写下了《携同璧游挪威北冰洋那岌岛颠，夜半观日将下没而忽升》一诗，并在序中记下了所见奇景：

> 时五月二十四日，夜半十一时，泊舟登山，十二时至顶，如日正午。顶有亭，饮三边酒，视日稍低如暮，旋即上升，实不夜也，光景奇绝。

康有为一家在海外游历时与友人的合影，居中为康有为。

通过这段序言，曾赴北极考察的极地专家高登义教授相信，康有为是第一个探险北极的中国人。“康有为到北极看到的午夜太阳如正午的现象，就是极地特有的极昼现象。如果不是亲眼所见，是很难描述出来的。”

康有为到过的那岌岛位于北极斯瓦尔巴德群岛中。斯瓦尔巴德群岛位于北纬74°～81°间，在北极圈内。

诗中，康有为颇有感触地写下了“仰观诸天阅劫余，壮观山海荡目眦”的句子，并在诗中怆然兴叹：“寄此怀抱何区区。”

康有为周游世界当然不是旅游观光。他在《欧洲十一国游记序》中把自己比作"耐苦不死之神农"，游历世界是为了"遍尝百草"，寻找能够医治中国的"神方大药"。

康有为所到之处，特别关注当地的政治制度、国计民生和风俗文化，并细心地把所见、所闻、所思详细记录下来。这些游记，至今读来仍使人感到兴味盎然。

1904 年 6 月，康有为来到英国伦敦。这已经不是他第一次来伦敦了。1899 年 5 月，他曾经到伦敦游说，希望能得到英国的支持，推翻慈禧太后政权。当时，他联络了英国进步党党首、前海军大臣柏丽斯科子爵，但由于进步党在议会中席位较少，出兵中国的议案以 14 票之差被否决了。事儿没办成，康有为也没心思在伦敦游览，急匆匆地坐船去了加拿大。事隔 5 年，康有为再次来到伦敦，这次他才有心情慢慢地品味这座城市。

英国是老牌的君主立宪制国家，康有为一直以英国为师，来到英国当然要参观一下议会。6 月 23 日，康有为游览了英国议院。议院位于泰晤士河畔，有 600 年历史，室内呈长方形，左右分别设着四行长桌，议长戴着假发端坐中央。

康有为到达时，正赶上议员阿尔兰因为邮政的问题慷慨陈词，质询政府官员。作为首相的巴科也不示弱，面对责难，频频起立应辩。这种场面让康有为看了不禁眼界大开。

第二天，康有为拜会了英国商务大臣。谈话中，康有为说，他想学习英法等西方国家的政治制度，在中国实行变法。听罢康的话，商务大臣发表了一段今天看来仍可称为真知灼见的议论。他说："各国有各国的教化、风俗和历史传统，决不能照搬他国的政治。我们英国的

康有为在美国游历

政治体制是千百年来自然积累形成的，不是效仿得来，而且也绝不可能通过效仿而来。病症不同，一种药方是不能包治百病的。”

闻听此言，康有为受益匪浅。他在游记中感慨道：“今之妄变法而专媚欧美者不可不思此言。”

康有为与英国大臣相谈甚欢，但随后与意外邂逅的日本驻英大使林董男爵的一席谈话却很不愉快。

林董在家宴请康有为父女，饭后他笑着对康有为说：“俄国大使巴兰德老早就告诉我，如果有求于中国，绝对不能好言好语地跟他们沟通。好说他们不理你，一定要盛气凌人，必要时还要拍桌子以出兵相威胁。这样他们就害怕听从了。后来，德国大使也对我说：‘俄国大使经常说中国人怯懦，应该对他们厉害点。’起初，我不信。有一次试了一下。在外务部拍桌子吓唬他们要调军舰，那些开始不理我好言好语的中国大臣，都诚惶诚恐地唯命是从了。这下我才知道俄国大使说得有道理。后来，这个笑话在各国使臣中辗转流传，都说这办法试过管用。今天你不当官了，我才敢跟你说这个笑话。”

各国使臣把中国大臣玩弄于股掌之间，如逗弄小孩一般，而中国官员竟懦弱昏聩至此，康有为听后，恨不得找个地缝儿钻进去。

在西方的所见所闻，一直刺激着康有为。他总结，西方国家之所以强盛，“重都府、通道路、速邮传、立银行”是四大法宝，而中国的顽固派却“终日仰屋呼贫”，宁可“鬻官开赌”，也不愿意兴办实业。

游历中，康有为也看到了书本上看不到的一面。1904 年他来到意大利城市那不勒斯。绕过那不勒斯宏伟的旅馆和车站，康有为看到了肮脏泥泞的道路和低矮的贫民窟，草皮、马粪堆积如山，衣不遮体的妇人沿街乞讨。几十名行乞的孩子跟在车后哀求讨钱，一直追出一里多路，直到车夫向他们挥舞鞭子，才散去。他曾这样感慨道：“未游欧洲者，想其地若皆琼楼玉宇，视其人若皆神仙才贤；岂知其垢秽不治，诈盗遍野若此哉！故谓百闻不如一见也。吾昔尝游欧美至英伦，已觉所见远不若平时读书时之梦想神游，为之失望。”

而最令他椎心刺痛的，则是在巴黎博物馆中看到的一幕。1905 年 8

月，康有为在巴黎一博物院中看到，从中国大内抢来的奇珍异宝摆满了几个陈列架。其中，乾隆皇帝的玉玺就有好几个，玉瓶、玉山、玉盘、玉磬、玉罗汉……更数不胜数。

这些都是庚子之变时，法国人从紫禁城中抢来的。康有为感慨，当年中国强盛时，德国人汤若望、比利时人南怀仁都来中国供职，荷兰的使者还把量天尺等天文仪器送给中国。而今，清廷昏庸，国力衰弱，竟至于连大内珍宝和皇帝的玉玺也保不住。

除了了解西方国家的社会文化，康有为也参观了许多自然和人文景观，他的许多游记至今仍是非常宝贵的资料。

众所周知，水晶宫是1851年英国为举办第一届世博会而建造的主会场，通体由玻璃搭建而成，晶莹剔透，堪称一大建筑奇观。遗憾的是，1936年一把大火把水晶宫烧了个精光，今人只能对着版画遥想当年水晶宫的壮丽和辉煌。

不过，康有为却在他的《英国游记》中这样描述，

> 入门即有玻廓数十丈，上复藤花，廊外敞地遍绿，小冈颠有亭，陈杂戏，下有圆屋，为普破巴黎影画。正面凭冈，列级栽花。上为玻璃楼，高三层，左右二塔，高耸天半。登楼，悬英国诸名胜景。再入右楼，遍陈百物。左楼陈杂戏，右楼陈百物，中有列室以陈古物，若博物院。

康有为觉得，水晶宫盛名之下其实难副，“英人以水晶宫自号之。昔闻甚艳羡瑰异，及到观……太辜负此名”。在他眼里，水晶宫不过是一座用玻璃盖的大楼，门堂污秽，也没有什么精致的装饰，只是在玻璃之下藏着几束鱼藻，“欧美之俗多夸若此”。

但康有为也承认，从功能看水晶宫还是一个非常有趣的地方，它集戏院、音乐厅和博物馆于一身，外面还设有滑冰、戏水等游乐项目。每隔5天，水晶宫便点起内外百万盏电灯，吸引许多市民晚间游览。

投资血本无归

自戊戌政变流亡海外，到1913年归国。康有为登埃菲尔铁塔，乘热气球，访滑铁卢古战场，上纽约30层摩天大楼，去印度访佛迹，在埃及看金字塔，参观瑞典监狱，探访墨西哥银矿……所到之处，住最豪华的酒店，吃美味大餐，聘请当地人做导游和翻译，而且携家带口，前呼后拥。是谁为他提供旅费和生活费呢？

康有为研究专家、上海师范大学教授马洪林说，康有为周游世界的钱全都是从保皇会支取的。

1900年慈禧太后企图废掉光绪皇帝，消息一出，海内外一片哗然。以保皇为己任的康有为自然不能袖手旁观，他曾经组建过一支军队，举兵勤王。但因仓促上阵，队伍内部又不团结，不久便告失败。

勤王失败后，康有为便把实业救国作为保皇会的主要发展方向。1903年康有为发起成立了“中国商务公司”，数年间该公司曾在全球招股数百万之巨，先后创办了香港公益客栈、他主持建立中华酒店、渔票公司，墨西哥华墨银行、电车公司、轮船公司，芝加哥琼彩楼餐馆、横滨译书局等一大批公司。这些公司涉及领域庞杂，行业众多，但它们却有一个共同的结局——不久便纷纷亏损，无以为继了。

曾深入研究过康有为在保皇会期间经济活动的暨南大学华侨华人研究所教授高伟浓说，康有为虽然一直埋头学习西方，但对于近代资本主义经济和资本市场运作还是一知半解，绝非一个有能力的企业家。

从资料上看，康有为对于保皇会的商务运作只是宏观调控，具体业务多委托他人进行。仅有的几次他亲自操刀的投资项目，都输得血本无归。其中最典型的就是墨西哥炒地一役。

1906年年初，康有为了解到在墨西哥开办银行的法规十分优厚。他认为墨西哥是一个新兴国家，需要吸引投资，此时在墨西哥开办银行，进而投资实业正是大好时机。因此，便一头扎进墨西哥的资本市场。

1906年2月，他在墨西哥城完成了开办银行的所有手续。此时，两名墨西哥当地保皇会成员告诉康有为，墨西哥地价暴涨，为了能吸引更多的投资者，墨西哥银行推出了非常优惠的贷款政策，此时进军墨西哥地产市场正是时机。

在两名下属的撺掇下，康有为从银行贷了一大笔款，一举投资10多万元，购买了若干地块。起初，康有为手中的地果然涨了，但他不舍得出手，转眼间墨西哥房地产泡沫破灭，康有为血本无归。

当时墨西哥政府看到房地产市场过热，收紧银根，不许银行随便贷款，资金链的断裂使墨西哥房地产市场应声下跌。屋漏偏逢连夜雨，此时正赶上美国经济衰退，银行大量破产倒闭，作为近邻的墨西哥最先受到冲击，双重打击下，墨西哥房地产市场终于崩盘了。而对资本市场一知半解的康有为，无论如何也应付不了这种局面。

高伟浓总结，康有为的投资有一个致命弱点，就是贪大图多，急于求成。他几乎无利不欲谋，无业不欲置，致使战线太长，疲于奔命。曾有人向康有为建议，不如集中精力办银行，等银行成功，再开办其他业务，可康有为不听。客栈、电车、书局、渔业，甚至房地产，他都有染指。“今日提东，明日提西，今日办某店，明日办某店”，本来资金就不雄厚，这样一来就更加捉襟见肘了。

此外，保皇会混乱的账务和组织形式也是它走向衰落的一大原因。保皇会下属的公司没有独立的经济核算，资金往往被挪用或长期借给亏损企业。例如，1903年横滨译书局亏空甚多，便将各埠筹集开办香港公益客栈的股金挪用到书局，以至于客栈“几不能开办”。

保皇会的日常开支也要从各企业账上支取。这些日常开支都包括哪些呢？高伟浓说，目前的研究成果还没有一个明确的结论，但从保皇会成员叶恩开列的保皇会总会账目中，可见一斑。按照叶恩的记录，美国保皇会总会的经常性开销至少包括：信件电报往来费、茶酒招待费、办事员的薪水、几家保皇会报纸的出版经费、在日本和欧美各地供养“刺客”的开支、国内保皇运动秘密活动的经费，以及保皇会义士殉难的抚恤金。各地保皇会的财务情况也大致如此。

作为总会长，康有为有权调拨会内各种资金。据记载，1907 年康有为一次就从商款中挪借 13000 元给梁启超做党务活动费，并决定每年给梁启超 4000 元、麦孟华 3000 元做安家费。康有为本人家眷的日常开销，有时也从商款中支取。

保皇会副会长徐勤对这种状况深感忧虑，曾向康有为发出“勿乱提款”、“乱提必败”的警告。但保皇会会员众多，摊子太大，又没有明确的财务规章制度，乱支乱提现象无从遏制。

据说有一次，保皇会募得 100 万美元，一次就为康有为提供了 10 万美元作为游历各国、考察政治的经费。保皇会的资金来源，简单说就是募集、投资、再募集、再投资。高伟浓教授谨慎地表示，他曾在美国加州大学伯克利分校查阅了保皇会在美的相关档案，没有证据表明华侨们的这些资金是捐给康有为个人的。

百年前，即使西方资本主义国家也没有相关的集资法，以康有为为首的保皇会更没有现代企业应有的财务和人事制度。在这样的情况下，保皇会出现账目混乱的情况也是必然。此外，保皇会本是一个松散的联盟，总会只是名义上统领着世界各地的分会，彼此间既没有严密的组织形式，也没有统一的规划。世界各地的分会实际上处在各自为政的情况下。“号令杂出，呼应不灵”的局面在所难免，而出现资金断裂和经营危机，可以说是无法避免的结局。

保皇主张大势已去

如果说，华侨们最初积极向保皇会捐款是基于忠君爱国思想或对康有为个人的倾慕，那么，当保皇会屡屡投资失败，康有为许下的众多空头支票无法兑现时，华侨们对保皇会也就越来越没有信心了。

其实，即便是保皇会的核心人物，也越来越明显地在分化。这一点上，康有为的得意门生梁启超和欧榘甲表现得尤为突出。

梁启超自从戊戌政变定居日本后，读了很多日文新书，其中的新思潮潜移默化地影响着他。他曾在一篇文章中这样写道："自居东以来，广搜日本书而读之。若行山阴道上，应接不暇。脑质为之改易，思想言论，与前者若出两人。"

康有为开始环球旅行以后，梁启超等人与革命派人士的往来更加频繁。1899 年夏秋间，梁启超与同门梁子刚、韩文举等人与孙中山"往还日密，每星期必有二、三日相约聚谈"。会面中，他们经常谈到革命等与保皇立场完全相左的话题。

不久，梁启超以 13 名同门师兄弟的名义，给康有为写了一封数千言的长信。信中说，国事衰败至此，只有改造成共和政体，才能挽救危局。光绪皇帝贤明，革命成功以后，还可以竞选总统嘛！至于南海先生，"春秋已高，大可息影林泉，自娱晚景。"

当时只有 40 多岁的康有为，当然不想退隐山林，自娱晚景。看到这封大有欺师灭祖之嫌的书信，他怒不可遏。为了遏制保皇会内部的革命倾向，他把这些彼此应和的弟子纷纷调往世界各地的保皇会组织任职。同时，康有为牢牢把握住保皇会的财政大权，不准各埠再言革命，不准保皇党人有丝毫动摇。保皇会中许多人，都对他的这种封建家长作风大摇其头。加拿大保皇会的华侨主力李福基等人，担心会内矛盾"愈激愈深，势将决裂"。

马洪林教授认为，康有为之所以反对革命，主要是怕中国会陷入长久的内乱之中。他曾经断言，中国要进行革命，就不止像法国那样 129 万人流血，而是不尽杀四万万人不止。在当时，有这样想法的不独康有为一人。为了扫清这一思想的影响，刚刚成立的同盟会机关刊物《民报》与保皇派展开了一场大论战。

1905 年 11 月 26 日，《民报》第一期发表了陈天华的《论中国宜创民主政体》和汪精卫的《民族的国民》，指名批判康有为的君主立宪说是妖言惑众。

保皇会下属的《新民丛报》立即应战。虽然此前梁启超的立场摇摆不定，但这回他还是选择了替师出征。

论战一开始，梁启超傲然自大，常常嘲笑《民报》的诸位主笔邹容、汪精卫、胡汉民等人是浮薄少年，感情用事，理论上不堪一击。可越到后来，梁启超越显得捉襟见肘、理屈词穷了，不但保皇论点缺少根据，就连援引的材料和外文翻译也接连出错。

1906年7月，《新民丛报》求和，《民报》却坚持乘胜追击，“犁庭扫穴，不留余种”。1907年11月《新民丛报》停刊，彻底以失败告终。

此时，面对国内风起云涌的革命热潮，清政府走投无路，打起了“预备立宪”的主意。康有为大喜过望，以为自己为之奋斗数十年的君主立宪制就在眼前了。为了赶上这班车，他决定把保皇会改组为“国民宪政会”。1907年3月，在《行庆改会简要章程》中，康有为对为什么要改名，这样表白：

> 本会以救中国为旨，昔以皇上变法，舍身救民，蒙险难，会众咸戴，以为非保圣主不能保中国，故立会以保皇为义。今上无危，无待于保，会务告蒇，适当明诏，举行宪政，国民宜预备讲求，故今改保皇会为国民宪政会，亦称国民宪政党，以讲求宪法，更求进步。

但此时的大多数人早已不似康有为还做着君主立宪的迷梦，他们早已识破了清廷的糟朽。如果说当初入会时，人们还分不清保皇与革命的分别，经过几年血与火的历练，人们都明白了只有革命才能够救中国。曾经的保皇会会员们纷纷登报宣布脱离，投入到革命队伍中。就连曾经受聘于保皇会训练军队的美国将军荷马里也写信给康有为，声明所训军队脱离保皇会，而接受革命党的领导。

1907年6月2日，惠州七女湖起义。

1907年9月1日，广西钦州王光山起义。

1908年3月27日，钦州马笃山起义。

1908年4月30日，河口起义。

1910年2月12日，广州起义。

1911年4月27日，黄花岗起义。

直至1911年10月10日，武昌起义。两千多年的封建帝制终于被共和新时代所取代。而康有为这位始终抱定君主立宪的固执老人，落在了历史车轮的后面。

“草堂万木草萧萧，吾道何之离索遥。”1926年秋，在逝世前一年，康有为重回北京。枯立南海会馆门外，踯躅菜市口街头，他凭吊着六君子曾经的鲜血，百感交集地念出了这两句诗，怆然涕下。

（感谢《康有为大传》作者马洪林对本文的贡献。）

圆明劫，圆明结

——圆明园罹难150年以来复建之辩

董少东

150年前的深秋，圆明园毁于英法联军的一炬。

自康熙四十六年始建，到1860年秋被焚，圆明园以梦幻般的建筑形态存在了150年。随后，以残园废墟之态存在又已150年。

作为巨大悲剧的主角，这座罹难的“万园之园”成为中国近代史的重要转折。一处处在夕阳下矗立的断壁残垣，以自身的遭遇，默默地折射着这片国土的荣辱兴衰。在此期间，圆明园“重修”的动议几次被提出，又几次付诸东流。

150年来，圆明园始终是国人心头一块时时隐痛的伤疤，一个难解的心结。

福海泛波

1983 年，圆明园沦为废墟一个多世纪后，终于在北京的城市规划中被定性为遗址公园。作为遗址公园建设的一期工程，福海于 1984 年 12 月 1 日开挖。

沉睡了一百多年的圆明园，在一片热火朝天的劳动场面中苏醒了。

十几部推土机咆哮着，将一个多世纪以来填没福海的淤泥清出。在福海边生活、耕作的农民挥舞起铁锹，把他们祖上几代人挖山填湖造出的稻田掘去。机关单位来了，普通居民来了，附近驻军来了……参加义务劳动的人前后多达十万人次。

耕种了数十年的稻田几乎要把福海填平，如今，泥土挖去，一池碧水还给福海，曾被掩埋殆尽的石头驳岸重露峥嵘，勾勒出福海的轮廓。

福海位于圆明三园的中心地带，水面近于方形，宽度约五六百米，总面积约为 28 万平方米，加上周围的小水域共计 32 万平方米。圆明园盛时，福海碧波荡漾，四周佳景遍布，群峰倒影，“方壶胜境”、“平湖秋月”、“澡身浴德”等等景致连绵呈现。

福海曾给皇家的御园生活增添了无穷的乐趣，但是它并没有给皇家带来幻想中的福气，相反倒成了埋葬圆明园管园大臣的水中墓穴。1860 年，圆明园被英法联军劫掠、焚毁，管园大臣文丰无力护持，在一片火光中自沉福海。

到新中国成立时，被称为“圆明园鼻梁”的福海已经逐渐沦为苇塘，一半水面被填平成稻田，并在西岸形成居民村落。一如圆明园当年的辉煌，被毁后只能“于瓦砾想见亭馆，于芒苇想见湖沼，于荆榛想见花树”。

1985 年 6 月底，福海工程完工注水，一湖碧水重又泛起清波。虽然水面上再也映射不出万园之园绰约的风姿，但这毕竟是圆明园被焚毁一个多

圆明园风光

世纪之后，得以恢复的第一个景观。

百余年来，万园之园的劫难被人们痛惜、哀叹，它的辉煌和瑰丽又被无数次在想象中描摹、神往，如今，终于有吉光片羽得以重现。

这并不是中国人为还原圆明园盛景而做的第一次努力。

“报效捐修”

圆明园被焚毁于1860年。次年，咸丰皇帝在热河避暑山庄忧愤而死，其6岁的幼子载淳继位，是为同治皇帝。

1873年年底，18岁的同治皇帝“亲政”刚刚一年，就下达了重修圆明园的上谕：“因念及圆明园本为列祖列宗临幸驻跸听政之地，自御极以来，未奉两宫皇太后在园居住，于心实有未安，日以复回旧制为念。”

严格讲，同治并不是第一个产生重修圆明园念头的人。同治七年（1868年）时，御史德泰奏请重修圆明园。为解工程耗费，内务府库守贵祥拟出筹款章程，“请于京外各地方，按户、按亩，按村鳞次收捐”。

此议一出，便遭众大臣极力反对，认为此举将“动摇邦本”。德泰、贵祥被革职发配，修园的动议被搁置。

待到同治亲政时，清王朝一方面通过与外国列强的媾和，换来了一段较长时间的“和平”，另一方面，靠曾国藩、左宗棠、李鸿章等的湘淮军队，彻底镇压了太平天国运动，再加上大兴洋务运动，王朝隐隐有复兴之兆。然而实际上，所谓的“中兴”不过是这个没落朝廷的回光返照，羸弱的清王朝早已沉疴难救。

同治对圆明园工程耗费亦有所知，“现当库款支绌之时……诚恐不敷。”所以“再四思维”，决定“择要兴修”，包括“安佑宫”（供奉列祖列宗之所）、“两宫皇太后所居之殿，并朕驻跸听政之处”，“其余游观之所概不修复”。而同治为重修圆明园想出的筹款法子居然是：“着王公以下京外大小官员量力报效捐修”。

上谕发出，恭亲王奕䜣首先捐了 2 万两白银。照理，既有皇命在上，又有权臣拥护，重修圆明园似乎可以顺利进行下去。但同治没想到，自己亲政后想要创造的第一得意杰作，居然阻力重重。

先是御史沈淮疏请缓修圆明园工程。同治览奏大怒，立即召见沈淮，严词申斥。接着御史游百川再上疏谏阻，同治更恼，下令将游百川革职，随后他干脆发了个上谕，勒令群臣不准复言。

另一位热衷于重修圆明园的是慈禧，同治十二年（1873 年）正是她的四十整寿。这位穷奢极欲的皇太后重修圆明园的心情比同治更为迫切。同治发布上谕的当月，她就几次催促皇家建筑设计御用的“样式雷”呈交烫样，并亲自进行修改。

这一次的整修计划，最初设计总共有 3000 多间建筑，包括正大光明殿、九州清晏、上下天光等 21 个景区。但整修工程并无意准确恢复原状，设计全凭慈禧和同治的喜好，很多建筑都准备大幅改动。

据考证，圆明园有八成多的建筑被英法联军直接焚毁，尚余一成多未遭火劫。而慈禧和同治实施的这次“半截子”重修工程，实际上对圆明园残迹进行了一次更为彻底的破坏。

在慈禧和同治的眼中，圆明园的遗迹当然是没有价值的，他们要的是皇家园林的巍峨和气势。为筹集建筑材料，圆明园内残存的不少建筑被拆解，附近的三山（万寿山、玉泉山、香山）等处的旧材也被拆来。

同时，实施中的重修工程也常被经费短缺打断。即便最后不得不把工程量由3000间砍到1420间，筹集到的款项也是杯水车薪。直到1874年5月，各级官吏报效的工银总共只有30万两，而工程所需经费估算高达数千万两。

反对重修圆明园的声音再次响起。此前带头报效工银的恭亲王，这时成了反对派的带头人。数位官员谏阻重修的奏章未见丝毫效果，恭亲王奕䜣、大学士文祥等10位重臣联衔疏奏，请停止圆明园工程："宜培养元气，以固根本；不应虚糜帑糈，为此不急之务。"

据时人吴汝纶日记记载，同治看了两眼奏章，便不耐烦地说："我停工何如！尔等尚何哓舌！"

奕䜣等人继续陈词，同治大怒："此位让尔何如?"

大学士文祥听到皇上居然说出这样的话，伏地大哭，喘息几绝。醇亲王奕譞则继续泣谏。

这次激烈的廷争，以同治推说"为承太后欢，不敢自擅，但允为转奏"而暂时停止。

同治并没有转奏，几位朝中重臣反对重修圆明园，被他视为对自己皇权的挑战。数日后，他忽然颁诏，将谏阻重修圆明园的恭亲王奕䜣、醇亲王奕譞、大学士文祥、帝师李鸿藻等十大臣尽数革职。

眼看君臣矛盾爆发，两宫太后只好出面调解。据晚清文学家吴汝纶日记记述：召见时，"两宫垂涕于上，皇上长跪于下。谓十年以来，无恭邸何以有今日？皇上少未更事，昨谕著即撤销云云"。其结果是：双方互作妥协，重修圆明园改为修葺三海。

至此，圆明园重修宣告结束。耗费了480多万两白银的这项工程，有100座500间殿阁亭榭动工在建，没有一座完工。

一年后，同治皇帝暴病而亡。修葺三海因国丧而被暂停，同样没有完工。

劫波未息

此后十余年间，清朝统治者没有大兴土木。一直到光绪年间，再一次垂帘听政的慈禧，为贺自己的六十整寿，挪用海军军费修复了原为圆明园附园的清漪园，改名颐和园。

慈禧对修葺一新的颐和园甚为喜爱，似乎把沦为废墟的圆明园忘掉了。她再一次提及圆明园，源于一个人的“擅闯”禁地。

这个人就是李鸿章。

1895 年，清政府在中日甲午战争中完败。李鸿章代表清王朝签订丧权辱国的《马关条约》。次年，李鸿章出访美国，回京后慈禧太后在颐和园召见并赐宴。

返回途中，李鸿章带着两个幕僚游览了此时仍是皇家禁地的圆明园。是颐和园勾起了这位晚清重臣对圆明园往日辉煌的追惜？是北洋水师的全军覆没让他兴起了落日黍离之悲？已不可考。唯一有记载的是，李鸿章为此举被慈禧太后“罚俸一年，不准抵销”。这几乎是清廷统治者对这座皇家园林最后的庇护。

1900 年，八国联军又把清朝统治者赶出了北京。土匪地痞及游散的八旗兵丁趁火打劫，在圆明园拆运木料、砍伐古树，大料作为木材，小料作为木炭，满园古树荡然无存。后人称之为圆明园 1860 年罹经“火劫”之后的“木劫”。

“木劫”之后还有“石劫”。1922 年已进入民国，这一年的 9 月 7 日，京师警察总监致函逊帝溥仪的内务府，称北京市地方长官“京兆尹”刘梦庚准备“借用圆明园故址内少许废旧山石，或酌给价值”，请内务府“可否之处，希即酌示”。溥仪的生父醇亲王载沣批示，称不能同意，因“该园太湖石应加意保存，碍难拨借”，并请警察总监“婉言代答”。

殊不知，刘梦庚只是假客气一下，事实上他早已决定“拟于内日派员起运。并已函至聂统领查照”。“聂统领”乃当日步军统领聂宪藩，是北洋政府责令保护圆明园遗址的，他本人一上任先从长春园拉了352大车太湖石，由他来“查照”，结果如何可想而知了。

9月19日至24日的6天之内，刘梦庚拉走长春园太湖石201车、绮春园青云片石104车。运石劳累，又歇了十几天，于10月6日重新开工，8天里拉走长春园太湖石422车。

内务府无奈，求助于当时京畿卫戍总司令王怀庆，王也懒得料理，只假意应允，称“写信恐怕形诸笔端，诸多不便，准备面见婉商，请其勿再拉运”。而这个王怀庆也是瓜分劫掠圆明园的头目之一，他为修建自己的私人花园“达园”，大肆拆毁圆明园围墙，时间长达3年。

在这一时期内，拆运圆明园建筑材料来构建自己“豪堂雅舍”的大人物可以列出一个长长的名单，曹锟、张作霖……几乎所有盘踞过北京的军阀、政客皆有所染指。

更多的宵小游民则把目光盯在散落、埋没在尘土中的细碎宝物上，他们操起扫帚和簸箕，在园中道路上挥沙扬尘，筛土寻宝。时有谚云：“筛土筛土，一辈子不受苦。”

到1928年后，圆明园作为“北郊石料场”的“贡献”达到顶峰。

时值北伐战争结束，国民政府统一全国。国民政府委员经亨颐提出议案，拍卖故宫这个“天字第一号逆产”。这个议案虽然没有付诸实施，但类似的做法却被付诸实施。

这一年，当局成立了“清理圆明园园产事务所”，专门负责将园内的废旧砖石变价批卖。拆运圆明园的石料成了光明正大的“政府行为”。

当时的北平特别市政府翻修高梁桥至海淀石碴公路，便堂而皇之地拆除圆明园南墙、东墙虎皮石料，砸碎成石碴，补足建筑材料的不足。

那一时期兴建或翻修的中山公园、香山慈幼院、北京图书馆等等，无不有圆明园的印记。

国工胜迹

民国之时，距圆明园被焚毁已经过去了几十年，它在成为一处郊野废墟甚至石料场后，也就渐渐淡出了公众的视野。

即便是圆明园盛时，皇家御苑，禁卫森严，其真容自不是普通民众所能游赏。民众不知其盛，也就很难哀其颓败，更别提保护了。直到上世纪20年代末，国人才从外国的图书馆中重新“看到”了圆明园。

当时，留学法国、获得考古研究院博士学位的安徽人程演生参观巴黎的国家图书馆，偶然见到了一套《圆明园四十景图咏》。

这套“四十景图”是根据乾隆皇帝旨意，由当时最知名的宫廷画师唐岱、沈源、冷枚等绘制而成。宫廷画师们在全盛时期的圆明园的100多处园林风景群中，选取了最漂亮的40处景群描摹，这套图因此被认为是唯一能反映圆明园原貌的诗歌绘画珍品。

1860年圆明园罹难之时，《圆明园四十景图咏》亦被侵略者掳走。掳走它的，是法军上校杜潘。英法联军火烧圆明园后成立了战利品挑选委员会，以便挑选最漂亮的礼物进献给他们的国王。杜潘是这个委员会的法方代表，他利用这个机会先为自己挑了一份，《圆明园四十景图咏》就成了他的私人财产。此后，这套图历经拍卖转手，最终被法国国家图书馆收购。

程演生偶然间得见《圆明园四十景图咏》，登时“叹为国工胜迹”，且因该图“在我国建筑外交上皆具有很大之痛史，尤非寻常书画名迹可比”，所以，他多方活动，终于请得馆主许可，“用摄影术全部传实而归”。后由中华书局用玻璃印刷成《圆明园四十叶》，于1928年向全国发行。

当时印刷的这套图册虽然图幅大为缩小，且是黑白色的，但已是圆明园胜景在消失多年后，第一次重现于世人眼前。

与此同时，以梁思成为代表的一批建筑学家也在努力从中国传统建筑的领域，一点一滴地去复原圆明园的实体记忆，使圆明园重新进入公众的视野。

1931年3月21日，北平中山公园内人头攒动。一次名为“圆明园遗物与文献展览”的活动引来了各界人士的关注目光。展览上展出了圆明园烫样模型三幅摄影、清乾隆铜版西洋楼水法图，以及文源阁石栏、安祐宫残瓦等拓片。

举办这次展览的，是梁思成发起成立的中国营造学会。梁思成等人在讲述他们的展览旨趣时，再一次为圆明园的焚毁感到痛惜。“万园之园，毁于一朝，可胜慨哉！”

展览取得了期望之中的效果。当那些满怀新奇的游人们步入中山公园水榭时，彻底为眼前的展品所吸引了。作为普通百姓，他们从未想过有如此之多的残砖断瓦可以登堂入室进行展出，而这些残砖断瓦曾经构造出的辉煌建筑，竟能与京西北的那片废墟联系起来。

其时观展者常有万人之众，不少政府官员、文化名流、收藏家、考古专家也纷纷前来观展，“圆明园”“遗物”一时间成为那个春天最被人热议的话题。

《大公报》等主流报章在显著版面报道了这一文化事件。《北京画报》还特别出版专刊，首次提出圆明园“在中国文化上、艺术上，影响綦大，吾人不当以普通帝王苑囿视之也”。

展览不到半年，“九一八”事件爆发。民族危亡情绪在全国上下激荡，圆明园废墟上的断壁残垣顺理成章地成为抗战传单上的标志性图案。

次年，中国营造学社与北平特别市政府共同组成“圆明园遗址保管委员会”，制定遗址保管办法，并由文化费项下按月拨发工务局200元，以资园内各项建设之用。为了对遗址渐次整理，他们还对三园遗址勘定界石，并测绘成1∶2000的《遗址形势实测图》。时至今日，这幅《实测图》仍是研究圆明园至关重要的一份资料。

圆明园原可依此进入正式管理保护。但不久政府又命令将圆明园交给清华办农事试验场。等到1937年日军入侵，北平沦陷，清华大学被迫南迁，圆明园的建设再度不了了之。

圆明园要保护好

经历了晚清和民国时期的“木劫”和“石劫”，当解放军在1948年底进入这里时，圆明园遗址更像是京郊一片普通的农地：6个村子的农民散落在二三十个小居住点里。

新中国定都北京后，有许多从解放区迁京的单位看上了这片上风上水的“宝地”。中央党校拟在圆明园选址修建校舍，周恩来知道后立即予以制止，并对当时主持党校工作的副校长杨献珍讲了一段有关圆明园最著名的话：“圆明园这地方，总有一天会整理出来供国人参观的，国耻勿忘，圆明园遗址是侵略者给我们留下的课堂。”

根据这个指示，北京市政府发出“圆明园一砖一石不准动”的命令。1953年初，植物园请求在圆明园遗址开辟60亩育苗地，时任北京市市长的彭真明确表示：不得占用。

这片饱经劫难的名园遗址，等待着终有一日绽放出自己应有的价值。

不过，圆明园遗迹最初是被作为绿化公园保护起来的。1956年起，海淀区绿化队开始在圆明园进行大规模植树，1959年又正式将圆明园遗址划定为公园绿地。

一位当年海淀区绿化队圆明园班的老工人回忆，之所以大量种树，有一个目的就是与农民“争地盘”。“国家种了绿化树木的地方，农民就不能再开荒了。”

历史上，自从被焚毁后一直不断颓败的圆明园，渐渐被一些贫苦农民视为荒地，争相在此开垦粮田，因其不断蚕食着圆明园的土地，又被称为“土劫”。这种现象从光绪年间就零星出现，一直持续到上世纪五六十年代。

国家征购了旱地，广栽树木。不过，囿于当时的眼光和条件，树种主要选择了杨树——这种北方最寻常的树种，因其生长迅速，在昔日奇花异草遍布的皇家园林里遍地生长。

即便如此，也不能完全阻止农业生产对圆明园遗迹的破坏。几十年间，垦荒种地、填湖植稻、养鸡养鸭喂猪、积粪、盖房……经营旱地的不断平毁遗址，要种水田的就挖山填湖，养猪养牛也要拉土垫圈……圆明园230座山丘有80座被挖过，大部分河湖都成了水田。“坐石临流”成了建筑垃圾场，碎砖石和水泥渣层层堆放；“同乐园”成为“民兵干部教员培训中心”。

转变终于在1976年出现——

这一年，圆明园管理处成立。今天圆明园为人所熟知的那些大石头，从那时起开始了逐步清理。

工人们挖开沙土，用绞盘一点点地把石构件吊起。一直在被盗运和破坏的圆明园建筑残件，破天荒地回归原位。

清理大水法遗迹时，它前方的一座土坡上，几块石头的棱角露出尘埃。工人们本以为那就是几块碎石，但铁锹挖去泥土，却触碰出了一条歪倒的石柱，那里原来是皇帝欣赏大水法景观之处——观水法。

史料中，观水法正中设有宝座，后面是由5件石雕并列而成的大型石屏风，分别雕刻西洋军旗、甲胄、刀剑、枪炮图案。但工人们把土坡掘遍，却根本没有找到石屏风的任何痕迹。

那5个石屏风其实还存于世。

不久后，圆明园管理处从一直在为保护圆明园遗址奔走的北京市规划局干部赵光华处获知，石屏风就在离圆明园不远的北京大学朗润园里。

原来，1924年，溥仪被赶出故宫之后，载涛曾掌管圆明园之事，他把圆明园大批石雕、碑刻、太湖石运往他自己的赐园——朗润园。后来朗润园由燕京大学购去，这5块石屏、两块石鼎就一直弃置于该园中岛西北隅之湖滨。

管理处找到北京大学，学校方面对归还圆明园文物非常支持。工人们用绞盘和撬杠，将这7块重达3吨至5吨的石雕，一块一块地拉出百余米长的羊肠曲径，吊运回园内安装归位。

这是1860年后，圆明园失散物首次运回园内安放。现在，这5块雕刻着欧洲武士盔甲图案的石屏风，就矗立在观水法遗址上。虽然残破，但终

图为德国人恩斯特·奥尔末于1873年拍摄的谐奇趣南面景观

究回到了原位，让人们得以看到这种欧洲艺术元素如何融入中国园林。

也就是从那时起，圆明园遗址该如何保护的问题开始受到关注。

时任圆明园管理处党委副书记的张恩荫记得，1979年时，时任国务院副总理的谷牧曾到圆明园实地查看，并讨论圆明园遗址的保护整修和利用问题。不久，北京市园林局、规划局和清华大学以及国家文物局各自拿出一套方案。

“如何修整和保护圆明园，那时就有了分歧的端倪。”张恩荫说。

真正让这种分歧放大到引起全社会关注的，是一份声势浩大的倡议书。

1583人倡议

“一个外商想投资，在圆明园盖宾馆！”

1980年8月，中国建筑学会建筑历史委员会在北京召开圆明园罹劫

120周年学术研讨会，曾任中国建筑科学院院长的汪之力把一条内部消息带到了会上，登时把会场炸开了锅。

参与研讨会的是90多名古建和历史专家，这是对圆明园最为了解和关切的一群人。

“无论如何也不能接受把圆明园遗址变成宾馆。”研讨会很快达成共识，必须尽快对圆明园遗址进行保护、整修，于是决定成立“中国圆明园学会”，并当即成立筹委会。同时，决定写一份倡议书并征集社会名流签名，尽可能扩大社会影响，号召对圆明园进行保护、研究和整修。

时任国家文物局副局长的金紫光和魏传统将军都成了圆明园学会筹委会的负责人，牵头起草倡议书的汪之力也是老革命，曾任抗战时期活跃在京西大山中的平西抗日游击队政委。他们发动各自广泛的社会关系，在国家部委、北京市政府的老战友中广为联络，派人把会议简报和倡议书挨家挨户地送。

这份《保护、整修、利用圆明园倡议书》主要提出了六点建议：政府重申保护法令，公布圆明园为“全国重点文物保护单位”；建立专门的机构研究和管理；修建围墙、防止破坏；妥善安排遗址内农民；有计划地发掘遗址、研究史料，做好整修准备工作；有条件时，整理山形水系，清理遗址供人参观。

倡议提出不到两个月，迅速得到社会各界的支持。1583人在这份倡议书上签字，列在前面的有宋庆龄、沈雁冰、习仲勋、许德珩、张爱萍、史良、荣毅仁……“超豪华”的签名阵容可见“整修圆明园”在当时政治环境中所占的地位。“整修整修，还我河山锦绣”，张爱萍将军为圆明园题的诗一度成为时代强音。

出乎很多人意料的是，这份倡议书使圆明园成为举世瞩目焦点的同时，也引爆了一场旷日持久的争论。引发争论的是倡议书最后的一句话：“我们有志气、有能力，在帝国主义破坏的废墟上整修、重建圆明园这一优秀的历史园林。”

1980年12月28日，《人民日报》编发署名段运怀的读者来信，信中对整修圆明园“一千个反对，一万个不赞成”，最核心的理由是：“我国近十亿人口，现在还很穷，问题成山，需要大量经费解决”，而整修圆明园，“不知要花多少人民币”。

这在当时是很有代表性的一派观点。有人甚至把整修圆明园和慈禧挪用海军军费修建颐和园相类比。

圆明园管理处和筹建中的“中国圆明园学会”则以读者来信形式，在《人民日报》上做出回应，“是逐步整修，不是马上复原”，“整修圆明园是可能的”。

同时刊发的还有内蒙古自治区革命委员会驻京办赵石民的读者来信，他列举了整修圆明园的种种好处，第一条就把整修圆明园列为一种象征——振兴民族精神。

映射着中华民族百年屈辱史的圆明园，也同时承载起了百年强国梦，“圆明园被帝国主义破坏了，我们要把它修复起来，而且恢复得要比过去更好！”赵石民在信中写道：“我月工资40多元，如果（整修）募捐开始，我愿先捐50元，并负责筹集几百元。”这句话得到了众多响应。此后的4年中，圆明园管理处收到来自全国的个人和团体捐款共计7807元。

1981年12月17日的《北京晚报》上，发表了曾任新闻出版署署长、浙江省省长周建人的文章《应该有所选择》，文章说：“我们的经济建设任务还十分繁重，修缮古迹文物应该有所选择，要有利于教育人民，团结人民……圆明园目前不宜重造。”

文章见报，马上引出了中国人民大学清史研究所教授王道成的反击文章《也谈选择》，文中连珠炮式地发问：“圆明园有没有价值？是不是必要的风景区？保护、整修和利用圆明园遗址，是否有利于教育人民、团结人民？”

周建人没有回应，但争论在更大范围继续着。

恰逢此时，香港导演李翰祥拍摄的电影《火烧圆明园》在大陆上映，引发轰动，也让更多的人对圆明园的悲剧历史有了直观的认识，从而对持续的争论推波助澜，连对这部电影的争论也被裹挟进来。

在这样的争论声中，以“爱国主义教育基地”和旅游作为圆明园“出路”的想法轮廓初具。

遗址公园

争论中，支持复建圆明园的一派已经开始论证修复圆明园的可行性和实施步骤。

在1983年发表的一篇文章中，“整修派”甚至开始估算整修所需经费和工期：整修经费为1.6亿元，工程如不间断，则工期预计10年。

这个估算是否科学，并没有得到验证。不过，研究和论证的过程却把那个只存在于想象中的圆明园越来越清晰地勾勒出来。

有清一朝，自康熙以后数代帝王历经150年的营造，方才造就出一座万园之园。园中平地叠山理水，精制园林建筑，广植树木花卉，收纳中国风景名胜之俊美，又中西合璧，集当时古今中外造园艺术之大成，世界各地的奇珍异宝为之铺陈装点，道不尽的金碧辉煌、万千气象。一朝被毁，所有的瑰丽荣耀尽皆付之烟尘。残存于世的，除了废墟，就是绘画作品中的片段。

中国圆明园学会从成立之日起，就开始对圆明园资料进行全面整理和收集。时任圆明园管理处党委副书记的张恩荫，则带着几个工作人员，跑遍了北京的图书馆、档案馆、博物馆，他们寻找的目标是清朝皇家的御用建筑师——样式雷家族。

从康熙年间圆明园始建，直到同治年间试图重修，几代样式雷传人都是主设计师。在具体施工前，样式雷要先设计地盘样，也就是建筑草图，上面有亭台楼阁、庭院山石等建筑图例，也有桥梁、流水的布局走向。地盘样得到皇帝认可后，还要制作出烫样来。

所谓烫样，也就是缩微模型，在当时主要用纸板、秫秸、油蜡、木料等加工制作而成，因为有一道熨烫工序，故称烫样。而今，样式雷的烫样工艺已经失传，留存下来的圆明园“万方安和”等少量烫样，仍能让人惊叹其手艺精巧。

历经几年的查找，张恩荫等人终于找到了2000余张样式雷亲绘的草图和极少的几个烫样，几乎涉及了圆明园所有的建筑和山水。其中尤以同治年间为重修圆明园而作的为多。“不少建筑的草图上还标着小字‘现存’，可见圆明园被焚之后还曾有很多建筑幸免于难。”张恩荫说。

有样式雷的草图和烫样，再比照着不同时期留存下来的绘画作品、文字资料，万园之园的风貌渐渐清晰。张恩荫说，清代建筑规制严格，从现存的一个梁柱的直径，几乎就能推测出整个建筑的构造。再加上建筑外形的描绘，山形水系的走向，可以说，复建圆明园在技术上是可行的。真正的问题是一个难有定论的价值判断：“应该，还是不应该?”

1983年，国务院批复《北京城市建设总体规划方案》，第一次明确了要将圆明园建成遗址公园。

按照这一定位，1984年，福海开挖，并于次年恢复了景观。此后，绮春园水域、西洋楼遗址、绮春园大宫门、二宫门得到整修，周围山形水系逐渐恢复，真正复原的只有西洋楼黄花阵、福海蓬岛瑶台等极少量的建筑，绝大多数遗址仍以废墟的状态保留着。

图为整修后黄花阵中的石亭

1988年1月，圆明园被划为全国重点文物保护单位。同年，圆明园遗址公园初具规模，正式向社会售票开放。

不过，即便是这样的整修也不断招致争议。今人的建造和整修技术已非当年建造圆明园的工匠们能比，但工程真的开展起来，今人不得不慨叹当年工匠们的建筑手法、艺术造诣超乎想象。现代人理念中“原址原貌”复原的建筑还是多少背离了原貌。

比如复建出的黄花阵景区。

黄花阵是一处欧式迷宫，中间有一座圆亭，在乾隆朝《西洋楼铜版画》中标名“花园”。1989年，圆明园复建出了黄花阵全部阵墙和欧式圆亭。亭子全部用石材雕拼而成，不施寸木砖瓦，看上去和《西洋楼铜版画》中的景致并无二致。

但是2008年，圆明园学会从美国杜克大学获得了一批拍摄于圆明园被焚后不久的照片，其中之一即是黄花阵，它在大火中幸免于难。而令中国的专家学者心绪复杂的是，这张照片中的黄花阵和复原的黄花阵判若两处。

从照片中可以清晰看出，黄花阵中的西洋亭是一座汉白玉底座、木结构廊柱、琉璃顶的圆亭，虽然借鉴了西洋建筑特色，但更有中国建筑的神韵；而复建出的“西洋亭”，不但用错了材料，看上去更是一个不折不扣的欧式亭阁。

“废墟派”与“整修派”

上世纪90年代，圆明园内的商业设施一度大为发展，福海中跑着摩托艇，西洋楼前抬花轿，大片遗址中办起了动物园、射击场……形形色色的时代产物云集圆明园，触怒了很多人的神经。群议蜂起。

1995年10月27日，社科院外文研究所研究员叶廷芳在《人民日报》上撰文《美是不可重复的——圆明园遗址前的叹息》，直斥圆明园“修复”工程“目光短浅”，“急功近利”。

“他们连听一听社会声音的耐心都没有就贸然开始了圆明园的‘修复’工程，果然，仅仅几年工夫，圆明园内帆船点点，绿树丛丛，歌声笑语，鼓乐喧天，甚至在‘西洋楼’前抬起了‘花轿’，把象征国耻的重要文物变成了生财不息的摇钱树！”

“动不动就在文物的废墟上大兴土木，搞了为数不少的不伦不类的假古董，既掩盖、破坏了许多废墟本身的美，又阻止人们借废墟发思古之幽情，行怀古之审美想象。这种行为，名为弘扬，实则摧残。”

随后，叶廷芳又在《光明日报》撰文《废墟也是一种美》，从美学层面对自己的观点进行理论阐述，“废墟派”的命名应运而生，核心主张即圆明园遗址应该保留废墟原状。

与上一个十年争论中的“反对派”一样，“废墟派”反对整修，但理由不再局限于财力，而上升到文化学以及美学层面。

与“废墟派”对立的则是“整修派”。

其实即使是在“整修派”内部，想要全部重建圆明园的也只占极少数，而大多数人还是主张部分整修，已经成为圆明园名片的著名的西洋楼等遗址废墟则应该保存。事实上，在“整修派”内部，关于到底该修复多少的争论也一直在进行着。但这并不影响他们面对“废墟派”时的相同观点，那就是至少要复原圆明园中的山形水系和植物配置。

最激烈的争论在“废墟派”代表之一从维熙与“整修派”代表王道成之间展开，修与不修圆明园被上升到是“雪洗国耻”还是“难割辫子，精神残缺”的高度。同一个国外废墟遗址，既可以是正方论据也可以是反方论据，以子之矛，攻子之盾……发表文章的题目直点对方之名，你来我往几个回合，连文章题目都成了《对×××先生答复的答复》这样的绕口令。

“整修派”和“废墟派”的争论从上世纪90年代一直延续至今，矛盾激烈时势如水火。两派的代表人物，分别是汪之力和叶廷芳，一个是70多岁的学者，一个是年近百岁的元老，双方互不相让。其间，北京市城市规划设计研究院编制的《圆明园遗址公园规划方案》于2000年经市政府办公会议通过，国家文物局也回函同意。

从某种程度上说，这个规划也是各方观点争论出的结果——既适度整修，又不盲目行事。《规划》重申了圆明园遗址公园的保护原则，批判商业游乐化倾向，决定恢复全园的山形水系及植物配置，保持大部分遗址被毁面貌，必要的建筑物恢复限定在1/10以内。

心结难解

2007年，港澳知名人士何鸿燊以6910万港币的天价购得圆明园马首铜雕，刷新清代雕刻文物拍卖价格的纪录。

不久，何鸿燊把马首和此前以600多万港币买回的铜猪首一同捐给保利博物馆。而保利博物馆中已经收藏的猴首、牛首和虎首则是在2000年从香港拍回，总计花了近3000万港币。

在圆明园数以百万计的流失文物中，12只生肖兽首的艺术价值并不突出。但它们一旦被贴上“圆明园流失文物”、“回归”、“爱国”的标签，原本默默无闻的装饰物，迅速升级为国宝。

国家文物局专家组组长罗哲文这样评价12兽首拍卖：“它们的价值不是经济和艺术价值，而是政治价值，因为这是侵略者的罪证。将当年以强盗行径劫掠的中国文物用天价拍卖，无异于敲诈，既可鄙，也可耻！”

但这并不妨碍国外的文物商一次次成功地利用圆明园，绑架国人的爱国热情，撩拨起民族情绪，从而攫取巨大的商业利益。

2009年，圆明园兽首拍卖再次上演，鼠首和兔首的落槌价超过2亿元人民币。只是这一次，最后竞得的中国买家其实是故意搅局，竞拍成功却拒绝付款，兽首拍卖以闹剧收场。

一石激起千层浪，反对者认为其“毫无信誉，有辱国格”，也有支持者大赞这是“爱国义举”。

有关圆明园的争论似乎总是达不成一致。

150年前的那把熊熊大火，焚毁了“任何笔触都描述不出其华美瑰丽”的“万园之园”，却把“圆明园”的创伤定格成一个恒久的象征，它静静看着时光流转，看着脚下这片国土所发生的变化。矗立在京西北的断壁残垣，已烙印进了中国人的精神血脉。

倏忽间已是一个半世纪，沧海桑田，换了人间。这个心结，却始终难解。

海原大地震

董少东

海原大地震，可能是世界上最少被人忆及的巨大灾难。

海原，这个宁夏回族自治区的偏远小县，少有人知。90年前以这里为震中的大地震，似乎尘封在高原的黄土之下，和海原一样无籍籍名。

然而，仅凭几个数字，海原大地震也该被永远铭记——震级里氏8.5级，释放的能量相当于11.2个唐山大地震。它不但在中国史上罕见，也是世界最大地震之一。当时，世界上的96个地震台都记录到了这场地震，海原大地震也由此被称为“寰球大震”。

据最新研究成果，海原大地震造成死亡人数达27万人之巨。地广人稀的西北荒僻之地，地震死亡人数竟超过唐山大地震，足见其惨烈。

2010年12月16日，是这场地震的90周年纪念日。海原地震博物馆在祭日这一天正式开馆，那场亘古未有的灾难打开尘封，供人们凭吊和检视。

绕地球震了一圈

1920 年 12 月 16 日，当时居住在北京的鲁迅先生在日记中记下了这样的一笔："夜地震约一分时止"。

寥寥 8 个字，记下的是当时北京感受到的地震——仅仅属于可感级别，并没有造成任何的破坏。而这 8 个字，竟然成了那次大地震在北京最早的文字记录。

鲁迅先生不会想到，他记下的是千里之外大地震传导到北京的余波。

几乎与此同时，中国的很多城市也感受到了这次震撼。

在上海，天花板上的吊灯和吊扇长时间晃动，英国领事馆的时钟、信号钟都停止了摆动。

1920 年大地震之后，海原县城的惨状。

在香港，一位名叫福契特的神父正躺在医院的病床上，他清楚地感到床在晃、纱帐在动。

1920年12月16日，大约是晚上8点钟，在中国某些城市以及和它邻近的国家，观测到一些异常现象。不能说成都、大名、上海和海防相距很近，要知道从成都到大名大约1200公里，而从海防到上海大约1900公里。可是，在上述时刻，在成都法兰西领事馆，在大名的耶稣教徒传教团，在上海的英国领事馆和在海防的天文台内，所有钟表立刻停摆。在这些城市和所有其他许多居民点，坐在饭桌旁的人们忽然看见，吊灯开始摆动起来，后来还知道其他一些情况。在大名以北的板夏（音译），三个闲谈的传教士忽然感觉到恶心欲呕，他们觉得地板就像船舶上的甲板一样开始摇摆起来……

这是海原地震发生后，苏联一位佚名作家撰写的《一九二〇年的中国，西方忽视了的灾难》的开头部分。

甚至在地球另一端的美国，地震仪上也清晰地刻画出了异常的地震波。当时世界上的96个地震台，都有类似的记录。

中国地震局兰州地震研究所原所长郭增建是新中国第一批研究海原地震的地质工作者。他说，当时对地震监测最严密、技术也最先进的是地震多发的日本。位于东京的地震仪检测到地震表面波绕着地球转了一圈，数小时后又转了回来，再次被记录下来。

东京地震台的仪器可以把地震波放大12倍，在当时是最灵敏的，可与现在的仪器相比就落伍太多了。

而现在的地震仪，对近几年发生的“5·12”大地震、海地地震等，也没听说过哪次地震的地震波能被监测到绕地球一圈。这从另一方面印证了海原大地震的能量之强。

监测到地震波，世界上所有的地震台都有同一个问题：震中在哪里？

据当时的美国媒体报道，美国地震台依据震波数据，推测说此次地震震中在距纽约3000英里以外的地方。但事实证明，这样的推测实在太低估此次地震的能量了——即便是不沿着地球表面计算，而是直取地球直径，偏远的海原距离纽约也远远超过3000英里。

对震中推测相对较为准确的，是日本东京地震台和位于上海的徐家汇观象台。

徐家汇观象台是由法国教会组织建立的，当时由神父盖尔基（音）主持。徐家汇观象台就地震所作的《1920年12月16日大地震的概述和评注》，详细记录了当天紧张的监测情景：

> 钟表突然停摆，而吊灯奇怪地摇晃起来。与普通人相比，他们（传教士）马上意识到这意味着什么，急忙涌入安装有地震仪的地下室。
>
> 地震仪上的笔尖正在画着越来越宽的曲线，第一波较早的强波动出现在20时9分16秒。稍有平缓之后，地震仪上的南北向放大笔被剧烈的震动抛向了一边，盖尔基神父发出了警告："注意！波动主峰就要到达了。"

这些波在20时16分到达。令人惊叹的是，震动的强烈竟然让地震仪都难以承受，笔尖半途跌落了。

虽然没能记录下全部的地震波，但已能够对地震的量级和位置进行推测。

震波在大地上涌动需要时间。宁夏地震局副总工程师柴炽章告诉笔者，地震波按传播方式分为三种类型：纵波、横波和面波。它们的传播速度是不一样的，地震仪就是分别记录这几种波，然后根据它们到达的时间差、振幅等数据，大致推算出地震的位置和强度。不同位置的地震仪推测的地震震中范围不会完全一致，重合的地方很可能就是震中所在。

徐家汇观象台推测，震中在上海的西北方向，距离大概是1400公里。

日本东京地震台和上海徐家汇观象台对震中的推测非常一致：甘肃东部（当时海原属于甘肃省，故又称甘肃大地震）。

“山走了！”

在绘制于上世纪 80 年代的《1920 年海原地震破坏和有感范围图》上，一个圆圈画出了破坏范围，圈内包括西宁、兰州、银川、西安、太原，圆圈的中部左侧是极震区，状如一滴由西北流向东南的泪水，那是甘肃和宁夏交界，海原、固原、西吉直到通渭的一个狭长地带。

大地把震动一波一波地传向远方，像水面上泛起的涟漪。波纹止于一条沿中国东南海岸画下的弧线：北京—天津—上海—香港。

和震波之末些微震颤带来的虚惊不同，处于地震中心的人们，正在世界末日般的山崩地裂中挣扎。

时间已经过去了 90 年，现在再去寻找对那个恐怖时刻有清晰记忆的人已是徒劳。其实也不用去寻找所谓的亲历者，那场地震，已经是海原人的群体记忆，代代相传。

灾难远远超过了当时人们的认识能力，90 年的流传加上了很多演绎、虚构的成分，给那场旷世大地震添了几分奇幻诡异。

在银川至海原的长途客车上，笔者的邻座马福生是个海原人。车行了 4 个小时，他一路都在讲地震。绝大多数时间，他都在很神秘地讲种种怪力乱神的传说，很认真地讲种种难以解释的神幻现象。

比如，地震前几个月，海原的孩子们都在传唱着童谣《摇摆歌》。没有固定的歌词，孩子们看到什么唱什么，每句话的最后都要加上一句“摇摇摆”、“摇着呢”，冥冥中似乎预示着即将降临的灾难。

比如，地震前不久，一个和尚在海原游走，左手拿枣，右手拿桃。后来人们才反应过来，那是让人“早逃”。

但有些口述是可以确信的。比如，马福生的祖爷爷、祖奶奶等五口人死于地震，当年只有 10 岁的太爷爷幸存下来。事实上，几乎每个海原本地人都有亡于地震的祖辈。那场地震，夺去了海原县半数以上的生命。

海原县地震局局长刘刚也是本地人，他的曾祖父、大爷、二爷、姑奶一同遇难。曾祖母抱着他当时只有一岁的祖父，幸免于难。刘刚对地震的专业描述如教科书般严谨准确，而谈及当时的情景同样零散，他和马福生的口中都有这样的话："山走了！"

山怎么会走？

高原上，黄土堆积成连绵的群山，沟壑纵横，构成伟人笔下豪迈壮观的"原驰蜡象"。黄土土质黏韧，在土山上掏挖出窑洞，是黄土高原上代代相传的居住方式。

很难想象，这些巨大而坚固的山在瞬间移动起来，扭曲、错位、崩塌……该是怎样的恐怖？

柴炽章说，造成地震的地应力主要有三种，张应力、压应力和剪切力。简单的理解，它们对应的破坏分别是撕裂、挤压和扭曲。海原大地震的破坏主要是第三种，不同板块发生位移、错位。

山，确实是走了。推动山走的力量相当于1200枚广岛原子弹，或者11.2个唐山大地震。

巨大能量瞬间释放，在黄土高原上撕开了一条长达237公里的断裂带，跨越甘宁好几个县。它们穿越山梁，横跨沟谷，不受任何地形和岩性的影响，按着既定方向伸展。至今，在极震区乘车而行，许多像被利斧劈过一样的山体次第进入眼帘，部分留在原地，部分却分离出去。90年的光阴都没有能够湮没当年大震留下的痕迹。

海原地震博物馆内，有一株1∶1复制的震柳模型。这是一棵500年树龄的古树，生长在海原县西安镇哨马营村。地震断裂带刚好从树的中间穿过，生生把两人合抱的树体撕裂成两半。

类似的遗迹在海原俯拾皆是。典型如海原干盐池一带，大地在震后出现严重错位，其中最明显的标记就是田埂。唐家坡12条石垒田埂原本是南北走向，被地震断层横切后，田埂被断为三四节，最大的位移达7.4米。而唐家坡东侧，干盐池盐湖南缘的断层骤然升高2米以上，引起湖水北移1公里之多。

树干被地震撕开的震柳

某幸存者清理倒塌的窑洞

除了这些大地的伤痕，更细致的记录留存在文字之中。

海原县是所有灾区死亡人数和比例最高的区域。《民国九年十二月甘肃地震报告》中对海原地震的整体描述为：

> 同日晚7时大震，突见大风黑雾，并见红光。大震时约历六分，地如船簸，人不能立……土石山均有崩塌及移动，尤以土山崩溃为多……城中房屋几全数削平，城垣原系土筑亦大半毁坏。四乡死亡极多，往往全家压毙……

紧邻海原的固原县同样被震垮。《固原县志》载：

> 其始震也，由西北而来，往东南而去。状如车惊马奔，轰声震耳，房倒墙塌，土雾弥天，屋物如人乱抛，桌动地旋，人晕难立。震荡倾足下，土瓦临头上，急呼狂奔，茫无所适。有鞋提足跳者，有顶被呼救者。男跳驰，女匍喊……惨哉！天灾之烈，如此其甚。

国际饥饿救济协会的霍尔等三人在地震两个多月后进入震区。他们拍摄了大量的震害照片，并留下了生动的文字描述：

> 在丝绸之路的一段上，山峰在夜幕下移动，巨大的地裂，山崩如瀑布般一泻而下……突然间，他们听到来自地下的怒吼，同时感到大

地剧烈的抖动，他们一会被抛向东北方向，猛然间又被颠向了西南方……天刚蒙蒙亮，他们爬出来时，发现了巨大的山体滑坡，吞噬了无数的村庄，覆盖了肥沃的平原及谷地，淤塞了河道，山谷变成了湖泊，大山在一夜之间移动到了别的地方。当时的人们被这突兀的地震惊呆了。他们惊奇地叫道："山走了！"

霍尔等人的记录发表在美国《国家地理》杂志上，文章的名字来源于当地人的话——《在山走动的地方》。

"纪难节"

伤亡是骇人的。

震情最惨烈的是海原。海原县城以东不远，现在还有一处埋葬地震遇难者的"万人坟"。坟堆连着坟堆，占地数百亩。震后仓促下葬的死难者太多，甚至有七八个人同葬一个墓穴。

地震发生时是农历十一月初七，在当地成了特有的"纪难节"。每年的这一天，都会有来自四面八方的后人们，来到"万人坟"祭奠先人。

按照《中国民报》1921 年 3 月的地震灾情调查表，海原县死亡人数约为 4.5 万人，被压毙的牲畜有 7 万余头，房屋则倒塌了 8/10。半年后，北洋政府的正式官方文件，将海原县死亡人数确定为 7.3 万人，约占海原县总人口的 59%。其次为固原县，1921 年呈报官方的死亡数字为 4 万余人。海原、固原之外，其他如会宁、隆德、通渭、靖远、静宁等 5 县，死亡人数均过万人。

造成如此巨大伤亡的根本原因，首先自然是地震之烈。张思源说，海原大地震震级达 8.5 级，也有研究称是 8.6 级，在世界近现代史上并非最高，但考量地震破坏力的烈度却达到最高的 12 级，这意味着"毁灭性的破坏"。

据震中各县县志记载，地震后，海原县城内除一座钟楼和一座极矮小的土坯拱窑外，其余建筑物皆被夷为平地。西安州全城震毁，房屋倒平，麦场上的石碾子自地面跳起一人多高，落下来砸死了一头牛。靖远县东区之干盐池，房屋无一存者……

另一个造成巨大伤亡的原因与当地人的居住方式有关。这一点，中国最早实地考察海原大地震的地质学家翁文灏、谢家荣等人都明确指出过。翁文灏所作《民国九年十二月十六日甘肃的地震》中写道：

人民居住非土房，即土穴，支以木料者绝不多见。故经震动即倒塌坠落，不克自持，而人亦随之。

关于海原大地震，当地人最恐怖的记忆多来自窑洞。

土穴，即窑洞。深受侵蚀的黄土高原土质疏松，一遇震动，黄土如巨浪崩泻，淹没整个村庄，依山凿掘的窑洞顿时成为墓穴。

本世纪初年，宁夏广播电视局曾制作过一部海原大地震电视纪录片，片名借用了当年美国《国家地理》杂志文章的题目——《在山走动的地方》。纪录片采访到了几位经历过地震的耄耋老人，留下了为数不多的口述实录。

85 岁的吕金芳老人（2002 年采访，已去世）是干盐池老城村人。地震前，老城村的城墙上都是村里人住的窑洞。老人讲："城墙上的洞洞子（窑洞），一下子摇得没有痕迹了，把人捂死在里头、打死在里头，死人多得很，我有三个姐姐就打死在那个洞洞子里。"

96 岁的张怀智老人（已去世）说："地震把崖窑的门壅了。第二年挖开窑门，发现里面饿死的人多得很。"

海原县地震局办公室主任王炳军告诉笔者，上世纪 70 年代初，海原县农民搞农田基本建设时，挖出过许多地震时倒塌的窑洞遗迹。在这些废弃的窑洞的墙壁上，都能见到一处一处的手指抠抓下的痕迹，深深的，并带着血。血手印垂直的下方墙角，则是森森白骨。可以想见，窑洞的主人曾经是多么绝望而徒劳地试图用双手挖开掩埋他的黄土。

这场大震甚至改变了人们千年以来形成的居住习惯。而今，在海原一带的黄土梁上，再也见不到挖窑洞为居的人家。“打怕了么!”马福生说。

“打”，在当地方言中是一个含义非常宽泛的字眼，常与“死”并用。亡于地震，在当地人口中就叫“打死”，或就是单单一个“打”字。

马福生的话，可以理解为“震怕了”或“死怕了”。

伏尸累累

这场惨绝人寰的大灾难，直到它发生10天后，才明确地记载在国内媒体上。12月26日出版的《民国日报》报道：

> 本月十六日平凉及四乡十余县，地震十余次，倒塌房屋，压毙生命牲畜无数，为固原县尤重。

这是当时最接近震中真实情况的报道。消息来自固原县电报局。固原县电报局也因地震倒塌，三名工作人员抢出电报机，架设天线，连接电源……地震数日后才向外界发出了第一份电报：

> 大批遇难者的尸首遍布四野，伏尸累累而无力掩埋，数十里内人烟断绝，鸡犬灭迹。

关于大地震死亡人数，众说不一，但从1921年的最初考察开始，最保守的估算也超过20万人。此后数十年，科学界普遍采信的数据是23万余人。

今年，中国近现代重大地震考证研究项目宁夏项目组重新整理了近90年所有的地震历史资料后，把这个数字修正为27万人。

领衔项目组的是宁夏地震局局长张思源。他说，三倍于“5·12”大地震死亡人数，这是一个触目惊心的数字！在中国近现代史上，与之接近的只有唐山大地震，死亡24万人。而唐山大地震的震中在一座颇具规模的现代城市；海原大地震，震中在黄土高原的穷乡僻壤，地广人稀，毁于地震的数座县城，规模不过数万人口而已。动辄半城皆殁，家家披丧，何其惨烈！

张思源说，目前统计的海原大地震死亡人数，不但有在地震中直接死亡的，此后的余震、寒冷、饥饿、瘟疫，又夺去了数以万计的生命。由于年代久远，死亡原因已难以详细区别。

但那场地震，无疑是死神降临的起点。

时值隆冬，大震之后，余震不断，且天气陡然转冷。在 1922 年 4 月 24 日《新陇》卷 1 期上，详细记载了余震及震后天气情况：

> 十七日（余震）终夜不休，八时陡起大风，为亘古所仅见。人民牲畜冻毙者不计其数……

曾于 1921 年赴灾区考察的谢家荣亦曾在文章中提及，这场发生在冬季的大地震，导致当地人民“流离失所，衣食俱无，故不死于地震，亦多死于冻馁。其后各地虽派有急赈，而交通艰难，常需数日后始达，实属缓不济急”。

当时的《地学杂志》在《陕甘地震记略》中报道，灾后的人民：

> 无衣、无食、无住，流离惨状，目不忍睹，耳不忍闻……一日失所，复值严寒，忍冻忍饥，瑟瑟露宿，匍匐扶伤，哭声遍野，不特饿殍，亦将僵毙。牲畜死亡散失，狼狗亦群出吃人。

待到地震后两个多月，国际饥饿救济协会的霍尔等人到达震区时，看到的是这样一幅惨景：“活下来的人无心去掩埋那些从废墟里拉出来的尸体，遇难的人和动物的尸体仍然一起摆在街道上腐烂”。

十万火急

在海原地震博物馆里，保存着一份“十万火急”打头的电报。那是时任甘肃省省长的张广建向民国大总统及国务总理发出的求援电报。

可就是这份“十万火急”的电报，发出的时间居然是1921年1月20日——大地震发生已一月有余。当时的政府机构是如何救援这场旷世灾难的，可见一斑。

那时的中国，正经历着天灾、人祸交替的世纪苦难。政局动荡，军阀混战，直系军阀曹锟、吴佩孚刚替代皖系军阀段祺瑞的统治，加之国力匮乏，面对奇灾浩劫，竟无动于衷，唯以总统徐世昌之名捐了1万块大洋。此外，再无政府力量出手救援。

震中各县，地方官府同样遭遇重创，多数陷于瘫痪。海原县县长钟某的妻子、儿子同时遇难，钟某哀极发疯，隆德县知事邓某妻子和女儿遇难，痛不能言……

县衙自身不保，省政府不知所措，北洋政府置若罔闻，震中人民呼天不应，呼地不灵，冻馁、瘟疫接踵而至，灾情进一步加大。

地方官员和乡绅组织的自救，是当时为数不多的亮点。

当时的静宁县县长是周廷元，解放后曾任甘肃省文史研究馆馆长。据其本人《甘肃静宁县大地震纪略》所称，他在地震后的次日凌晨，就从县仓内出粮，救济没有食物的灾民，还从商铺购置衣物，帮助没有衣服避寒

静宁县县长周廷元（左）一家只能栖身帐篷

的群众，又从仓库取出帐篷搭盖草屋充当灾民住所，并电请兰州河北医院，为受伤民众医治……

当时，英国在中国出版的英文报纸《字林西报》曾刊发题为《一个甘肃县长在地震中，十分真实的故事》的报道，用感性语言描述周廷元震后作为：

> 那里的县长是一个精力旺盛，十分能干的人，对人民是一种真正的福分……人们对这位官吏充满赞美。当地震来临时，他立刻命令人们冲出去。并叫人们离开住房……当地震过后，他出来叫人们立刻去抢救那些埋在瓦砾堆中的活人……还命令出资埋葬死者和动物的尸体，以防止发生疾病。

震后70天，甘肃旅京人员在报刊上撰文痛述灾情之烈，抨击当局冷漠态度，悲叹："莽莽七十余州县，统一地图上无颜色；蚩蚩九百万人民，与共和国内为孤孽饮痛而无泪可挥。"呼吁国人慷慨解囊，以救助黎民火荼之苦。旅京沪各地的甘肃籍人士纷纷倡捐救灾。

当时，在民间组织的募捐救灾活动遍及全国。旅京甘肃同乡会组织的甘肃赈灾救济会，是较有影响的赈灾组织。该会成立后，即制定了简章，办事规则，向社会各界发出哀告书，向军政要人黎元洪、曹锟、张作霖等人呼吁资助。

不过，大灾面前，这样的救援何等力不从心。

1921年整整一年时间，民间赈灾救济组织仅收到16省150余县、单位、军队和500余人的捐款3.1万元大洋。如此微薄之数，可见赈捐之艰难。

救灾举措本就举步维艰，杯水车薪，北洋军阀在甘肃的执政者代理、甘肃督军陆洪涛又出了个雪上加霜的"昏招"。他迫于财政和军饷困难等原因，和甘肃军阀孔繁锦一起铸造铜币。这种铜币以民国铜币做样板，进行翻砂铸造，大量发行流通于兰州周围城镇和地震灾区。直到现在仍有存世。

这些铜币质量粗劣，版别众多，只能在甘肃省境内流通，在外省根本不能使用。而甘肃又是灾区，救灾物资特别是粮食匮乏严重，翻砂铜币大量入市，等于是人为地制造了通货膨胀，甘肃救济崩溃，民间怨声四起。但军阀们不顾灾民的死活，翻砂铜币继续发行了长达4年之久，造成饿殍遍地。

时任固原县公安局局长的石作梁曾回忆，由平凉运来的两车锅饼，刚刚抵达固原县的郊野，就被饥民蜂拥围堵而上拦乞，护押锅饼的士兵叱之不退，这些饥民“宁甘引颈受刃，不肯舍车放行”。

同时有文献记载，1921年的正月初七，这个陆洪涛还在和一班官吏们在督军署饮酒赋诗，一派歌舞升平的景象。

1923年3月19日，甘肃籍国会议员周之轮等人在给中央赈务处的公函中，描述震后两年余的惨状：

> 敝省自震灾以后，民生凋敝，日益颠连，加以雹灾旱荒频岁歉收，始则省外各县更迭蒙灾近，且流离之惨延及省垣。

逃难，成了众多地震幸存者求生的唯一选择。海原县死于地震的人十有五六，幸存的又有一小半背井离乡，现在生活在全国各地的海原人，多数都是那个时期逃难人的后代。

留在故乡的人吃光了存粮，吃光了牲畜，甚至用来耕种、运输的牛马也被宰杀殆尽。靠着微薄的救济挨到第二年的春天，野草、树叶又成了吃食。直到数年后，海原民众才又得温饱。

第一份地震科考报告

“用现代的科学方法来观测地震，在中国可以说是从海原大地震之后才开始的。”柴炽章这样说。

第一批到达极震区的观测者，严格说来竟非中国人，而是从北京赶来的几个外国人。

这一行人，是抱着救灾的目的前来的。1921 年 3 月 6 日的《中国民报》报道：“据国际赈灾救济会称，现派赫君等赴贵省灾区实地调查，俟回报后即行筹备相当救济之方。”

“赫君”即为现在翻译的霍尔，国际饥饿救济协会派驻北京的总干事，同行的还有颇具传奇色彩的美国《国家地理》杂志的摄影师克劳斯。当年 3 月初他们从北京出发，经河北、河南、陕西进入甘肃，先后到平凉、隆德、静宁、兰州、固原、镇戎（今同心）等地。

大地震后，山河壅塞，交通断绝。这一行人先乘火车，后雇马车，最后骑着毛驴、骆驼进入几乎沦为孤岛的极震区时，那里的人们已经在恐惧、寒冷和饥饿中苦熬苦挨了两个多月。

可悲的是，霍尔等人并没有带来灾区渴盼的救援。虽然他们在极震区记录了大量的文字和影像资料，回到北京后还制成了纪录电影放映，号召捐款救助。国际饥饿救济协会也确实筹到了不少捐款，但那已是震后第二年。据说，那一年华北五省大旱，国际饥饿救济协会以此为由将款项抽走，地震灾区未得援助。

不过，霍尔等人的调查报告《在山走动的地方》发表在 1922 年的美国《国家地理》杂志上，成为当年对地震现场最生动、写实的描述。更为珍贵的是，他们拍摄了大量的震害照片。现存的海原大地震影像资料，一多半出自克劳斯之手。

这几个外国人并非专业的地质工作者，他们的记录偏重于地震造成的苦难。这样的场景在极震区随处可见，每走一步都足以震撼人心。也许就是因为这样，他们在极震区中探访了月余，却错过了震中海原。

第一批进入极震区进行专业地震考察的中国地质学家，脚步稍稍晚于霍尔等人。

1921 年 4 月，当时的内务、教育、农商三个部派出翁文灏、谢家荣、王烈、苏本如、易受楷和杨警吾 6 名委员赴灾区调查。其中，翁文灏是中国第一个地质学博士，对中国的地质学教育和研究应用做了众多的开创性工作：第一个撰写中国矿产志、编成第一张全国地质图、主导发现及开采中国第一个油田。他还是中国近代史上为数不多的“学问做到院士，当官做到总理”的人（曾任国民政府行政院长）。

这次考察，也开创了中国地质学上的多个“第一”。海原县地震局局长刘刚介绍，这个科学考察组进行了中国历史上第一次地震现场考察，提交了第一份地震科学考察报告，绘制了第一份震区烈度等震线图。

除了对地震发生的情形做了详尽描述之外，翁文灏等人也表达了对于地震预防及应对的很多意见。翁文灏在《为条陈调查甘肃地震意见呈请》中建议，中央观象台和农商部地质调查所应通力合作，改变一无专门设备，二无专精人才的局面。他还特别提及“地震仪”的设置：

> 汉时张衡造地动仪，陇西地震长安先知。是我国原为地震仪发明最早之国，惜继起无人，遂至失传。近代欧美、日本所用之地震计，则视古代地震仪尤大进步，能于波动状态为极精细之研究……此不可不早为之计者也。

当时的北洋政府中央地质调查所立即着手建立自己的地震台。并于1921年派员赴法国学习，1923年开始筹建，直到1930年终于在北京建成了中国第一个地震台，拉开了中国地震观测工作的序幕。

和后来地震前兆及其预报研究更有关联的，是农商部地质调查所的谢家荣《民国九年十二月甘肃地震报告》，其中提及地震前后的奇怪气象、鸣声及井泉涨缩现象，并附有自己的见解。

比如现在地震宏观预报非常关键的地下水的变化，在当时就受到了关注。泾川、定西、会宁等县报告，大震后井泉味道比以前略咸。宁夏、静宁、环县等报告则称，震后泉水升高尺许至十余尺不等。宁夏县的泉水较震前微温而臭，通渭、海原等县则有井泉枯涸的报告，隆德县有大震前井泉忽涨，震后复原的现象。

不过，囿于当时的科研能力，谢家荣认为，井泉的变化视各地地形地质情况而异，不能一概而论，颇难断定。所以，他只是把它列出来“以备将来之研究”。一直到30多年后，这些异常现象才被新中国的地质工作者重新整理研究，并成了地震宏观预报的重要参考。

颇为可惜的是，翁文灏一行也和霍尔等人一样，与实际的震中海原失之交臂。

或许是地震后的交通实在难以前行，或许是此前各种错误报告造成了误导，翁文灏等人经呼和浩特、银川到达兰州，尔后进入震区，经会宁、静宁赴固原，再由固原经平凉、天水返回兰州。海原其实就在他们的这条线路北部不远，却没能在第一时间进入考察者的视野。

尽管对极震区内的大多数地方未能实地考察，但是翁文灏一行所得到的大量第一手资料，直至今天仍然具有极高的科学价值。特别是翁文灏在此后的调查报告中，明确指出了震中并不在此前所说的甘肃平凉，而应该在灾害更重的海原，但具体位置还不能确定。

因为那场地震极震区的范围基本都属当时甘肃省的管辖范围，所以当时被笼统地称为“甘肃大地震”。而按照地震学习惯地以震中来命名为海原大地震，则要等到它发生了38年之后。

对海原大地震系统的科学研究，随着此后中国连年的战乱而被搁置。直到30多年后，才在新中国的地质工作者中展开。

活教材

1958年，中国科学院地球物理所派郭增建等6人组成地震预报考察队，对海原大地震进行实地考察。

“那时，新中国第一个五年计划刚结束，苏联帮助了中国好多个大项目，他们的专家要求，在设计图纸和施工之前，必须先知道这些地方的地震情况。我们就全力投入到这个工作中去。”生于1931年，1953年进入中科院地球物理研究所的郭增建说。

为期一个月在极震区的详细踏勘中，他们第一次访问到并勘察了由李陵堡经海原县城南至干盐池的地震断裂带。这一断裂带穿山跨谷，整体走向约为北西向，长约100公里，此前从未被提及。经过详细勘察，考察组确定震中位置就在海原县的干盐池至西安州之间。

从这个考察组定名为“地震预报考察组”就可以看出，他们承担的一项重要工作就是关于地震预报的研究。也正是这次考察，取得了地震前兆和宏观预报的重大突破。

郭增建说，例如前震、地下水的变化、声音、发光现象、动物的异常现象、小孩的动态、天气反常等前兆现象，我们在海原地震中都找到了。其中异常现象最突出的有地下水、动物。

实际上，海原大震时，还有不少有关地下水位变化的记载，而且有人已经初步认识到这是地震前兆。如《固原县志》记载道：

> 向居平原之人，家有井绳十丈，震前忽强半而能汲水，人以为水旺，其实地震之预兆也。

地下水位的变化之所以能引起人们的注意，首先是因为变化突然，而且幅度很大，在西北干旱缺水的地区，极易引起人们的注意。其次，水位大幅度上升的时节正值冬季，按正常的地下水位动态变化，水位本应逐渐下降，然而当时却一反常态，水位大幅度上升，这就必然给人们以深刻的印象。

这种反常现象，翁文灏等考察时就已发现，也曾提及。但谢家荣等人对了解到的事实半信半疑，在报告中说：“是否确实，或纯系附会，亦颇难断定。”

海原大地震前的动物异常现象，文献资料中未见到记载，但从1958年以来的历次考察结果来看，大震前的动物异常现象不仅有，而且十分普遍。极震区的动物异常最为明显，震前一个月就开始出现了。

在那段时间里，震中地区即海原县干盐池、西安州、红羊、杨明堡等地，狗表现得十分不安，有的对空乱吠，有的趴在地上号哭。入夜以来，吼叫尤甚，声音凄惨，彻夜不绝。固原县城里，震前五六天，入夜狗不断嗥叫，当时人们普遍对此现象感到奇怪，有人模糊地感到不是好兆头，但大多出于迷信和恐怖，并未认识到这是地震前兆。

可以说，我国民间所掌握的宏观前兆，在这次地震考察后得到了明确。

1975 年 2 月 4 日，辽宁省海城发生 7.3 级地震。我国地震工作者曾经做出中期预报和短临预报，这也是世界地震史上为数不多的成功预报地震实例。柴炽章表示："海城地震的成功预报不能与海原大地震做直接的联系，但是，其中应用的预报方法，几乎都源于海原大地震的研究成果。"

柴炽章也是对海原大地震进行了数十年研究的地质专家。1982 年他大学毕业参加工作后所做的第一个项目，就是海原活动断裂带考察。他惋惜地说，当年的研究都太偏重于专业，没有留下一部完整的口述史。现在，经历过地震，能够有明确记忆的老人已经基本亡故了。

在当年的考察中，柴炽章曾碰到了这样一件事。

海原县李俊镇的一道黄土梁山脚，几个工人正在修建简易公路的路基，四下暴土扬尘。柴炽章走上前去搭话，询问几个工人是不是在施工中挖到了死人。一句话问得几个人面面相觑。就在前一天，他们刚刚挖到了三具白骨，本已吓得不轻。原来，此前一年，一位老人曾给柴炽章指点过

1958 年地震预报考察队（左三为郭增建）

这个位置："山走过来，直接把那里的洞洞子壅住了，一家子人没一个跑出来。"

然而，大地作纸，书写下了地震的全部历史。

柴炽章告诉笔者，从1958年中国科学院地球物理所开展的考察开始，对海原大地震的考察研究就从未停止，而且越来越热。这是因为，很少有地震能像海原大地震这样，在地表留存下大量的地质构造变化痕迹。可以说，海原地震断裂带是当今世界范围内保存最完整、研究和利用价值最高的地震遗迹，是一部地震学的"活教材"。

比如唐山大地震，除了满城的废墟，几乎观察不到地下的变化。"5·12"大地震痕迹留在地表的除了废墟还有大量山体滑坡，但是看不出地质板块运动的轨迹。而海原大地震直接把这些痕迹清晰地刻在了黄土高原上。而且这一片区域地广人稀，人为破坏少；气候干燥少雨，土壤贫瘠，自然破坏也少。时至今日，仅在海原县境内，就有11处保留完整的大型地震遗迹。这些都是难能可贵的地震研究原始资料。

"在科学研究领域，入地比上天要难得多。"柴炽章说，"人类已经登上了38万公里以外的月球，但对脚下的地球，最深的钻探只有12公里。如果把地球比作鸡蛋，连蛋壳都还没有打破。地震的研究之所以进展艰难，就在于此。在频发的地震灾害面前，人类越发感到无力。不要说抵抗，事先预报也没有行之有效的方法，鲜有成功。"

海原大地震90年过去，地球又被几十次大地震摇撼过，人类的无力感并未消除。留存在黄土高原的地震遗迹，像大自然留给人类的许多谜题一样，依然待解。

图书在版编目（CIP）数据

纪事2010／北京日报纪事采写组著．—北京：同心出版社，2011.11
ISBN 978-7-5477-0203-1

Ⅰ.①纪…　Ⅱ.①北…　Ⅲ.①新闻报道-作品集-中国-当代
Ⅳ.①I253

中国版本图书馆CIP数据核字（2011）第104420号

纪事2010

出版发行：同心出版社
地　　址：北京市东城区朝阳门南小街6号楼303
邮　　编：100010
电　　话：发行部：（010）65255876　65255835（零售＼邮购）
　　　　　总编室：（010）65252135
印　　刷：北京京都六环印刷厂
经　　销：各地新华书店
版　　次：2011年11月第1版
　　　　　2011年11月第1次印刷
开　　本：787×1092　1/16
印　　张：27.25
字　　数：440千字
定　　价：48.00元